neue frau
herausgegeben von
Angela Praesent

Marie Cardinal
Schattenmund

Roman einer Analyse

Deutsch von
Gabriele Forberg und
Asma El Moutei Semler

Rowohlt

Die französische Originalausgabe erschien 1975 unter dem Titel
«Les Mots pour le dire»
Bei Éditions Grasset et Fasquelle, Paris
Umschlagentwurf Isa Petrikat-Valonis

1.– 23. Tausend	März 1979
24.– 43. Tausend	Mai 1979
44.– 63. Tausend	Juli 1979
64.– 88. Tausend	Dezember 1979
89.–128. Tausend	März 1980

Veröffentlicht im Rowohlt Taschenbuch Verlag GmbH,
Reinbek bei Hamburg, März 1979
Copyright © 1977 by
Rogner & Bernhard GmbH & Co Verlags KG, München
«Les Mots pour le dire»
Copyright © 1975 by Éditions Grasset et Fasquelle, Paris
Gesetzt aus der Aldus (Linotron 505 C)
Gesamtherstellung Clausen & Bosse, Leck
Printed in Germany
580-ISBN 3 499 14333 x

Die rororo-Reihe «neue frau» legt erzählende Texte aus den Literaturen aller Länder vor, deren Thema die konkrete sinnliche Erfahrung von Frauen und ihre Suche nach einem selbstbestimmten Leben ist. Die monatlich erscheinenden Bände wenden sich an alle, die mit Spannung verfolgen, wie sich die Beziehung der Geschlechter und das Selbstverständnis der Frau wandelt.

Für den Doktor, der mir half
geboren zu werden.

Die Sackgasse ist schlecht gepflastert, voller Löcher und Buckel, die schmalen Trottoirs sind verwahrlost. Wie ein riesiger Finger zwängt sie sich durch dicht gedrängte, ein- bis zweistöckige Häuser. Am Ende stößt sie gegen einen Maschendrahtzaun, mit schäbigem Grün überwuchert.

Die Fenster verraten keinerlei Intimität, keine Geschäftigkeit. Man glaubt sich in der tiefsten Provinz, und dennoch befindet man sich mitten in Paris, im XIV. Arrondissement. Es herrscht weder Armut noch Reichtum; hier lebt der Mittelstand, der seine Kostbarkeiten im Sparstrumpf versteckt hält, hinter Mauerritzen, verrotteten Fensterläden, verrosteten Dachrinnen und altersschwachem Mauerwerk, das schichtweise abbröckelt. Doch die Türen sind massiv und die Parterrefenster durch dicke Eisengitter gesichert.

Diese ruhige Insel mitten in der Stadt muß ungefähr fünfzig Jahre alt sein. Die uneinheitliche Architektur der Mietshäuser verströmt den Muff der zwanziger Jahre. Wer wohl da lebt? So mancher Fensterschmuck, Türklopfer, vereinzelte Zeichen von Verschönerung scheinen pensionierte Künstler zu verraten, die dort hinter den Fassaden ihre Karriere beenden: greise Leinwandschmierer, abgetakelte Opernsängerinnen, ausgediente Bühnenvirtuosen.

Sieben Jahre lang, dreimal in der Woche, bin ich diese Gasse langgegangen bis zum Ende, bis zum Gittertörchen links. Ich habe gesehen, wie hier der Regen fällt, wie sich die Bewohner vor der Kälte schützen, wie sich im Sommer ein fast ländliches Leben entfaltet: mit Geranientöpfen und in der Sonne schlummernden Katzen. Ich kenne diese Gasse bei Tag und bei Nacht, und ich weiß, daß sie immer menschenleer ist. Selbst wenn ein Fußgänger zu einer Tür hastet oder jemand sein Auto aus der Garage fährt, wirkt sie leer und verlassen.

Ich kann mich nicht mehr genau erinnern, wieviel Uhr es war, als ich zum erstenmal durch das Törchen ging. Habe ich eigentlich die verwahrlosten Blumenbeete im Vorgärtchen wahrgenommen? Habe ich den Kies unter meinen Füßen gespürt? Habe ich die sieben schmalen Stufen des Aufgangs gezählt? Habe ich mir die Mauer aus Mühlstein angeschaut, während ich darauf wartete, daß die Haustür aufgeht?

Ich glaube nicht.

Statt dessen sah ich den kleinen dunkelhaarigen Mann, der mir die Hand entgegenstreckte. Mir fiel auf, daß er zierlich war, korrekt gekleidet und sehr zurückhaltend. Ich sah seine schwarzen Augen, blank wie Stecknadelköpfe. Ich folgte seiner Aufforderung, im Nebenzimmer hinter einem Samtvorhang zu warten. Es war ein Eßzimmer im Stil Henri II., dessen komplette Einrichtung, Tisch, Stühle, Buffet und Anrichte, fast den ganzen Raum ausfüllte. Mir Neuankömmling verschlugen die Schnitzereien des Mobiliars, die Gnome und Efeuranken, die gedrechselten Säulchen, die Kupferteller und Chinavasen fast den Atem. Diese Häßlichkeit störte mich aber nicht; die Stille machte mir viel mehr zu schaffen! Ich warte, gespannt, auf der Lauer, bis das Geräusch einer sich öffnenden Doppeltür rechts neben dem Samtvorhang zu mir dringt: Man streift den Vorhang, es sind zwei Personen. Die Haustür wird geöffnet und eine Stimme murmelt: «Auf Wiedersehen, Herr Doktor.» Keine Antwort. Die Tür fällt wieder ins Schloß. Dumpfe Schritte in Richtung auf die erste Tür, ein paar Sekunden verstreichen, das Parkett knarrt unter dem Teppich – ein Zeichen, daß die Tür offengeblieben war –, daneben unverständliche Geräusche. Endlich wird der Vorhang zur Seite geschoben, und der kleine Mann führt mich in sein Arbeitszimmer.

Nun sitze ich da, auf einem Stuhl, vor einem Schreibtisch. Er, tief vergraben in einem schwarzen Sessel neben dem Schreibtisch, so daß ich gezwungen bin, mich schräg zu setzen, um ihn zu sehen. An der Wand gegenüber Hunderte von Büchern. In der Mitte der Bücherwand ist eine braune Couch eingelassen, darauf ein Keilkissen und ein kleines Sofakissen. Der Doktor erwartet, daß ich anfange zu reden.

«Herr Doktor, ich bin seit langem krank. Ich habe mich aus dem Krankenhaus geflüchtet, um zu Ihnen zu kommen. Ich kann nicht mehr.»

Mit einem Blick gibt er mir zu verstehen, daß er mir aufmerksam zuhört, daß ich weitersprechen soll.

Kraftlos wie ich war, in meine eigene Welt eingeschlossen, abgeschieden, fragte ich mich, welche Worte wohl zu ihm dringen könnten. Wie sollte ich eine Brücke schlagen von der Unruhe zur Ruhe, von der Helligkeit zur Dunkelheit? Eine Brücke, die über den mit Verwesung angefüllten Fluß, über den Abgrund hinwegführt? Über den Strom der Angst, der uns trennte, den Doktor und mich, die anderen und mich?

Geschichten fielen mir ein, Anekdoten. Die eigentliche Geschichte, die «SACHE», diese hermetisch abgeschlossene Säule meines Selbst, wie sollte ich davon reden? Dicht und zähflüssig war sie, von Zucken und Keuchen erschüttert. Träge rollten die Wellen durch das tiefe Meer. Meine Augen waren keine Fenster mehr. Ich wußte, daß ich sie geschlossen hatte, obwohl sie offen waren. Meine Augen waren nur noch zwei milchige Scheiben.

Ich schämte mich für das, was sich in meinem Innersten abspielte. Ich schämte mich für das Chaos, diese Unordnung, diese Erregtheit. Niemand durfte da hineinschauen, niemand davon erfahren, nicht einmal der Doktor. Ich schämte mich für meinen Wahnsinn. Jede andere Art zu leben hätte ich dem Wahnsinn vorgezogen. Unentwegt steuerte ich durch höchst gefährliche Gewässer voller Stromschnellen, Wasserfälle, Treibgut und Wirbel; dennoch mußte ich so tun, als ob ich leicht und gelassen wie ein Schwan über einen stillen See glitt. Um mich besser verstecken zu können, hatte ich alle Öffnungen zugestopft: Augen, Nase, Ohren, Mund, Scheide, Anus, Poren und Blase. Um die Eingänge zu verstopfen, schied mein Körper im Überfluß Säfte aus. Manche waren dick und zähflüssig, andere flossen unaufhaltsam dahin. Beides diente ein und demselben Zweck: nichts, was auch immer es sein mochte, in mich hineinzulassen.

«Sagen Sie mir doch bitte, was man bis jetzt mit Ihnen gemacht hat und welche Ärzte Sie behandelt haben!»

«Gut.»

Darüber konnte ich reden. Ich konnte Medikamente und Ärzte aufzählen. Ich konnte von dem sanften, lauwarmen Blut zwischen meinen Schenkeln reden, davon, daß es seit mehr als drei Jahren ununterbrochen aus mir herausfloß. Von den zwei Ausschabungen, die die Blutungen zum Stillstand bringen sollten.

Dieser Blutstrom in seinen verschiedenen Erscheinungsformen war mir vertraut. Diese Funktionsstörung beruhigte mich, sie war sichtbar, meßbar, erfaßbar. Ich war versucht, sie zu Mittelpunkt und Ursache meiner Krankheit zu machen. Durfte man etwa angesichts dieses ständigen Blutverlustes nicht in Panik geraten? Welche Frau wäre nicht entsetzt, ihren Saft einfach so davonfließen zu sehen! Wie sollte man nicht erschöpft sein, wenn man ständig auf diese intime, peinliche, sichtbare, beschämende Quelle aufpassen mußte? War es denn nicht verständlich, daß die Blutungen mich daran hinderten, mit den anderen zu leben? So viele Sessel, Stühle, Sofas, Teppiche und Betten hatte ich schon besudelt. Große und kleine Pfützen, Tropfen und Tröpfchen sind schon in so vielen Wohnzimmern, Eßzimmern, Wartezimmern, Fluren und Schwimmbädern, Autobussen und anderswo liegengeblieben. Ich konnte das Haus nicht mehr verlassen.

Sollte ich etwa nicht von meiner Freude reden, wenn an manchen Tagen das Blut zu versiegen schien, nur noch bräunliche, ockerfarbene, schließlich nur noch gelbliche Spuren hinterließ? An diesen Tagen war ich nicht mehr krank. Ich konnte mich bewegen, meine Fühler ausstrecken und aus meinem Schneckenhaus hervorkriechen. Endlich zog sich nun das Blut in seinen weichen Beutel zurück und ruhte dort, wie früher, dreiundzwanzig Jahre lang. Voller Hoffnung versuchte ich, mich so wenig wie möglich anzustrengen. Ich ging mit mir um wie mit einem rohen Ei: Ich nahm die Kinder nicht auf den Arm, trug keine Einkaufskörbe, vermied es, zu lange am Herd zu stehen. Die Wäsche wusch ich nicht, und die Fenster wurden auch nicht geputzt. Ich lief auf halben Touren. Das Blut sollte verschwinden und aufhören, alles zu beschmieren. Oft legte ich mich mit Strickzeug hin und paßte auf meine drei kleinen Kinder auf. Mit einer verstohlenen Armbewegung und größter Treffsicherheit überprüfte ich ständig meinen Zustand. Ich hatte mittlerweile eine solche Technik darin, daß ich diese Untersuchung in jeder erdenklichen Position vornehmen konnte, ohne daß irgend jemand es bemerkte. Je nach Lage glitt meine Hand von vorne über meine harten, krausen Schamhaare nach hinten, bis sie mein feuchtwarmes, weiches Geschlecht erreichte und sich sogleich wieder zurückzog; oder aber sie fuhr schnell durch den Graben zwischen Gesäß und Schenkeln, und ein Finger tauchte kurz in das runde, tiefe Loch. Ich überprüfte meine Finger nicht sofort, sondern wartete eine Weile, um mir eine Überraschung zu gönnen. Vielleicht waren diesmal keine Spuren daran! Manchmal klebte an ihnen so wenig Blut, daß ich mit Zeige- und Mittelfinger die Haut meines Daumens sorgfältig abkratzen mußte, um die Reste einer fast farblosen Schmiere sichtbar zu machen. Dabei durchfuhr mich ein Hochgefühl: «Wenn ich mich überhaupt nicht mehr bewege, wird es ganz aufhören.» Reglos blieb ich liegen, wie im Schlaf, und hoffte inständig, wieder zu werden wie die anderen. Endlos stellte ich diese Berechnungen an, in denen die Frauen so geübt sind: «Wenn heute der letzte Tag meiner Periode ist, dann kommt die nächste voraussichtlich am soundsovielten . . . Mal sehen, ob dieser Monat dreißig oder einunddreißig Tage hat.» Ich verlor mich in Berechnungen, in meiner Freude, meinen Träumen. Bis ich plötzlich aufschreckte und das unverkennbare, sachte Streicheln eines Gerinnsels spürte, das vom Blutfluß ausgeschwemmt wurde. Dickliche, gestaute Lava quillt aus dem Krater, überschwemmt Löcher und Gräben, rollt glühend hinab. Und das Herz beginnt wieder heftig zu schlagen, und die Angst kriecht wieder hoch, und die Hoffnung schwindet, und ich stürze ins Badezimmer. Währenddessen war das Blut schon bis zu meinen Knien oder gar Füßen gelaufen, in dünnen Sickerstreifen aus kräftigem Hellrot. So viele Jahre lebte ich in ständiger Spannung, besessen von diesem Blut!

Ich weiß nicht, zu wie vielen Gynäkologen ich gelaufen bin. Auf den Millimeter genau konnte ich mein Gesäß an den Rand des Untersuchungsstuhls rücken, nachdem ich die gespreizten Beine auf die hohen Bügel gelegt hatte. Meine in der Hitze der Lampe offenliegenden Eingeweide waren den Augen des Arztes ausgesetzt, seinen Händen in den Einweghandschuhen und den schönen, schrecklichen Stahlinstrumenten. Ich schloß die Augen oder starrte an die Decke, während im empfindlichsten Teil meines Innern eine sachkundige Durchsuchung stattfand, indiskretes Erforschen, wissendes Betasten. Wie eine Schändung!

All dies rechtfertigte, wie mir schien, meine Verstörtheit; sie wurde annehmbar, weniger verdächtig. Man würde eine Frau nicht einfach in die Anstalt stecken, nur weil sie blutete und dadurch in Angst und Schrecken versetzt war. Solange ich nur von den Blutungen spreche, wird man nur das Blut sehen und nicht das, was in Wirklichkeit dahinter steckt.

Da saß ich nun mit dem Doktor in der Stille des verwunschenen Hauses am Ende der ruhigen Gasse, lieb und brav wie es eigentlich mein Blut im Bauch hätte sein sollen. Es war mir noch nicht klar, daß an diesem Ort und mit diesem Mann alles anfangen würde.

Ich gefiel mir darin, den Besuch bei einem berühmten Gynäkologen vor einigen Wochen zu schildern.

Diese Koryphäe in Weiß, Hose und Kittel *american style*, steckt seine rechte Hand in mich hinein. Mit der Linken drückt er auf meinem Bauch herum, erst links, dann rechts, schließlich in der Mitte. Dabei schiebt er mit seinen behandschuhten Fingern meine Innereien nach unten, wie eine Hausfrau, die mit geübtem Griff ihr Sonntagshuhn ausnimmt. Ich konzentriere mich nur noch auf das Blubbern und die morastigen Geräusche meiner Eingeweide: blopp, flatsch, platsch. Die Zimmerdecke ist blank wie die Lüge. Ein unendliches Weiß, in dem sich abgenützte, unförmige Vaginas verlieren; ein tiefes Weiß, in das ich meine gemeinen und zerstörerischen Phantasien versenke.

Nach der ausgiebigen Untersuchung erhebt sich der Professor und streift seine Handschuhe ab. Während ich immer noch mit gespreizten Beinen daliege, erklärt er mir: «Im Augenblick haben Sie lediglich einen fibromatösen Uterus. Aber wenn ich Ihnen einen guten Rat geben darf: Lassen Sie ihn so schnell wie möglich entfernen, sonst werden Sie eher, als Sie es sich vorstellen können, in ernste Schwierigkeiten kommen. Am besten machen wir gleich einen Termin für den Eingriff aus. Sie werden sehen, es wird Ihnen anschließend besser gehen . . . Nein, nein, nein, keinen Rückzieher, ich operiere Sie nächste Woche . . . Mal sehen, welcher Tag ist Ihnen lieber, Montag oder Dienstag?» Ich sage: «Dienstag.» Er klärt mich über die Voruntersuchungen auf, die vor dem Eingriff gemacht werden müssen, und über verwaltungstechnische Einzelheiten bei der Aufnahme in die Klinik. Ich zahle ihm sein Honorar, bedanke mich und gehe.

Damals war ich ungefähr dreißig Jahre alt. Ich wollte mir diesen

Beutel und meine Eier nicht wegnehmen lassen. Ich wollte zwar die Blutungen loswerden, aber trotzdem dieses Bündel in meinem Bauch behalten. Die «Sache» in meinem Kopf zuckte, sie zuckte wie verrückt. Ich raste die Marmortreppe mit den Säulen, den Läufern, dem Messinggeländer und den Spiegeln herunter. Da stand ich nun auf dem breiten grauen Trottoir des vornehmen Stadtteils. Ich rannte los, stürzte mich in die Metro, wo mich die Sache vollmachte. Diesmal bohrte sie ihre Wurzeln geradewegs in meinen fibromatösen Uterus. Was für ein schreckliches Wort! Höhle, überwuchert von blutigen Algen. Monsterhaft angeschwollener Engpaß. Kröte voller Warzen. Moloch!

Worte und Gegenstände gewinnen für Geisteskranke die gleiche reale Bedeutung wie Menschen und Tiere. Sie bewegen sich, treten in den Hintergrund oder werden übermächtig in ihrer Gegenwart. Sich durch Worte zu wühlen bedeutet das gleiche, wie durch eine Menschenmenge zu laufen: Gesichter, Gestalten bleiben hängen, sie verblassen oder prägen sich ein, aber warum? Manchmal begann auch in mir ein einzelnes Wort zu leben: Es wuchs, schwoll an, nahm überdimensionale Ausmaße an. Es wurde das Wichtigste überhaupt. Es nahm mich in seine Klauen, quälte mich und ließ mich nicht mehr los. Es verfolgte mich in meine Nächte, und beim Aufwachen wartete es bereits auf mich. Langsam öffnete ich die Augen, wälzte mich aus dem tiefen Schlaf, chemisch, teigig nach all den Tranquilizern. Erst spürte ich noch meinen unversehrten Körper, dann schaute ich auf die Uhr und sah die Sonne. Gut. Ich stieg an die Oberfläche meines Bewußtseins. Eine, zwei Sekunden, vielleicht auch drei: FIBROMATÖS! Platsch! Wie ein dicker Farbklecks sich auf einer schneeweißen Wand ausbreitet! Schüttelfrost, Herzklopfen und Angstschweiß: und so fing der Tag an.

Ich muß mich unbedingt erinnern, ich muß die vergessene Frau, nein, schlimmer, die Frau, die sich im Nichts aufgelöst hat, wiederfinden. Wie sie sich bewegte, sprach und schlief. Es rührt mich, daß ihre Augen sehen konnten, ihre Ohren hören und ihre Haut empfinden. Es waren meine Augen, meine Ohren, meine Haut und mein Herz, die diese Frau lebendig gemacht hatten. Ich betrachte meine Hände: Es sind immer noch dieselben. Ebenso die Fingernägel und der Ring. Sie und ich. Ich, das ist sie. Die Verrückte und ich, wir haben ein ganz neues Leben begonnen, voller Hoffnung. Dieses Leben kann doch so schlecht nicht sein! Ich beschütze sie, und sie schenkt mir Freiheit und Phantasie.

Um die Überfahrt ins Leben, meine Geburt zu schildern, muß ich die Verrückte von mir entfernen, ich muß sie auf Abstand halten, ich muß mich teilen. Ich beobachte, wie sie die Straße entlanghastet, sie hat es eilig. Ich weiß, wieviel Mühe es sie kostet, sich normal zu geben und die Angst in ihren Augen zu verbergen. Ich sehe sie dastehen, den Kopf tief in die Schultern vergraben, traurig. Sie kämpft mit der aufsteigenden inneren Erregung und der Anstrengung, den Blick zu panzern. Daß bloß niemand etwas merkt! Bloß nicht hinfallen, bloß nicht von den anderen aufgegriffen werden, bloß nicht wieder ins Krankenhaus! Schüttelfrost überfällt sie bei der Vorstellung, sie könnte den Wahnsinn nicht mehr im Keim ersticken und die Flut würde den Damm durchbrechen und alles mit sich fortreißen.

Ihre Gänge in die Stadt wurden immer kürzer, und eines Tages ging sie überhaupt nicht mehr aus. Danach mußte sie ihren Lebensraum auf ihre Wohnung beschränken. Die Fallen vervielfachten sich. Die letzten Monate, bevor sie den Ärzten in der Klinik ausgeliefert wurde, konnte sie nur noch in ihrem Badezimmer leben. In einem weißgekachelten Raum, einem düsteren Raum, spärlich erleuchtet durch ein kleines, halbmondförmiges Oberlicht, das von dem Geäst einer großen Tanne fast gänzlich verdunkelt war. An windigen Tagen schlugen die Zweige gegen die Scheibe. Es war ein sauberer Ort mit dem Geruch nach Desinfektionsmitteln und Seife. Kein Körnchen Staub in den Ecken. Wie über Eis glitten ihre Finger über die Kacheln. Keine Verwesung, auf den ersten Blick zumindest keine sichtbaren Gärungsprozesse. Nur unverderbliches Material, bei dem der Gedanke an Fäulnis ausgeschlossen blieb.

Wenn sie die Sache nicht mehr beherrschen konnte, fühlte sie sich zwischen Badewanne und Bidet am wohlsten. Dort versteckte sie sich und wartete die Wirkung der Medikamente ab. Zusammengekauert auf den Fersen hockend, umschlang sie mit den Armen ihre Knie und drückte sie fest gegen ihre Brust. Die Fingernägel bohrten sich so tief in ihre Handflächen, daß sie Wunden hinterließen. Der Kopf schlug vor und zurück, von einer Seite auf die andere, es war zu schwer, ihn zu halten. Blut und Schweiß rannen an ihr herab. Die Sache in ihrem Inneren randalierte. Ein grauenvolles, entsetzliches Gebrodel aus Bildern, Geräuschen, Gerüchen wurde verheerend in alle Richtungen gleichzeitig geschleudert. Jede Überlegung war unzusammenhängend, jede Erklärung absurd und jeder Versuch, Ordnung zu schaffen, sinnlos. Nach außen verriet sich die Sache durch krampfartige Erschütterungen und übelkeiterregenden Schweiß.

Ich glaube, es war Abend, als ich zum erstenmal den Psychoanalytiker aufsuchte. Vielleicht aber auch nicht, vielleicht ist das nur die wehmütige Erinnerung an eine dieser abendlichen Sitzungen am Ende der Sackgasse, abgeschirmt von der Kälte, den anderen; geschützt vor der Wahnsinnigen, der Nacht: Sehnsucht nach einer dieser Sitzungen, in denen mir klarwurde, daß ich reifer wurde, daß ich zur Welt kam. Ich begann mich zu öffnen, der Weg wurde breiter, ich fing an zu begreifen. Die Wahnsinnige war nicht mehr die Frau, die ihr Zittern in den Waschräumen der Bistros verbarg, die vor einem namenlosen Feind floh, die auf die Trottoirs blutete, die ihre Angst im Badezimmer ausschwitzte, der jede Berührung zuwider war, die weder angeschaut noch angesprochen werden wollte. Eben diese Wahnsinnige wurde allmählich zu einem zärtlichen, sensiblen, gefühlsstarken Wesen voller Erlebnisfähigkeit. Ich begann, sie zu akzeptieren, sie gern zu haben.

Zuerst war ich mit der Vorstellung in die Sackgasse gekommen, dort einen Arzt zu finden, der mich zwar behandeln, aber nicht gleich in eine Klinik stecken würde (ich wußte, daß Psychoanalytiker ihre Klienten nicht hospitalisieren). Ich hatte Angst vor der Heilanstalt, wie ich auch Angst vor der Operation gehabt hatte, die mir den Bauch amputiert hätte. Ich war aus einer Klinik weggelaufen, um mich hierher in die Sackgasse zu flüchten. Doch ich fürchtete, es sei schon zu spät und mir bliebe letztlich doch nichts anderes mehr als die psychiatrische Anstalt. Davon war ich fest überzeugt, zumal ein neues Krankheitssymptom hinzugekommen war: eine Halluzination. Ich war natürlich fest entschlossen, dem Doktor nichts davon zu sagen. Er hätte mich vielleicht nicht behandelt und mich sofort dahin zurückgeschickt, woher ich kam. Es war ein lebendiges Auge, das mich von Zeit zu Zeit unverwandt anstarrte, das, wenn auch nur für mich, wirklich da war; ich wußte es genau. Diese Halluzination schien mir das untrügliche Zeichen meines Wahnsinns, meiner unheilbaren Krankheit.

Ich war dreißig Jahre alt, kerngesund und hätte noch gut fünfzig Jahre lang hinter Mauern so weiterleben können. Ohne meine Kinder hätte ich mich vielleicht völlig gehenlassen, ohne sie hätte ich den Kampf aufgegeben. Denn der Kampf mit der Sache war aufreibend, und mehr und mehr war ich versucht, mich den Psychopharmaka zu überlassen, die mich in einen teigigen, sanften Zustand der Leere versetzten. Meine Kinder waren menschliche Wesen, die ich mir so innig gewünscht hatte. Sie waren Wunschkinder. Seit ich klein war, hatte ich mir immer wieder gesagt: «Später, wenn ich selbst Kinder habe, werde ich mit ihnen und für sie ein Leben voll Wärme, Liebe, Aufmerksamkeit und Fröhlichkeit schaffen.» All das sollen sie bekommen, wovon ich als Kind auch geträumt hatte. Sie waren zur Welt gekommen, unbelastet, voller Vitalität, sehr verschieden voneinander. Sie wuchsen heran, wir hingen leidenschaftlich aneinander. Ich war glücklich, wenn sie vergnügt waren, und es machte mir Spaß, ihnen Lieder vorzusingen.

Und dann war mit einemmal alles vermasselt: Die Sache war aufgetaucht, kam immer wieder und ließ mich nicht mehr los. Sie fraß mich völlig auf, bald konnte ich mich nur noch um sie kümmern. Anfangs hatte ich noch gehofft, mit ihr leben zu können wie andere Menschen mit nur einem Auge, einem Bein, einem Magengeschwür oder einem Nierenleiden. Es gab ja auch Medikamente, die die Sache tatsächlich in die Ecke drängten, bis sie sich nicht mehr rührte. Dann konnte ich wieder zuhören, sprechen, mich bewegen. Ich konnte wieder mit meinen Kindern spazierengehen, Besorgungen machen, ihnen Pudding kochen und sie mit meinen Geschichten zum Lachen bringen. Mit der Zeit jedoch verloren die Medikamente immer mehr an Wirkung, ich mußte die zweifache, dreifache Menge schlucken. Und eines schönen Tages wachte ich als Gefangene der Sache auf. Ich lief zu allen möglichen Ärzten, aber die Blutungen hörten einfach nicht mehr auf. Zeitweise wurde mir ganz schwummrig vor Augen. Ich lebte im Nebel. Alles wurde unscharf, gefährlich. Mein Kopf vergrub sich immer mehr in den Schultern, in Abwehrhaltung ballte ich die Fäuste. Mein Puls war auf 130, 140, den ganzen Tag lang. Ich hatte Angst, mein Herz würde den Brustkorb sprengen und vor aller Leute Augen zuckend aus mir herausspringen. Das rasende Pochen machte mich völlig kaputt. Die anderen hörten es sicherlich auch, und ich schämte mich deswegen.

Zwei Handbewegungen wurden zu einer Manie, die ich hundertmal am Tag wiederholte. Die eine, die ich schon beschrieben habe, kontrollierte meine Blutung, die andere zählte den Puls. Beides geschah so verstohlen wie möglich, niemand durfte etwas merken. Ich wollte nicht dabei ertappt und gefragt werden: «Was ist los? Ist Ihnen nicht gut?» Blut und Puls waren die sichtbaren, empfindlichen Zeichen meiner Krankheit. Zwei Symptome, die ich manchmal, wenn ich es nicht mehr aushielt, als Ausrede benutzte: «Ich bin herzkrank, ich habe Unterleibskrebs.» Und der Reigen mit den Ärzten begann von neuem. Und der Tod rückte noch ein Stück näher mit seinen stinkenden Säften, dem Gewürm der Verwesung, den morschen Gebeinen.

Jetzt habe ich mir in den Kopf gesetzt, meine Krankheit zu erzählen. Jetzt bin ich bereit, das quälende Privileg auf mich zu nehmen, die schrecklichen Bilder und schmerzhaften Gefühle zu beschreiben, die die Erinnerung an Vergangenes wiederaufleben lassen. Ich komme mir dabei vor wie ein Filmregisseur, der sich mit seiner Kamera am äußersten Ende eines riesigen Kranarms herunterlassen kann, um eine Nahaufnahme von einem Gesicht zu machen; oder auch aufsteigen kann, um die Totale der Szene zu filmen. Genauso erinnere ich mich an meinen ersten Besuch hier: Paris in seiner herbstlichen Abenddämmerung (war es Herbst?), und mitten in Paris das Quartier d'Alésia, darin die Sackgasse und an ihrem Ende das kleine Haus. Und in dem Häuschen das stillerleuchtete Arbeitszimmer, in dem ein Mann und eine Frau miteinander reden. Und hier, diese Frau auf der Couch, zusammengekauert wie ein Fötus in der Gebärmutter.

Doch damals wußte ich noch nicht, daß mein Werden erst gerade begonnen hatte. Ich erlebte die ersten Momente einer siebenjährigen Schwangerschaft, mit mir selbst als Embryo.

Ich hatte dem Doktor von dem Blut und der Sache, die mir Herzklopfen machte, erzählt. Ich wußte, daß ich kein Wort über die Halluzination verlieren würde. Ich schilderte ihm nun die vergangenen Tage in der Klinik. Damit wäre ja alles gesagt.

Der Doktor hörte mir aufmerksam zu und nahm meine ausführlichen Schilderungen ohne sichtbare Reaktion zur Kenntnis. Nachdem ich das Badezimmer beschrieben hatte, meine dortigen Angstanfälle, fragte er mich: «Was empfinden sie jetzt, außer ihren körperlichen Beschwerden?»

«Ich habe Angst.»

«Angst wovor?»

«Ich habe Angst vor allem . . . Angst vor dem Tod . . .»

Ehrlich gesagt wußte ich nicht genau, wovor ich eigentlich Angst hatte. Ich hatte Angst vor dem Tod, aber ich hatte auch Angst vor dem Leben, das den Tod mit einschließt. Ich hatte Angst vor der Welt draußen, aber auch Angst vor der Welt drinnen, wobei Drinnen das Gegenteil von Draußen ist. Ich hatte Angst vor den anderen, aber auch Angst vor mir selbst, die eine andere war. Ich hatte Angst, Angst, ANGST, ANGST. Das war alles.

Die Angst hatte mich in die Welt der Verrückten verbannt. Meine Familie, von der ich mich gerade gelöst hatte, begann erneut, ihren Kokon um mich zu spinnen, immer enger, immer undurchsichtiger, je weiter die Krankheit fortschritt. Nicht nur, um mich, sondern auch sich selbst zu schützen. In einer gewissen Gesellschaftsklasse ist Wahnsinn verpönt, er muß um jeden Preis vertuscht werden. Bei Adligen oder beim «niederen Volk» ist Wahnsinn entweder etwas Exzentrisches oder ein Makel, jedenfalls erklärbar. In der neuen Klasse der Mächtigen jedoch hat Wahnsinn nichts zu suchen. Aus Vererbung, aus Elend geboren: das geht, das versteht man. Aber unverständlich und unannehmbar ist er, wenn er in ein Milieu von Wohlstand, Reichtum und innerem Gleichgewicht einbricht, das einem das redlich verdiente Geld verschafft. Hier ist Wahnsinn eine Schande.

Anfangs meinten sie wohlwollend, gönnerhaft: «Es ist nichts, es sind die Nerven, ruh dich ein bißchen aus und treibe Sport.» Bis schließlich ein Befehl daraus wurde: «Du wirst sofort Dr. Soundso aufsuchen. Er ist ein Freund deines Onkels und ein berühmter Neurologe.» Die befreundete Kapazität stellte mich unter ‹medizinische Kontrolle›. Ein Zimmer im obersten Stockwerk in der Klinik meines Onkels war schon für mich reserviert.

Ein Mansardenzimmer, ruhig gelegen, mit einem großen Bett, einer Leinentapete mit ländlich-sittlichen Motiven: Schäferin mit Schafen und Hirtenstab, knorriger Olivenbaum. Die Schäferin, die Schafe, der Baum; die Schäferin, die Schafe, der Baum. Beruhigende Abfolge. Hinter einem Wandschirm mit der gleichen Stoffbespannung versteckte sich ein behäbiges Waschbecken aus edlem weißen Porzellan mit abgerundeten Ecken. Ebenfalls beruhigend. Gegenüber ein Tisch mit dazu passendem Stuhl und schließlich eine Dachluke, zu einem Fenster vergrößert, mit Aussicht auf die bezaubernde Landschaft der Ile de France: rauschende Pappelreihen, weit auseinandergepflanzte Apfelbäume, Getreidefelder, die fast bis an den Horizont reichten. Der weite Himmel.

Diese Leinentapete, war es wirklich die aus der Klinik oder nicht vielmehr die aus meinem Kinderzimmer? Waren auf der Tapete in der Klinik nicht große Blumen mit saftigen Stengeln? War dort überhaupt eine Leinentapete, oder waren die Wände einfach mit blauer Lackfarbe gestrichen? Ich weiß es nicht mehr. Ich weiß nicht mehr, wie ich dahingekommen bin, wer mich gebracht hat. Ganz genau vor mir sehe ich nur die enge Holzstiege, die aufs Zimmer führte, die Proportionen des Raumes, das Mobiliar, das Fenster, das Waschbecken.

Ich mußte mich ausziehen, einen frisch gewaschenen Pyjama anziehen, in das weiche, frisch bezogene Bett steigen, mich hinlegen, mir Blutdruck und Puls messen lassen: der Medizin mit Haut und Haaren ausgeliefert! Ich schloß die Augen; in mir tobte der Kampf weiter, während ich äußerlich entspannt schien. Ich hatte mich in voller Länge ausgestreckt, die Arme lagen neben dem Körper auf dem glattgezogenen Leintuch, die Hände waren entkrampft. Äußerlich normal. Ich gab mir Mühe, den inneren Aufruhr zu bändigen. Man legte mir die Manschette um. Ich hörte das Pumpen des Ballons, mit dem die Manschette aufgeblasen wurde. Ich spürte, wie sie meinen Arm mehr und mehr zusammenschnürte, und dann zuckte ich leicht, als die kalte Metallplatte meine Armbeuge berührte. Mein Blutdruck war sehr niedrig. Der Arzt bestand darauf, ihn alle vier Stunden, vor Einnahme des Medikaments, zu kontrollieren. Mein niedriger Blutdruck war mir egal. Mein Puls war mir wichtig, das wahnsinnige

Herzklopfen. Die Blutdruckmesserei gab mir wenigstens etwas Zeit, mich zu beruhigen. Man nahm die Manschette ab, lief geschäftig hin und her.

Wer war da? Mein Onkel! Die befreundete Kapazität? Jemand anders? Ich weiß es nicht; ich war dermaßen mit mir selbst beschäftigt, mit meiner Selbstkontrolle und dem Kampf gegen die schemenhafte Sache. Ich war allmählich erblindet, navigierte mit Radar durch die Gegend. Nur irgendein Instinkt verhinderte den Zusammenstoß mit Menschen und Dingen.

Schließlich spürte ich vier Fingerkuppen fachmännisch unter meinem Handgelenk. Vier kleine, weiche Kugeln. Sie mußten nicht erst lange suchen, denn kaum hatten sie die Pulszone berührt, begann das aufgewühlte, butterweich geschlagene Blut zu pochen. Kaum hatten die Finger den Puls gefunden, wurden die Schläge heftiger, dröhnten durch meinen ganzen Körper, durchs ganze Zimmer. 90, 100, 110, 130, 140 . . . Es nützte mir nichts, die Sache zu verstecken, alle Öffnungen zuzuschließen. Sie selbst wußte genau, sich bemerkbar zu machen, ganz einfach durch meine Haut, durch meine Adern. Diese Schlampe, da war sie, machte sich über mich lustig, parierte nicht, hämmerte wie eine Rasende gegen die Fingerkuppen, die mich nun losließen. Jetzt wußten sie es. Wieder flüchtiges Hin und Her, ein paar harmlose Geräusche, geschäftiges Durcheinander.

«Sie werden jetzt Ihre Tablette nehmen. Nur ein Viertel, viermal am Tag, und das eine Woche lang. Dann werden wir die Dosis erhöhen. Das wird ihnen gut tun.»

Es war eine weißhaarige kleine, schmale Frau, die zu mir sprach. Von ihren Augen konnte ich ablesen, daß sie die Botschaft der Sache mit ihren Fingerspitzen registriert hatte.

Sie wußte also Bescheid.

Ich nahm das winzige Viertel der Tablette, das Glas Wasser, das sie mir hinhielt, und tat so, als ob ich sie ganz normal herunterschluckte. Schon seit Wochen konnte ich keine unaufgelösten Tabletten mehr herunterkriegen. Meine Kehle war wie zugeschnürt, es ging nichts mehr durch. Beim Schlucken glaubte ich jedesmal zu ersticken. Ich schloß die Augen, gab zu verstehen, daß es mir gutging, daß ich mich ausruhen wollte. Das Stückchen Tablette blieb festgeklemmt im Hals stecken. Riesig und sperrig wie ein Block. Man ging hinaus.

Mit einem Satz war ich auf dem Klo, um das Mittel auszuspucken. Den Finger tief im Hals versuchte ich, das Ding herauszuwürgen. Endlich kam das winzige, gelbliche Stückchen zum Vorschein mit Schleim, Spucke und klebrigen Schlieren. (War es gelblich, oder rosa oder weiß?) Am ganzen Leib schlotternd setzte ich mich aufs Bidet und preßte die Stirn gegen den kühlen, harten Rand des Waschbekkens. Die Zeit stand still. Ich weiß nicht, wie lange ich bewegungslos in dieser Stellung verharrte. Ich erinnere mich nur, daß ich anschließend den Tampon entfernte, der mein Blut aufsog. Ich sah zu, wie das Blut langsam, Tropfen für Tropfen, aus mir herauslief. Dabei schaukelte ich vor und zurück, wiegte mich und wußte genau, daß ich mit mir auch die Sache wiegte. Die Blutstropfen platschten ins Becken, vermischten sich mit dem Wasser in der Fayenceschüssel und schlängelten sich bis zum Abfluß. Ich war nur damit beschäftigt, der Arbeit des Blutes zuzuschauen, wie es da aus mir herausfloß. Mir kam der Gedanke, daß es nun ein Eigenleben hatte, daß es jetzt die Beschaffenheit der irdischen Dinge entdeckte: das Gewicht, die Dichte, die Geschwindigkeit, die Zeit. So leistete es mir Gesellschaft, es war wie ich den unerklärlichen, unabänderlichen Gesetzen des Lebens ausgeliefert.

Die Sache hatte gewonnen. Es gab nur noch sie und mich. Wir waren nun endlich miteinander eingeschlossen und allein mit unseren Ausscheidungen: Blut, Schweiß, Rotze, Spucke, Eiter, Erbrochenes. Die Sache hatte alles verjagt: meine Kinder, die belebten Straßen, die Lichter der Schaufenster, den mittäglichen Strand mit seinen gekräuselten Wellen im Sommer, die Fliedersträucher, das Lachen, die Freude am Tanzen, die Herzlichkeit der Freunde, das geheime Hochgefühl beim Studium, die langen Lesestunden, die Musik, die Umarmungen eines zärtlichen Mannes, den Schokoladenpudding, die Lust, im kühlen Wasser zu schwimmen. Mir blieb nur noch das Bad in dieser Klinik, wo ich mich dort, wo es am saubersten war, zusammenkauerte. Vor Schüttelfrost klapperte ich so stark mit den Zähnen, daß es ein idiotisches Geräusch machte, wie eine Maschine.

Gott sei Dank knarrten die Stufen der Mansardentreppe. Beim geringsten Geräusch legte ich mich schnell wieder ins Bett und stellte mich normal. Ich mochte die weißhaarige Frau nicht leiden und sprach auch nie mit ihr. Sie brachte mir die Mahlzeiten und gab mir die Tablette, nachdem sie mir Blutdruck und Puls gemessen hatte. Ich konnte nichts essen. Was sich herunterspülen ließ, warf ich ins Waschbecken, den Rest in die Regenrinne unterhalb der gewellten Dachziegel vor meinem Fenster.

Ich kann mich nicht erinnern, ob die Zeit schnell oder langsam verging, ebensowenig kann ich die Tage von den Nächten unterscheiden.

Ich hatte vom Fenster aus abgeschätzt, ob ein Sprung hinunter tödlich wäre. Ja, bestimmt, das Zimmer lag gut vier Stockwerke hoch. Doch das Dach verdeckte mir die Aussicht, und so konnte ich nicht sehen, wo ich gelandet wäre. Vielleicht auf einem Gewächshaus, vielleicht auf einem Blumenbeet. Auf diese Weise wollte ich keinen

Selbstmord begehen. Abgesehen davon hatte ich Angst vor dem Sterben, obwohl es die einzige Lösung schien, die Sache loszuwerden.

Ich weiß nicht mehr, nach wie vielen Tagen es mir klar und klarer wurde, daß ich fliehen mußte. Acht waren es mindestens. An diesem Vormittag (es war ein Vormittag, dessen war ich mir sicher) brachte mir nämlich die Frau eine halbe Tablette, und ich hatte mir gut gemerkt, daß ich die erste Woche nur eine viertel, dann erst eine halbe nehmen sollte.

Auf einmal merkte ich, daß ich normal auf dem Rücken im Bett lag, mit unbedecktem Gesicht. Das überraschte mich: so viele Monate hatte ich nur zusammengekauert existieren, nur mit angezogenen Beinen schlafen können, das Gesicht in die Kissen vergraben. In dem Augenblick, in dem ich diese Veränderung wahrnahm, spürte ich ein Gewicht im Nacken, eine Schwere im Hinterkopf, als wäre mein Hirn aus Blei. Plötzlich wurde mir bewußt, daß diese Schwere schon seit einiger Zeit da war, wenn auch nicht so deutlich spürbar. Gleichzeitig wurde mir klar, daß die Sache nicht mehr dieselbe war, nicht mehr hektisch, keuchend, schnell; sie war zähflüssig, klebrig, schmierig geworden. Es war nicht mehr so sehr Angst, die mich gefangenhielt, vielmehr Verzweiflung, Kummer, Ekel. Aber das wollte ich nicht. Ich weiß nicht, welcher Instinkt mich dabei leitete. Mir war der aufreibende Kampf mit der wildgewordenen Sache lieber als das Zusammenleben mit einer schlaffen Sache, die mit ekelerregender Ergebenheit an mir klebte.

Im Laufe des Vormittags – mein Kopf wurde immer schwerer und schmerzte immer mehr, ich hatte ihn tief ins Kopfkissen vergraben – stellte ich den Bezug zwischen meinem gegenwärtigen Zustand und den Tabletten her. Ein Gespräch zwischen der befreundeten Kapazität und meinem Onkel fiel mir wieder ein. Sie hatten sich über eine neue Behandlungsmethode unterhalten: eine Art chemischer Elektroschock, der zwar noch etwas schwierig zu handhaben, im Ergebnis jedoch weitaus zufriedenstellender sei als der herkömmliche Elektroschock. Sie plauderten darüber in meiner Anwesenheit, als sei ich irgendein Stück Holz. Und so fühlte ich mich auch. Damals hatte ich ihren Ausführungen keinerlei Beachtung geschenkt; ich hatte einfach nur daran gedacht, daß die Schlinge sich zugezogen hatte, daß ich nun eingesperrt würde, was in meinem Zustand ja schließlich das Normale war: ich war ja unfähig, wie andere Menschen zu leben, unfähig, meine Kinder ordentlich großzuziehen. Und dann konnte ich auch nicht mehr, ich wollte von der Angst, der Sache erlöst werden, egal, zu welchem Preis.

Doch an diesem Morgen in der Klinik begann ich zu ahnen, daß der Preis verdammt hoch sein würde und ich nicht bereit, ihn zu zahlen.

Ich beschloß, die widerlichen Tabletten nicht mehr zu schlucken, soviel stand fest. Wenn die Frau damit ankommt, werde ich so tun, als schlucke ich sie herunter, werde es aber bleibenlassen und sie zum Fenster hinausspucken. In die Dachrinne mit dem Zeug!

Und das tat ich auch.

Krame ich nach Erinnerungen aus dieser Zeit, bin ich erstaunt, nur auf große, weiße Flecken von Menschen und Dingen zu stoßen, auf Strände voller zerstreuter, undeutlicher Trümmer meiner Tage und plötzlich wieder auf präzise, heile, völlig ausgewogene und klare Gedankengebäude. In gewissen Momenten während meiner Krankheit war ich intelligenter, klarblickender, als ich es jemals wieder sein werde. Ich werde das nie vergessen. Während ich verrückt war, entdeckte ich Möglichkeiten des Denkens, zu denen ich ohne den Wahnsinn niemals Zugang gehabt hätte. Ich war geistig unglaublich beweglich. Zeitweise hatte ich scharfe, subtile Gedankenblitze, die mir einen besseren Durchblick verschafften, die ein tieferes Verständnis der Dinge ermöglichten, die mich umgaben. Ich beobachtete die anderen. Ich sah sie Wege einschlagen, so gegensätzlich von meinen, so fatal für sie. Ich wollte sie bremsen, sie auf die Gefahr aufmerksam machen. Aber ich ließ es bleiben, weil ich ja glaubte, krank zu sein, und meine Ideen und Entdeckungen für schieren Wahnsinn hielt. Ausgerechnet ich machte mir Sorgen um andere Menschen, die mir gefährdet schienen, ich, die ich doch die Wahnsinnige war!

So sah ich an diesem Tag klar voraus, was mit mir geschehen sollte. Allerdings hatte ich noch nie jemanden getroffen, der durch die Psychiatrie ‹geheilt› worden war. Seitdem habe ich einige erlebt: ausgestopfte Puppen, die alles auf sich selbst beziehen; menschliche Wesen mit feuchten Händen und flackerndem Blick. Flamme, Asche, Flamme, Asche . . . Ich glaube, daß sie nicht mehr unter der Sache leiden, sie aber immer noch lebendig in ihnen steckt. Es ist doch immer wieder die Sache, die die Zügel in Händen hält.

Das hatte ich mit meinem kranken, schweren, schmerzenden Kopf verstanden. Diese Droge, die mir das Hirn zerriß! Aber genau dieses Schicksal wollte ich nicht. Darum tüftelte ich mir einen perfekten Fluchtplan aus. Erste Bedingung: kein Gramm mehr von dieser Tablette, diesem Gift! Dann muß ich eine Kleinigkeit essen, weil ich ja raus will und dazu Kraft brauche. Außerdem muß ich mir die Erlaubnis verschaffen, in den Park gehen zu dürfen. Danach wird es einfach. Vor allem jedoch sehe ich voraus, daß die Sache wieder angreifen wird, wenn die Wirkung der Tablette nachläßt: Angst, Schüttelfrost, Zittern, Furcht und Schweiß werden wieder über mich herfallen. Alles geht von vorne los, und ich werde wieder bluten wie ein abgestochenes Schwein. Egal, ich muß abhauen. Ich weiß, daß ich nur vierundzwanzig Stunden Zeit habe, meine Komödie zu spielen. Nachher bin ich vielleicht nicht mehr in der Lage zu fliehen, all meine Kräfte muß ich dann wieder für den Kampf mit der Sache mobilisieren. Wahrscheinlich komme ich nicht an meine Handtasche heran, die mit Tranquilizern, Schlaftabletten und all den Tarnmittelchen, die ich gewöhnlich für meinen Kampf brauche, vollgestopft ist: Zuckerstückchen gegen Magenkrämpfe, Pfefferminzbonbons gegen schlechten Mundgeruch und Schluckbeschwerden, Aspirin gegen fiebrigen Kopf, Deodorant gegen Schweißgestank, Tampax, Kleenex, Watte, um das Blut zu dämmen, Sonnenbrille, um meinen Blick vor den anderen zu verstecken und meine Augen vor dem unerträglichen Licht zu schützen. In der Tasche ist auch das Geld, das ich brauche: Ich bin ja mitten auf dem Land, wie soll ich sonst den Bus, den Zug oder ein Taxi bezahlen! Also muß ich mir etwas anderes einfallen lassen. Ich werde schon eine Lösung finden. Einfach ins Dorf gehen und einen Freund anrufen. (Man kannte mich auf der Post: «Ah, die Nichte des Direktors . . . sie kann morgen zahlen.» Das hatte ich früher auch schon so praktiziert.) Nach meiner Tasche zu fragen, das wäre das Ende, soviel war klar. Sie dürfen nicht den geringsten Verdacht schöpfen. Glücklicherweise kenne ich mich in dem Park sehr gut aus. Ich hatte als kleines Mädchen sehr oft hier gespielt, und auch mit meinen Kindern war ich hier öfters spazierengegangen. Ich kenne alle Schlupflöcher im Zaun, durch die man entwischen kann, ohne von den Wärtern entdeckt zu werden. Die wissen nämlich nicht, weshalb ich hier bin. Diese Klinik ist keine richtige Nervenklinik. Nur mein Onkel, meine Tante und die Krankenschwester wissen Bescheid. Aber die Wärter würden es vielleicht meinem Onkel erzählen, und so würde er erfahren, daß ich durch den Park entwischt war. Mein schöner Plan wäre geplatzt. Anders ist es mit den Leuten von der Post, sie haben längst nicht so engen Kontakt mit dem Klinikpersonal.

Morgen werde ich das Unternehmen starten, übermorgen türmen. Das einzige, was mich verraten kann, ist der Puls. Ob das Mittel lange genug wirkt?

Aufrecht sitze ich im Bett und warte auf die Mittagstablette. Die Schwester kommt herein.

«Guten Tag!»

«Guten Tag, uns scheint es ja heute besser zu gehen.»

«Ja, ich fühle mich besser.»

Blutdruck, Puls, das Glas Wasser und die halbe Tablette in einem Metallschälchen, seit einigen Tagen brauche ich sie nicht mehr aufzulösen, kann sie normal herunterschlucken. Den Halbmond geschickt unter meine Zunge gegen die Zähne geklemmt, spüle ich das Wasser herunter.

Das Lächeln, sie ist wieder weg. In die Dachrinne mit der Tablette!
Am selben Nachmittag stehe ich bereits im Bad.

«Schönes Wetter heute!»

«Ja, ein schöner Tag.»

«Ich würde gerne meinen Onkel sprechen; ich habe Lust, etwas
rauszugehen.»

«Sachte, sachte. Ich glaube, das geht nicht einfach so, mitten in der
Behandlung.»

«Könnte ich trotzdem meinen Onkel sprechen? Ich möchte lesen.»

«Selbstverständlich.»

Blutdruck, Puls und die Tablette in die Dachrinne.

Wenige Minuten später erscheint mein Onkel.

«Nun, es scheint dir ja schon besser zu gehen, wenn du Lust hast zu
lesen. Ich habe dir Illustrierte und Krimis mitgebracht.»

«Ich würde mir gerne die Beine ein bißchen vertreten. Könnte ich
vielleicht morgen ein wenig in den Park?»

«Das muß ich erst mit deinem behandelnden Arzt besprechen.»

«Ruf ihn doch an. Ich weiß, daß es mir gut täte, ich habe wahnsinnig Lust darauf.»

«Gut, ich rufe ihn an. Im Prinzip müßte er sowieso übermorgen
kommen.»

«Weißt du, mir geht es soviel besser. Ich kann einfach nicht die
ganze Zeit so rumliegen.»

Ein breites Lächeln. Er sitzt am Fußende. Er wagt mich kaum
anzusehen. Um seine Unsicherheit zu überspielen, inspiziert er sorgfältig mein Krankenblatt, auf dem tagtäglich Blutdruck, Puls und die
Dosierung der Medikamente eingetragen werden. Er kennt dieses
Blatt auswendig. Jeden Vormittag bekommt er es von der Krankenschwester vorgelegt.

«Dir scheint es wirklich besser zu gehen. Fabelhaft! Ich werde dir
nachher gleich sagen, was dein Arzt davon hält.»

Mein Arzt! Ich weiß noch nicht einmal, wie er heißt!

Bis mein Onkel wiederkommt, richte ich mich etwas her. Lange
und sorgfältig bürste ich mir die Haare, nach vorne und nach hinten.
Dann putze ich die Zähne. Das ist anstrengend, ich bin ganz außer
Atem. Ich lauere auf die Sache, aber sie rührt sich nicht. Ich hocke
mich hin, um das Blut ins Bidet laufen zu sehen. Seit ich in der Klinik
bin, ist das meine Lieblingsbeschäftigung. Es erinnert mich ans Meer
und an die Wellen, wenn sie sich seufzend vor dem Strand verbeugen,
an den regelmäßigen Lauf der Gestirne.

Ich höre die erste Stufe knarren, ziehe meine Unterhose wieder an
und setze mich an den Tisch, vor mir eine aufgeschlagene Illustrier-

te. Gina Lollobrigida in großem Dekolleté, mit strahlendem Lächeln. Mein Gott, wie macht sie das nur, dermaßen glücklich zu sein!

Mein Onkel kommt herein; sein weißer Kittel spannt etwas über seinem Bäuchlein. Er trägt eine kleine weiße Mütze, die er sonst nur im Operationssaal aufsetzt.

«Dein Arzt ist einverstanden. Morgen kannst du spazierengehen. Er ist sehr zufrieden, wie schnell sich dein Zustand gebessert hat. Manchmal scheint dieses neue Mittel genau den gegenteiligen Effekt zu haben: die Patienten werden apathisch und bekommen Kopfschmerzen. Die Schwester wird dich begleiten. Übrigens, deine Tante läßt dich fragen, ob du nicht zum Abendessen zu uns kommen magst.»

«Nein, danke. Nicht heute abend. Ich habe schon gegessen und möchte jetzt schlafen. Wenn ich meinen kleinen Ausflug gut überstehe, komme ich morgen. Aber sag ihr meinen Dank; sicherlich versteht sie, daß ich nicht komme.»

«Bestimmt. Sie hat ja nicht eine Sekunde daran gezweifelt, daß du dich schnell wieder fängst. So was liegt nicht in der Familie. Es war einfach zuviel für dich, die Kinder ganz alleine aufzuziehen, weiter nichts. Deine Tante macht sich vor allem Sorgen um deine Mutter, die vor Aufregung fast verrückt wird. Du weißt ja, wie sehr sich die beiden mögen. Den ganzen Tag lang hängen sie miteinander an der Strippe. Deine arme Mutter hält sich kaum noch auf den Beinen. Die Kinder strengen sie sehr an.»

«Ich schaff's schon. Beruhigt sie, das dauert ja nicht mehr lange.»

«Du weißt, was ich davon halte ... Es ist vor allem wegen deiner Mutter. Die arme Frau hat schon genug durchgemacht, sie verdient wirklich ein wenig Ruhe ... Na ja, ich spreche zu dir wie zu einer ... Erwachsenen. Du wirst doch aus einer Mücke keinen Elefanten machen!»

«Nein, sicher nicht. Ich versteh' dich sehr gut. Und bald ist es ja vorbei. Ich fühl's, es geht mir ja schon viel besser!»

«Gute Nacht, mein großes Mädchen.»

Er drückt mir einen Kuß auf die Stirn und geht.

Ich will nicht an meine Mutter denken, ich darf nicht an meine Kinder denken ...

Danach, das große Durcheinander. Die Rauferei mit der Sache war grausam. Ich traute es mir nicht mehr zu, mich länger mit ihr herumzuschlagen, mit bloßen Händen, ohne helfende Medikamente, ohne alles. Und trotzdem habe ich durchgehalten. Ich hab's geschafft, ohne die Schwester hinauszukommen. Querfeldein lief ich los. Ich versuche mich zu erinnern, ob der Weizen schon hoch stand, aber es fällt mir nicht mehr ein.

Ich erreichte meinen Freund.

«Versprichst du mir, morgen um dieselbe Zeit zu kommen? Wir treffen uns an der Kreuzung von Hauptstraße und dem kleinen Weg, da, wo das Hinweisschild zur Klinik steht, ein Kilometer vor der Ortschaft, links.»

«Du kannst dich auf mich verlassen. Ich werde da sein.»

Abends vor dem Fernseher, zwischen Onkel und Tante, kam ich mir vor wie in einem riesigen Aquarium. Die beiden waren liebe, kleine Fischlein, die sich friedlich an Algen weideten; ich ein Polyp.

Um Himmels willen, nur keinen Streit! Nur keinen Ärger, kein böses Wort, keine falsche Bewegung!

Ich ahnte noch nicht, daß ich sie nie wiedersehen würde, ich wußte nur, daß ich sie hinters Licht führen mußte. Wie verunsichert ich war! Ausgerechnet die beiden, der Stolz der ganzen Familie! Indem ich mich von ihnen entfernte, entfernte ich mich vom ‹Guten›. Aber das war nun mal der Weg, für den ich mich entschieden hatte. Wenn ich es mir recht überlegte, war ich eigentlich nie ‹normal›, wußte nie, was es heißt, ‹normal› zu leben, so wie sie. Deswegen konnte ich ebensogut verschwinden, sie von meinem Anblick erlösen.

Am nächsten Tag stand das Auto da. Wir fuhren gleich los, und ich konnte mich wieder meinem Zittern und Zähneklappern überlassen.

«Was hast du denn? Kann ich was für dich tun?»

«Nichts, gar nichts. Du kannst mir nicht helfen. Bring mich zu Michèle. Mach dir keine Sorgen, das geht schon vorbei. Ruf dann doch die Klinik an und sag ihnen, daß ich in guten Händen bin. Sie sollen nicht nach mir suchen. Aber sag ihnen auf keinen Fall, wo ich bin. Ich will sie nie wiedersehen.»

Am nächsten Tag ging ich zum erstenmal in die Sackgasse.

Wer hatte den Doktor angerufen? Ich? Michèle? Ich weiß nicht mehr. Sie kannte ihn, und ich hatte von ihm gehört. Mag sein, daß ich es war. (Bei Michèle hatte ich Beruhigungsmittel gefunden und konnte so die Sache im Ansatz ersticken.) Ich habe es vergessen.

So, nun hatte ich alles erzählt.

Ich wollte ihm eigentlich nur das mit dem Blut erzählen; trotzdem sprach ich hauptsächlich über die Sache. Ob er mich wegschickte? Ich traute mich nicht, ihn anzusehen. Ich fühlte mich wohl da, in diesem kleinen Raum, als ich über mich redete. War das eine Falle? Die letzte? Vielleicht hätte ich mich ihm doch nicht anvertrauen sollen.

Er sagte: «Es war klug, die Tabletten nicht zu nehmen. Sie sind sehr gefährlich.»

Mein Körper entspannte sich. Ich war diesem kleinen Mann unend-

25

lich dankbar. Vielleicht gab es doch noch einen Weg von mir zu jemand anderem. Wenn es doch nur wahr wäre! Wenn ich wirklich mit jemandem reden könnte, der mir ehrlich zuhört!

Er fuhr fort: «Ich glaube, daß ich Ihnen helfen kann. Wenn Sie einverstanden sind, können wir morgen gemeinsam mit einer Analyse beginnen. Sie werden dreimal in der Woche zu einer Sitzung von je fünfundvierzig Minuten kommen. Falls Sie einverstanden sind, ist es meine Pflicht, Sie darauf aufmerksam zu machen, daß eine Psychoanalyse Ihr bisheriges Leben unter Umständen vollständig verändern wird. Sie dürfen ab sofort kein Medikament mehr nehmen, weder zur Beruhigung, noch gegen die Blutungen. Nicht einmal Aspirin, nichts. Schließlich muß ich Ihnen auch noch sagen, daß eine Analyse mindestens drei Jahre dauert und daß es ziemlich teuer ist. Ich nehme 40 Francs für die Sitzung, das sind 120 Francs pro Woche.»

Ich spürte, es war ihm wirklich ernst. Ich sollte ihm genau zuhören und es mir überlegen. Zum erstenmal seit langem wurde ich wie ein normaler Mensch behandelt. Und zum erstenmal seit langem verhielt ich mich auch wie ein Mensch, der imstande ist, Verantwortung zu übernehmen. Und mir wurde bewußt, daß man mir Schritt um Schritt jegliche Verantwortung entzogen hatte. Aus mir war ein Nichts geworden.

Ich überdachte die Situation und das, was er mir gesagt hatte. Was meinte er wohl mit ‹Leben verändern›? Vielleicht würde ich mich scheiden lassen, die Sache hatte ja mit meiner Ehe angefangen. Egal, dann würde ich mich eben scheiden lassen. Man würde ja sehen. Sonst fiel mir nichts ein, was an meinem Leben noch zu verändern wäre.

Die Frage mit dem Geld war schon schwieriger: Ich hatte keins. Ich lebte von den Einkünften meines Mannes und dem Geld meiner Eltern.

«Herr Doktor, ich habe kein Geld.»

«Dann werden Sie eben welches verdienen. Sie müssen Ihre Sitzungen mit selbstverdientem Geld bezahlen. Das ist besser so.»

«Aber, ich kann doch nicht aus dem Haus! Wie soll ich denn arbeiten gehen?»

«Sie werden es schon schaffen. Ich kann warten; drei oder auch sechs Monate, bis Sie eine Stelle gefunden haben. Wir können uns schon arrangieren. Sie sollten nur begreifen, daß Sie mich bezahlen und sich dafür anstrengen müssen. Die Sitzungen, die Sie versäumen, müssen ebenfalls bezahlt werden. Wenn Sie das alles weder Mühe noch Geld kostet, nehmen Sie die Analyse nicht ernst genug. Das ist erwiesen.»

Er sagte das alles ganz trocken, wie ein Geschäftsmann. Aus seiner Stimme war weder Mitleid noch väterliches, doktorhaftes Gehabe herauszuhören. Ich entschied mich sofort. Ich ahnte damals noch nicht, daß ich ihm mit diesen drei zusätzlichen Sitzungen noch mehr Zeit für sich selbst raubte, wo ihn doch schon die anderen Klienten so in Anspruch nahmen. Er ließ sich die zusätzliche Mühe, die es ihn kostete, nicht anmerken. Auch nicht, daß er mit mir eine Ausnahme machte, weil er mich für sehr krank hielt. Kein Wort davon, im Gegenteil. Nach außen wirkte unser Gespräch wie eine geschäftliche Verhandlung. Er nahm das Risiko auf sich, mir allein die Entscheidung zu überlassen, wobei er wußte, daß es für mich nur zwei Lösungen gab, wenn ich mich nicht für ihn entschied: Selbstmord oder Heilanstalt.

«Ich bin einverstanden, Herr Doktor. Ich weiß zwar nicht, wie ich Sie bezahlen soll, aber ich bin einverstanden.»

«Gut, dann beginnen wir morgen.»

Er sah in seinem Kalender nach und sagte mir, an welchen Tagen und um wieviel Uhr ich kommen sollte.

«Und wenn die Blutungen wieder einsetzen?»

«Unternehmen Sie nichts.»

«Aber deswegen war ich doch schon im Krankenhaus, mit Auskratzungen und Transfusionen!»

«Ich weiß. Unternehmen Sie trotzdem nichts. Ich erwarte Sie morgen . . . Ich bitte Sie noch um eins: Vergessen Sie alles, was Sie über Psychoanalyse wissen. Versuchen Sie, unbefangen zu reden. Benutzen Sie ihr eigenes Vokabular statt des analytischen, das Sie sich angelesen haben. Alles, was Sie da wissen, hält uns nur auf.»

Es stimmte. Ich glaubte nämlich alles über Selbstbeobachtung zu wissen. Und im Grunde schien mir diese Behandlung wie ein Tropfen auf den heißen Stein.

«Herr Doktor, was habe ich denn eigentlich?»

Er machte eine abwehrende Handbewegung, als wolle er sagen: «Was nützen denn schon Diagnosen!»

«Sie sind erschöpft, durcheinander. Ich glaube aber, daß ich Ihnen helfen kann.»

Er begleitete mich zur Tür.

«Auf Wiedersehen, Madame, bis morgen.»

«Auf Wiedersehen, Herr Doktor.»

Die Nacht nach diesem ersten Besuch war schwierig durchzustehen. Die Sache in mir rumorte. Seit langem konnte ich nur noch mit Schlafmitteln vollgepumpt einschlafen. Er aber hatte gesagt: «Sie dürfen überhaupt keine Medikamente mehr nehmen.»

Ich lag schweißgebadet im Bett, hatte fürchterliche Beklemmungen und kriegte kaum Luft. Wenn ich die Augen öffnete, löste sich alles auf: die Außenwelt, die Dinge, die Luft. Hielt ich sie geschlossen, spürte ich die Auflösung meiner Innenwelt, meiner Zellen, meines Fleisches. Das machte mir angst. Nichts und niemand konnte diesen Verfall, und sei es nur für Sekunden, aufhalten. Ich versank, ich konnte kaum atmen, überall wimmelte es von Bakterien. Überall Maden, ätzende Säuren, Eiterbeulen. Warum nur dieses Leben, das sich selbst verzehrte? Warum nur diese Wucherungen voller Agonie? Warum altert mein Körper? Warum produziert er Flüssigkeiten und stinkende Materie? Warum Schweiß, Kacke, Pisse? Warum nur der ganze verdammte Mist? Warum nur der Krieg gegen alle, der Krieg jeder Zelle, die die andere vernichtet und sich an deren Kadaver weidet? Warum nur dieser unvermeidliche, majestätische Reigen der Phagozyten? Wer steuert nur diese perfekten Monster? Welch unermüdlicher Motor hetzt diese Meute? Wer schleudert die Atome mit solcher Wucht? Wer überwacht jedes Steinchen, jedes Hälmchen, jede Blase, jeden Säugling mit unfehlbarer Aufmerksamkeit, um sie letztlich der Verderbnis des Todes zuzuführen? Was ist dauerhafter als der Tod? Wo soll man sonst Ruhe finden, wenn nicht im Tod als der Auflösung aller Dinge? Wem gehört der Tod? Was ist das für eine gewaltige, schwammige Sache, die Schönheit, Freude, Frieden und Liebe gegenüber so gleichgültig ist, die sich auf mich legt und mich erstickt? Die gleichermaßen Scheiße und Zärtlichkeit liebt, zwischen beiden nicht unterscheidet? Wo nehmen nur die anderen die Kraft her, das alles zu ertragen? Wie können sie nur damit leben? Sie müssen wohl verrückt sein! Alle sind sie verrückt! Ich kann mich nicht verstecken, ich kann einfach nicht dagegen an, ich bin der Sache ausgeliefert. Langsam, unerbittlich schleicht sie sich an: Sie will mich haben, sie will sich an mir mästen!

Ich werde von dem fauligen Lebensstrom mitgerissen, ob ich will oder nicht, in den unentrinnbaren, absoluten Horror. Das jagt mir schauderhafte, unerträgliche Angst ein. Wenn es schon kein anderes Schicksal für mich gibt, als in den schändlichen Bauch der Verpestung zu fallen, dann aber so schnell wie möglich! Ich werde mich umbringen, mit allem Schluß machen.

Schließlich bin ich gegen Morgen eingeschlafen, erschöpft, in mich selbst verkrochen wie ein Fötus.

Beim Aufwachen schwamm ich in Blut. Es war durch die Matratze, durch den Rost gelaufen und tropfte aufs Parkett. Er hatte gesagt: «Unternehmen Sie nichts. Ich erwarte Sie morgen.» Noch sechs Stunden Warten, das halte ich nicht durch!

Regungslos blieb ich im Bett liegen, steif wie eine Tote. Ich war aufs

Schlimmste gefaßt. Zwei grauenhafte Szenen in allen Details drängten sich mir auf. Zusammenbrüche, zwei Alpträume, die ich bei vollem Bewußtsein erlebt hatte. In dem ersten hatte ich in sinnloser Hartnäckigkeit Blut in dicken Gerinnseln, die wie Leberscheiben aussahen, ausgeschieden. Bei ihrem Herausgleiten spürte ich ein laues und sanftes Streicheln. Ein Notarztwagen brachte mich ins Krankenhaus, wo man mich auskratzte.

In dem zweiten war es genau umgekehrt: Wie ein roter Faden, der sich unaufhaltsam abspult, floß das Blut aus mir heraus, wie aus einem aufgedrehten Wasserhahn. Ich erinnere noch mein Erstaunen, als ich das feststellte, dann meine Panik: «Wenn das so weitergeht, bin ich in zehn Minuten mein Blut los.» Wieder ins Krankenhaus. Transfusion, Ärzte, Schwestern, alle blutverschmiert, stürzen sich auf meine Arme, Beine, Hände, um die geeignete Vene zu finden und die ganze Nacht um mein Leben zu kämpfen.

Am nächsten Morgen: wieder Operationssaal, wieder Auskratzung.

Ich wußte noch nicht, daß das Blut, dem ich mich auslieferte, in Wirklichkeit die Sache nur verdeckte. Zeitweise überschwemmte dieses verdammte Blut meine gesamte Existenz und ließ mich erschöpft und noch zerbrechlicher mit der Sache allein zurück.

Zur vereinbarten Zeit kam ich ans Ende der Sackgasse, verpackt in Handtücher und Watte, eingemummt in diese ganzen Windeln, die ich mir zusammengefummelt hatte. Ich mußte ein wenig warten, weil ich zu früh gekommen war. Mein Vorgänger kam heraus. Wie schon gestern hörte ich das Öffnen und Schließen beider Türen. Dann ging ich ins Arbeitszimmer und überfiel ihn gleich:

«Herr Doktor, ich bin völlig ausgeblutet!»

Ich erinnere mich ganz genau, dieses Wort benutzt zu haben, weil ich es so schön fand. Ich weiß auch noch, daß ich alles tat, um möglichst leidend zu wirken. Der Doktor antwortete mir seelenruhig:

«Das sind psychosomatische Störungen, das interessiert mich nicht. Sprechen Sie von etwas anderem.»

Da stand die Couch, die ich nicht benutzen wollte. Ich wollte aufrecht stehen und kämpfen. Was dieser Mann da gerade gesagt hatte, war eine Ohrfeige mitten ins Gesicht! Noch nie im Leben hatte ich so was Verletzendes einstecken müssen. Mitten ins Gesicht! Mein Blut, das interessierte ihn nicht! Damit war alles kaputt. Ich war fassungslos, wie vom Blitz getroffen. Er wollte mich also nicht über mein Blut sprechen lassen! Worüber sollte ich denn sonst reden? Worüber denn? Außer dem Blut gab es ja nur noch die Angst, sonst nichts, und über die Angst konnte ich nicht sprechen, geschweige denn, an sie denken!

Ich brach zusammen und heulte. Ich, die ich so lange nicht weinen konnte, die ich mich monatelang vergeblich nach Tränen der Erleichterung gesehnt hatte! Nun tropften endlich dicke Tränen und entspannten meinen Rücken, meine Brust, meine Schultern. Lange habe ich mich ausgeweint. Ich suhlte mich in diesem Sturm, ich überließ ihm meine Arme, meinen Nacken, meine zusammengeballten Fäuste, meine angewinkelten Knie. Wie lange schon hatte ich nicht mehr diese süße Ruhe des Kummers ausgekostet? Wie lange schon war mein Gesicht nicht mehr von erlösenden Tränen verschmiert worden, einem Gemisch aus Spucke und Rotz? Wie lange schon hatte ich auf meinen Händen nicht mehr die laue, wohltuende Feuchtigkeit des Schmerzes gespürt?

Ich fühlte mich so wohl, wie ich dalag. Wie ein zufriedener Säugling in seiner Wiege, ein Milchbärtchen um die Lippen, den beschützenden Blick der Mutter auf sich. Ausgestreckt lag ich auf dem Rücken, gehorsam, voller Zutrauen. Ich begann, von meinen Ängsten zu sprechen, und hatte das Gefühl, daß ich das nun sehr lange tun würde, jahrelang. Irgendwo ganz tief in mir spürte ich, daß ich vielleicht ein Mittel finden würde, der Sache das Genick zu brechen.

Dennoch, als ich aus der ersten Sitzung kam und die Tür kaum hinter mir zu war, fiel mir das Blut schon wieder ein. Der Doktor war wohl verrückt, ein Scharlatan, noch so einer, wie die anderen! Auf welche Hexerei hatte ich mich da eingelassen! Nun hieß es, schnell handeln, ein Taxi nehmen und einen Arzt aufsuchen, diesmal einen richtigen.

Der Taxifahrer war geschwätzig. Vielleicht fand er mich auch irgendwie komisch und wollte mich aufmuntern. Jedenfalls quasselte er am laufenden Band. Ich glaubte mich von ihm ständig im Rückspiegel beobachtet. Unter diesen Bedingungen, so, wie ich mich für den Besuch beim Doktor ausstaffiert hatte, war es unmöglich, meine übliche flinke, verstohlene Untersuchung durchzuführen. Ich hatte dem Taxifahrer die Adresse eines Arztes genannt, und je näher wir kamen, desto dringender wurde mein Bedürfnis, die Sache nachzuprüfen. Ich wurde unruhig, aggressiv. Ich wußte nicht, ob ich den Taxifahrer anhalten oder weiterfahren lassen sollte. Er verstand überhaupt nichts mehr. Schließlich rutschte ich an die äußerste Kante des Rücksitzes, stützte meinen linken Arm auf die Rückenlehne des Fahrersitzes und legte meinen Kopf darauf. Ich tat so, als hörte ich dem Geschwätz des Mannes da vorne zu. Unterdessen wühlte ich mit meiner rechten Hand unter dem Kleid herum, zerriß den Reißverschluß und zerrte an den Sicherheitsnadeln, mit denen ich die Handtücher an meiner Unterhose festgesteckt hatte, bis ich zur Quelle des Blutes vorstieß. Nichts Nennenswertes hatte sich ereignet. Die Blutung war nicht stärker geworden, sie schien eher nachgelassen zu haben. Schwer zu sagen, da ich noch vor einer Stunde beim Fortgehen dermaßen stark geblutet hatte.

Schlagartig änderte ich meine Meinung und gab dem Taxifahrer die Adresse von Michèle. Dann verkroch ich mich in die hinterste Ecke des Taxis. Vielleicht könnte ich ja bis übermorgen durchhalten, bis zur nächsten Sitzung!

Ich nahm vier Stufen auf einmal und versuchte, mir den ganzen Krempel am Leib zu halten. Schnell, ins Badezimmer. Die besudelten Fetzen auf den Boden, zwischen die Beine, ich aufs Bidet. Kein Blut mehr! Ich traute meinen Augen nicht. Kein einziger Tropfen Blut mehr!

Ich wußte und konnte auch an diesem Tag noch nicht wissen, daß ich überhaupt nie mehr so bluten würde wie in den vergangenen Monaten und Jahren. Ich hielt es für eine vorübergehende Ruhepause, die ich aber in vollen Zügen auskosten wollte, genauso wie gerade eben meine Tränen. Ich wusch mich, streckte mich dann nackt, mit gespreizten Beinen aufs Bett aus. Rein! Ich war rein und unbefleckt, ein weißes Gefäß, Tabernakel des Blutes, Monstranz der Tränen. Ebenmäßig und glatt!

Der Doktor hatte gesagt: «Versuchen Sie zu verstehen, was mit Ihnen geschieht; was Ihre Anfälle auslöst, wann sie abflauen und wodurch sie sich verstärken. Achten Sie auf jede Kleinigkeit: Geräusche, Farben, Gerüche, Gesten, Atmosphäre . . ., alles. Versuchen Sie, durch Assoziation von Gedanken und Bildern dahinterzukommen.»

An diesem Tag war ich noch ganz schön ungeschickt im Umgang mit der Analyse; trotzdem fiel es mir leicht, den Zusammenhang zwischen der Blutung, ihrem Versiegen, der Ohrfeige des Doktors («Ihr Blut interessiert mich nicht. Sprechen Sie von etwas anderem!») und meinen anschließenden Tränen herzustellen.

In dieser Nacht war das Blut auch aus meinen Gedanken gewichen. Es war ein Fest! Mit welcher Leichtigkeit traute ich mich an einfache Überlegungen, unkomplizierte Berechnungen und angenehme Phantasien heran! An Gedankenabläufe, die für mich sonst immer Erholung waren, bei denen ich aber nur auf die Gefahr hin verweilen konnte, wieder Hals über Kopf von der Sache gepackt zu werden. Ich konnte die Sache aber nur bekämpfen, wenn ich meinen ganzen Verstand zusammennahm, scharf und klar, auf dem Gipfel meiner Vorstellungskraft stehenblieb, auf dem Weg ins Unendliche, Unfaßbare, ins Mysterium, in die Magie weiterging.

Und in dieser Ruhe fiel es mir wie Schuppen von den Augen: Dutzende von Tests, Untersuchungen, Durchleuchtungen und Analysen hatte ich ohne Ergebnis und ohne den geringsten Hinweis auf anomale Körperfunktionen über mich ergehen lassen. Diese Erkenntnis war klar wie Quellwasser, leicht wie eine Wolke, simpel wie das Ei des Kolumbus. Weder im Hormonhaushalt noch im Gewebe hatte man irgend etwas gefunden. Der Kreislauf war in Ordnung und auch das Blutbild. Man hatte nichts Organisches gefunden. Mir wurde klar, daß das Blut der Rettungsring war, der uns, den Ärzten und mir, erlaubte, auf dem Meer des Unerklärlichen umherzutreiben. Ich blutete. Sie blutet. Warum? Weil irgend etwas nicht in Ordnung ist, etwas Organisches, Physiologisches, sehr Schlimmes, Kompliziertes, Fibromatöses, falsch Gepoltes, Zerrissenes, Anomales! Die Analysen ergaben nichts. Das will noch lange nichts heißen; man blutet nicht einfach so, ohne Grund. Man muß das öffnen und nachschauen. Man muß einen langen Schnitt in ihre Haut machen, durch die Muskeln, durch die Adern. Man muß die Bauchdecke und die Gedärme zur Seite schieben und dann dieses eine Organ freilegen, warm und rosa: man muß es zerschneiden, beseitigen. Dann wird es kein Blut mehr geben. Kein Gynäkologe, kein Psychiater, kein Neurologe hatte je erkannt, daß das Blut von der Sache kam. Im Gegenteil, man hatte mir eingeredet, die Sache käme vom Blut. «Frauen sind leicht ‹nervös›, ihr hormonelles Gleichgewicht ist prekär, sehr labil.»

An diesem Abend wurde mir sonnenklar, daß die Sache das eigentlich Zentrale war, daß sie alle Fäden in der Hand hielt.

Nun bot ich der Sache die Stirn. Sie war jetzt nicht mehr so unbestimmt, obwohl ich sie noch nicht definieren konnte. An diesem Abend akzeptierte ich die Sache zum erstenmal. Ich gestattete mir, sie wirklich existieren zu lassen. Ich wollte echte Verantwortung für meine Krankheit übernehmen, wie sie nun einmal war. Ich begriff, daß ich die Verrückte war. Sie jagte mir Angst ein, weil sie die Sache mit sich herumschleppte. Ich fand sie ekelhaft. Gleichzeitig faszinierte sie mich wie diese fabelhaften Reliquienkästchen mit den schäbigen Überbleibseln der Heiligen. Das Gold, die Edelsteine, die ganze Pracht um einen Schädel mit verfaulten Zähnen, uralte vergilbte Gebeine, vertrocknetes Blut! Und drumherum die Pfaffen mit all ihrem Weihrauch, ihrem Baldachin, ihren Standarten! Und die verblödete Menge, wie sie bei den Prozessionen heilige Gesänge psalmodiert, wenn sie sich hinter diesen widerlich verrotteten Resten herschiebt! Wehklagen und Ekstase aus all den salbadernden Mündern, diesen verlorenen Augen, gekrümmten Rücken, die Finger im Rosenkranz verstrickt. Wahnsinn! Genauso war die Sache: Sie benutzte den besseren Teil der Verrückten, um das Gemeine bloßzulegen.

Eines war nun sicher: Die Sache steckte mitten in meinem Hirn und nicht sonst irgendwo in meinem Körper, auch nicht außerhalb. Ich war alleine mit ihr. Mein ganzes Leben war die Geschichte zwischen ihr und mir. Von nun an bekam meine Isolation einen neuen Sinn. Sie war vielleicht ein Übergang, eine Häutung. Werde ich wieder leben können? Ich litt sehr unter der Entfremdung, in die ich mich geflüchtet hatte. In ihr offenbarte sich meine ganze Zerrissenheit. Von den anderen erwartete ich Lösungsversuche, die mich jedoch jedesmal so sehr verletzten, daß ich mich noch mehr zurückzog. Wer konnte schon zu mir durchdringen? Welchen Sinn hatte wohl das ganze Hin und Her der anderen um mich herum? Was bedeutete wohl das unverständliche Durcheinander von Worten, Bewegungen, Verordnungen, Normen, wildem Gestikulieren?

Was sollte die Einstellung des Lebens in Jahre, in Monate, in Tage, Stunden, Minuten, Sekunden? Warum taten bloß alle Leute dasselbe zur selben Zeit? Ich verstand überhaupt nichts mehr. Wie die anderen um mich herum lebten, hatte für mich überhaupt keinen Sinn.

Ich war einem Universum ausgeliefert, das mir gleichgültig war, solange es sich mir nicht feindlich entgegenstellte. Vor diesem Universum mußte ich mich verantworten, mich unentwegt falscher Handlungen bezichtigen und dafür büßen. Die Jahre vergingen, und mehr und mehr vernebelten sich meine Gedanken, immer stärker wurde mein Gefühl, noch minderwertiger, noch unvollkommener zu werden, schamlos und unanständig. Sosehr ich auch wollte, ich konnte nie mit mir zufrieden sein. Ich kam mir vor wie der letzte Dreck, wie eine Abnormität, eine Schande, und war mir selbst ein Rätsel. Das Schlimmste aber war, daß ich glaubte, von Natur aus schlecht zu sein. Hätte ich nur ein bißchen Mut, ein wenig guten Willen gezeigt und die Ratschläge der anderen befolgt, wäre es mir vielleicht gelungen, ins Lager der Guten überwechseln zu können. Aber aus Feigheit, Faulheit, Mittelmäßigkeit und niederen Beweggründen hatte ich die schlechte Seite gewählt und war unwiderruflich ins Abseits geraten. Auch mein Körper war schwerfällig geworden, total abgeschlafft. Innerlich wie äußerlich kam ich mir gleich gräßlich vor.

Und plötzlich, an diesem Abend, nur weil das Blut nicht mehr floß, weil der Doktor ganz normal mit mir geredet hatte, sah ich alles ganz anders, sah mich selbst in einem völlig neuen Licht. Welches Rädchen hatte der kleine Mann in Bewegung gesetzt? Welcher Instinkt gab mir Auftrieb?

Mit wahrer Verbissenheit verfolgte ich von nun an den neuen Kurs, wie eine Biene auf der Suche nach Honig, durch nichts von der emsigen Arbeit abzulenken, ausschließlich damit beschäftigt, den besten Pollen auszuwählen. Mein Honig, das war mein Gleichgewicht. Etwas anderes interessierte mich nicht mehr. Ich konnte an nichts anderes mehr denken. Mir fiel noch nicht einmal ein, meinen Onkel anzurufen. Meinen Mann habe ich erst viel später benachrichtigt.

Es wurde Herbst, Winter. Die kleine Gasse war ständig naß vom Regen, in den vielen Pfützen spiegelte sich das spärliche Licht. Manchmal begegneten mir Patienten, die vor oder nach mir an der Reihe waren. Eingemummt in ihre Mäntel drückten sie sich eilig an den Hauswänden entlang. Betont unpersönlich kreuzten sich unsere Blicke; aber jeder von uns wußte von der Krankheit des anderen, wußte, daß wir bei demselben Doktor waren, dieselbe Couch teilten, dieselbe Zimmerdecke, denselben Webfehler in der Wandbespannung, dieselbe dämliche Statue oben auf demselben Zierbalken auf der anderen Seite der Couch. Wir waren eine Gemeinschaft von Verlorenen, Gejagten. Sie lavierten, genau wie ich, zwischen Selbstmord und Angst wie zwischen zwei blutrünstigen Wachhunden.

Ich wußte auch, daß meine Worte, die sich dreimal in der Woche wie Sturzbäche ergossen, nicht dieselben waren wie ihre Worte. Auch sie hatten ihre ureigene Geschichte, genauso beschwerlich, im Grunde genauso lachhaft wie meine, genauso unverständlich für die anderen, genauso unerträglich.

Die ersten drei Monate meiner Analyse hatte ich das Gefühl, dort nur auf Bewährung zu sein. Mißtrauisch, ob das überhaupt lange gutgehen würde, befürchtete ich, eines Tages erwischt und wieder abgeführt zu werden. Meine Blutungen allerdings hatten sich normalisiert: Meine Monatsregel kam immer pünktlicher. Die Angstanfälle ließen nach und wurden immer weniger schlimm. Über die Halluzination hatte ich aber immer noch nicht gesprochen, weil ich mir einbildete, dann zwangsläufig in der psychiatrischen Anstalt zu landen.

Und immer noch war ich in Abwehrhaltung: Den Kopf in die Schultern vergraben, mit krummem Rücken, geballten Fäusten war ich mit Augen, Ohren, Nase und Haut ständig auf der Lauer. Alles schien über mich herzufallen, überall witterte ich Gefahr. Ich versuchte, mich irgendwie durchzuschlagen: zu sehen, ohne zu sehen, zu hören, ohne zu hören, zu riechen, ohne zu riechen. Nur der Kampf mit der Sache in meinem Kopf zählte, der Kampf gegen dieses mistige Weibsstück, deren zwei riesige Arschbacken meine Hirnlappen waren. Manchmal ließ sie sich mit ihrem dicken Hintern regelrecht in meinem Schädel nieder (ich merkte genau, wie sie es sich da bequem machte) und zupfte an meinen Nerven. Kehle und Bauch krampften sich mir zusammen, und die Schweißschleusen öffneten sich. Das Weibsstück verströmte Eiseskälte, und die Verrückte rannte davon, zu Tode erschrocken, verfolgt von Chimären, unfähig zu sprechen, unfähig, sich auf irgendwelche Weise verständlich zu machen. In kalten Schweiß gebadet, zitternd wie Espenlaub fand sie schließlich einen sauberen, dunklen Ort, wo sie sich zusammenkauern konnte wie ein Fötus.

Mittlerweile jedoch, seit Beginn der Analyse, ließ ich mich immer seltener von der Wahnsinnigen tyrannisieren. Ich beobachtete. Der Sache war es unangenehm, daß man sie distanziert betrachtete. Und allmählich lockerte sie ihren Griff. Sie war zwar immer noch da, aber traurig, erschöpft und wehmütig hing sie schönen, bewegteren Tagen nach.

Montag, Mittwoch, Freitag. Drei Stationen in meiner Rastlosigkeit, wo ich Ernte einholen und mich mit jemandem unterhalten konnte. Meine einzigen Kontaktstellen zum Leben der anderen. Die Pause von Freitag auf Montag war kaum auszuhalten. Den ganzen Sonntag über wartete ich und sparte mit meinen Kräften, blieb, so gut es ging, in Deckung. Und montags fand ich meine regennasse Gasse wieder, in grenzenloser Freude und tiefster Hoffnung.

Am Beginn der Analyse sprach ich über meine ersten Zusammenstöße mit der Sache, die damals ganz einfach ‹Angst› hieß. Später über die Hauptbestandteile meines Lebens, die wichtigsten Einschnitte meiner Existenz, an die ich mich bewußt erinnern konnte.

Meinen ersten Angstanfall hatte ich in einem Konzert von Louis Armstrong. Ich war neunzehn oder zwanzig. Ich hatte gerade mein Staatsexamen in Philosophie hinter mich gebracht und suchte nach einem Professor für Logik, der meine Diplomarbeit über Aristoteles betreuen könnte. Mathematik machte mir Spaß, und ich redete genauso pedantisch darüber, wie es unter Philosophiestudenten üblich ist. Bei den Mädchen besonders. Wir alle wußten, wie niedrig für uns die Zulassungsrate zum Staatsexamen war: knapp zwei Prozent. Stürzte man sich als Mädchen in dieses Studium, hieß das quasi Empfang höherer Weihen. Man verkörperte die Philosophie höchstpersönlich, mit Haut und Haaren.

Ich liebte die Mathematik, meine Familie hielt das jedoch für unweiblich. Ein Mädchen, das Mathematik studiert, sei nicht an den Mann zu bringen, höchstens an einen Mathematiklehrer. Mir standen schwere Zeiten bevor. Würde ich aber Philosophie studieren, könnte ich mich auf Logik spezialisieren.

«Du machst ja dann Mathematik, aber in literarischer Form . . .»

Damit könnte ich allenfalls einen höheren Verwaltungsbeamten an Land ziehen, einen Marineoffizier, vielleicht sogar einen Bankier! Das waren jedenfalls bessere Aussichten als ein Mathematiklehrer. Und so bereitete ich mich aufs Examen in Philosophie vor, um mich später auf Logik zu spezialisieren; immer mit dem Hintergedanken, irgendein hohes Verwaltungstier zu heiraten. Aber Logik war über-

35

haupt nicht mehr in Mode. Zu der Zeit bereits studierte ‹man› Psychologie, Sozialwissenschaften . . . Ich verschlang also auch noch diesen ganzen Stoff, dachte mir aber: erst mal brav alle Prüfungen machen, dann das Diplom in Logik und anschließend die Doktorarbeit. Ich träumte davon, in die strenge Welt der Zahlen einzudringen; von dort aus könnte ich mich in die wissenschaftliche Forschung stürzen. Meine ersten, großen Vorbilder waren, der Reihe nach, selbstverständlich Riemann, Lobatschewskij und Einstein. Wegen ihrer Affinität zur Musik liebte ich Bach und Jazz und entdeckte damals auch mit Staunen serielle Musik und Lettrismus.

Also, ich war sehr aufgeregt, als ich im Armstrong-Konzert ankam. Die Organisatoren hatten nämlich eine Jamsession angekündigt.

Armstrong mit seiner Trompete wird improvisieren. Er wird ein Stück aufbauen, in dem jede einzelne Note für sich und für den Gesamtzusammenhang wichtig war. Ich wurde nicht enttäuscht. Die Atmosphäre heizte sich schnell auf. Es erhoben sich Töne zu einem wunderbaren Gebäude. Wie Gerüste und Eckpfeiler stützten die übrigen Jazzinstrumente Armstrongs Trompete, schufen ausreichenden Raum, für die Exposition des Themas, für die Durchführung und für das Finale. Die Töne drängten sich dicht aneinander, vermischten sich, prallten aufeinander und bildeten den musikalischen Grundstock. Aus diesem Schoß wurde eine einzigartige Note geboren. Es tat fast weh, ihrem Klang zu folgen, so bezwingend waren ihre Schwingungen und Dauer. Dieser Ton zerrte an den Nerven der gespannten Zuhörer.

Ich bekomme heftiges Herzklopfen, das bald die Musik zu übertönen scheint. Mein Herz rüttelt am Gitter meines Brustkorbs, schwillt an, drückt meine Lungen so sehr zusammen, daß ich kaum noch Luft bekomme. Und plötzlich erfaßt mich Panik: die Vorstellung, hier zu krepieren, inmitten dieser Krämpfe, dem Gestampfe und Gejohle der Menge. Wie eine Verrückte rase ich auf die Straße. Eine herrliche Winternacht, klirrend kalt. Die meisten Leute sind bei sich zu Hause, im Warmen. Ich renne weiter, und der Widerhall meiner Schritte dröhnt wie Galopp im Trichter der Boulevards, der Straßen und kleinen Gassen:

«Ich sterbe, ich sterbe, ich sterbe.»

Das Herz schlägt zum Zerspringen, rasend schnell. Mein Blick fällt auf ein blühendes Kamelienbäumchen, strahlend in einem Betonkasten an einer Straßenecke, an der ich mich in den Tunnel stürze, der unterhalb der Universität verläuft. Diese Schönheit üppig leuchtender Blumen! Ich laufe weiter. Schon hatte ich sie weit hinter mir gelassen. Aber trotzdem bleibt eine Blüte, die ich für den Bruchteil einer Sekunde angeschaut hatte, in meinem Herzen. Sie begleitet mich auf meiner gehetzten Flucht, so friedlich, wie ich aufgewühlt, so glatt, wie ich zerrissen bin. Der Tunnel hat etwas Beruhigendes in seiner Helligkeit. Es ist ein praktischer Weg durch die Stadt und wird deshalb von vielen Autofahrern benutzt. Der Verkehr ist hier flüssig. Auch die Fußgänger auf den Trottoirs beeilen sich. Am Ausgang blinkt eine Neonreklame bunt und verführerisch. Aber nichts kann mich beruhigen, und ich renne weiter.

Zu Hause angekommen, stürze ich, statt den Aufzug zu benutzen, die Treppen hinauf: vier Stufen auf einmal, bis zum fünften Stock. Erst als ich vor der Wohnungstür stehe, wird mir klar, was für eine ungeheure körperliche Leistung ich erbracht habe, und ich sage mir: «Wenn ich herzkrank wäre, wäre ich jetzt tot. Nicht einen Bruchteil davon hätte ich geschafft.» Aber dieser Gedanke beruhigt mich auch nicht. In meinem Zimmer sinke ich aufs Bett, um wieder Luft zu bekommen. Ich bin allein, liege da mit geschlossenen Augen, völlig von dem Gedanken an mein aufgeregtes, heftig schlagendes Herz absorbiert: «Ich sterbe, ich bin herzkrank.» Die Angst, die mich damals zum erstenmal überfiel, nimmt mich in ihre Klauen, bedeckt mich mit kaltem Schweiß, zerrt an meinen Muskeln, bis sie nur noch schlottern, und spielt mit mir herum wie mit einer Marionette. Ich rufe nach meiner Mutter, die im Nebenzimmer schläft. Einmal, zweimal. Ich weiß nicht, wie oft, und immer lauter: «Mama, Mama, Mama!» Endlich kommt sie in mein Zimmer, schlampig und aufgedunsen vom Schlaf. Ihr Haarknoten hat sich gelöst, die kastanienbraunen Haare stehen ihr vom Kopf ab oder fallen unordentlich in langen, wirren Strähnen auf ihre Schultern. Ich denke mir, bei diesem Anblick muß sie erstarren, ihre schönen grünen Augen werden zersplittern wie Glaskugeln. Ich wünsche, sie würde sich mit in meine Angst begeben, um mir darin Gesellschaft zu leisten: schließlich sieht sie doch ihr Kind im Todeskampf, ihr großes kleines Mädchen im Begriff, zu sterben. Statt dessen richtet sie ihre Frisur und ihren Morgenmantel wieder her. Mit mitleidsvoller Miene setzt sie sich dicht neben mich aufs Bett. Sie nimmt mich bei der Hand. Auf ihrem Gesicht der Ausdruck, den sie bei ihren Friedhofsbesuchen aufsetzt: traurig-gerührt, jämmerlich, befriedigt. «Es ist nur ein vorübergehender Anfall, nur eine Angstkrise. Es ist nichts Schlimmes, hab keine Angst, du bist nur nervös.»

Ihre fürsorgliche Ruhe geht mir auf die Nerven, ihre Selbstsicherheit, Unnahbarkeit. Wie kann das, was ich da ertragen muß, ‹nichts› sein! Diese feucht-klebrige Woge, die sich über mich ergießt, voller Haken, Klingen, voller Verwesung! Sollte das einfach ‹nichts› sein? Im Gegenteil, dieses ‹Nichts› war etwas höchst Wichtiges, ich bin mir vollkommen sicher. Und wie sie das ‹Nichts› behandelt, nämlich wie ihre Toten, das steigert meine Angst noch mehr. Ich ersticke fast. In meine Lungen dringt kaum noch Luft; der spärliche Atem gibt einen scharfen, lächerlichen Pfeifton ab. «Ich ersticke, ich sterbe!»

«Aber nicht doch, nein. Das ist doch nur Nervosität! Dein Puls ist zwar erhöht, aber nicht schlimm. Glaub mir doch, du stirbst nicht.»

Diese betuliche Vertraulichkeit stört mich. Ich hatte mich immer so sehr nach ihrer Zärtlichkeit, ihrer Aufmerksamkeit gesehnt. Diesen gütigen Blick von ihr auf mein Gesicht, meine dunklen Augen, meine lockigen Haare, meine Kartoffelnase, meinen Mund, mein Kinn, meine Schultern, meinen kräftigen Körper hatte ich so sehr ersehnt. Und jetzt tut sie so, als ob sie mich gerade erst kennenlernte, mich aber gleichzeitig wiedererkennt. Was für eine traurige, wehmütige Begegnung!

Nein, das wollte ich nicht, nicht in diesem Zustand! Diesen Blick hatte ich mir immer sehnlichst gewünscht: wenn ich tauchte, wenn ich lief, lachte, die Hand voller Lorbeerzweige. Wäre sie doch nur einmal stolz auf mich gewesen! Meine Kraft wollte ich ihr schenken, nicht mein Unglück, meine Angst! Ihre warmherzige Aufmerksamkeit, ihr Einverständnis, ihre Nähe ließen mich in dieser Nacht auf einmal begreifen, daß sie mir bei der Geburt mit meinem Leben gleichzeitig auch den Tod auferlegt hatte. Daß es mein Tod war, den ich ihr zurückgeben sollte. Daß das Band zwischen uns, das ich so sehnlichst finden wollte, der Tod war. Ich war entsetzt.

Die Tage nach diesem Anfall verliefen ruhig. Dennoch schleppten sie sich voller Angst dahin, in ständiger Erinnerung an die fürchterliche Krise, in der Wahnvorstellung, das könnte sich wiederholen. In Begleitung meiner Mutter ging ich zu einem Arzt. Er bestätigte ihre Diagnose: «Es ist nichts Ernsthaftes. Sie sind etwas nervös. Sie hatten wohl ein wenig Herzklopfen und eine geringfügige Luftansammlung im Magen.» ‹Leicht›, ‹geringfügig›! Banale Worte! Konnte es überhaupt etwas Schlimmeres geben als das, was ich durchgemacht hatte? Kann ein Mensch noch mehr ertragen? Gibt es überhaupt noch größere Verzweiflung? Die beiden sprachen nun über schwere Fälle von Tachykardie und Aerophagie, mit denen sie im Laufe ihrer medizinischen Praxis zu tun gehabt hatten. Ich war nur ein kleiner Fisch im Vergleich zu all den wirklich Unglücklichen. Amüsiert und etwas spöttisch blickten sie auf mich herab, tätschelten mir Wangen und Hände: «Es ist wirklich nichts, schau her, du bist doch jung und kerngesund!» Der Arzt gestand mir, daß er selbst von Zeit zu Zeit unter Aerophagie litt, und verriet mir seinen kleinen Trick dagegen. Er führte ihn sogar vor: man mußte sich auf alle viere stellen, dann langsam das eine oder andere Bein heben, je nachdem, wo der Druck am stärksten war. Wie ein Hund, der gegen eine Straßenlaterne pinkelt! Das Ganze bezweckte, daß die überschüssige Luft im Magen, die auf das Zwerchfell drückte und so das Erstickungsgefühl verursachte, herausgedrückt wurde.

Ihre rührenden Kommentare waren voller Lächeln, ihre Sätze umrankt von Worten wie ‹Jugend, ‹Liebe›, ‹Heiraten›. Ich wußte schon, was sie meinten, schlug die Augen nieder und ließ sie reden.

Mit dem, was ich auf der Universität in Psychologie, besonders in Tiefenpsychologie, in Physiologie (am psycho-technischen Institut) gelernt hatte, glaubte ich, mich definieren, einschätzen, verstehen zu können. Mir war bewußt, wie sehr ich unter der Scheidung meiner Eltern gelitten hatte und ihren Auseinandersetzungen bis zum Tod meines Vaters. Ich wußte, daß meine Mutter mir unbewußt meine Geburt zum Vorwurf machte.

Ich war tatsächlich während ihrer Scheidung zur Welt gekommen. Deshalb kannte ich auch meinen Vater überhaupt nicht. Ihre Unstimmigkeiten hatten sich auch auf mich übertragen, wodurch auch meine sexuelle Entwicklung angeknackst war. Ich glaubte also, die Gründe für meine sexuellen Hemmungen zu kennen. Dennoch blieb ich im Augenblick lieber Jungfrau.

Mein erster Angstanfall blieb vorläufig der letzte. Den nächsten bekam ich, wenn auch nicht ganz so heftig, in der Nacht, in der ich meine Jungfräulichkeit verlor.

Ich schaute auf den nackten Jungen, der sich aufgeilte, während ich sein Glied hielt. Es war weich wie Seidenvelours, lauwarm wie frisch gebackenes Brot. Ich spürte eine unermeßliche Freude. Ich war stolz und glücklich, es endlich geschafft zu haben. Die Magerkeit seines Knabenkörpers rührte mich fast zu Tränen. Seine Muskeln, seine Haut, seine Haare waren wie dazu geschaffen, sein Geschlecht in Schwingung zu versetzen. Er öffnete meine Beine, kniete sich dazwischen und begann behutsam, in mich einzudringen. Von seinem konzentrierten Gesicht konnte ich ablesen, daß nichts diesen Vorgang unterbrechen könnte und ich ihn über mich ergehen lassen müßte. Ich empfand es auch als nützlich und notwendig, es geschah in vollkommenem Einklang mit meinen innersten Empfindungen. Einen Moment lang bedauerte ich, meine sexuelle Begierde so lange gezügelt zu haben, diese schaurig-schönen Schauer, die mich von Kopf bis Fuß erfaßten. Ich war weder schockiert noch überrascht. Auch nicht, als der Rhythmus immer heftiger wurde und ich spürte, daß in mir die seidige Sperre nachgab. Am meisten verwunderte mich seine Zärtlichkeit danach, seine Schwachheit, seine Zerbrechlichkeit. Als hätte er mir seine ganze Kraft geschenkt. Ich war ihm dankbar.

Ich hatte keinen Orgasmus gehabt, war aber auch nicht angeekelt,

im Gegenteil. Als ich wieder alleine war, wusch ich die blutigen
Leintücher aus. Es war warm, sie würden schnell trocknen. Ich streckte mich im Dunkeln auf der blanken Matratze aus und konnte nicht
einschlafen. Diesen Jungen hatte ich mir wegen seiner Geschicklich-
keit ausgesucht. Er stand in dem Ruf eines großartigen Verführers
und Liebhabers. Ich wußte, daß er in eine verheiratete Frau verliebt
war, die etwas älter war als ich. Er war mir sympathisch, und ich hatte
das Gefühl, daß er schon wüßte, wie man's macht. Ernsthaft hatte er
sich auf diesen Initiationsritus eingelassen. Er hatte seine Aufgabe gut
erfüllt. Ich war zufrieden und ganz sicher, morgen wieder mit ihm zu
schlafen und Spaß daran zu haben.

Dennoch hatte ich Herzklopfen und war bedrückt. Die Bedeutung
meiner Handlung war mir klar. Ich wußte, welche Woge ich in mir
aufgewühlt, welchen Sturm ich entfesselt hatte.

Ich war etwas über zwanzig. Nicht nur, daß ich bis zu diesem Tag
Jungfrau geblieben war, ich hatte auch noch nie geflirtet. Abgesehen
von einem Kuß, als ich ungefähr vierzehn war. Ich lag auf dem
Rücken in der knalligen Sonne am Strand. Es war ein flüchtiger Kuß,
der auf meinen Lippen den süßlichen Geschmack von Gauloises hinterließ. Versteckte, blasse Erinnerung wie eine getrocknete Blume
zwischen den Seiten eines dicken Buches.

Ich hatte mich nie auf Flirts eingelassen, um meiner Mutter zu
gehorchen. Ich onanierte auch nie. So manchen Mittagsschlaf und
viele Nächte lag ich auf den kühlen Fliesen meines Zimmers auf dem
Bauch und litt Höllenqualen. Ich entfloh dem weichen Bett, den
Gerüchen von Thymian und Jasmin in der staubgeschwängerten Luft.
Ich floh vor dem irritierenden Zirpen der Zikaden, den zärtlichen
Klängen arabischer Flöten. Ich mußte mich sehr beherrschen, um
nicht meine Lust und meine Not herauszubrüllen.

Und nun, ganz plötzlich, hatte ich für mich beschlossen, den Prinzipien meiner Klasse untreu zu werden, den Vorurteilen meiner Familie, den ehernen Regeln meiner Mutter. Ich hatte beschlossen, die
übermächtigen Gesetze der Religion zu übertreten und mit einem
Jungen zu schlafen, den ich nicht einmal liebte. Entschuldigungen wie
‹Leidenschaft› oder ‹Vernunft› hatten da gar nichts zu suchen. Ich
wollte es einfach tun, und so tat ich es auch, weil ich Lust darauf hatte.

Als nun die Angst wiederkam, erkannte ich sie gleich. Diesmal
jedoch schien sie mir einleuchtender, sie erschreckte mich weniger.
Ich wußte ja genau, daß ich durch die Pforte des Bösen in die Welt der
Sexualität eingetreten war und denselben Weg eingeschlagen hatte
wie die Frauen, die mein Vater bei sich empfing. Ich hatte mich in ihre
schändliche Schar eingereiht. Meine Mutter nannte sie ‹Nüttchen›.
Ein so ordinäres Wort, und das aus ihrem Mund! Einmal begegnete

ich einer dieser Frauen flüchtig, aber das ist schon lange her. Sie ging gerade weg, als ich kam. Mein Vater tat so, als begleitete er sie wie einen gewöhnlichen Besucher an die Tür. Sein Lächeln war verkrampft und sein ganzes Gehabe viel zu höflich und aufgesetzt. Er konnte sich gut zusammennehmen. Sie allerdings weniger, sie verließ mit einem Hüftschwung die Wohnung, und die Art, wie sie ‹Auf Wiedersehen› sagte, einen Blick auf ihn, einen auf mich, sprach Bände. Ich spürte diese bestrickende Intimität zwischen ihnen, diese beängstigende Komplizenschaft. Es war wohl der Nachgeschmack ihres Vergnügens, von dem ich keinen Schimmer hatte und das mich verwirrte. Die Mätressen meines Vaters machten sich über meine Mutter mit ihrem Betstuhl lustig. Ihre Tugend, deren Laster, mein Laster . . .; sie, ein Engel, wir, die Teufel. Solche Erinnerungen kamen mir in dieser Nacht und ließen mich nicht einschlafen. Und dann war da noch etwas, ich weiß nicht was, was mir einen Stich versetzte. Mich überfiel heftiges Herzklopfen.

Mein Zimmer ging auf die Straße hinaus, in der ein Fuhrunternehmen war. Es war, wie meistens Fremdenzimmer, kaum gelüftet und roch muffig nach Schatten. Frühmorgens kam der Fuhrmann, der die Pferde am Bordstein aufreihte. Er trieb sie rückwärts in die Gabeldeichseln der altertümlichen Kutschen, in denen später die Touristen unter Palmen am Meer spazierenfuhren. Ich erinnerte mich an die Morgendämmerung, den heraufziehenden Tag. Das fahle Licht teilte die Jalousien in graue und schwarze Streifen, die sich mit aufsteigender Sonne gelb und schwarz verfärbten. Die Hufe hämmerten auf dem Asphalt, immer ungeduldiger, je heißer es wurde und je mehr die Pferde von den Fliegen belästigt wurden. Das war das Ende meiner durchwachten Nacht. Ich bezog wieder mein Bett mit den sauberen Leintüchern: «Was ich nicht weiß, macht mich nicht heiß.» Ich habe nicht darüber nachgedacht, warum ich sie gewaschen habe. Ich verließ das Haus, ging hinunter zum Strand. Der Sand war schon heiß. Es genügte, die Fußspitzen in den glühenden Sand zu stecken, und schon kehrte die Erinnerung an die feuchte Frische der vergangenen Nacht zurück.

Die etwa zehn folgenden Jahre nagte in mir das allmähliche Werden meines Wahnsinns. Selbstverständlich merkte ich davon nichts. Ich hatte nur immer weniger Lust, mich von der Stelle zu rühren, mich auf irgendwelche Unternehmungen oder Gedanken einzulassen, und hatte es satt, mich ständig vor den anderen zu rechtfertigen. Je mehr ich meinen eigenen Weg suchte, desto verzweifelter wurde mir klar, daß ich ihn in der Welt, in die ich hineingeboren wurde, nicht finden konnte. Ich wurde schwerfällig, träge und fett, hatte nur ab und zu

Temperamentsausbrüche, die man meinen ‹Spleen› nannte. Man hielt mich für eine kluge und ausgeglichene Person. In dieser Zeit machte ich meine Prüfungen, tauchte in das sexuelle Leben ein wie in ein Gewässer, von dem man sagte, es sei kalt. Ich fand es zwar nicht kalt, aber hatte nicht den Mumm, frei nach Lust darin zu schwimmen. Ich heiratete und unterrichtete an Gymnasien. Ich bekam drei Kinder. Ich wollte ihnen Glück, Wärme und Zuneigung schenken, wie ich es als Kind niemals erlebt hatte. Sie sollten von liebenden Eltern umgeben sein, die immer für sie da waren.

Statt dessen diese Schwerfälligkeit und Zähflüssigkeit! Allein die Absurdität, existieren zu müssen, zeichnete sich von Tag zu Tag klarer in meinem Kopf ab, bis es schließlich die Sache wurde.

Mein erster Winter in Paris. Lichtlose Sonne, kahle Bäume. Und, wie ein abgedroschener Schlager, meine monotonen Gänge in die Sackgasse. Und dort im grauen Nebel, in der leeren Kälte, dem trüben Regen, den faden Wolken erwache ich wieder zum Leben. Hier empfinde ich die gleißende Hitze, das Gewimmel der hellen Straßen, das Aufwallen der Kindheit, das Aufbrechen der Jugend. Ein ganzes Gespensterheer begleitet mich. In der ausgetretenen Gasse wird mein Gedächtnis wieder präzise, meine Erinnerungen werden lebendig, aufregend, lachhaft, bis sie hinter mir in den Abgrund stürzen. Sie rumpeln bis zur Couch, stellen sich zur Parade auf, und wie ein Karnevalszug ziehen sie vorbei.

Kein männliches Wesen hat sich je in meine Erziehung eingemischt. Ich war in den Händen von Frauen: meiner Mutter, meiner Großmutter, ‹Domestiken› und Klosterschwestern.

Meinen Vater, den ich nur flüchtig kannte, weil er nicht bei uns lebte und auch schon starb, als ich noch ein junges Mädchen war, habe ich als kecken Schönling in Erinnerung, als eleganten Mann mit Gamaschen, Stock und Hut. Er hatte ein Menjoubärtchen, wunderschöne Hände und ein strahlendes Lachen. Er machte mir angst. Die Welt der Männer war mir fremd. In der Wohnung meines Vaters war ich fasziniert und gleichzeitig beunruhigt von dem Badezimmer, seinem Rasierzug, seinem Schlafzimmer mit den vielen Schubladen voller Hemden und Manschettenknöpfe. Auf dem breiten Doppelbett lagen Pantherfelle, die mich besonders in Verlegenheit brachten.

Mein Vater nannte mich seinen ‹kleinen Wolf›. Überhaupt behandelte er mich eher wie eine junge Frau als wie ein kleines Mädchen, was mich ziemlich störte.

Als ich noch klein war, ging ich in Begleitung einer Gouvernante zu ihm. Später dann alleine, zwischen den Schulstunden vor- und nachmittags. Die gemeinsamen Mittagessen waren eine Qual. Wenn er mir nicht gerade angst machte, langweilte er mich. Alles, was ich tat und sagte, wurde genauestens registriert. Er tadelte mich oft, und während seiner Strafpredigten begriff ich, daß er damit eigentlich meine Mutter treffen wollte. Meine Mutter, die mich aufzog, mich kleidete und sich um meine Erziehung kümmerte. Daß er mich liebte, mir nichts Böses wollte, das spürte ich.

Er wollte immer genau wissen, was ich in der Schule machte. Er war der Meinung, man solle alles lernen: Latein, Griechisch, Mathematik, einfach alles . . . Ich zeigte ihm weder meine Zeugnisse, obwohl sie gut waren, noch meine Schulhefte. So verteidigte ich die Domäne meiner Mutter, die das Sorgerecht hatte, und ergriff damit ihre Partei. Meine Schultasche blieb ihm verschlossen, sie war mein Safe, mein Schatz, Ausdruck meiner ganzen Bedeutsamkeit. Ich hielt meinen Vater auf Abstand, versagte ihm den Zugang zu meiner Welt. Das war mir vollkommen klar.

Nur dreimal habe ich meine Eltern zusammen gesehen. Das erste Mal an meiner Heiligen Kommunion. Zwar befanden sie sich in demselben Zimmer, saßen an demselben Tisch, aber nicht nebeneinander. Die zärtliche Gegenwart meines Vaters an diesem Tag machte mich verlegen. Ich wäre lieber nur dem strengen Blick meiner Mutter ausgesetzt gewesen, als ich die fast meterhohe Torte aus Nougat und Sahnebaiser anschnitt. Dann hätte ich es sicher besser hingekriegt.

Beim zweiten Mal war ich zwölf. Sie kamen beide, als ich meinen Pfadfindereid ablegte. Das fand im Freien statt, auch andere Eltern waren da. Meine standen nebeneinander, sprachen aber nicht miteinander. Mit gespannter Aufmerksamkeit verfolgten sie die Zeremonie. Ich erinnere mich noch an den strahlenden Herbsthimmel an diesem Tag.

Beim dritten Mal, kurz bevor er starb, war ich fünfzehn. Er hatte gerade einen Blutsturz hinter sich, glaubte zu sterben und bat meine Mutter, zu ihm zu kommen.

TUBERKULOSE! Schreckgespenst meiner Kindheit! Mein Großvater war an Schwindsucht gestorben, mein Onkel im Sanatorium, meine Schwester mit elf Monaten an tuberkulöser Meningitis, und auch mein Bruder hatte diese Veranlagung geerbt und litt an Rückgratverkrümmung.

Penizillin, Tuberkelbazillus, Brustkorboperation, Pneumothorax,

Zwerchfellentzündung, Höhle, Rippenfellentzündung, Auswurf, Leysin, Röntgen, Impfstoff . . .

Diese schrecklichen Begriffe! All das Unglück wegen meines Vaters, seiner Krankheit, seiner Lungen, die die Gasbomben im Ersten Weltkrieg verpestet hatten.

«Er hätte sich wirklich erst mal kurieren sollen, bevor er mich heiratete. Nicht einmal gewarnt hat er mich! Das ist eine Schande, ein Betrug!»

Krieg, Schützengräben. Mein Vater unter einem Haufen erstickter Soldaten blieb wunderbarerweise am Leben. Die dicke Schicht der Leichen, unter der er lag, schützte ihn zwar vor dem Tod, aber trotzdem wurden seine Lungen durch das Gas zerstört.

«Ich habe seine Röntgenaufnahmen gesehen: seine Lungen sind wie Schwämme.»

Unzählige Vorsichtsmaßregeln hatte man zu beachten, wenn man zu ihm ging oder von ihm kam.

«Er soll sie nicht zuviel küssen. Sie darf keines seiner Taschentücher anfassen. Nehmen Sie neunzigprozentigen Alkohol und Watte mit. Wischen Sie sie damit ab, wenn Sie fortgehen. Trotz Schutzimpfung hat die Kleine noch keine Reaktion gezeigt; ich verstehe das nicht, das ist nicht normal. Die eine habe ich schon verloren, das reicht.»

Bazillen! Ihre beunruhigende Allgegenwart!

«Es sind winzig kleine, unsichtbare Tierchen. Überall wimmelt es von ihnen. Bei jedem Husten spuckt dein Vater Millionen und Abermillionen dieser gefährlichen Bazillen aus. Hör auf mich und glaub mir, du weißt, daß deine Schwester daran gestorben ist. Bleib mit ihm so weit wie möglich auf Distanz!»

Und das war das dritte Mal, daß ich sie zusammen sah. Er hatte meine Mutter angerufen: «Kommen Sie, ich bitte Sie darum. Kommen Sie, es geht zu Ende.»

Meine Mutter legte den Hörer auf, erklärte, daß er wieder mal Komödie spiele und nahm mich mit. Warum? Um sich zu schützen?

Er lag in seinem großen Bett, einen Spucknapf unterm Kinn und rötlichen Schaum im Mundwinkel. Überall flogen Papiertaschentücher herum. Ich hatte ihn noch nie im Bett gesehen, nie im Pyjama. Decken und Kissen waren zerwühlt, und mich genierten die kleinen persönlichen Dinge, die auf seine Lebensgewohnheiten schließen ließen. Er begann, mit meiner Mutter zu sprechen, ihr zu sagen, daß er sie liebe. Sie stieß ihn zurück: «Ihr Benehmen ist lächerlich! Überlegen Sie doch, was Sie vor dem Kind hier sagen!»

Ich hatte mich in den Flur verzogen, von da aus ins Entrée und schließlich auf den Treppenabsatz. Ich setzte mich auf die Stufen und hielt mir die Ohren zu, um sie nicht hören zu müssen. Sie war so unerbittlich, er so jämmerlich!

Ich starrte auf den Aufzug und versuchte das, was ich gerade gehört und gesehen hatte, von mir wegzuschieben. Ich kannte diese Kriegsmaschinerie auswendig. Sie machte mich irgendwie neugierig. Im Aufzug hatte ich das prickelnde Gefühl, in Gefahr zu sein, und dennoch fürchtete ich mich nicht. Es war ein enger Kasten, den man mit einem klemmenden Schiebegitter schloß. Wenn man den Knopf drückte, um den Aufzug zu holen, spannten sich die Kabel, die am Dach befestigt waren, peitschten in der Luft und zogen die Maschine unter Stottern und Hüpfen hoch, während sie von unten von einem ölverschmierten Stahlzylinder hochgestoßen wurde. Das millimetergenaue Hochsteigen des wunderbaren, öligen Zylinderstumpfes paßte nicht zu dem klapprigen Hin und Her des Gehäuses.

Dieser Aufzug bewachte die Wohnung meines Vaters, die dadurch etwas von einem unzugänglichen, etwas gefährlichen Territorium bekam. Ich kannte die Maschinerie in allen Einzelheiten. Nur nicht den Durchmesser des Loches, in das sich der Stahlzylinder hineinbohrte und das ich mir schwindelerregend groß vorstellte. Manchmal dachte ich aber auch: das Loch ist sicher gar nicht so groß, und der Zylinder schiebt sich sicher wie ein Teleskop darin zusammen.

Ich hatte schon einmal Pipi in diesem Aufzug gemacht. Bei meinem Vater traute ich mich nämlich nicht, aufs ‹Örtchen› zu gehen. Eines Tages konnte ich es einfach nicht mehr länger einhalten, und da ich wußte, daß ich mich noch zwei Stunden hätte gedulden müssen, bevor ich in der Schule aufs Plumpsklo gehen konnte, habe ich glattweg in den alten Kasten gepinkelt. Diese Erleichterung wäre sicher noch angenehmer gewesen, wenn nicht das Geruckel und Gestoße mich daran gehindert hätte, besser zu zielen; und so schwamm ich dann in meinen Schuhen. Um in Ruhe pinkeln zu können, habe ich schließlich den Aufzug zwischen zweitem und drittem Stock angehalten. Aber, o Schreck, die Pipifluten hatten bereits die abgetretene Fußmatte durchweicht, liefen über den Boden und tröpfelten nach unten. Dort platschten sie auf die Metallplatte um den Stahlzylinder im Parterre. Als ich die ersten Tropfen hörte, drückte ich hastig auf den Knopf zum fünften Stock. Aber ich konnte das Pipi nicht mehr anhalten. Ich bekam Angst, schämte mich für mein schlechtes Benehmen und sah bereits dunkle Sturmwolken auf mich zu ziehen. Als ich oben ankam, war ich patschnaß.

Dieses kleine Mädchen, dieser Aufzug . . . Wie lange ist das alles her! Die Unterhaltung zwischen diesem Mann und dieser Frau hatte alles verändert. Es war das erste Mal, daß ich sie wirklich zusammen sah. Ich stellte mir vor, daß ich von diesen beiden da abstammte, daß ich aus ihrem armseligen Verlangen, ihrem kleinlichen Haß entstanden war.

Mit einem Schlag wurde ich um Jahre älter. Plötzlich war alles um mich herum gealtert.

Ich hätte mir einen anderen Rahmen gewünscht, um meine Kindheit mit einem Schlag in die Vergangenheit zu kippen. Einen klaren, blauen Frühlings- oder Herbsthimmel, ein gekräuseltes Meer mit vielen kleinen Wellen, Blumen und Wohlgerüche. Dummerweise hatte ich immer geträumt, die erste Liebe, der erste Kuß würde mich erwachsen werden lassen. Aber nein, es war diese Unterhaltung zwischen diesen beiden Fremden, die meine Eltern waren. Es war der Blutsturz, die Verbitterung meiner Mutter und der Käfig im Treppenhaus, das zunehmend dunkler wurde, denn der Tag ging zu Ende, und in Algerien geht die Sonne schnell unter.

Mitten in meine Träumereien platzte meine Mutter herein, makellos, ein wenig verstört: «Ah, da bist du. Ich habe dich überall gesucht. Aber was machst du denn da im Treppenhaus? Hat dich jemand gesehen! Komm, laß uns gehen! Es geht ihm sehr gut. Sein übliches Getue, verstehst du. Damit kriegt man mich nicht. Was für eine lächerliche Komödie!»

Ich wußte, daß er nicht sofort sterben würde. Ich wußte auch, daß sie sich ärgerte. Die Gefoppte in der Geschichte der beiden war ich.

Einige Monate später sah ich sie noch einmal zusammen. Doch bei diesem vierten Mal war er tot.

Ich erfuhr von seinem Tod an einem glühendheißen Sommertag. Es war nachmittags. Ich saß mit meinen Freunden im schattigen Patio, wir waren eine größere Clique. Wir warteten, daß es kühler wurde, um spielen zu können. Es war noch nicht lange her, seit man mir erlaubt hatte, den Mittagsschlaf auszulassen. Als meine Mutter dann hier erschien, war mein erster Reflex, mich zu verteidigen. Innerhalb von Sekunden hatte ich mein komplettes Ausredenregister, alle möglichen Entschuldigungen, Erklärungen und Schwindeleien parat. Der Mechanismus kindlicher Doppelzüngigkeit war noch nicht verrostet. Ich entspannte mich erst, als sie mich in ihren Ausgehkleidern unbeholfen, verwirrt, mit verlegenem Gesicht ansprach: «Dein Vater ist tot. Geh, zieh dich an. Du kommst mit mir nach Algier.» Ich blickte in den schönen Himmel, auf das leuchtende Meer und sah die saftigen Pflanzen mit ihren rosa und gelben Sternblüten; ich war erleichtert. Das würde sie mir nicht wegnehmen können, meine Kameraden, meine Spiele. Der Rest interessierte mich nicht, war nicht mein Leben. Überhaupt, was sollte dieses mitfühlende Getue wegen meines Vaters, für den sie doch sonst immer nur Boshaftigkeiten übrig

46

gehabt hatte? Nur, weil er tot war? Machte der Tod ihn klein, armselig, rührend? Für mich blieb er derselbe: Junggeselle, Langweiler, ein bißchen unheimlich und peinlich in seiner Art, mich an sich zu ziehen und zu umarmen: «Komm, gib mir einen Kuß, mein kleiner Wolf!» Wenn meine Mutter über ihn sprach, nannte sie ihn gewöhnlich beim Nachnamen: «Sag Drapeau, daß er mir diesen Monat noch immer nicht meinen Unterhalt gezahlt hat.» – «Bitte Drapeau, dir Schuhe . . . zu kaufen.» Heute sagte sie: «Dein Vater», als sei er ihr Mann, als seien sie ein Paar. Fast schien der Tod sie zu verbinden, aus ihnen Eheleute zu machen. Unvorstellbar für mich! Das klang falsch und ungesund, ohne daß ich sagen konnte, warum. Ich wagte nicht, sie anzuschauen. Sie sollte bloß schnell gehen!

Aber sie blieb einfach da stehen. Ich dachte: «Wenn sie jetzt noch zu heulen anfängt, haue ich ab, so schnell ich kann.» Nein, sie weinte nicht, sie war erschüttert und wartete auf mich. «Wir müssen nach Algier zurück, wir müssen alles vorbereiten.»

Normalerweise verließ in dieser frühen Nachmittagsstunde mitten im heißesten Sommer niemand das Haus. Die Felder waren menschenleer. Ich sah die Weinstöcke vorüberziehen, schön aufgereiht, die Eukalyptusalleen, Pinienwäldchen, Schilfhecken, Aloen, die ihre langen, blühenden Schäfte in den Himmel reckten, die indischen Feigenbäume, fruchtbeladen, und die Zypressen an den Hängen der Hügel, die die Orangenhaine eingrenzten. Durch das Rückfenster konnte ich den roten Staub sehen, den wir im Fahren so weit und hoch aufwirbelten, daß er die Landschaft gänzlich einhüllte und ihre Konturen verwischte.

Wir schlossen die Fenster, um nicht in den Staubwolken zu ersticken. Es war entsetzlich heiß. Wer chauffierte eigentlich den Wagen? Ich weiß es nicht. Ich kann mich unmöglich erinnern. Jedenfalls war es jemand, der nichts redete.

Wir waren Zentrum eines Wirbelsturms. Das Auto machte Lärm, wir fuhren sehr schnell. Dichte Staubwolken folgten uns, und vor uns lag die sonnenverbrannte Landschaft wie gelähmt im Flimmern der brütenden Hitze.

Hier im Wagen begann sie zu sprechen:

«Das Telegramm ist eben erst angekommen, mit acht Tagen Verspätung wegen des Poststreiks. Der Leichnam deines Vaters kommt schon heute nachmittag an! Und nichts ist hergerichtet . . . Man hätte eine Trauerkapelle mieten können. Im Hafenviertel gibt es eine sehr gute. Aber wir wurden zu spät benachrichtigt. Wir müssen die Wohnung vorbereiten. Es ist mir noch gelungen, die Leute vom Bestattungsinstitut dazu zu überreden, den Leichnam von Maurice vom Schiff abzuholen und ihn in den fünften Stock hochzubringen, obwohl es schon so spät ist. Na ja, die Särge werden gewöhnlich als letztes ausgeladen, im Anschluß an die Passagiere und Waren. Es wird ganz schön spät werden . . . Ach, immer dieser Umstand!»

Was sollte das, «der Leichnam deines Vaters», «der Sarg von Maurice», «Trauerkapelle», «Bestattungsinstitut»? Vor allem aber, was sollte «der Leichnam von Maurice»? Und was sie *die* Wohnung nannte, das war seine Wohnung, nicht ihre, nicht meine, nicht *die* Wohnung. Das war seine Junggesellenwohnung, in der er mit seinen Jagdtrophäen gelebt hatte, mit seiner Negermaskensammlung, seinen Waffen, seinem Rasierapparat und mit seinem großen Bett, in dem er sich, wie ich wußte, mit seinen ‹Nüttchen›, wie meine Mutter sie nannte, zu tummeln pflegte.

Seine Wohnung war ein Chaos. Aus dem Salon hatte man die Möbel weggeschafft, «um den Sarg aufbahren zu können». War der Sarg etwa so groß?

«Aus der Saint-Charles-Kirche müssen wir uns Betstühle kommen lassen.»

Betstühle? Hier? So nah am Bett, am Rasierapparat, bei den Waffen?

«In den vorderen Zimmern werden wir Feldbetten aufschlagen.»

Feldbetten? Für wen?

«Na, für die Familie selbstverständlich, für die Totenwache.»

Die Familie? Aber er hatte doch gar keine, er war doch allein. Was meine Mutter da Familie nannte, das war ihre eigene, ihre Familie, die meinem Vater sein ganzes Leben lang auf die Nerven gegangen war. Und *die* würden hierherkommen? Er hätte es nie ertragen, wenn sie auch nur einen Fuß über die Schwelle seiner Wohnung gesetzt hätten. Er hatte mir öfters gesagt, daß die Familie meiner Mutter seine Ehe zerstört hatte.

Die Flure und restlichen Zimmer waren mit dem Mobiliar aus Salon und Eßzimmer vollgestellt. Die Wohnung hatte sich in eine Rumpelkammer verwandelt, sie glich einer Bühnendekoration, vor der die ganze Stadt defilieren sollte: mein Vater zählte schließlich zu den Honoratioren. Spannung lag in der Luft. Anmutige Crêpeschleifen wurden ausgebreitet, Amethyste funkelten im Widerschein der Tränen, man hörte die Klagen der Eichelhäher.

Dann wurden die Flügeltüren am Eingang geöffnet. Von nun an wurde nur noch geflüstert, die Leute gingen auf Zehenspitzen. Die Atmosphäre in der Wohnung war dumpf, wie ausgepolstert, kalt; man war bereit für den mondänen, makabren Empfang. Es roch nach Bohnerwachs, überall standen Blumen herum. Aus Anrichte und Küche drangen die angenehmen Düfte deftiger bürgerlicher Küche: es gab Eintopf für diejenigen, die Totenwache hielten.

Von der Brüstung im Treppenhaus aus belauerte ich die Leichenträger, wie sie den Sarg meines Vaters hochwuchteten. Es war ein massiver Eichenkasten mit Bronzegriffen und einem Bronzekruzifix obendrauf. Die vielen schwarzen Männer waren höchst beschäftigt, keuchten wie Walrösser und diskutierten lauthals die Kurvenmanöver im Treppenhaus. Das elegante Geländer war ihnen im Weg, ebenso die Akanthusornamente, die Voluten, die schmiedeeisernen Tragkränze rund um die wackelige Aufzugskabine, die wieder einmal nutzlos war: zu schwach, den Kasten mit dem Toten zu beherbergen. Der Boden, durch den mein Pipi gelaufen war, wäre durchgekracht.

Nur langsam kamen sie voran. Fünf endlose Etagen! Und im Sarg lag mein Vater wie in einem Paket. Schließlich setzten sie ihn auf einem schwarz drapierten Podium ab. Meine Mutter, sehr würdig, sehr geschäftig, erteilte fachmännische Anweisungen. Sie wies mir meinen Platz zu: einen Betstuhl abseits der anderen. Immer mehr Blumen wurden hereingebracht, Kränze, Sträuße. Es war ja Sommer, darum waren es meist Zinnien, diese trockenen Blumen ohne Duft aber mit den herrlichsten Farben: mauve, ocker, karminrot, gold. Während der Andacht kniete ich da und langweilte mich. Man hatte mir beigebracht, mich nie nach Leuten auf der Straße oder in der Kirche umzudrehen. Deshalb traute ich mich nicht, das diskrete Kommen und Gehen im Zimmer zu beäugen. Die Teppiche und zugezogenen Gardinen schluckten jedes Geräusch. Man hörte nur leichtes Rascheln, wenn die Leute ihren Platz einnahmen, versehentlich an einen Betstuhl stießen, und unverständliches Geschniefe.

Weil ich dableiben mußte, blieb ich da. Andere Dinge gingen mir durch den Kopf: der Strand, von dem ich gerade kam, meine Freunde. Was für ein Gesicht würden sie wohl machen, wenn sie mich so ganz in Schwarz sähen, in dieser Farbe für Erwachsene? Ich schlief fast ein, verbarg meinen Kopf in den Händen und stützte mich auf den Betstuhl.

Der Geruch der Kränze stieg mir in die Nase, aufgescheucht von der Hitze der Nacht und den Flammen der mächtigen Wachskerzen. Der Duft des Grüns, aus dem ich die Zypressen herausroch; Spargelkraut und Holunder, das ganze Laubwerk, aus dem das Skelett der Kränze geflochten wird. Darunter mischte sich noch ein anderer Geruch, fad, ein bißchen widerlich. Ich versuchte, ihn zu definieren. Die Zinnien konnten es nicht sein, sie sind zu trocken und riechen allenfalls nach Staub. Dieser Geruch aber war anders, er kam nicht von den Pflanzen. Ich wurde unruhig. Da war irgend etwas, was ich mir nicht erklären konnte. War es der Geruch nach abgestandenem Wasser, Morast? Möglicherweise, aber doch nicht hier! Er war auch nicht ganz so aufdringlich, nicht so eindeutig. Es war ein sehr körperlicher Geruch, irgendwie störend. Ein unbekannter, menschlicher Geruch.

Meine Mutter kam zu mir. Sie legte eine Hand auf meine Schulter, beugte sich zu mir herab, das Gesicht an meiner Wange, und flüsterte: «Geht's?»

«Ja. Merken Sie nicht diesen eigenartigen Geruch?»

Ihr Griff wurde fester, er tat mir fast weh, und sie rüttelte mich hin und her.

«Das kommt daher, daß er schon seit mehreren Tagen tot ist. Bei dieser Hitze! Und beim Transport des Sarges muß er angestoßen sein. Vielleicht hat er irgendwo einen leichten Riß. Ich habe mit den Leuten vom Bestattungsinstitut schon darüber gesprochen, sie bringen das schon in Ordnung, mach dir deswegen keine Sorgen.»

Mir Sorgen machen? Worüber denn? Daß mein Vater langsam verfaulte? Sein verwesendes Fleisch, daher kam der Geruch!

Mein fescher Vater mit seinen Gamaschen, seinem Spazierstock, seinem Toilettenwasser, seinen polierten Fingernägeln, seinen strahlend weißen Zähnen, seinen gewichsten Schuhen, gestärkten Kragen und Manschetten, seinen Hosen mit den scharfen Bügelfalten! Aus ihm flossen nun die Säfte des Todes. Mein Vater stank, in ihm wimmelte es von Würmern. Es war nicht auszuhalten. Ich ging hinaus, lief ins abgelegenste Zimmer und warf mich auf ein frisch bezogenes Bett. Die Leintücher rochen nach frischer Wäsche. Den Kopf im Kissen weinte, schluchzte ich. Ich wollte den schalen, fauligen Geruch loswerden und stellte mir fröhliche Szenen vor: fröhliches Lachen, vergnügtes Umherspringen, den Sommerhimmel, die Wellen in der Mittagssonne, Purzelbäume auf der Wiese und schließlich den Jungen, in den ich verliebt war, wie er mich in seine Arme nahm und küßte. Ich genoß seine süßliche Spucke, die nach Zigarette und Zahnpasta schmeckte. Dann schlief ich ein.

Das war das erste und letzte Mal, daß ich bei meinem Vater schlief, neben ihm.

Von nun an Einsamkeit.

Dieser Mann, ich kannte ihn nicht, ich hatte ihn sehr selten gesehen. Dennoch war er mein einziger Verbündeter, ob ich wollte oder nicht. Ich hatte zwar nie auf ihn zählen können, aber jetzt mußte ich ohne ihn auskommen. Er hinterließ eine unerklärliche Leere. Irgend etwas Zartes war auf immer verschwunden, etwas Unbestimmtes. Heute weiß ich, worin der Verlust bestand: ich konnte nicht mehr sicher sein, irgend jemandem vorbehaltlos zu gefallen, und es gab für mich keine Zärtlichkeit mehr. Selbst bei seinen gestrengen, lautstarken Standpauken küßte mich sein Blick. Diesen Kuß wies ich zwar zurück, aber immerhin war er mir sicher.

Nach seinem Tod überfiel mich manchmal (und manchmal auch

heute noch) das plötzliche Verlangen loszurennen, voller Freude, in seliger Begeisterung, in dem Gefühl, geliebt und beschützt zu werden, und mich meinem Vater in die Arme zu werfen. Er würde mich wiegen, mich behutsam von rechts nach links schaukeln. Wir würden zusammmen von einem Fuß auf den anderen hüpfen und nach langsamen, zärtlichen Rhythmen tanzen: «Komm her, meine Kleine, komm her geschwind; sei ruhig, mein Kind, laß uns tanzen im Wind.» Er war nicht viel größer als ich, unsere Wangen berührten sich. Wie würde er wohl riechen? Worin lag seine starke Anziehung? Ich kenne ihn nicht.

‹Vater› ist für mich ein abstrakter Begriff, der überhaupt keinen realen Sinn ergibt; denn ‹Vater› gehört zu ‹Mutter›, und in meinem Leben sind diese beiden Personen voneinander getrennt, die eine ist weit von der anderen entfernt. Wie zwei Planeten, die beharrlich auf der jeweils eigenen, unveränderlichen Bahn ihrer Existenz kreisen. Ich war auf dem Planet Mutter, und in regelmäßigen, wenn auch sehr ausgedehnten Abständen kreuzten wir den Planet Vater, der mit einem Nimbus, einem ungesund schillernden Lichthof umgeben war. Man befahl mir, zwischen den beiden hin und her zu pendeln, bis ich dann wieder im Königreich Mutter Fuß faßte. Und kaum hatte sie mich zurückgewonnen, beschleunigte sie ihren Lauf, um mich schnellstens vom unseligen Planeten Vater zu entfernen.

Als ich selbst ein einsamer Planet wurde und folgsam, wie alle Planeten, meine eigene Bahn in den großen blauschwarzen Weiten meiner Existenz beschrieb, versuchte ich lange Zeit, mich dem Vater zu nähern. Weil ich aber nichts über ihn wußte, mußte ich meine Suche aufgeben, ermattet, aber nicht traurig. Ich weiß, daß ich nichts von der väterlichen Dimension der Männer verstehe, obwohl ich weiß, daß es sie gibt.

Dort am Ende der Sackgasse auf der Couch, das Gesicht zur Decke, die Augen geschlossen, um leichter die Verständigung mit dem Vergessenen wiederherzustellen, mit dem Verschlossenen, dem Unbenannten, dem Undenkbaren, wollte ich meinen Vater wieder auferstehen lassen. Endlich wollte ich ihn finden, weil seine Abwesenheit, besser seine Nichtexistenz mich tief verwundet hatte. In diesem tiefen Geschwür, ganz versteckt, glaubte ich die Keime meiner Krankheit zu entdecken. Ich bemühte mich, alle Erinnerungen an ihn, die allerverschwommensten Bilderfetzen aus den Windungen meines Gedächtnisses hervorzukramen.

In den Nächten meiner Kindheit und Jugend verfolgten mich immer wieder zwei bestimmte Alpträume. Im ersten erlebte ich eine Szene, die wirklich stattgefunden hatte, im Zoo von Vincennes. Damit ich die Löwen und Tiger besser sehen konnte, hatte mein Vater mich auf die Brüstung über dem tiefen Graben gesetzt, der die wilden Tiere von den Zuschauern trennt. Er hielt mich ganz fest. In Wirklichkeit hatte ich wahnsinnige Angst, gab es aber nicht zu. In meinem Alptraum passierte es dann, was ich befürchtet hatte: ich fiel in den Graben und wachte, vor Angst halb erstickt, gerade in dem Augenblick auf, als die Biester sich mit fletschenden Zähnen auf mich stürzten. Ich war sechs oder sieben Jahre alt.

In dem anderen Alptraum war ich jünger, zwei oder drei, vielleicht noch jünger. (Manchmal war ich auch ein erst wenige Monate altes Baby.) Ich ritt auf den Schultern meines Vaters durch einen verschneiten Tannenwald, in dem wir uns verirrt hatten. Für mich, die ich außer auf Bildern und Photographien nie richtigen Schnee gesehen hatte, verlieh der Schnee diesem Ort eine verzauberte Schönheit. Ich hatte das unbestimmte Gefühl, hier sei ein verbotener Ort, an dem ich nicht lange bleiben dürfe. Wir suchten und suchten, aber fanden nicht aus dem Wald heraus. Das Wetter drohte umzuschlagen; wir strichen um die schwarzen Tannen und unsere eigenen Spuren im Schnee. Mein Vater hielt mich an den Fußgelenken fest, und ich spürte seinen heißen Kopf zwischen meinen Schenkeln. Er lachte vergnügt und schien nicht im mindesten beunruhigt zu sein. Ich hingegen wußte, daß es bald dunkel würde und daß wir unwiederbringlich verloren wären . . . Und so wachte ich auf, schweißgebadet.

Mit Hilfe der Träume entdeckte ich, daß die Sache schon seit frühester Kindheit tief in mir steckte, daß mein Vater mich davor nicht hatte beschützen und mir nicht hatte helfen können. Für mich besaß er nur die Fähigkeiten, die meine Mutter ihm zugebilligt hatte, sonst keine. Mein Vater ist für mich ein total fremder Mensch, der nie an meinem Leben teilgenommen hat.

Manchmal schaue ich ein paar Fotos an, die ich von ihm besitze. Manche zeigen ihn gegen Ende seines Lebens, so, wie ich ihn gekannt hatte: geschniegelt, mit Krawatte, wie aus dem Ei gepellt. Aber Bilder aus seiner Jugend gefallen mir besser, weil er sich damals noch keine Maske aufgesetzt hatte. Er war das schwarze Schaf der Familie und ein stolzer Dickschädel, der mit fünfzehn aus seinem Elternhaus in La Rochelle ausgerissen war. In Paris verdingte er sich als Hilfsarbeiter auf einer Baustelle und hatte sich geschworen, erst mit dem Ingenieursdiplom in der Tasche wieder sein Elternhaus zu betreten, einem Diplom, das er sich ganz allein erarbeiten wollte. Auf einem Foto steht er da als junger Arbeiter in groben Schnürstiefeln, die Hose ist ihm einige Nummern zu groß und wird wahrscheinlich mit einer Kordel um den Bauch festgehalten. Mit aufgekrempelten Ärmeln, offenem Hemd lacht er mit leicht zurückgeworfenem Kopf in die Sonne, im Hintergrund liegen Holzbalken und

Bohlen. In der Hand hält er einen Strauß wilder Löwenmäulchen. Wem wollte er sie wohl schenken?

Er besuchte Abendkurse, bestand seine Prüfungen und Wettbewerbe. Er führte das Leben eines Arbeiters, bis aus ihm schließlich ein Straßenbauingenieur geworden war. Er liebte es, Geschichten aus dieser Zeit zu erzählen, von den Schwierigkeiten, die dem Bürgersöhnchen das anstrengende Leben eines Lehrlings sauer machten. Mit geschundenem Rücken schleppte er riesige Lasten, und abends, nach getaner Arbeit, scharten die Männer sich um das Feuer zwischen Schutt und Schrott, heizten große Wasserkübel auf und begossen ihn damit. Nur so konnte er überhaupt sein Hemd ausziehen, das mit vertrocknetem Blut an seinen Schultern klebte. Er erzählte mir, daß die anderen ihn wegen seiner schönen Hände und seiner zarten Haut scherzend ‹Prinzchen› nannten.

Für den Rest seines Lebens hatte er sich die Sehnsucht nach dieser Kumpanei und dem harten Leben bewahrt. Aus ihm ist nie wieder ein richtiger Bourgeois geworden. Das sah man schon an der Art, wie er irgendwelches Gerät anfaßte. Und meine Mutter kommentierte: «Er ist eben nicht aus unseren Kreisen. Schau dir nur seine Tischmanieren an.» Wirklich, er beugte sich beim Essen über seinen Teller, breitete seine Arme darum aus, wie aus Angst, man könne ihm etwas wegnehmen. Er betrachtete sein Essen mit großem Ernst und tiefer Befriedigung. Nahrung durfte nicht verschwendet werden, das konnte er nicht leiden.

Ich weiß nicht, aus welchem Zufall ich in einer Schublade bei mir sein Ingenieurdiplom und sein Fahrtenbüchlein aus der Pfadfinderzeit habe. Auch seinen Führerschein und Empfehlungsschreiben von Vorgesetzten, denen man entnehmen kann, wie er im Laufe der Jahre vom Lehrling zum gelernten Arbeiter, Polier und schließlich zum Ingenieur aufstieg. Ein Foto aus dieser Zeit zeigt ihn auf einem Tennisplatz, von hinten. Der Ball hat ihn offenbar beim Zurückweichen überrascht, als er auf dem falschen Fuß stand. Sein Körper ist vom Scheitel bis zur Sohle gestreckt. Er steht auf Zehenspitzen, beugt sich leicht über den Tennisschläger, alle Kraft im rechten Handgelenk. Den linken Arm streckt er in den Himmel, die schöne Hand eines trainierten und starken Mannes.

Damals hatte er noch nicht Tuberkulose, er kannte auch meine Mutter noch nicht. Betrachte ich seine schönen Hände von damals, sein offenes Lachen, seinen schmalen und muskulösen Körper, ich glaube, er hätte mir gefallen.

Er hat mich nie verletzt, nie bloßgestellt, nie beleidigt. Und vielleicht habe ich mir deshalb nie einen anderen Vater gewünscht als ihn.

Einige Monate später, als ich mich traute, über meine Halluzination zu sprechen, und entdeckte, daß das Auge, das mich terrorisierte, das Auge meines Vaters war, begriff ich, daß nicht er es war, der mir Angst eingejagt hatte, sondern das Instrument, durch das er geschaut, und die Situation, in der ich mich befunden hatte. Aber darauf komme ich später noch zu sprechen.

Seit mehreren Monaten hatte das Blut aufgehört zu wüten. Ich konnte es kaum fassen und hatte das Gefühl, es könne jeden Moment von neuem beginnen. Ich setzte meine üblichen Untersuchungsmanöver fort. Nein, ich blutete nicht. Welche Erleichterung!

Ich brauchte dieses Hochgefühl, um weiter gegen die Angst zu kämpfen. In den schlimmsten Momenten der Verwirrung, total erschöpft von dem Kampf mit der Sache, überkam mich die Versuchung, die Schublade aufzuziehen, in der die Tabletten von früher lagen, die Mittel, die die Sache zukleisterten. Ich dachte an die warmen, scharlachroten Sickerstreifen an meinen Beinen entlang, an die Unterhosen mit den dunklen Blutflecken, die dicken, schwärzlichen, wabbeligen Gewebefetzen, die Tampons mit dem süßlich-faden Geruch, die ununterbrochen ausgewechselt werden mußten. Das machte mir Mut weiterzukämpfen. Das Blut war verschwunden. Warum sollte die Sache selbst nicht auch verschwinden?

Ich zog Erfolgsbilanz. Zuerst hatten die Blutungen aufgehört, dann war ich in der Lage, dreimal in der Woche allein zum Doktor zu gehen. Damit war ich der Stadt, dem Draußen, dem Unbekannten ausgeliefert. Das war nicht ganz so einfach, und ich mußte meine Ausgänge sorgfältig planen. Bestimmte Bezugspunkte markierten meinen Weg: eine Boutique, deren Inhaber ich kannte, eine Kneipe mit einem Telefon, ein dunkler Unterschlupf, in dem ich mich ungesehen gehenlassen konnte, das Haus eines Freundes, einer Bekannten oder ganz einfach ein Baum, der mir gefiel oder der Ausblick auf ein wohnliches Sträßchen, egal was. Wenn ich aus irgendwelchen Gründen von meiner Route abkam, überfiel mich Panik. Ich war wie gelähmt, begann zu schwitzen, und das Herz in seinem Käfig rüttelte wie besessen. Trotzdem kam ich pünktlich zu den Sitzungen. Noch vor drei Monaten hätte ich das nicht geschafft.

Inzwischen hatte der Tod sich an die Stelle des Blutes gesetzt. Er breitete sich ganz nach Belieben in meinem Hirn aus. Der Tod war schrecklicher als das Blut. Seine schwarzen Schleier legten sich über alle Windungen meiner Gedanken, machten sie undurchsichtig, verschwommen, unbestimmt. Mit seiner blitzenden, scharfen Sense wollte er umstandslos abschneiden, was ihm gefiel. Wie immer war er von einer Schönheit, Geschmeidigkeit und Feinheit, von ungeheurer Anziehungskraft, daß ich manchmal Lust bekam, ihm die Hand zu reichen, mich von ihm ins Reich des Wissens, der Klarheit und Ruhe führen zu lassen. Soweit ich in meinen Erinnerungen zurückgehe, nahm der Tod darin immer einen wichtigen Platz ein. Nun aber, da er es sich im Sessel des Blutes bequem gemacht hatte, wurde er zum Herrscher über meinen Körper in all seinen Ausdrucksformen. Er war allmächtig. Jederzeit konnte er Abszesse, einen Kropf, Krebs, Geschwüre, Zysten, Ausfluß, Fäulnis und Infekte wuchern lassen. Er beherrschte mich vollkommen; jeder Lidschlag, jeder Atemzug gehörte ihm, jede Blutung, die Verdauung, alles, was ich zu mir nahm, schluckte; jeder Herzschlag, jeder Speicheltropfen, jeder Millimeter meiner Haare und Nägel. Der lebende Fluß des Todes machte mir angst. Ich stand ihm gegenüber wie ein Rennfahrer, der sich mit Höchstgeschwindigkeit in eine Haarnadelkurve einfädelt. Leider hatte man mir nicht beigebracht, die Maschine zu bedienen. Ich konnte sie nicht kontrollieren und war viel zu schnell, um die Kurve meistern zu können.

Warum war der Tod des Menschen so absurd? Warum diese inszenierte Trauer, Fahnen auf Halbmast, schwermütige Musik, Tränen, Zeremonien, Bestattungsfeierlichkeiten, düstere Trommelschläge, all das Schwarz? Warum redete man nicht über die Würmer, über die blutleere Haut mit dem Aussehen von Marmor, über die zu Spachtel erstarrten Füße, über den Geruch? Warum verstopfte man den After des Toten mit Watte? Warum überließ man die toten Körper nicht einfach ihren Mutationen, der geheimnisvollen Arbeit der Natur? Worin bestand überhaupt das Geheimnis? War da überhaupt eines? Warum diese Masken, diese Schminke? Warum diese Sterbezimmer, in denen Leichen stricken, lesen oder einfach nur ruhig so daliegen, als wäre nichts geschehen? Wobei doch jeder weiß, daß sich in ihnen in aller Stille die Veränderung der Materie vollzieht, die Auflösung vom Festen ins Flüssige, die Verwandlung der Flüssigkeit in Gas und Staub. Dieser harmonische Ausgleich der Natur, der bewirkt, daß die Bäume wachsen, der Wind weht, die Erde bebt, der Planet sich dreht und die Sonne wärmt! Warum weigert man sich, am Gleichgewicht der Kräfte teilzuhaben, an den Gezeiten, den Rhythmen, den Strömen, den Mächten des Organischen? Ich verstand das nicht, ich war verrückt. Weil ich verrückt war, verstand ich nicht, was die anderen machten oder wollten.

Ich hatte Angst vor den anderen, Angst, mitten auf dem Trottoir hinzustürzen, Angst vor dem letzten Atemzug mitten im Staub der Stadt. Ich fürchtete mich, im Angesicht des Himmels, den ich zum letzten Mal sehr weit oben über den Häusern erblicken würde, mein Leben auszuhauchen, während die Passanten in angemessener Entfernung stehenblieben, um eine Frau sterben zu sehen. Zwischen ihnen und mir lagen im kreisförmigen Abstand Rotze, Zigarettenkippen und Hundekacke auf dem Pflaster. Ich fürchtete ihre Blicke, fürchtete den Tod, der von ihnen ausging, den sie mir aufzwangen und den ich nicht verstand. Ich hatte bereits meinen steifen, toten Körper vor Augen: die Beine leicht angewinkelt, die Arme vom Oberkörper weggedreht und die aufgerissenen Augen in der schnöden Unendlichkeit, jenseits der Dächer, jenseits der Vögel, jenseits der Flugzeuge. Ich war nicht mehr in der Lage, ihnen zuzurufen: «Drückt mir die Augen nicht zu, faßt mich nicht an, geht fort, ich bin nicht eine von euch!» Ich war ihnen ausgeliefert, und das erschreckte mich grenzenlos.

Unaufhörlich hatte ich Angst. Die Angst war so groß, so intensiv, so quälend, daß ich sie nur mit meinem Wahnsinn ertragen konnte. Sie erreichte manchmal einen Grad, an dem ich eigentlich hätte explodieren oder mich auflösen müssen. Statt dessen erduldete ich mehr und mehr. Ich wollte geschlachtet, mit Elektroschocks gebändigt, mit Adrenalin oder einer eiskalten Dusche aufgerüttelt werden. Ich haßte den Doktor, der mir diese Heilmittel versagte, zu dem ich trotzdem hinlief ohne ein Gramm Luft in den Lungen, ohne einige Tropfen Blut in den Adern, ohne Muskeln, ohne einen Funken Verstand. Mich trieb nur ein Instinkt, der meine Knochen und ihr fleischiges Drumherum wie automatisch fortbewegte, schnell, schnell ans Ende der Sackgasse.

Reden, reden, reden, reden.

«Reden Sie, sagen Sie alles, was Ihnen im Kopf herumgeht. Versuchen Sie, nicht zu sortieren, nicht nachzudenken. Versuchen Sie, die Sätze so, wie sie Ihnen einfallen, herauszulassen. Alles ist wichtig, jedes Wort zählt.»

Das war das einzige Hilfsmittel, das er mir anbot, und gierig nahm ich es an. Vielleicht war das die Waffe gegen die Sache: der Wortschwall, der Mahlstrom der Worte, diese Lawine von Worten, dieser Orkan von Worten. Die Worte spülten das Mißtrauen fort, die Angst, das Nichtverstehen, die Härte, den Willen, die Ordnung, das Gesetz, die Disziplin; aber auch die Zärtlichkeit, die Milde, die Liebe, die Wärme und die Freiheit.

Meine Worte waren Puzzlesteinchen, mit deren Hilfe ich das Bild eines kleinen Mädchens rekonstruierte, das wohlerzogen an einem großen Tisch sitzt, die Hände rechts und links neben dem Teller; das sich geradehält, ohne die Stuhllehne zu berühren. Ganz allein sitzt sie einem Herrn mit Schnurrbart gegenüber, der ihr lächelnd eine Frucht herüberreicht. Die Salzfäßchen aus Kristall mit silbernen Stöpseln, das Sèvres-Porzellan, die Klingel, die vom Lüster herabhängt: es ist eine rosa Marmorkugel, auf der Colombine und Pierrot darauf warteten, sich beim Knopfdruck küssen zu dürfen, worauf es unten in der Anrichte schellt.

Die Worte machten die Szene wieder lebendig. Ich war wieder das kleine Mädchen. Als das Bild sich verwischte und ich wieder die Frau von dreißig Jahren wurde, fragte ich nach dem Warum dieser sittenstrengen Haltung: den braven Händen neben dem Teller, dem Verbot der Stuhllehne. Warum diese Scham, diese Verlegenheit vor meinem Vater? Wer hatte mir das alles eingedrillt, und warum? Ich lag auf der Couch, hielt die Augen weiter geschlossen, um das kleine Mädchen noch ein wenig bei mir zu behalten. Ich war wirklich sie und gleichzeitig ich. Jetzt war alles einfach und leicht zu verstehen. Allmählich zeichnete sich klar der Einfluß meiner Mutter ab. Wollte ich mich finden, mußte ich sie finden, ihr die Maske vom Gesicht reißen und in die Staatsgeheimnisse meiner Familie und meiner Klasse eindringen.

Ich halte die Augen weiter geschlossen. Wieder werde ich das kleine Mädchen, liege in einem frisch bezogenen Bett, ein Kruzifix hängt an der Wand über dem Kopfende. Die Augen starren auf eine verschlossene Tür, die Puppen sind der Größe nach auf einem Sofa aufgereiht. Das verglimmende Holzfeuer im Kamin wirft seinen Widerschein an die Wand, die Schattenspiele zersplittern.

Ich warte auf meine Mutter. Ich kämpfe gegen den Schlaf an, aus Angst, sie zu verpassen. Ich bin brav. «Wenn du nicht brav bist, komme ich nicht zum Gutenachtsagen.»

Nun begann ich, über meine Mutter zu sprechen, und hörte bis zum Ende der Analyse nicht mehr damit auf.

Im Laufe der Jahre bin ich in sie hineingekrochen wie in eine schwarze Höhle. So lernte ich die Frau kennen, die sie aus mir machen wollte. Tagtäglich mußte ich mich mit ihrer Verbissenheit auseinandersetzen, mit der sie ein nach ihren Vorstellungen vollkommenes Wesen aus mir modellieren wollte. Ich mußte gegen ihre ungeheure Willenskraft anrennen, mit der sie meinen Körper und meine Gedanken verdrehte, um mich auf den Weg zu bringen, den sie mir zugedacht hatte. Zwischen dieser Frau, wie sie sich sie vorstellte, und mir, wie ich eigentlich war, hatte sich die Sache breitgemacht. Meine Mutter hatte mich zu ihrer Puppe gemacht und diese Arbeit so vollkommen geleistet, so tiefgreifend, daß ich mir dessen nicht mehr bewußt war, es mir gar nicht mehr anders vorstellen konnte.

Wenn ich heute an meine Mutter denke, weiß ich, daß ich sie während meiner Kindheit bis zum Wahnsinn geliebt habe. Dann kam der Haß, und schließlich verließ ich sie kurz vor ihrem Tod, der übrigens den Schlußpunkt unter meine Analyse setzte.

Schwüle, schlaflose Nächte meiner Jugend. Ich warf mich in den Kissen hin und her, nachdem ich so lange gelesen hatte, bis es mir vor den Augen flimmerte. Dann stand ich auf, ohne Ziel, ohne Absicht. Ich irrte in der großen, verschlafenen Wohnung umher, in dem u-förmigen Korridor. Ein Zweig des U führte an den kleineren Zimmern vorbei, von dem Querarm gingen die Wohnzimmer ab, und der andere Zweig führte von der Anrichte in die Küche. Ich war mit den Örtlichkeiten so vertraut, daß ich kein Licht benötigte. Ich war immer gerne durchs Dunkle geschlichen, und gerade damals steigerten die geheimnisvollen Schatten den Kitzel ängstlicher Erregung, dem Kinder sich manchmal mutwillig aussetzen, ohne dieses Bedürfnis bezeichnen oder gar erklären zu können. Das ganze Leben lag vor mir, auf das ich solche Lust und vor dem ich solche Angst hatte! Auf diesen blindsuchenden Wanderungen, melancholisch wie Wehklagen, riß mich öfters, nachdem ich um die erste Ecke war, ein entferntes Licht aus meiner Einsamkeit: ein Licht, das auf die verglasten Türen zum Salon einen rotgoldenen Schimmer warf. Durch eine Unregelmäßigkeit im Glas brach sich das Licht, und es entstand ein Kreis in Form eines Auges. Der Schimmer bedeutete, daß meine Mutter da war. Ich pirschte mich schnell und leise vor, bis ich in die Eingangshalle gelangte und vor der offenen Tür stand, die zu den Diensträumen führte. An der Grenze der Nacht hielt ich inne. Sie stand am Ende des Korridors, in helles Licht getaucht, leuchtender als der finstere Schatten, in dem ich stand, und hielt ein Glas Wein in der Hand. Reglos stand sie da, traurig und versunken, und blickte weit, weit in die Ferne. Von Zeit zu Zeit trank sie mit geschlossenen Augen einen großen Schluck Wein. Er schien ihr gut zu tun. Wenn das Glas leer war, verschwand sie im Halbschatten der Anrichte, öffnete den Eisschrank und nahm aus einem der freundlich und hell beleuchteten Fächer eine Flasche heraus, füllte ihr Glas, löschte das Licht in der Küche und ging tastend in ihr Zimmer, die Wegzehrung in der Hand. Sie schloß die Tür hinter sich ab. Ich wußte, daß sie sich bis morgen früh nicht mehr blicken lassen würde.

Wenn sie so allein im Licht stand und ich sie ihren Weißwein trinken sah, bekam ich Lust, selbst der Wein zu sein. Ich hätte ihr gern etwas Gutes getan, sie glücklich gemacht, ihre Aufmerksamkeit auf mich gelenkt. Ich nahm mir vor, einen Schatz für sie zu finden.

Mit dieser Schatzsuche war ich dermaßen beschäftigt, daß ich während der Mittagspause Schweißausbrüche bekam. Tief in der Erde findet man Edelsteine. Also ging ich hinaus in die mörderische

Hitze, die Luft vibrierte wie Gelee. Ich stieg durchs Fenster, schloß hinter mir die Läden und machte mich auf den Weg in die Weinberge. Ich kniete mich auf den Boden und kratzte die Erdkruste auf, so lange, bis es mir irrsinnig weh tat und ich das Gefühl hatte, meine Fingernägel lösten sich ab. Ich grub nach den schönsten Steinen der Welt. Damit füllte ich meine Taschen. Vielleicht waren Diamanten darunter, Smaragde, Rubine. Was für eine Überraschung! Das Gesicht meiner Mutter würde sich endlich entspannen, sie schlösse mich in ihre Arme, sie hätte mich lieb!

Auch die Kelche bestimmter Blumen erregten mein Interesse, ganz besonders die von Kanna und Aron. Bei genauerem Hinsehen wurde mir schwindlig: goldener, feuriger Samt, Tropfen kostbarer Essenzen, Damast, Satin. Das waren sicher wunderbare Schmuckkästchen, in denen Edelsteine verborgen waren. Ich zerfetzte die Blütenblätter, fand aber nichts. Beim Anblick der verwüsteten Pflanzen schimpfte sie mich abends aus: «Du hast überhaupt kein Gefühl für Blumen! Ich liebe sie so, man darf sie nicht kaputt machen!»

Ich holte das Häufchen Steine aus meiner Tasche. Aufgeregt und verwirrt hüpfte mein Herz bei dem Gedanken, der wunderbare Tascheninhalt könne das Leben meiner Mutter glücklicher machen. Sie aber sagte nur: «Laß dieses Dreckszeug nicht im Haus herumfliegen!»

Da waren auch noch Schilfrohr und Bambus. Die zylinderförmigen Unterteilungen ihrer Stengel formten Kästchen, die mir wie Schatullen für kleine Kostbarkeiten vorkamen. Bestimmt fand man darin die Mandarinknöpfe, die sie sammelte. Ich zerbrach den Schaft der Pflanzen mit den vielen Blättern und scharfen Kanten und machte mich daran, jeden einzelnen Röhrenabschnitt zu untersuchen. Ich fand aber nur weiße Baumwollpölsterchen, die manchmal wie winzige zerbrechliche Oblaten über die Öffnung gespannt waren. Sonst nichts, gar nichts. Wenn schließlich die Enttäuschungen kein Ende nahmen und ich es satt hatte, schnitt ich mir das obere Stück eines Rohres ab und schnitzte mir daraus eine schrille Flöte. Andere Kinder machten es mir nach, und mit ohrenbetäubendem Lärm zog unsere Clique davon, zum Versteck- und Fangmichspielen.

Die Mandarinknöpfe, Juwelen und kleinen Goldklümpchen konnte ich nie ganz vergessen.

Zumindest hatte ich gute Noten in der Schule.

Im Laufe der Jahre und mit zunehmenden Kenntnissen wuchs meine Gewißheit, daß der Boden bei uns weder Gold barg noch Diamanten, auch keine Edelsteine. Ich lernte auch, daß man im Schilfrohr gar keine Mandarinknöpfe finden konnte, weil sie aus

Elfenbein geschnitzt waren, das es in unseren Breiten gar nicht gab. Und daß sie Standesabzeichen hochgestellter Persönlichkeiten waren, die in China lebten, Tausende von Kilometern entfernt. Ich lernte, daß die Liebe zu schönen Blumen an sich schon etwas Edles sei.

Ich lernte auch die Existenz und Bedeutung von Geld, Tausch und Handel kennen. Ich machte zum erstenmal eigene Geschäfte und verkaufte alte Bücher und Flaschen, ganze Jahrgänge von *Illustration* und *Marie Claire*, die auf dem Speicher gebündelt herumlagen. Ich verglich die Summe meiner Groschenverdienste mit dem Preis des allerkleinsten Mandarinknopfes im Schaufenster eines Antiquitätenhändlers. Das Ergebnis war niederschmetternd. Ich begriff, daß meine Mutter einen erlesenen Geschmack und kostspielige Bedürfnisse hatte. Für sie, die nur wertvolle und teure Sachen mochte, gab es auf dem ganzen Markt nichts zu kaufen, was mein Geldbeutel verkraftet hätte. Also blieb mir die Tür zu ihrem Glück verschlossen, die, wie ich glaubte, nur mit Geschenken zu öffnen war. Meine Liebe allein war offenbar nicht der passende Schlüssel.

Unbewußt flüchtete ich mich ins Reich der Träume, verachtete die Schnitzer meiner Kindheit, die Albernheit meiner Suchereien, die Dummheit meiner Hoffnung. Meine vergeblichen Bemühungen hatten zur Folge, daß ich mich selbst ablehnte, mich meiner schämte.

Ich fand heraus, daß ich mich im geheimen in eine andere Person verwandeln konnte.

Außerhalb der Schule, in der ich gut war, verbrachte ich meine Freizeit damit, mich selbst zu glorifizieren, mich vor mir selbst aufzuwerten.

Kaum war ich zu Hause angekommen, lief ich auf die Terrasse, wo ich Weltmeisterschaften, kosmische Wettkämpfe organisierte. Als Einzelkämpfer bot ich dem Universum die Stirn, hatte einen dermaßen starken Willen zu siegen, ein so großes Bedürfnis, mich zu beweisen, daß ich nichts und nimanden fürchtete, die Konfrontation sogar herbeisehnte.

Auf der Terrasse aus rotem Klinker gab es weiter nichts als einen Holzstoß, und um sie herum nur den unermeßlich weiten Himmel. Schrill kreischend flogen Tausende von Mauerseglern über mich dahin. Der Verkehrslärm der Stadt war sicherlich auch zu hören, aber den habe ich vergessen. Ich erinnere mich nur an den Himmel, die Mauersegler und den roten Platz, auf dem ich mein Hupffeld absteckte. Alle Mädchen aus meiner Klasse, aus der ganzen Schule, alle Leute, die ich überhaupt kannte, waren da. Los geht's, mal sehen, wer hier gewinnt!

Auf die Auswahl der Wurfscheibe kam es an. Ich zog eine ‹*Valda*›-Pastillenschachtel, mit Lehm gefüllt, allen anderen vor. Aber im Eifer des Gefechts nutzte sich das Metall rasch ab, und bald schon fiel der Boden der Schachtel genauso heraus wie bei einer gewöhnlichen Konservendose. Das war für mich ein echtes Drama, da ich kein Taschengeld bekam. So mußte ich die nächste Erkältung eines Familienmitgliedes abwarten und solange, in Ermangelung einer besseren, mit irgendeiner beliebigen Dose spielen. Das beeinträchtigte die Qualität der Meisterschaft allerdings erheblich.

Der Reihe nach vertrat ich jeden Mitspieler mit gleichem Eifer und gleicher Kraft. Wenn ich dann an der Reihe war, zitterte ich vor Angst. Oft spielte ich für die anderen besser als für mich selbst.

«Sie sind an der Reihe!»

Die Aufgerufene war diesmal ich. Sofort bekam ich einen Krampf im Fußgelenk. Ausgerechnet jetzt, wo doch nur Gelenkigkeit den Sieg garantierte! Ich achtete darauf, daß die Spielregeln pingelig genau eingehalten wurden. Besonders, wenn ich an der Reihe war. Ich wollte auf keinen Fall nur einen halben Sieg. Bei der geringsten Berührung der Linie mit der Schuhsohle mußte man ausscheiden. Manchmal hatte ich versucht, zu meinen Gunsten zu mogeln, aber ein erschummelter Sieg war fad. Wenn ich im ‹Paradies› ankam, war es wirklich das Paradies für mich. Dort konnte ich mich auf beide Füße stellen und entspannen. Nie kam mir auch nur in den Sinn, daß ich in Wirklichkeit ja alleine spielte. Selbst dann nicht, wenn in meiner Phantasie jemand anders im Turnier führte. Ich wollte unbedingt selbst gewinnen. Und ich begann wieder von vorne.

Wenn man mich zum Abendessen rief, war es oft schon dunkel, aber ich konnte noch genau die weißen Kreidelinien meines Schlachtfelds erkennen. Die Mauersegler waren mit der Sonne verschwunden.

Ich organisierte auch Ballspiele gegen die Mauer, Seilchenspring- und Yo-Yo-Turniere. Je nachdem, was gerade auf dem Schulhof in Mode war.

Wenn ich Weltmeisterin wurde, empfand ich tiefe Befriedigung und konnte zum erstenmal nachfühlen, was meine Mutter über die Segnungen der Kommunion zu sagen pflegte. Sie versicherte, daß Christus, hätte er erst einmal Einzug in unser Herz gehalten, Glück schenke, Güte, Weisheit und Frieden. Genau das empfand ich beim Sieg nach einem erschöpfenden Wettkampf.

Ich war nämlich bereits zur Kommunion gegangen und lauerte auf die Segnungen der Eucharistie. Sie hatten sich bei mir nicht eingestellt. Ich bezweifelte stark, daß das kleine Männlein in seinen Lumpen und mit seinem zerfransten Bart in meinem Herzen herumspazierte. Gleichzeitig hatte ich Angst um ihn, wenn er über die steile Rutschbahn meiner Speiseröhre von meinem Mund in mein Herz rutschen mußte. Im Katechismus stand zu lesen, daß der Herr auch im kleinsten Teilchen der Hostie enthalten war. Da wir uns gerade mitten im Krieg befanden und man an allem sparen mußte, teilte der Priester die Hostie in vier Stücke. Logisch, daß, je kleiner das Stück, desto kleiner die darin enthaltene Person war. Um so größer war die Gefahr, daß sie in meinem komplizierten Organismus verlorenging.

Die Vorgänge in meinem Körper interessierten mich sehr. Als Kind hatte meine Mutter mich gewarnt: «Wenn du einen Kirschkern verschluckst, wächst dir ein Kirschbaum aus dem Bauch.» Daraus folgte: verschluckte ich einen Traubenkern, wuchs mir ein Rebstock aus dem Bauch; einen Aprikosenkern, ein Aprikosenbaum usw. Darum aß ich Früchte nur mit allergrößter Vorsicht. Wenn ich aus Versehen einen Kern mitgeschluckt hatte, konnte ich nicht einschlafen. Ich spürte schon den Baum in mir wachsen und war von Minute zu Minute darauf gefaßt, daß fruchtbeladene Äste mir aus Nase, Mund und Ohren quollen. Ich spürte, wie sich meine Finger in Wurzeln verwandelten, und mußte mich übergeben.

Dann erst fiel ich in tiefen Schlaf. Ich spürte von weither, wie mich meine Mutter danach in ihre Arme schloß, mir die Haare abwischte und mir ein frisches Nachthemd anzog. Die Leintücher und der Kopfkissenbezug wurden ausgewechselt, und ich fühlte mich rundherum wohl, löste mich auf in Seligkeit, in vollkommenem Glück. Ich hörte sie zum Kindermädchen sagen:

«Offenbar verträgt sie die Nudeln in der Suppe nicht. Sehen Sie, sie hat sie gar nicht verdaut.»

In ihren Armen schlief ich ein, fest an sie geschmiegt, und war das glücklichste kleine Mädchen auf der Welt.

Um auf meine Wettkämpfe zurückzukommen: ich behaupte, daß sie äußerst wichtig waren. Da ich nämlich oft gewann, verliehen mir meine Siege insgeheim einen Selbstwert, den ich sonst nie erfahren hätte. Ich fühlte mich meiner Mutter würdig und wurde ihren Ansprüchen gerecht. Umarmungen, Zärtlichkeiten: das waren vielleicht Trostpflästerchen für Schwächlinge! Ich war nun kein Schwächling mehr. Ich konnte kämpfen, heldenhaft sein, ehrlich, endlich ‹gut›. War es nicht genau das, was sie von mir verlangte, ‹gut› zu sein? Und besser noch wäre ich, wenn ich brav die Religion praktizierte, die sie so wichtig nahm. Darum beschloß ich, morgens mit ihr in die Heilige Messe zu gehen.

Ich kam in das Alter, in dem die Pubertät das Hirn zermartert, den Körper erforscht und ihn entwickelt. Am frühen Morgen ging ich neben meiner Mutter her. Unsere Schritte hallten auf dem Asphalt. Wir sprachen kaum miteinander. Mein Schulranzen lastete schwer. Um so schwerer, als ich keine Zeit gehabt habe, für heute meine

Aufgaben zu machen. Ich hatte gestern wieder einmal nur meine Wettkämpfe und meine Mutter im Kopf gehabt. Nach der Kirche würde ich sie auf dem Schulweg machen, im Autobus, in der Straßenbahn.

«Bist du dir ganz sicher, daß du nichts gegessen und nichts getrunken hast?»

«Ganz bestimmt. Beim Zähneputzen habe ich aufgepaßt und kein Wasser geschluckt.»

«Gut. Wann warst du denn zum letztenmal bei der Beichte?»

«Vor zehn Tagen.»

«Das ist lange her. Beichtet ihr denn nicht in der Schule?»

«Doch, morgen.»

«Dann wäre es besser, heute und morgen in der Frühmesse nicht zu kommunizieren. Wir sind eh' spät dran, und du hättest keine Zeit mehr, noch vor der Messe zu beichten.»

Bei der Beichte sage ich immer dasselbe: «Pater, ich habe gelogen, ich war ungehorsam, ich habe genascht und unanständige Worte gebraucht.» Das war alles. Sosehr ich auch in meinem Hirn kramte, mehr Sünden fielen mir nicht ein.

Das konnte ja wohl kaum stimmen, weil meine Mutter ja immer behauptete, daß selbst die Heiligen mindestens siebenmal am Tag sündigten. Was soll's, jedenfalls traute ich mich nicht, dem Priester durch das Holzgitter in die Augen zu schauen, und leierte wie gehabt: «Ich habe gelogen, ich war ungehorsam, ich habe genascht und unanständige Worte gebraucht.»

«Ist das alles?»

«Ja, alles.»

«Du hast nicht etwa gegen das Keuschheitsgebot verstoßen, mein Kind?»

«Nein, Pater.»

«Niemals?»

«Niemals.»

Ich hatte keine Ahnung, worauf er anspielte.

«Gut. Sprich also dein Bußgebet.»

Und das war mein Bravourstück. Ich konnte es auswendig, das alte und das neue. Während des Krieges hatte man einige Sätze neu formuliert, um es zu vereinfachen. Es gefiel mir, wie die Kirche sich modernisierte.

«O Herr, ich bereue meine Sünden, weil du unendlich gütig bist, unendlich freundlich und die Sünde dir mißfällt. Mit deiner gütigen Hilfe fasse ich den festen Entschluß, nicht mehr gegen dich zu sündigen und gelobe ewige Treue.»

«Zur Buße bete drei *Ave Maria* und drei *Vaterunser*, und nun gehe in Frieden, meine Tochter.»

Als Buße sagt man den Rosenkranz auf. Man beginnt mit dem Kruzifix, schlägt das Kreuz, und dann kommen die kleinen Perlen auf dem freihängenden Stück des Kettchens für das *Ave Maria*, und schließlich beginnt der Reigen mit den *Avemarias* und *Vaterunsers*. Ich besaß ein ganzes Sortiment von Rosenkränzen: aus Gold, Silber, Kristall, Amethyst und Straß. Einen aus Lourdes, aus Jerusalem, aus Rom; einer war vom Papst gesegnet, einer von seiner Exzellenz XY, einer vom Pfarrer von Ars; ich hatte Großmutters Rosenkranz, den von Urgroßmutter, von Mutters Hochzeit, den zur ersten Kommunion, zu Mutters Verlobung und ihrem zwanzigsten Geburtstag. Es bedurfte einer bestimmten Technik, die letzten Worte des Gebets auf die letzte Perle zu sprechen. Mir gelang das selten. Entweder ich erreichte das letzte Kügelchen und hatte noch das halbe Gebet zu sprechen, dann rollte ich das Perlchen so lange zwischen Daumen und Zeigefinger, bis es zu Ende war. Oder aber ich war schon fertig, und es blieben noch vier Perlchen übrig. Dann galt es zu zählen: ein Kügelchen «Auf», das nächste «daß», das dritte «es», das letzte «geschehe».

Während der Messe war sie in ihre Gebete versunken. Sie kniete fast die ganze Zeit. Ich machte es ihr nach und am Ende der Messe hatte das Korbgeflecht des Betstuhls tiefe, krumme Furchen in meine Knie gedrückt. Ich ließ sie nicht aus den Augen, ich wollte sie nachahmen. Ich sah ihr ebenmäßiges Profil, ihre gerade Nase, ihren schön gezeichneten Mund, die geschlossenen Lider über ihren grünen Augen, den grauen Schleier, der wie ein leichter Nebel über ihren gewellten Haaren lag, und ihre königlich gefalteten Hände, lang und weiß, wunderschön mit den polierten, gefeilten Nägeln.

In der Kirche waren kaum Leute. Nur ein paar alte Frauen, eingezwängt im Schatten der Seitenschiffe, und wir beide in der ersten Reihe des Kirchenschiffs, in den Betstühlen unserer Familie. Bei der Frühmesse half sie als Mesnerin aus; sie übernahm das Responsorium und läutete das Glöckchen. Und dann sangen wir. Wir beide hatten eine tiefe Stimme. Die Wandlung, die Kommunion, eindringliche Augenblicke, deren Intensität ich aber nicht nachvollziehen konnte. Und so senkte ich aus Scham noch tiefer den Kopf. Ich betete noch inständiger. Und vergegenwärtigte mir dabei jedes Wort.

«*Introibo ad altare Dei. Ad deum qui laetificat juventutem meam. Ecce agnus dei, ecce qui tollit peccata mundi.*

Domine non sum dignus ut intres sub tectum meum. Sed tantum diverbo et sanabitur anima mea.»

Ich lernte Latein, deshalb konnte ich es leicht übersetzen:

«Mein Vater, ich bin nicht würdig, dich unter meinem Dach zu empfangen. Aber sag nur ein Wort und meine Seele wird gesund.»

Wenn er es doch nur sagen würde, dieses Wort! Und seine Gnade auf mich niederkäme! Hätte sie mich doch endlich lieb! Nichts. Nichts als die Sonne, die wie ein Wunder aufging und ihre Strahlen durch das Chorfenster hinter dem Altar warf. Christus mit durchbohrten Füßen, seiner durchbohrten Seite schwebte in vergoldetem Licht mit seinen mageren Schenkeln und seinem bestickten Lendenschurz.

Anschließend raste ich wie verrückt durch die Anlagen des Parc de Gallend, ein aufgeschlagenes Buch in der Hand, mit offenem Schulranzen und verrutschter Uniform. Aufgaben in Geschichte, in Mathematik. In der Straßenbahn schmierte ich in Hetze die Lateinarbeit in ein Heft. Alles rüttelte, hüpfte durcheinander.

«Mademoiselle, Ihr Heft ist ein Dreckslappen.»

Recht hatte sie. Als hätte ich Zeit, gerade Linien zu ziehen, Titel und Untertitel mit farbiger Tinte zu unterstreichen und das Datum an den Rand zu schreiben!

«Außerdem ist es schauderhaft geschrieben.»

Auch damit hatte sie vollkommen recht, das Gerüttel in der Straßenbahn verbesserte die Schrift ja auch nicht gerade! Mit dem Schönschreiben ging es mir wie mit der Religion: so sehr ich mich auch anstrengte, es wurde nichts draus. Ich hätte alles dafür gegeben, das ‹D› wie Solange Dufresnes oder das ‹m› wie meine Mutter schreiben zu können. Doch ständig machte ich Kleckse und mußte radieren. Meine Federhalter funktionierten nie. «Schade, denn Ihre Aufgabe ist inhaltlich richtig, aber wegen der schlechten Form muß ich Ihnen zwei Punkte abziehen.»

Das war mir egal, weil meine Mutter meine Noten sowieso nicht zur Kenntnis nahm. Außer den schlechten. Ihr schön geformter Daumen glitt an der Linie der Zahlen entlang und verweilte bei den Noten, die schlechter waren als zehn.

«Sechs! Du hast eine Sechs (oder Vier, oder Zwei)!»

«Ja, in Nähen.»

«Aber Nähen ist doch sehr wichtig! Du mußt lernen umzusäumen, Knöpfe anzunähen. Wirklich, manchmal frage ich mich, was wir mit dir machen sollen. Du Schlampe!»

Schlampe! Schlampe klang wie Wampe, Schlamm, Schwamm, klamm, Kranke. Wie etwas Schlaffes, Gärendes, Klebriges. Das paßte nicht in das Bild, das ich von ihr hatte und dem ich gleichen wollte. Auf einmal, am Ende der Messe, rieche ich ihr Lavendelwasser. Ihr etwas robuster Körper mit den ausladenden Hüften, aber langen rassigen Beinen steckte in einem erstklassig geschnittenen, strengen,

65

graublau gestreiften Gabardine-Kostüm, ihre Trotteurs waren tadellos geputzt. Sie wartete auf den Bus, um in die Armenviertel auf den Hügeln der Stadt zu fahren, wo sie sich um die verwahrlosten Kinder kümmerte. Dort war Endstation. Alle Leute kannten sie: die Kontrolleure, Busfahrer, Schaffner. Jeden Morgen wurde sie gefeiert; man schenkte ihr Anemonen- oder Narzissensträußchen, auch Stiefmütterchen, je nach Jahreszeit, oder liebevoll selbstgebackene Kuchen. Man brachte die Neugeborenen zu ihr, drollig anzusehen in ihren feinen Sonntagskleidchen.

Bevor sie aufbrach, machte sie mir mit dem Daumen ein flüchtiges Kreuzzeichen auf die Stirn: «Geh schön, und sei fleißig.»

Ich lief dann zur Schule, ließ sie zurück bei ihren Armen, die um sie herumstanden und glücklich waren, sie zu sehen, sie anzufassen, ihr zuhören zu dürfen.

Das Zeichen auf meiner Stirn war wie ein Stigma, für jedermann sichtbar. Die Berührung dieses Zeichens, dieser Narbe mit dem Zeigefinger hinterließ das Gefühl, als streiche man über dichtes, weich gewölbtes Moos, wie es die in Stein gemeißelten Buchstaben auf alten feuchten Gräbern überwuchert.

Die Religion hatte in meiner Kindheit einen wichtigen Stellenwert, weil ich durch sie mit meiner Mutter in engere Berührung kam. Mir persönlich bedeutete sie, ehrlich gesagt, kaum etwas, denn ich hatte weder die Erfahrung von Glauben noch von Gnade gemacht. Und doch weiß Gott allein, wie sehr ich gebetet, wie sehr ich ihn angefleht habe, mich an diesem Manna teilhaben zu lassen. Es hätte meine Unruhe und mein Schuldbewußtsein beruhigt. Natürlich besaß ich die christlichen Tugenden nicht in dem Maße, in dem man sie mir beschrieb. Bei den Meditationen, zu denen man mich zwang (ich ging auf eine katholische Schule, und meine Mutter praktizierte ja auch sehr ausgiebig), langweilte ich mich entsetzlich. Ich konnte mich einfach nicht konzentrieren. Wenn ich eine Viertelstunde über die christliche Barmherzigkeit nachdenken mußte, machte ich es zwar so wie alle anderen, stützte den Kopf in die Hände und ging in mich: «Liebet euren Nächsten . . ., das ist sicher eine schöne Sache. Ja, das stimmt, man muß sich untereinander lieben. Das ist aber nicht so einfach, weil es Leute gibt, die man nicht lieben will, und andere, die man zwar lieben will, die sich aber nicht lieben lassen.» Das war's, weiter kam ich nicht, und mir fielen andere Sachen ein. Ich starrte auf den Stoff meiner Anziehsachen, auf die Muster meiner Kleider. Jedesmal rutschte ich so ab, kam ins Schleudern und dachte an Dinge, an die man nicht denken durfte: was ich in der großen Pause machen sollte, nach der Messe oder nächsten Donnerstag. Ich konnte es einfach nicht lassen, an solches Zeug zu denken, und schämte mich. Ich kämpfte

66

wirklich darum, diese Seitensprünge zu unterlassen. Ganz im Ernst litt ich darunter, daß ich nicht die Kraft hatte, solchen Zerstreuungen aus dem Weg zu gehen. Da ich hundertprozentig sicher war, daß das Paradies und die Erlösung durch Gott nur über Opfer, Leid, Mühsal und Armut zu erreichen waren, folgerte ich logisch, daß ich schnurstracks in die Hölle käme. Und daß in diesem Augenblick Gottvater höchstpersönlich die Stirn runzelte und Kummertränen über mich vergoß. In solch trostlosem Zustand endete für mich meine Gewissenserforschung: ich hatte Gott verletzt, Gott, den meine Mutter so liebte, dem sie alles opferte. Ein unentwirrbares Geflecht.

Bei soviel Konfusion in mir mußte ich wenigstens so tun, als sei äußerlich alles in Ordnung: korrekt, höflich, gut in der Schule, sauber, sittsam, gehorsam, sparsam, hilfsbereit, züchtig, mildtätig und ehrlich. Mehr oder weniger gelang mir das auch, wenn auch eher weniger, da ich gerne vergnügt war und lachte. Meine Kleider und Hände waren immer schmutzig, ich hatte tausend Schrammen, meine Schulhefte waren voller Kleckse und Korrekturen. Trotzdem war ich ein braves Kind, nicht gerade ein Musterexemplar, aber doch sittsam, ehrlich, gut in der Schule, und ich strengte mich auch sichtlich an, nach den Geboten der Religion zu leben.

Die einzigen Momente, in denen die Religion mir wirklich unter die Haut ging, waren die, in denen ich mich mit bestimmten Gegenständen oder Anekdoten beschäftigte und dadurch fast in Ekstase geriet. Es mußte jedenfalls etwas Konkretes sein. Zum Beispiel Wundergeschichten: wenn Jesus übers Wasser schritt, wenn er Brote und Fischlein vermehrte, wenn er Kranke heilte, Tote erweckte . . . ich verfiel ins Träumen. Ich liebte Jesus wie einen leibhaftigen Menschen, der etwas konnte, was ich auch gerne gekonnt hätte, mit dem ich gerne auf den Straßen Galiläas oder sonstwo spazieren gegangen wäre. Ja, ich wäre wirklich gerne ins Himmelreich gekommen, um ihm bei seinen Taschenspielertricks zuzuschauen. Aus denselben Gründen liebte ich die Wandlung von Brot und Wein in Fleisch und Blut Christi. Eines Tages fiel mir auf, daß die Hostie gar nicht aus Brot war. Meine Mutter klärte mich auf, wie und warum man Hostien machte und daß nur die Protestanten mit echtem Brot kommunizierten. Schon wieder glaubte ich, eine Sünde begangen zu haben, weil mir echtes Brot lieber gewesen wäre und ich mir die Hostie wie ein dickes, rundes, knuspriges Weißbrot vorgestellt hatte, wie ich es manchmal auf Abendmahlsdarstellungen gesehen hatte. Jedenfalls war ich überglücklich und fand es herrlich, daß man beim österlichen Hochamt echte Brotstückchen verteilte.

Auch Kirchenmusik liebte ich sehr. Einige Lieder verwirrten mich, besonders das *Stabat Mater* an Karfreitag. Ich hatte eine tiefere

Stimme als die anderen Mädchen im Kirchenchor. Versuchte ich, so hoch zu singen wie sie, mußte ich die Stirn runzeln und mich auf Zehenspitzen stellen. Dabei wurde ich etwas schwindlig und bekam leichtes Kopfweh, was ich aber durchaus schätzte. Ich hielt es für Zeichen mystischer Erfahrung.

Die einzigen Meditationen, die wirklich etwas mit Nachdenken zu tun hatten, waren mein allabendliches Versinken im Nachtgebet. Ich kniete vor dem Kruzifix an der Wand hinter dem Kopfende. Das Kreuz war aus Ebenholz, Christus aus Elfenbein, ebenso das Spruchband mit der Inschrift INRI, die Nägel waren aus Bronze. Man hatte es mir zur Ersten Kommunion geschenkt. Um meinen Geschmack zu bilden, hatte meine Mutter mich besonders auf die Kostbarkeit der edlen Materialien hingewiesen: «Es ist ein besonders schönes Kruzifix, weißt du, es ist sehr wertvoll, ein wahres kleines Kunstwerk.» Nichts kann für den Herrgott schön genug sein. So bewunderte ich jeden Abend die herrliche Komposition aus Ebenholz, Elfenbein, Bronze und dem gemarterten Christus. Die Betrachtung der Nägel nahm mich lange in Anspruch. Bei den Händen waren sie sicher leicht zwischen den Knochen durchgeflutscht; bei den Füßen war es bestimmt viel schwieriger gewesen; man hatte sie sicher brutal in die Knochen hineingehauen. Und jetzt fingen auch meine Füße an zu schmerzen. Und die Dornenkrone erst! Er konnte den Kopf gar nicht zurückbeugen! Wäre er ans Kreuz gestoßen, hätte sich die Dornenkrone noch tiefer in seinen Kopf gerammt! So, wie er da hing, hatte er schon die beste Stellung gefunden: den Kopf nach vorne, das Bärtchen auf die Brust. Die dreieckige Wunde an seiner Seite interessierte mich nicht besonders; sein Körper war so mager, der Brustkorb sprang hervor wie das Gerippe einer verfallenen Barkasse, wie bei räudigen Hunden, die im Abfall herumstöbern. Sein ausgemergelter Leib gab mir mehr zu denken als die dreieckige Wunde, die im Elfenbein auch nur angedeutet war. Seine Beine hingegen waren muskulös, fast athletisch. Und dann die dezenten Schleierläppchen vor seinem Geschlecht! Das war auch nicht gerade uninteressant! Seine schönen Beine, das Geheimnis hinter dem Läppchen . . . In dieser Gegend hielt ich mich aber nicht lange auf. Trotzdem trieb es mir die Tränen in die Augen, wenn ich daran dachte, daß er für mich gestorben war. Abschließend preßte ich die Fingerkuppen auf die Nagelköpfe, um mir selbst ein bißchen weh zu tun. Ich glaube, ich hätte auch gerne ein wenig geblutet; aber das habe ich nie geschafft.

Danach in Windeseile das Kreuzzeichen, diese flüchtige Zauberformel, und hopp! Mit einem Satz landete ich inmitten der duftenden, frisch gewaschenen Leintücher und meinem Daunenkissen, das ich so liebte und in die Arme kuschelte. Nie, auch nicht bei glühendster

Hitze, riskierte ich es, ein Bein oder einen Arm aus dem Bett hängen zu lassen. Die dreckigen Dämonen hätten mich daran ja geradewegs in die Hölle zerren können! Im Katechismus meiner Urgroßmutter hatte ich zwei ganzseitige Illustrationen gesehen: den ‹Tod des Christenmenschen› und den ‹Tod des Sünders›. Der Christenmensch starb halb im Sitzen, und Engel mit schönen weiten Flügeln hielten ihn in seinem Todeskampf fest. Seine Augen waren gen Himmel gerichtet, und über dem Baldachin mit dicken Quasten erstrahlte das Gotteslicht. Der Christenmensch trug ein frisch gewaschenes und gebügeltes Nachthemd, an Hals und Ärmeln zugeknöpft. Er saß zwischen glatten Leintüchern, die Hände in seinen Rosenkranz verflochten, zum Gebet gefaltet. Der Sünder hingegen krümmte sich auf einer unordentlichen Pritsche und schnitt Grimassen. Teufel mit pfeilförmigen Schwänzen und Dreispitzen (wegen dieser Geräte hatte ich immer geglaubt, Neptun sei ein Teufel) zerrten den Sünder an Armen und Beinen unter seine Pritsche, geradewegs ins Höllenfeuer, von dem bereits ein paar Flammen an dem schäbigen Mobiliar der verkommenen Mansarde züngelten, in der sich dieser Todeskampf abspielte.

Trotzdem wußte ich, daß dies alles nebensächlich war. Solche Phantasien mußte ich, so fromm sie auch sein mochten, verscheuchen, um über Dinge nachzudenken wie ‹Gott ist reiner Geist› oder die ‹Heilige Dreifaltigkeit›, ‹ein einziger Gott in drei Erscheinungen› und ‹Vater, Sohn und Heiliger Geist›. Aber das ging immer schief: Der Vater mit Sandalen und Bart, der Sohn mit seinem Blut und schließlich der Heilige Geist, dieser komische Vogel! Mysteriös! Der Vogel verwandelte sich in eine Möwe, und die Möwe begleitete mich zu meinem Lieblingsstrand und seinen Wellen, Sonnenschirmen und Felsen und zu dem Jungen, der mir so gut gefiel! Ich sündigte, sündigte, sündigte ununterbrochen! Alle meine Freuden waren von Sünde getrübt. Ich mißtraute mir selbst, und dieses Mißtrauen war schwer zu ertragen. Ich durfte keine Sünderin sein, wenn ich meiner Mutter gefallen wollte. Aber ich war nun mal eine, und was für eine!

Die einzigen Augenblicke vollkommener Harmonie mit meiner Mutter, in denen ich sicher war, sie zu verstehen, und nichts tat, was ihr mißfallen konnte, erlebte ich beim Rundgang durch den Garten.

Alle Ferien und die ganze Schönwetterperiode verlebten wir auf dem großen Besitz meiner Familie. Es war Krieg, und deshalb konnten wir die Sommer nicht mehr in Frankreich verbringen, was mich geradezu entzückte. Da unten auf dem Land blieben wir auch während der drei glühendheißen Monate, pendelten zwischen dem Gut inmitten der Weinberge und der Villa am Meer. Dazwischen lag eine staubige Straße, nur ein paar Kilometer lang, eingehüllt in den ohrenbetäubenden Lärm der Zikaden.

Meine glücklichsten Erinnerungen, meine eigentlichen Wurzeln drehten sich um diesen Bauernhof wie Girlanden um einen Weihnachtsbaum. Warum? Vielleicht, weil ich dort meine Ferien verbrachte und mehr Zeit für mich selbst hatte als während der Schule. Vielleicht auch wegen der grenzenlosen Weite! Der Bauernhof, das war Algerien, die Stadt war Frankreich. Meine Liebe galt Algerien.

Ich liebte die rötlichen Hügelketten mit den Weinstöcken, die Eukalyptusalleen, die ungezähmte und dürre Vegetation des Waldes mit verkrüppelten Pinien, Mastixbäumen, Ginster und Meerkirschbäumen, seinem ausgedörrten Boden mit den Thymianbüschen. Und neben dieser weiten rauhen Gegend boten sich wie ein tägliches Fest Fruchtbarkeit und Farbenfreude der bewässerten Regionen dar.

Über den Weinbergen bis zum weiten Horizont lag der frische Geruch gepflügter Erde. Die Gärten, eine Geruchsorgie von morgens bis abends: Jasmin, Orangen, Feigen, Datteln, Zypressen und schließlich der zarte, beschwingende Geruch der Wunderblumen nach dem abendlichen Gießen, wenn die Erde all ihre Poren dieser Frische geöffnet hatte. Das gleiche galt für die Farben: auf dem ockergelben Boden der bepflanzten Erde reihten sich das Grünschwarz der Weinrispen und das Graugrün der Oliven, das lichte Graubraun der Rebstöcke und Strünke unter dem gleichmäßig ausgeblichenen, blendenden Blau des Himmels. Um die Wasserbecken herum überwogen Karmesin, verschiedene Gelbtöne, Indigo, Weiß, Pink, Orange, Violett, Farben von Smaragd, Türkis, Saphir, Amethyst und Diamant. Am liebsten hätte ich mittendrin getanzt, an Händen und Füßen kleine Schellen, um allen Menschen mein Glück zu verkünden.

Das Haus war gedrungen, fast mächtig. Der erste Vorfahre aus Bordeaux hatte es den Häusern seiner Heimat nachgebaut. Es war einfach, praktisch, solide und groß. Anfangs war es ein befestigtes Gut, von fünf bis sechs Meter hohen Mauern umgeben. Zu meiner Zeit war nur noch ein Stück der Mauer neben dem Eingangstor übriggeblieben. Hier war das riesige Portal aus dicken Balken eingelassen. Alle Zimmer des Herrenhauses waren geräumig und gingen ineinander über. Der große Salon entlang der Fassade war für die Erwachsenen eingerichtet, wenn sie ihren Portwein trinken, Havannas rauchen und klassische Musik hören wollten. Durch die niedrigen Fenster schaute man auf zwei romantische Zierpfeffersträucher, die ihre gefiederten Blätter und die Rispen mit den roten Kügelchen traurig hängen ließen, und, soweit das Auge reichte, überall Weinberge.

Arabische Diener sorgten sich gemächlich und aufmerksam um das Wohlergehen der Hausbewohner und Gäste. Bei festlichen Abendessen trugen sie bestickte Westen, weiße *Serouals*, Schärpen in kreischenden Farben und Goldmünzen auf ihrer tätowierten Stirn. Auf den schwarz-weißen Fliesen war der Schritt ihrer nackten Füße nicht zu hören. Ihre hennaroten Hände hantierten ehrfürchtig mit dem Familiensilber.

Auf dem dreieckigen Türgiebel des Herrenhauses, zwischen Himmel und Erde, stand das Einweihungsdatum: 1837.

Um das Gut herum lagen mehrere Gärten. Ein Lustgarten zum Promenieren mit Blumenbeeten, gestutzten Rosmarinhecken und vereinzelten Gartenpavillons. Einer davon sah aus wie ein Kiosk und war von einem Jasminstrauch mit großen, sternförmigen Blättern überwuchert. Davon schnitt sich Youssef, der Gärtner, immer etwas ab, wenn er sich nachts, Gott weiß wo, in der menschenleeren Gegend herumtrieb. Er steckte sich ein Sträußchen hinter das linke Ohr an den *tarbouch*, und wo immer er vorbeikam, hinterließ er eine wohlriechende Spur. Mit diesen Blumen ging er geizig um und gab niemandem welche ab, außer von Zeit zu Zeit mir. Diesen Garten fand ich etwas langweilig . Er gefiel mir zwar, aber seine strenge Ordnung bedrückte mich. Besser gefielen mir Blumen- und Gemüsegarten.

Frühmorgens richtete meine Mutter flache Körbe und Rosenscheren her und wir zogen los.

Zum Jauchzen schön waren diese frühen Morgenstunden in der taufrischen Natur! Wir entdeckten neue Blumen und Blätter, die sich während der Nacht entfaltet hatten. Manchmal warteten wir mehr als eine Woche auf das Aufblühen einer Rose oder Dahlie. Jeden Morgen hielten wir etwas länger vor der Knospe an, um ihren Fortschritt zu begutachten: erst noch etwas kümmerlich, bis sie anschwoll, sich ein wenig an der Spitze der Knospe öffnete und die noch farblosen Blütenblätter ahnen ließ, die dicht aneinanderklebten. Und plötzlich, eines schönen Morgens, brach die Knospe stellenweise auf, die Blüte zerrte und zwängte sich durch das enge Korsett, wie die dicken Brüste aus dem Büstenhalter der spanischen Waschfrau.

«Wenn sie erst mal ganz aufgeblüht ist, binden wir um sie herum einen Strauß mit indischen Nelken. Das Gelb wird gut dazu passen. Dazu nehmen wir noch die anderen, blasseren Rosen, die mit dem Perlmutterglanz. Ich habe fast den Eindruck, sie ist in diesem Jahr noch schöner als im vergangenen.»

Und dann machten wir uns völlig versunken und restlos zufrieden ans Blumenpflücken, um die Sträuße im Haus zu erneuern oder einzelne Blumen auszuwechseln. Für die Eingangshalle band sie pyramidenförmige, zwei Meter hohe Sträuße aus Mispeln und Yuccastangen mit ihren dicken weißen Blüten.

Blumenarrangieren war ein wichtiger Bestandteil in der Erziehung eines Mädchens meiner Herkunft. Meine Mutter übertraf sich selbst in dieser Kunst. Und auch ich liebte die Blumen, ihren Geruch, ihre Farben und Formen und die Geheimnisse in ihrem Innern, dort, wo ich die Mandarinknöpfe vermutet hatte, als ich noch klein war. Nie gab ich die Hoffnung auf, eines Tages endlich das zu finden, was meine Mutter glücklicher machen würde, noch glücklicher und noch schöner. Etwas zu finden, was das Mißverständnis zwischen uns aus dem Wege räumen könnte, meine mir unbegreifliche Unfähigkeit, ihr rundum zu gefallen.

Am besten verstanden wir uns, wenn sie mir das Blumenbinden beibrachte. Sie zeigte mir, wie man Blumen in einer Vase arrangierte. Zuerst mußte man eine Vase aussuchen, je nach Biegsamkeit der Stengel. Dann lernte ich von ihr, daß die Zusammenstellung mancher Blumen unmöglich oder schwierig war, wenn die eine Blume sehr zarte, die andere kräftige und dicke Stengel hatte.

Vormittags verbrachten wir auch längere Zeit im Gemüsegarten, wo es nach Sellerie und Tomaten roch.

Die Gemüse hatten etwas von Kunstwerken. Auberginen, Melonen, Kürbisse, Pfefferschoten, Tomaten, Gurken, Saubohnen, Courgetten, grüne Bohnen, alles frisch, knackig und gesund, warfen leuchtende oder dunkle Schatten auf die kräftigen Blätter. Petersilie, Karotten, Steckrüben, Radieschen, Salat, Zwiebeln, Schalotten, Schnittlauch und Kerbel, wohlgeordnetes Grün, glatt oder gefranst, rochen nach gutbürgerlicher Küche, verhießen Frieden und Behaglichkeit. Die Knoblauchblüten auf den langen röhrenförmigen Stengeln breiteten ihr Zartrosa über all das Rot, Violett und Grün hinweg aus.

Das ganze Jahr über gab es Orangen, Mandarinen, Zitronen, Pampelmusen und Mispeln, bei denen wir stehenblieben, um die fleischige Frucht zu genießen, in der die Frische der Nacht noch eingefangen war.

In der entsprechenden Jahreszeit beendeten wir regelmäßig unsere Streifzüge vor den schattigen Veilchenbeeten und pflückten dort runde, duftende Sträußchen. Meine Mutter mit ihren geschickten Händen buddelte unter den großen, taubedeckten Blättern die kleinen Blumen hervor.

Französisch-Algerien lag im Todeskampf. Es war die Zeit, als der Algerienkrieg, wie die Fachleute ihn bezeichneten, für die Franzosen militärisch gewonnen war. Unsere besten Soldaten, nämlich die, die in Indochina schon den Buckel vollgekriegt hatten, hatten in den Steinbrüchen der Gebirge regelrechte Treibjagden veranstaltet: die Bürschchen aus der Reservearmee, die jungen Spunte aus Saint-Malo, Douai, Roanne oder sonstwoher (sie werden zeitlebens gebrandmarkt sein, wie Tiere aus einer räudigen Herde) mit ihren Helmen, ihren Stiefeln, ihren automatischen Waffen und ihren Panzern unterstanden dem Befehl, die mageren und fanatischen algerischen Partisanen abzumurksen, je mehr, desto besser. Die Kinder Frankreichs fielen reihenweise um und kotzten ihre Eingeweide und ihren Patriotismus heraus, aber von den anderen starben noch mehr. Die Kämpfe hörten schließlich auf, weil es keine Kämpfer mehr gab. Die algerischen Partisanen, denen es gelungen war zu entkommen, versteckten sich in den Städten, wo man sie wie Helden feierte, wo, wie im Märchen, ihre Kampfparolen wie Diamanten und Rosen von ihren Lippen tropften, in der *Kasbah* und in den Vierteln der Armen.

Der Kampf im Namen der Trikolore war nun zum Stillstand gekommen. Für den Kriegsminister in Paris gab es keinen Algerienkrieg mehr. Keine Kanonen, keine Munition, keine MGs, keine Granaten, kein Napalm brauchte mehr heruntergeschickt zu werden. Dieser Posten in der Bilanz der französischen Wirtschaft konnte abgeschlossen werden, weil endlich Ruhe herrschte. Die Badewannen, Elektroden, Ohrfeigen, Faustschläge in die Fresse, Fußtritte in den Bauch und in die Eier, Zigaretten, die auf Brustwarzen und Hoden ausgedrückt wurden, gab es an Ort und Stelle: kleine Fische. Die Folter zählte man nicht mehr dazu, weil sie eben einfach nicht zählte, ja gar nicht existierte. Die Folter schließlich sei nur Einbildung, keine ernstzunehmende Angelegenheit.

Währenddessen wütete das schamlose Massaker in Französisch-Algerien fort, in der Abwertung aller Werte, mit aller Gemeinheit, mit dem Blut des Bürgerkriegs, das in riesigen Lachen von den Trottoirs auf die Chausseen lief und dem geometrischen Zementweg der Zivilisation folgte. Um der jahrhundertlangen Schändung ein Ende zu bereiten, schlugen die Araber auf das grausamste zurück: Leichen mit aufgeschlitzten Bäuchen, abgeschnittenen Geschlechtsorganen, gehängte Föten, durchbohrte Hälse im ganzen Land.

Mir scheint, die Sache hat in mir endgültig Wurzeln gefaßt, als ich begriff, daß wir Algerien vernichteten. Denn Algerien war meine wirkliche Mutter. Ich trug es in mir wie ein Kind das Blut seiner Eltern.

Was für eine Karawane ich durch die Straßen von Paris bis in die Sackgasse trieb! Mittlerweile war Algerien zerfleischt, breitete seine entzündeten Wunden vor dem Angesicht der Welt aus, während ich ein Land voller Liebe und Zärtlichkeit wiederauferstehen ließ, eine

Welt voller Jasmin und Bratenduft. Arbeiter, Angestellte und die ‹Domestiken›, die meine Kindheit bevölkert hatten, führte ich ins Arbeitszimmer zum Doktor. All die Personen, die aus mir ein lachendes, vergnügtes kleines Mädchen gemacht hatten, das verbotene Süßigkeiten vom Tablett des alten Achmed stibitzte, ‹Laroulila› sang, mit den ‹derboukas› tanzte, Krapfen in Öl ausbacken und Pfefferminztee servieren konnte.

In der Stadt und auf dem Bauernhof war ich immer das einzige Kind. Nach der Frühmesse besuchte meine Mutter die Armen in den Krankenquartieren von Algier oder den zerfallenen Hütten auf dem Land. Abends kam sie nach Hause, matt und erschöpft. Den ganzen Tag über hatte sie Spritzen verabreicht, Verbände gewechselt, sich Klagen und Danksagungen angehört, hatte zum höchsten Ruhme Gottes ihre Geduld, Aufmerksamkeit, ihr Wissen und ihre Liebe geschenkt. In aller Heimlichkeit taufte sie auch die Sterbenden: «Besser den Spatz in der Hand als die Taube auf dem Dach.»

Wenn sie dann abends nach Hause kam, hatte sie nur noch das Bedürfnis zu schlafen, kaum noch Energie für ihre häuslichen Pflichten und keinen Funken Geduld mehr. Für mich, die Auserwählte, die unter ihrem Dach leben durfte, gab es dann keinerlei Entschuldigung für Schwächen.

«Hättest du all das Elend gesehen, das mir heute unter die Augen gekommen ist, du würdest sofort niederknien und beten, um Gott für alles zu danken, was er dir Gutes angedeihen läßt!»

«Wenn man solches Glück hat und besitzt, was du besitzt, gibt es überhaupt nur eines: unseren Herrn preisen, den anderen helfen und selbstlos sein!»

«Wenn du auch nur einen Tag so leben würdest wie die Armen, die ich jeden Tag besuche, würdest du endlich verstehen, was für ein Glück du hast, zur Schule gehen zu können. Und du wärst immer die Beste!»

«Wenn du wüßtest, was es heißt, keine Schuhe zu haben, gäbst du besser auf deine acht!» (Dasselbe mit Kleidern, Mänteln, Pullovern usw. . . . .)

«Es gibt Leute, die wirklich nichts zu essen haben. Iß deinen Teller leer, matsch nicht in deinem Haferbrei herum, laß nichts von der Kalbsleber liegen!»

Sie hatte bereits eine Stufe der Aufopferung und Großmut erreicht, auf die ich ihr nicht mehr folgen konnte.

Es war zum Verzweifeln, wie ihre Güte, ihr täglich aufopferndes Leben sie so weit über mich erhob!

Mein Weg führte da schon eher durch die Küche, die Pferdeställe, die Keller. Dort lebte ich richtig auf. Ich schloß mich denen an, mit denen ich ein lustiges Leben hatte, die mich lieb hatten und ich sie auch.

Ohne sie hätte ich mich sicherlich ganz in mich selbst vermauert, und meine Qualitäten wären durch meine Unfähigkeit, meiner Mutter zu gefallen und von ihr geliebt zu werden, voll und ganz verkümmert. Ich war eben außerstande, ihre Welt zu begreifen, weil mir auf das schrecklichste bewußt war, wie schlecht und häßlich ich war.

Glücklicherweise hatte ich nie ein richtiges Familienleben, da meine Eltern ja geschieden waren und meine Mutter von anderen Dingen voll in Anspruch genommen war. Als ich noch ganz klein war, sah ich tagsüber nur meine ‹Nany›, eine zärtliche und häßliche Spanierin. Sie schenkte mir alle Liebe, die sie dem *caballero* ihrer Träume versagen mußte. Sie bedeckte mich mit Küssen, lullte mich ein mit ihrem ‹Madre mia›, ‹Povrecita› oder ‹Aie, que guapa›. Sie hatte drei Schwestern, die als Zimmermädchen und Wäscherin bei meiner Mutter und meiner Großmutter, die im ersten Stock wohnte, angestellt waren. Jeanette, die Jüngste und auch die Hübscheste, bereitete sich unermüdlich auf Tangowettbewerbe vor. So organisierten die Schwestern jeden Tag ‹Fandango›-Übungsstunden, klatschen in die Hände, knallten mit den Hacken gegeneinander, klapperten mit Kastagnetten und schrien schrill: olé! Jeanette stellte einen alten Plattenspieler, den sie im Wäscheschrank versteckt hielt, auf einen Kübel und zog ihn auf. Ihre Schwester Elyse mimte den Kavalier, und auf ging's: eins, zwei; eins, zwei, drei! Eine Choreographie aus gekonnten Drehungen, lebensgefährlichen Pirouetten, schnellem Vor und Zurück. Jeanette produzierte einen eindrucksvollen Stoppschluß: verharrte in absoluter Unbeweglichkeit, einen Fuß nach hinten gestreckt, das versteinerte Profil starr ihrem Kavalier zugewandt, der seinerseits in weite Ferne stierte und Jeanettes Arm aus Leibeskräften bis fast an die Zimmerdecke zerrte.

Ohne daß man mich darum gebeten hätte, verriet ich meiner Mutter nichts von diesen Zusammenkünften, wenn sie abends matt, schön und traurig nach Hause kam. Sie legte dann Gebetbuch und Schleier griffbereit in die Halle auf das Posttablett, um es morgens zur Frühmesse wieder mitzunehmen. Nany verehrte sie. Sie stand bereits in ihren Diensten, als meine Mutter noch mit meinem Vater zusammenlebte; eine für mich unvorstellbare Zeit. Nany wußte alles. War meine Mutter erst mal zu Hause, schlug die Stimmung gleich um, wurde gedämpft, schweigsam, leicht dramatisch. Ich aß in der Anrichte zu Abend, benahm mich so gut ich konnte, um meiner Mutter zu gefallen und Nanys Groll nicht unnötig heraufzubeschwören. Sonst war es Nany herzlich schnuppe, ob ich mich gut oder schlecht benahm. Tatsächlich schaute meine Mutter nach, wie sich das Abendessen abspielte. Danach ging ich schlafen und wartete auf ihren Gutenachtkuß.

Oft hörte ich aus ihrem Schlafzimmer weinerliches Gejammer. Durch die Tür drang das leise Rascheln von zerknittertem Seidenpapier, vermischt mit Geschniefe und ab und zu der fast tonlosen Klage: «O Gott, o Gott!» Ich wußte, daß sie auf ihrem Bett die Andenken an meine verstorbene Schwester ausgebreitet hatte: Babyschühchen, Haarlocken, Kleider. Nany benahm sich dann wie in der Kirche, bekreuzigte sich und murmelte mit Tränen in den Augen Gebete vor sich hin. Mein Herz krampfte sich zusammen, wurde wie Stein. Und wie an den Abenden, wenn ich einen Obstkern verschluckt hatte und glaubte, ein Baum würde aus meinem Bauch wachsen, erbrach ich mein Abendbrot. Wenn meine Mutter dann zum Gutenachtsagen kam, schwamm ich in den Resten der Suppe und den Puddingklümpchen. Sie rief Nany zu Hilfe: «Finden Sie nicht, daß dieses Kind sich etwas zu oft erbricht?» Noch einmal mußte ich gewaschen werden, bekam ein neues Nachthemd angezogen, während Nany das Bett frisch bezog. Ich schlief in den Armen meiner Mutter ein. Ein herrliches Gefühl, mich so in den Schlaf fallen zu lassen, an sie geschmiegt in der Woge ihres Geruchs, ihrer Wärme.

Als ich einige Jahre später ins Backfischalter kam, brach der Krieg aus, und wir zogen für ein paar Monate aus der Stadt fort. Erstens aus Vorsicht: «Früher oder später werden die Italiener uns bombardieren»; vor allem aber aus Sparsamkeit, denn mit dem Weinbau ging es bergab. Der Wein verkaufte sich nicht mehr. Das war keine Schande, denn die anderen Weinbauern waren nicht besser dran. Unser Rückzug hatte jedoch etwas Heroisches an sich: «Man muß sich für sein Vaterland opfern. Wir wollen so leben wie die Bauern.»

Einige Hausangestellte wurden entlassen. Meine Nany wurde Zimmermädchen, und ihre Schwestern wurden in der Nachbarschaft und bei Freunden oder Verwandten untergebracht.

Mit Sack und Pack zogen wir also auf den Bauernhof; er war für mich das Himmelreich auf Erden.

Morgens pferchte ich mich mit den Kindern von Kader und Barded in eine alte Kutsche, die Aoued lenkte. Wir wurden zur Dorfschule gefahren, wo in einem einzigen Saal alle Arbeiterkinder aus der Gegend zusammenkamen. Obwohl ich die ganze Zeit über nur Quatsch machte, war ich eine gute Schülerin. Der Lehrer schlug uns mit dem Lineal auf die Fingerspitzen, und wenn seine Frau aus irgendeinem Grund nach ihm rief, beschloß er, daß wir uns jetzt

Mancher, der ein Buch liest, murrt ...

... wenn er Werbung findet, wo er Literatur suchte. Reklame in Büchern!!!? Warum nicht auch zwischen den Akten in Bayreuth oder neben den Gemälden in der Pinakothek?

«Rowohlts Idee mit der Zigarettenreklame im Buch (finde ich) gar nicht anfechtbar, vielmehr sehr modern. Hauptsache, es hat Erfolg und nützt dem Buch, was die deutsche Innerlichkeit dazu sagt, ist allmählich völlig gleichgültig, die will ihren Schlafrock und ihre Ruh und will ihre Kinder dußlig halten und verkriecht sich hinter Salbadern und Gepflegtheit und möchte das Geistige in den Formen eines Bridgeclubs halten – dagegen muß man angehen...»

Das schrieb Ende 1950 – Gottfried Benn.

An Stelle der «Zigarettenreklame» findet man nun in diesen Taschenbüchern Werbung für Pfandbriefe und Kommunalobligationen. «Hauptsache, es hat Erfolg und nützt dem Buch.» Und es nützt auch dem Leser. (Für die Jahreszinsen eines einzigen 100-Mark-Pfandbriefs kann man sich beispielsweise zwei Taschenbücher kaufen.)

Pfandbrief und Kommunalobligation

Meistgekaufte deutsche Wertpapiere - hoher Zinsertrag - schon ab 100 DM bei allen Banken und Sparkassen

Verbriefte Sicherheit

ausruhen müßten, weil wir mitten im Wachstum steckten. Dann mußten die einen sich platt auf die Tische, die anderen sich auf die Bänke legen, und er verbot, während seiner Abwesenheit auch nur ein Wort zu sprechen.

Nach Schulschluß kehrten wir auf den Bauernhof zurück, dessen Dächer schon bald zwischen den Eukalyptusbäumen auftauchten, dort unten, am Ende der Talmulde inmitten der Weinberge. Bijou, die Stute, war uralt und ließ gewaltige Furze fahren. Normalerweise hob sie gleich danach den Schwanz, und man sah ihren Hintern, der wie eine dicke, rosa Dahlie zu blühen schien. Sie ließ eine Kaskade dampfender Pferdeäpfel fallen, und wir lachten Tränen. Das gefiel Aoued gar nicht. Vielleicht fand er es unangemessen, dieses Ereignis überhaupt zu würdigen; vielleicht wollte er aber auch nur nicht, daß wir uns über Bijou lustig machten. Er drohte uns mit seiner Peitsche, nannte uns Hundesöhne und Hurengesindel. Da er arabisch fluchte, galt das selbstverständlich nicht mir.

In den ersten Jahren meiner Analyse verhielt ich mich immer nach denselben Mechanismen: ich ließ meine Angst ein bißchen heraus, kompensierte das aber gleich wieder durch Lachen, Fröhlichkeit oder leise Wehmut.

Ich hatte begonnen, über meine Mutter zu reden, über meine vergeblichen Bemühungen als Kind, ihre Liebe zu ergattern. Kaum hatte ich ein paar traurige Erinnerungen aus mir herausgelassen, leierte ich auch schon wieder den abgedroschenen Rosenkranz ihrer kleinen freundlichen Aufmerksamkeiten, Blicke, Gesten herunter und beschwor die Augenblicke, die wir in relativer Harmonie miteinander verbracht hatten: die Messe, die Blumen. Aber das eigentlich Wichtige drängte ich immer wieder zurück, um mich unbewußt noch länger zu schützen, um nicht wie ein Stück rohes Fleisch in der Auslage eines Metzgerladens dazuliegen.

Vielleicht hätte die Angst mich vernichtet, wenn ich sie erst einmal offen zum Ausdruck gebracht hätte. Vielleicht würde sie sich als Lappalie herausstellen oder aber meiner Person alle Wichtigkeit rauben. Vielleicht käme auch einfach dabei heraus, daß es gar keine Angst, sondern ein Familienmakel war, dessen man sich schämen mußte.

Damals war ich noch nicht fähig, diese Fragen zu beantworten, geschweige denn, sie mir zu stellen. Ich war ein gehetztes Tier, ich verstand die Menschen nicht mehr.

Ich brauchte mindestens vier Jahre Analyse, um zu lernen, daß, wenn ich das Thema wechselte oder schwieg, nicht eigentlich das Thema erschöpft war, sondern daß ich vor einem Hindernis gelandet war, das ich aus Angst nicht überwinden wollte. Nicht wegen der Anstrengung, sondern aus Angst vor dem, was dahinter lag.

Das Thema ‹Vater› hatte ich breitgewalzt, weil ich in Wirklichkeit nichts riskierte, wenn ich mich über ihn ausließ. Das Thema ‹Mutter› handelte ich auch eher oberflächlich ab, gerade so weit, um mich ein wenig auszujammern. Über die Halluzinationen hatte ich immer noch nicht gesprochen, auch nicht über die eigentliche Sauerei, die meine Mutter mit mir veranstaltet hatte. Wie gesagt, ich hatte Angst, wegen der Halluzinationen wieder in die Klinik zurückgeschickt zu werden. Immer noch glaubte ich, das wäre das Ende meiner Analyse in der Sackgasse. Und dieser stinkende Kadaver zwischen meiner Mutter und mir: weder mit dem Doktor noch alleine konnte ich ihn aus dem Weg schaffen, und ich gab mir auch gar keine Mühe. Ich sprach einfach nicht darüber, damit basta.

Ich kam an, schloß die Augen und ließ alle möglichen Kinkerlitzchen und Banalitäten wiederaufleben. Sicherlich waren sie irgendwo wichtig, aber sie trafen nicht den Kern der Sache.

Der kleine Mann gab nichts Wesentliches von sich. Er öffnete mir die Tür: «Guten Tag, Madame.» Er ließ mich eintreten, ich legte mich auf die Couch und redete. Irgendwann unterbrach er mich: «Ich glaube, die Sitzung ist beendet.» Zuvor hatte ich ihn aus dem Augenwinkel ein- oder zweimal auf die Uhr schauen sehen, wie ein Schiedsrichter. Ich stand auf: «Auf Wiedersehen, Madame.» Sonst nichts. Sein Ausdruck war verschlossen, er schaute mich aufmerksam, aber mitleidslos an, gar nicht wie ein Komplize. Erst viel später griff er manchmal ein Wort aus meinem monologisierenden Wortschwall heraus und fragte: «Dieses Wort, was fällt Ihnen dazu ein?» Ich griff es auf und haspelte alle Gedanken, alle damit zusammenhängenden Bilder herunter. Meist war solch ein Wort der Schlüssel zu einer Tür, die ich vorher nicht gesehen hatte. Das gab mir Vertrauen, er verstand sein Handwerk. Ich bewunderte ihn. Wie brachte er es wohl fertig, sich ausgerechnet dieses eine Wort so beiläufig herauszupicken?

Zu Beginn der Analyse hatte er jedoch nie eingegriffen.

Manchmal kam ich auch völlig verwirrt aus einer Sitzung, ich war einem Wahnsinnsanfall nahe: er hatte mich mittendrin unterbrochen, und ich hatte nicht einen Bruchteil von dem gesagt, was ich eigentlich hatte sagen wollen.

«Ich kann jetzt noch nicht gehen! Sie haben mich mitten im Satz unterbrochen, und ich habe doch noch nichts gesagt!»

«Guten Abend, Madame, bis Mittwoch.»

Seine Stimme war hart, sein Blick streng. Seine blanken Augen fixierten mich, als wolle er sagen: «Insistieren ist zwecklos.» In der

Sackgasse fand ich mich wieder, mutterseelenallein, halb erstickt und wieder mal Opfer der Sache. Wie perfide er war! Er trieb mich zum Selbstmord, zum Mord! Ich schlich die Häuserwände entlang, besessen von der wahnsinnigen Idee: ich will mich umbringen, ihn umbringen, irgendwen anders umbringen. Ich werfe mich vor ein Auto, auf daß meine Gedärme auf den Asphalt spritzen! Oder ich gehe zu ihm zurück und schlage ihm den Schädel ein, bis sein dreckiges Hirn seinen aufgemotzten Anzug vollsaut!

Ich mußte plötzlich heulen, und schon am Ende der Sackgasse ging es mir besser. Die Angst war weg.

Erst viel später verstand ich, daß Gedanken sich nicht so einfach aus ihrem Versteck herauslocken lassen. Es genügt eben nicht, ins Unterbewußte vordringen zu wollen, damit es sich als Bewußtsein offenbart. Gedanken lassen sich Zeit, sie kommen und gehen, suchen Ausflüchte, zögern, lauern. Und wenn der Moment gekommen ist, stehen sie sprungbereit wie ein Wachhund vor der Tür. Dann muß der Jäger selbst aktiv werden und die Meute auf das Opfer hetzen.

Nun hatte ich reinen Tisch gemacht; auf all die Verzierungen bei meinem Wiederbelebungsversuch verzichtet, in denen ich mir so gefallen hatte. Es wurde mir klar, daß ich wie die Katze um den heißen Brei geschlichen war. Ich ärgerte mich, daß ich nicht direkt zu der Sache vorgestoßen war, die Abfall, Horror, Verwesung, all das Unerträgliche in sich barg. Irgendwie hatte ich eine leise Ahnung, daß ich die Sache frontal angehen, ihr die Glieder brechen mußte, wenn ich gesund werden wollte. Trotzdem kam bei dem Doktor nur falsches Pathos, niedlich, rührendes Gejammer, tränenduselige Sentimentalität aus mir heraus und an die Oberfläche.

Aber eines Tages, während der üblichen Litanei verblaßter Erinnerungen, nahm der Prozeß eine unmerkliche, aber wichtige Wendung.

Ich sprach wieder einmal über meine verzweifelte Suche nach passenden Geschenken für meine Mutter und erzählte, daß dieser Wahn mich immer während der Mittagsruhe überfiel.

Und plötzlich gesellte sich das Kind zu mir in die Sackgasse. Ich sah es leibhaftig vor mir, mit seiner sonnengebräunten Haut, seinen struppigen blonden Haaren, seiner Neugierde und dem brennenden Wunsch, zu gefallen. Es legte sich zu mir, in mich hinein.

Das Arbeitszimmer des Doktors ist wieder mein Kinderzimmer. Ich bin ungefähr zehn Jahre alt. An der Decke sitzt die kleine erdfarbene Eidechse, die sich tagsüber immer dort aufhält. Sie ist während der Mittagszeit das einzige aktive Wesen im ganzen Haus. Alle anderen ruhen sich aus. Sie fegt durch die Landschaft der Lichtstreifen, die die Sonne durch die Zwischenräume der Jalousien wirft, und jagt Insekten. Ihre spatelförmigen Füße haben Ähnlichkeit mit den Formen vom wilden Wein. Sie scheint zu schlafen; sie schläft aber keineswegs. Plötzlich schießt sie vor und schnappt sich die Fliege, auf die sie es schon lange abgesehen hatte, und verschlingt sie. Dabei hüpft ihr Kehlkopf wie bei einem glucksenden Truthahn auf und ab. Vor einiger Zeit hat sie bei einem nächtlichen Gefecht (denn nur nachts traut sie sich heraus) ihren Schwanz eingebüßt. Stück für Stück ist der Schwanz wieder nachgewachsen, jetzt ist er schon fast wieder normal lang. Ich möchte auch so gerne einen Schwanz haben, wie die Jungens.

Solche Gedanken kommen wir immer während dieser verdammten Siesta. Wenn Kaders Sohn im ölig-warmen Wasser des Staubeckens schwimmt, macht er sich einen Spaß daraus, mit seinem Wasserhähnchen herumzuspielen, bis es steif wird wie ein Finger. Dann tänzelt er mit vorgeschobenen Hüften durch die Gegend und präsentiert das stolz erhobene Periskop. Die anderen hänseln ihn deswegen. Ich aber beneide ihn. Anstelle meiner glatten Muschel hätte ich auch gerne sowas unter meinem Bauch hängen. Wenn ich einen Schwanz hätte, stolzierte ich auch splitternackt damit durch die Gegend und steckte ihn in eine schöne gelbe Rose oder zwischen die prallen Schenkel von Henriette, der Köchin, wenn sie sich über den Ofen beugt. Rums! Bei dem Gedanken wurde mir ganz heiß zwischen den Beinen.

Es ist zu warm im Bett, Leintücher und Kopfkissen sind zu weich. Ich reibe mich an ihnen und versuche einzuschlafen, was mir nicht gelingt. Es ist stärker als ich.

Am nächsten Tag sehe ich, wie Aoued mit einem Handtuch um die Hüften aus seinem Haus kommt. Gerade noch hatte ich ihn hinter der Haustür mit seiner Frau kichern hören. Er geht zum Staubecken, denn es ist Zeit, die Klappen zu öffnen. Wie von einem Zeltpflock aufgespießt, spannt sich das Handtuch vor seinem Bauch. Ich kapiere, daß es sein Wasserhähnchen ist, das dickgeworden ist und sich aufgerichtet hat. Als er zurückkommt, schließt er hinter sich die Haustür ab, und kein Laut ist mehr zu hören. Wenn ich groß bin, heirate ich auch und amüsiere mich dann nackt mit meinem Mann.

O mein Gott, vergib mir, ich bin deiner unwürdig, ich habe nur Sünden im Kopf! Ich mag keine Handschuhe, weil ich dann schwitze. Ich mag keine Unterhosen, weil sie mich einklemmen. Ich mag keine Schuhe, weil die mich auch stören. (Kaum bin ich um die Kellerecke herum, ziehe ich die Sandalen aus, verstecke sie im Weinberg und haue barfuß mit meinen Spielkameraden ab in den Wald. In der Messe langweile ich mich. Das ist das Schlimmste. Ja, o Herr, meine Schuld ist unermeßlich, weil ich mich in der Messe langweile; meine Schuld ist unermeßlich, weil ich alle Knöpfe verliere, alle Reißverschlüsse kaputtmache, meine Schleifen und Haarspangen verlege und immer dreckige Finger habe; meine Schuld ist unermeßlich, weil ich mich oft während der Exerzitien für die Erste Kommunion nach dem blonden Jungen aus der Saint-Charles Schule umdrehe. Mein Gott, ich fühle mich schuldig, weil ich die Bücher der Comtesse de Ségur mit ihren ewigen Ritter- und Burgfräuleingeschichten nicht lesen mag, mit ihren keuschen, braven Jungfern und dem Armen August. Mich langweilen die Märchen von Andersen und die ganzen anderen Geschichten über Irrlichter und arme kleine Kinder, die sich im verschneiten Wald verirrt haben. Lieber gehe ich in die Hütte von Youssef, wo ich Flöhe fange, die alte Daiba Kuchen und Fladen bäckt und Geschichten erzählt. Alle Kinder vom Gut kommen dahin. Wir scharen uns ums Feuer und lauschen andächtig . . .

Die alte Daiba beginnt zu erzählen und wacht nebenher über ihre brodelnde Suppe. Weinerlich und monoton beschwört sie wie eine nuschelige Litanei Geschichten vom überstürzten Aufbruch geflügelter Pferde, die geradewegs in Allahs Paradies stürzen. Zwischendrin lüftet sie den Deckel ihres irdenen Suppentopfes, und der herrliche Geruch von Minze und anderen Gewürzen hüllt uns ein. Dann erzählt sie weiter: die Geschichte des Unglückseligen, der von der Schlange des benachbarten Friedhofs fürchterlich gestraft wurde. Mit einem rundgeflochtenen Bastschirm fächelt sie das Herdfeuer und weiter geht's mit Abenteuern schwarzer Riesen, die Berge versetzen; wundersamen Quellen, die aus verdörrtem Boden sprudeln; bösartigen Flaschenteufelchen. Träge erhebt sie sich aus der Hocke und verteilt dann an alle ein Stücken ‹Zailba›, das vor Honig nur so trieft. Sie holt sie aus einer Emailleschüssel, die mit gelben Halbmonden und dicken roten und schwarzen Blumen bemalt ist. Weder die drohende Aussicht auf eine gehörige Abreibung noch das ziepende Kämmen mit dem Läusekamm, viel zu fein für meine Mähne, konnten mich davon abschrecken, hierherzukommen.

«Du kannst auch nie maßhalten! Bis zum Überdruß stopfst du dich mit den Schweinereien dieser Alten voll!»

Es waren jedoch weniger Daibas Kuchen, die mich anzogen, als vielmehr Allahs Schimmel, der mit goldenen Hufen und Flügeln in den Himmel galoppierte. Aber das erzählte ich ihr nicht.

Wenn ich nicht einschlafen konnte, wurde ich ganz kribbelig. Der Strom meiner schlechten Gedanken riß mich fort, und meistens landete ich beim Schlimmsten.

Ich bastelte eine Art Trompetchen, ein konisches Rohr. Dazu wickelte ich ein Blatt Papier oder, besser noch, ein Stückchen dünner Pappe um den Finger. Ich hielt es unter meinen Anziehsachen versteckt. Wenn nun alles im Hause schlief, zog ich damit barfuß über die Fliesen auf die Toilette und riegelte mich ein.

Der Raum war größer als Toiletten normalerweise sind. Da man in unserer Familie (mit Ausnahme meiner Mutter) gerne dort las, waren die Toiletten in unserem Haus die Fortsetzung der Bibliothek. Vollständige Jahrgänge von *Illustration* und *Marie-Claire*, Wörterbücher der *Larousse* und der *Littré* und ich weiß nicht wie viele Jahrgänge von Telefonbüchern, von Zeitungen und Hunderte von Kriminalromanen stapelten sich auf den Regalen. Die Kloschüssel aus weißem Porzellan war tadellos sauber, die bequeme Brille aus Eichenholz war durch jahrelangen Gebrauch und tägliches Bohnern glattpoliert. Nachmittags schien durch ein enges Fenster, das auf den Hof führte, die Sonne herein. Mit Vorliebe kauerte ich mich in die Nische unter der Dachluke. Zu meinen Füßen lag der Mittelpunkt des Guts: den großen Hof mit grobem, glänzenden Kies umgaben die Arbeiterunterkünfte und Pferdeställe; dahinter ragten die sechs Eukalyptusbäume der Auffahrtsallee hoch in den Himmel. Über die rosa Ziegeldächer der Getreidesilos hinweg blickte man auf die sanft ansteigende Hügelkette, auf der der Wein wuchs und obendrauf der Pinienwald.

Dieser Wald war ein Paradies. Nicht nur wegen seiner himmlischen Düfte von Thymian, Mastix, Harz und, je nach Jahreszeit, Ginster, wilden Hyazinthen, Margeriten und Immortellen, die bis in die hintersten Winkel des Hauses zu riechen waren. Der Waldboden aus roter Erde und weißglänzendem Sand breitete sich unter den Füßen aus wie ein weicher Teppich. Der Wald war das Revier der Kinder vom Gut. Dort bauten wir Hütten und spielten Verstecken. Oder wir ritten auf Eseln und Mulis spazieren, wenn sie bei der Feldarbeit gerade nicht gebraucht wurden. In Ermangelung eines Sattels stapelten wir mehrere Kartoffelsäcke auf ihren knochigen Rücken. Dieser Wald war mein liebster Platz auf der ganzen Welt.

Trotz der Ermahnungen meiner Mutter: «Bleib am Waldrand, damit man dich vom Haus aus sehen kann . . .» drang ich mit meinen Spielkameraden bis zu den Lichtungen im Inneren vor und hinein ins Unterholz, in dem nur wir uns auskannten.

Die Jungens spielten Tarzan, balancierten auf den Unterarmen und schwangen sich mit fürchterlichem Gebrüll von Baum zu Baum. Oder aber sie ließen sich von einem hohen Ast auf den Rücken eines Esels fallen, was dieser ihnen meist derart verübelte, daß er ausschlug und sich störrisch keinen Millimeter mehr von der Stelle rührte. Wenn die Jungens sich prügelten, veranstalteten sie regelrechte Schlachten, wälzten sich auf dem Boden, Arme und Beine drunter und drüber und versuchten, sich gegenseitig an den zerlumpten Shorts festzukrallen. Wenn die Rauferei zu Ende war, waren sie dann schließlich nackt und versteckten grinsend, mit verstohlenem Blick auf uns Mädchen, ihr rosagraues Röhrchen, das ihnen zwischen den Beinen baumelte, hinter den Händen.

Ich war neidisch auf sie. Ich wußte, daß ich das alles auch konnte. Aber das durfte ich nicht, das war ja nichts für Mädchen. Also blieb mir nichts anderes übrig, als mit den andern ‹Heulsusen›, wie Kader sich ausdrückte, Blümchen zu pflücken und unsere Hütten zu schmücken. Trotzdem lauerte ich darauf, daß sich vielleicht doch ein gemeinsames Spiel zwischen Jungen und Mädchen ergab.

Diese Vorstellung erregte mich, wenn ich in der Fensternische auf der Toilette hockte. Die Sonne knallte auf mich herab, ich war klitschnaß vor Schweiß. Schließlich kroch ich aus meinem Unterschlupf hervor, kramte das Trompetchen unter meiner Bluse hervor und versuchte, wie die Jungens im Stehen zu pissen, indem ich den Pipistrahl durch das Rohr lenkte. Einfach war das nicht.

Als ich diese Momente dort am Ende der Sackgasse nachempfand und dabei genau dasselbe wie vor zwanzig Jahren erlebte, wurde mir klar, daß die Handgriffe, mit denen ich das Trompetchen an mich gehalten hatte, das tastende Suchen nach der Quelle, meinen Untersuchungen glichen, ob ich noch blutete; flüchtige Bewegungen, streifende Berührungen, unmerkliches Kommen und Gehen, leichtes Hin- und Herziehen. Fast abwesend geschah das alles, mein übriger Körper war nicht daran beteiligt. Ein Teil meiner Gedanken war ganz woanders, als sei mein Tun überhaupt belanglos. Dabei steckte in Wirklichkeit mein ganzes Streben in meinen Fingerspitzen.

Statt jedoch die Bestrafung durch das Blut zu erleben, hatte ich in den Waden ein mächtiges Gefühl gespürt, ein Prickeln zwischen Lust und Schmerz. Es stieg zu meinen Schenkeln hoch, erfaßte meinen Bauch. Und als ich schließlich nichts mehr kontrollieren konnte und mir warmer Urin über die Finger lief, wurde mein Körper von Lustwogen geschüttelt. In aufeinanderfolgenden Erschütterungen wölbte sich mein Unterleib vor und zurück. Ich versank in einem glückseligen Rausch, der mir angst machte.

Kaum war der Genuß abgeflaut, schämte ich mich gewaltig. Ich schmiß mein triefendes, aufgeweichtes Papiertrompetchen fort und zog das Klo ab: nichts wie weg damit! Dann ging ich zurück in mein Zimmer. Ich fühlte mich schuldig und unwürdig gegenüber meiner Mutter, dem ganzen Haus, der Familie, Jesus, der Heiligen Jungfrau, allen. Irgend etwas mußte ich mir einfallen lassen, um mich wieder freizukaufen, ich mußte irgendeinen Schatz finden. Ich gelobte Jesus, es nie wieder zu tun. Da es mir jedoch nicht gelang, mein Versprechen zu halten, fühlte ich mich jedesmal noch schuldiger.

Ich öffnete die Augen. Alles war fein säuberlich an seinem Platz: der Doktor am Kopfende, ein wenig nach hinten gelehnt, die Skulptur stand noch immer auf dem Zierbalken (wie konnte man nur ein Teufelchen in ein Zimmer stellen, in das nur Geisteskranke kommen! War das Absicht?), die Jutebespannung war noch an den Wänden, das abstrakte Bild, die Zimmerdecke, alles da.

Nichts hatte sich verändert, dennoch sah ich alles mit anderen Augen, irgendwie mutiger. Ich war gerade zum erstenmal auf mich selbst gestoßen. Bis heute hatte ich immer nur meine Vergangenheit inszeniert, und zwar so, daß die anderen, besonders meine Mutter, darin die erste Geige spielten. Ich selbst kam darin nur als ein untergeordnetes Instrument vor, ein nettes kleines Mädchen, das manipuliert wurde und das gehorchte.

Die Geschichte mit dem Papiertrompetchen war mir immer in bester Erinnerung gewesen. Sie war keineswegs in tiefer Vergessenheit begraben, aber es war mir unangenehm, an sie zu denken. Noch zwanzig Jahre später war sie mir fürchterlich peinlich; warum, dafür suchte ich erst gar keine Erklärung. Zwanzig Jahre später genierte ich mich immer noch, daß ich im Stehen hatte Pipi machen wollen, obwohl ich doch inzwischen selbst Liebe gemacht und sogenannte Affären hinter mir hatte. Hingegen schämte ich mich überhaupt nicht, daß ich onaniert hatte. Bis zu diesem Tag hatte ich mir nämlich noch gar nicht eingestanden, daß ich genau das, und nichts anderes, mit dem Trompetchen gemacht hatte. Das kleine Mädchen, das inmitten von Nachschlagewerken onaniert hatte, inmitten der wohltuenden Wärme der Sonne, die ihre Schenkel liebkoste, hatte nicht existiert. Erst auf der Couch des Doktors wurde sie geboren, am Ende der Sackgasse.

Zur Zeit des Trompetchens kannte ich den Begriff onanieren noch nicht und hatte von Masturbation nicht die geringste Ahnung. Wenn die Jungens an sich herumfingerten, bis ihr Wasserhähnchen steif wurde, nannte man das unter uns Kindern ‹berühren›. In unseren Gesprächen war nie die Rede davon, daß auch Mädchen sich ‹berührten›. Was hätten sie auch schon ‹berühren› sollen? Sie hatten ja NICHTS.

Als ich später erfuhr, was Masturbation ist und wie die Frauen gebaut sind, kam es mir auch nie in den Sinn, eine Beziehung zwischen meinem Trompetchen und Masturbation herzustellen. Dennoch war es klar, und klar war auch der Grund, weshalb ich mich bis zu diesem Tag schrecklich vor Masturbation ekelte, Widerwillen empfand, ein gefährliches Unbehagen spürte.

Ich wäre damals lieber anomal und krank als normal und gesund gewesen. Gleichzeitig fand ich heraus, daß ich selbst schuld an meiner Krankheit hatte, daß ich teilweise selbst dafür verantwortlich war. WESHALB?

Dieses erste, echte Weshalb war das Werkzeug, das mir half, mein Feld aufzuhacken, darin herumzuwühlen, es zu pflügen, bis ich endlich nackt und bloß dastand.

Wie auch immer! Was für ein Vergnügen empfand ich nachträglich über mein Masturbieren von damals! Mit welcher Begeisterung traf ich auf dieses lebenslustige Kind, das einfach onanieren wollte, es auch tat und dabei einen Riesenspaß hatte! (Meine Mutter hatte keineswegs unrecht, wenn sie mich ‹Dickkopf› nannte.) Dieses Kind gab mir die Sicherheit: Ich hatte doch ein Eigenleben gehabt, war nicht immer Objekt der anderen gewesen. Ich hatte sie hintergehen können, mit ihnen mein Spiel treiben, ihnen entwischen, für meinen Selbstschutz sorgen können. Prima! Diesen Weg mußte ich wiederfinden. Von nun an hatte ich die Gewißheit, daß es diesen Weg gab und daß ich nur eine Gefangene war und die Waffe, mich zu befreien, in eigenen Händen hielt. Denn das Kind, das masturbiert hatte, das war ja ich!

Ich stand auf und sagte zum Doktor:

«Sie sollten diese Skulptur nicht in Ihrem Arbeitszimmer stehen lassen, sie ist schrecklich. Es gibt schon genug Angst und Schrecken in den Köpfen der Leute, die hierherkommen. Das muß man doch nicht noch verstärken!»

Es war das erste Mal, daß ich ihn nicht wie eine Kranke anredete. Geantwortet hat er nicht.

An jenem Tag entdeckte ich, daß die Verwirrung, dieser Wahnsinn, der mich in die Hitze trieb, auf die Suche nach dem verborgenen Schatz, daß das bereits die Sache war. Und wenn mein Herz noch so heftig schlug und ich so stark schwitzte, so waren es schon damals nicht nur Angst und Schweiß, sondern es war bereits die Sache. Sie war schon da und peinigte das kleine Mädchen, das sich die Knöchel verstauchte, wenn es über die trockene, gepflügte Erde der Weinberge lief.

Und schon in der nächsten Sitzung sprach ich über die Sauerei meiner Mutter.

Es ist lange her, daß es passierte. Ich stand an der Schwelle zur Pubertät.

Sie hatte sich in einen Ledersessel gekuschelt wie eine Henne, die sich zum Brüten anschickt. Es dauerte lange, bis sie die bequemste Stellung gefunden hatte. Sie rückte die Kissen unter sich zurecht, dann lehnte sie den Kopf mit den etwas zu scharfen, zu spitzen Gesichtszügen an die Rückenlehne aus Samt. Ihre Augen waren grün wie die Wellen und ihre Stirn glatt wie der Strand.

Ihr etwas fülliger, aber appetitlicher Körper wirkte dagegen etwas unproportioniert. Er war eingehüllt in einen tadellos geschnittenen Pyjama aus weißer Shantungseide, der unten weit auslief und glockig um ihre übereinandergeschlagenen Beine fiel. Ich konnte ihre zarten Fesseln sehen, die ihre Jugend ahnen ließen, ihre zarten, schmalen Füße in weißen Sandalen.

Es war 1943. Sie war schön, sie war meine Mutter. Ich liebte sie von ganzem Herzen, mit all meiner Kraft.

Normalerweise trank ich nicht mit ihr Tee, sondern holte mir, wenn ich aus der Schule kam, mein Vesperbrot in der Anrichte und aß es draußen, zusammen mit den anderen Kindern vom Hof. Etwas Außergewöhnliches mußte passiert sein; anders konnte ich mir meine Anwesenheit hier nicht erklären. Ich saß, wie auf Besuch, in meinem Stadtkleidchen im Salon, der für mich so etwas wie ein Heiligtum darstellte, da ich ihn sonst nur betrat, um Gute Nacht zu sagen oder Besuch zu begrüßen.

Ich saß auf einem Sessel, der das Pendant zu ihrem war. Zwischen uns stand ein niedriger Tisch, auf dem in gekonnter Nachlässigkeit alle möglichen silbernen Gegenstände verstreut herumlagen: antike Schminkdöschen, Pillenschächtelchen und Salzfäßchen, Aschenbecher, zierliche Krüge mit Anemonensträußen. All das scharte sich um eine hohe Lampe mit einem antiken Fuß, deren Pergamentschirm das Licht freundlich und gemütlich wie in Honig tauchte.

Man hatte uns gerade den Tee serviert. Wohlriechend dampfte er vor sich hin. Das Aroma vermischte sich mit dem der *Craven A*, die meine Mutter rauchte, und dem Geruch des warmen Toasts. Die verschiedenen Gerüche verschmelzen in meiner Erinnerung zu einem Ganzen, so daß mir seither, wenn ich auf einen dieser Gerüche stoße, die ganze Szene wieder präsent wird; sie und ich vor dem Holzfeuer im Kamin beim Tee, vor langer Zeit, vor mehr als dreißig Jahren.

Sie ließ sich Zeit, bis sie anfing zu sprechen. Abwechselnd nahm sie einen tiefen Zug aus ihrer Zigarette und nippte an ihrem Tee. Sie stellte die Tasse wieder hin und strich mit einer kometenhaften, lasziven Armbewegung über die Gegenstände auf dem Tisch. Sie griff sich irgendein Silberdöschen, polierte es sorgfältig mit dem Daumen und stellte es dann wieder auf seinen Platz zurück.

Sie machte ein ernstes Gesicht, das sie immer aufsetzte, wenn bestimmte Besucher zu empfangen waren: Priester, Nonnen, Damen aus Wohltätigkeitsvereinen, Ärzte. Ihr Verhalten erhob mich gewissermaßen aufs Erwachsenenniveau, gab mir zu verstehen, daß sie zu mir als Gleichberechtigtem sprechen würde, von Frau zu Frau.

86

Ein paar Worte, mit denen sie auf einen Besuch bei einem Arzt anspielte, den wir kürzlich in der Stadt aufgesucht hatten, verrieten mir, daß sich unsere Unterhaltung um ein medizinisches Thema drehen würde. Nicht, daß mir das unangenehm gewesen wäre. Im Gegenteil, auf diesem Gebiet war ich sehr neugierig.

Als ich noch klein war, hatte ich leidenschaftlich gerne meine Puppen operiert. Anfangs schnitt ich ihnen einfach den Bauch auf, aber es enttäuschte mich, daß sie, außer dem einfachen Drahtgestell mit den zwei Glasaugen im Kopf, ganz leer waren. Ganz zu schweigen von dem entrüsteten Ton meiner Mutter, wenn Nany ihr das Resultat meiner Operationen zeigte.

«Warum hast du das getan?»

Ich wußte nicht, warum.

«Wenn ich dich das nächste Mal dabei erwische, nehme ich dir deine ganzen Spielsachen ab. Es gibt wirklich Kinder, die gar nichts haben. Es ist eine Schande, deine Puppen so zuzurichten.»

Daraufhin nahm ich meine Operationen mit Buntstiften statt mit chirurgischen Instrumenten vor. Ich zog ‹meine Kinder› aus, redete ihnen beschwichtigend zu, da ich ja wußte, daß ich ihnen weh tun würde. Bei diesen Operationen mußte ich alleine sein, absolut alleine. Dann begann ich, Linien auf die Körper meiner Babies zu malen, große, bunte Einschnitte, die am Hals begannen, zwischen den Beinen durchliefen und am Rücken oberhalb der Pobacken endeten. Ich zog mehrere Linien in verschiedenen Farben. In meiner Vorstellung waren nun die Körper klaffend offen und zitterten wie Menschenopfer. Wütend machte ich mich dann über eine bestimmte Stelle her, drückte kreisend mit dem Stift so schnell und fest wie möglich darauf herum. Die Operation war mißglückt, und ich mußte meine Kinder töten. Das regte mich wahnsinnig auf, und ich schwitzte wie verrückt. Wenn die Erregung abgeflaut war, zog ich meine Puppen schnell wieder an, damit niemand sehen konnte, was ich mit ihnen angestellt hatte. Danach schämte ich mich zu Tode und war verlegen.

Auf Grund dieser Erfahrungen blieb die Medizin etwas Geheimnisvolles, ein zweifelhaftes, aber ungemein anziehendes Vergnügen. Und überhaupt: Was machte meine Mutter eigentlich den ganzen Tag über mit dem schwarzen Etui, das sie immer bei sich hatte, in dem Spritzen, ein Skalpell, Pinzetten und Scheren lagen?

Ja, wirklich, die Medizin übte auf mich eine ungeheure Anziehung aus. Mir war es allerdings bei weitem lieber, Operateur statt Operierte zu sein.

An diesem Nachmittag jedoch war ich es, die nackt auf dem Untersuchungstisch lag, war ich es, die vom Arzt auf Herz und Nieren untersucht wurde, und war ich es, über die meine Mutter und er heimlich berieten, nachdem sie mich ins Wartezimmer geschickt hatten. Ich hätte liebend gerne Mäuschen gespielt und ihre Unterhaltung mitangehört. Aber wegen einer Dame, die auch mit ihrem kränklichen Sohn im Wartezimmer saß, konnte ich nicht an die Tür gehen und lauschen. Brav blieb ich also sitzen, die Hände auf den Knien, und starrte reglos auf die sechs Nähte meiner weißen Handschuhe. Aus Ärger und Wut, von ihrer Beratung ausgeschlossen zu sein, staute sich in mir eine solche Spannung, daß ich mich nur mit Mühe beherrschen konnte. Ich hatte Angst, unkontrolliert loszuschreien, wenn sich die Situation nicht bald änderte. Als die Tür dann aufging, fuhr ich dermaßen zusammen, daß der Arzt mich fragte: «Warst du eingeschlafen?» Ich lächelte ihm zu und nickte, um ihn im Glauben zu lassen, er hätte recht. Ich habe nicht «ja» gesagt, weil ich vor meiner Mutter nicht lügen konnte.

Dann gingen wir. Kader wartete unten auf uns mit dem Wagen. Er nahm seine Chauffeursmütze ab und riß den Wagenschlag auf. Dann fuhren wir schweigend aufs Gut zurück. Als wir im Hof ankamen, sagte sie zu mir:

«Laß uns zusammen Tee trinken. Ich habe mit dir zu reden.»

So saßen wir nun da, nippten an dem heißen Tee und schauten ins Feuer.

«Bist du immer noch so müde wie in diesem Sommer?»

«Nein, Mama, ich bin nur manchmal müde.»

Seit ein paar Monaten hatte ich Schwindelanfälle. Ich fühlte mich körperlich schwach und hatte manchmal das Gefühl, mein Körper würde ganz leicht und fallen, fallen, fallen, ohne daß ich ihn auffangen könnte.

«Weißt du, der Doktor meint, daß du nun ein richtiges junges Mädchen wirst und dir das zu schaffen macht. Du bist in dieser Hinsicht wahrlich nicht sonderlich entwickelt. Eigentlich hätte das alles schon passieren sollen. Aber sonst bist du völlig in Ordnung und hast nicht das Geringste an den Lungen; davor hatte ich am meisten Angst.»

Ein richtiges junges Mädchen! Wie sollte ich mich plötzlich in ein junges Mädchen verwandeln? Für mich waren junge Mädchen die Großen aus der Abiturklasse, die Seidenstrümpfe trugen und sich schminkten, sobald sie um die Ecke der Rue Michelet waren. Vor der Konditorei ‹La Princière› trafen sie sich mit Jungens und turtelten mit ihnen herum. Wie konnte ich auf einen Schlag so werden wie sie? Ich war noch nicht einmal in der Abitursklasse. Ich war zwar gut in der Schule, aber eben noch nicht in der Abiturklasse. Der Arzt mußte sich irren.

«Weißt du, was es bedeutet, ein junges Mädchen zu werden?

Haben deine Freundinnen dir das nicht erzählt? In deiner Klasse gibt es sicher schon welche, denen das passiert ist. Ich bin sogar sicher, daß du die einzige bist, die das noch nicht hat. Wenn du auch schulisch schon ganz weit bist, ansonsten bist du doch noch ziemlich zurück.»

Mir war das alles rätselhaft. Ich merkte ihr an, daß sie verlegen war, und mir wurde es auch ganz ungemütlich: Was wollte sie mir eigentlich sagen?

«Ich nehme an, du weißt, daß die kleinen Kinder nicht aus dem Froschteich kommen.»

Am Ton ihrer Stimme merkte ich, daß sie sich über mich lustig machte.

«Nany sagt manchmal, daß der Klapperstorch die Kinder bringt. Aber ich weiß natürlich, daß das nicht stimmt. Sie selbst haben mir irgendwann erklärt, damals, als die Frau von Barded ein Kind erwartete, daß sie es in ihrem Bauch trägt und daß die Eltern die Kinder machen. Aber ich weiß nicht, wie sie es anstellen.»

«So kann man es auch sehen. Aber du mußt doch irgendeine Vorstellung darüber haben!»

In meiner Schule gab es eine Gruppe von Mädchen, angeführt von Huguette Meunier, die sich während der Pausen an solchen Geschichten aufgeilten. Ich mochte mit ihnen nichts zu tun haben. Aber auf der Schulbank ging es dann weiter. Huguette behauptete, die Jungens machten die Kinder mit ihrem Wasserhähnchen. Sabine de la Borde war der Ansicht, ein Mann brauche einem Mädchen nur seinen Finger in den Hintern zu stecken, und schon kriegte sie ein Kind. Andere Mädchen meinten, es käme vom Küssen auf den Mund.

Ich hatte mich in der Tat seit ein oder zwei Jahren etwas abgesondert, hatte nicht viel Kontakt zu den Mädchen aus meiner Schule, jedenfalls nicht, was solche Sachen betraf. Daher hatte ich auch keine besonders ausgeprägte Vorstellung von Sexualität. Sie war ein heikles Thema, das mich zwar ungeheuer anzog, vor dem ich aber gleichzeitig Angst hatte.

Außerdem waren all solche Sachen peinlich, und es kam überhaupt nicht in Frage, sie mit meiner Mutter zu erörtern. Und was das Problem betraf, ein junges Mädchen zu sein oder nicht, war schließlich eine Frage des Alters: und ich war noch nicht in dem Alter.

«Komm schon, stell dich doch nicht an und spiel nicht das dumme Lieschen! Du hast mir selbst gerade gesagt, daß du weißt, daß die Frauen ihre Kinder im Bauch tragen. Du hast sicher nur Angst, mich zu schockieren, wenn du zugibst, daß du mehr darüber weißt. Aber da irrst du dich, ich finde das alles ganz natürlich. Ich weiß sehr gut, daß du nicht immer ein Kind bleibst, sondern aus dir eine Frau wird. Du mußt wissen, daß es nicht nur Aufgabe der Frauen ist, Kinder zu

gebären, sondern auch, sie in der Liebe zum Herrgott zu erziehen . . .
Gott verlangt von uns Prüfungen, die wir mit Freude auf uns nehmen
müssen, damit wir seiner würdig werden . . . Du stehst vor der ersten
dieser Prüfungen, denn du wirst bald deine Periode bekommen.»

«. . .»

«Du weißt wirklich nicht, was das heißt?»

Ich wußte es wirklich nicht. Die Mädchen in der Schule hatten mir
nichts darüber erzählt, und außerdem waren meine einzigen Freunde
Jungens.

«Nun gut. Eines Tages wirst du ein wenig Blut in der Unterhose
haben. Das passiert dann jeden Monat. Es tut nicht weh. Es ist nur
etwas Schmutziges, und wichtig ist, daß niemand davon etwas merkt.
Das ist alles. Du brauchst keine Angst zu haben, wenn du das kriegst.
Sag mir nur Bescheid, und ich zeige dir, was man machen muß, damit
man nichts schmutzig macht.»

«Wann kriege ich das denn? Hat Ihnen der Arzt das nicht gesagt?»

«Er weiß es auch nicht genau. Aber er glaubt, daß es nicht mehr
lange dauert . . . Wahrscheinlich innerhalb der nächsten sechs Monate. Weißt du, was es bedeutet, seine Periode zu haben?»

«Nein, Mama.»

«Im einzelnen kann ich dir das jetzt auch nicht auseinandersetzen.
Du verstehst, daß es für mich genauso peinlich ist wie für dich. Aber
andererseits befürworte ich ganz und gar bestimmte moderne Erzie-
hungsmethoden. Zuviel Unwissenheit schadet. Ich habe immer be-
dauert, gewisse Dinge nicht besser gewußt zu haben. Ich hätte sicher
manchen schwerwiegenden Fehler vermeiden können.

Darum habe ich mich entschlossen, mit dir darüber zu reden. Dazu
hat mich übrigens auch der Arzt sehr gedrängt. Mit mir ist er einer
Meinung, daß die herkömmliche Erziehung in manchen Punkten
restlos überholt ist.

Nun denn, mein Kleines, seine Periode haben, bedeutet, daß man
reif ist, Kinder zu bekommen.»

Ich starrte auf den Teppich, ohne irgend etwas zu sehen. Ich war wie
vom Blitz getroffen. Diese Situation, diese Unterhaltung, diese Eröff-
nung schockierten mich. Wie konnte man, selbst noch ein Kind, schon
Kinder im Bauch haben? Wie konnte man bloß so unvermittelt auf die
bedeutungsvolle Stufe der Fortpflanzung erhoben werden, solange
man noch im Wald spielen und im Wasser herumplantschen wollte,
dort am Rande der Wellen, dort wo sie sich in Schaum auflösten?

Dazu fühlte ich mich nicht in der Lage. Erschreckt und angewidert
wies ich die erste Prüfung des Herrgotts von mir. Ich wollte nicht
gleich schon Kinder haben. Ich traute mich nicht, die Augen zu heben,
meine Mutter sollte mir meinen Frevel nicht ansehen.

Das Pinienholz im Kamin prasselte und knisterte mitten in unser Schweigen hinein.

Der Tee, das Feuer, die polierten Möbel, der Teppich aus dicker Wolle. Und draußen breitete sich der Abend über den Weinbergen aus, die Hunde bellten, meine Mutter war da: mein ganzes Leben! Eine schöne Welt, so großzügig, wunderbar, warmherzig, in der es auch einen Platz für mich gab. Und ich verweigerte mich den Schwierigkeiten meiner Rolle! Ich nahm meine Bedingungen nicht an, sondern fürchtete mich nur vor ihnen.

Wenn die Kühe und Stuten auf dem Bauernhof trächtig waren, wurden sie mit besonderer Fürsorge umhegt. Ihr Nachwuchs vergrößerte den Viehbestand und bereicherte meine Familie. Dennoch hatte man mir nie erlaubt, bei einer Geburt dabeizusein. Wenn die Hunde sich bestiegen, tat man alles, um mich von diesem Schauspiel abzulenken. Inzwischen hatte ich aber genug gesehen, um mir einiges vorstellen zu können. Und die Bilder, die ich mir zusammenphantasierte, genierten mich.

Redete man in meiner Gegenwart über einen ordinären Typ oder einen Kriminellen, hörte ich immer sagen: «Er hat sich aufgeführt wie ein Tier, wie ein Schwein!» Aber diese Geschichten da mit dem Blut und mit den Kindern, das waren doch ebenfalls Sauereien. In ein solches Leben wollte mich meine Mutter einweisen, sie erzählte mir sogar davon!

«Laß den Kopf nicht hängen, hab keine Angst. Alle Frauen kriegen das, das weißt du ja, und niemand ist je daran gestorben. Ich gebe ja zu, daß Männer es da besser haben. Sie kennen solche Peinlichkeiten nicht . . . Gut, sie müssen in den Krieg . . . ich frage mich, ob das schlimmer ist . . .»

«Und Sie, Mama, Sie haben das auch?»

«Selbstverständlich! Ich habe dir doch gesagt, alle Frauen . . . Man gewöhnt sich daran. Es ist wirklich nicht so lästig, abgesehen von dem Schmutz. Es dauert nur zwei, drei Tage, höchstens vier.»

«Jeden Monat?»

«Im Normalfall alle achtundzwanzig Tage. Seine Periode haben, ist eine Sache. Kinder kriegen, eine andere, obwohl es damit zusammenhängt. Das erste ist anfangs schockierend, aber man gewöhnt sich schnell daran und kann es vertuschen. Es ist wie mit dem Atmen, dem Hunger, wie mit jeder anderen natürlichen Körperfunktion. Verstehst du, was ich damit sagen will? . . . Man kommt nicht darum herum, wir Frauen sind nun einmal so beschaffen; und die Gesetze des Herrn muß man respektieren . . . Mit dem zweiten ist es schon schwieriger, weil es allein von dir abhängt . . . Du weißt, daß es passiert, wenn du mit deinem Mann zusammenlebst?»

«Ja, Mama.»

«Wer hat dir das erzählt?»

«Huguette Meunier.»

«Ist sie in deiner Klasse?»

«Ja, Mama.»

«Und was macht ihr Vater?»

«Weiß ich nicht.»

«Ich werde die Direktorin fragen. Was hat sie denn erzählt?»

«Eben, daß man mit seinem Mann Kinder macht. Daß man sie im Bauch hat . . . und daß das neun Monate dauert.»

«Aha, diese Kleine weiß ja schon 'ne ganze Menge. Und du willst mir weismachen, daß sie im Zusammenhang damit nicht auch über die Periode gesprochen hat?»

«Das schwöre ich Ihnen, Mama, sie hat nie etwas davon gesagt. Ich spreche auch nicht viel mit ihr.»

«Im Grunde ist es normal, daß sie nichts davon gesagt hat. Wir reden eben nicht gerne darüber.»

Dieses ‹wir›, das Huguette Meunier und sie verband, das war doch nicht zu fassen!

«Hat sie dir auch erzählt, daß gewisse Frauen Kinder kriegen, ohne verheiratet zu sein?»

«Nein, Mama, das hat sie nicht.»

Um die Wahrheit zu sagen, Huguette Meunier hatte immer von Jungens gesprochen, nicht von Ehemännern. Sie hatte etwas von einer Schlange, wenn sie beim Erzählen dreckiger Geschichten die Mädchen in einer Ecke des Schulhofs um sich scharte, wo man vor den Blicken der Aufseherinnen sicher war. Ich hatte den Eindruck, daß sie sich Lügengeschichten ausdachte, um sich interessant zu machen oder um uns einen Bären aufzubinden.

«Ja, das kommt vor. Das ist eine große Sünde, die der Herrgott niemals verzeiht. Die Frau, die sich diese Sünde zu Schulden kommen läßt, und das Kind, das daraus hervorgeht, sind zeit ihres Lebens verdammt. Hast du mich verstanden?»

«Ja, Mama.»

«Und von dem Moment an, wo du deine Periode hast, darfst du nie mehr mit einem Jungen, geschweige denn einem Mann, alleine bleiben. Du, mit deiner Vorliebe für Lausbubenspiele, du mußt dich da am Riemen reißen. Und mit den Spazierritten im Wald mit dem Sohn von Barded ist dann Schluß, verstanden?»

«. . .»

«Laß dich nie mehr anfassen oder gar auf die Backe küssen. Wir müssen immer Bescheid wissen, wo und mit wem du zusammen bist. Hast du mich verstanden?»

«. . .»

«Wenn mir zu Ohren kommt, daß du dich nach der Schule wie diese kleinen Früchtchen mit Jungens herumtreibst, die ich nicht kenne, dann, das schwöre ich dir, bleibst du nicht länger hier. Dann geht's ab in die Klosterschule!»

«Warum?»

«Darum . . . ich habe dazu nichts weiter zu sagen. Man spricht jedenfalls nicht einfach mit dem ersten besten. Man muß sich Respekt verschaffen, Punkt, Schluß!»

Das war ein Schock! Dennoch war ich mir der Bedeutung des Augenblicks bewußt und letztlich stolz, in die Riten meiner Klasse eingeweiht zu sein. Denn im Grunde verstand ich ganz genau, was sie mir sagen wollte. Absichtlich spielte ich die Ahnungslose, weil ich sie zum Sprechen bringen wollte, weil ich wollte, daß sie mir noch mehr erzählt. Aber ich wußte gut genug, daß es zwischen mir und den Kindern armer Leute einen Unterschied gab und daß in bestimmten Punkten zwischen uns keine Verständigung möglich war. Die da wußten es eben nicht besser. Das sah ich daran, wie sie aßen, wie sie redeten und sich vergnügten; sie hatten weder Taktgefühl noch Manieren, und manchmal rochen sie auch ein bißchen schlecht. Ich mochte die Kinder vom Gut zwar gerne, aber ich wußte auch, daß ich eben anders war.

Es war so etwas wie ein Initiationsritus, den wir, meine Mutter und ich, eben vollzogen hatten; eine äußerst wichtige Zeremonie, vielleicht die wichtigste überhaupt. Sie hatte die kostbarsten Rangabzeichen der unsichtbaren Uniform unserer Kaste an mich weitergegeben. Jeder Fremde könnte sich gleich bei der ersten Begegnung daran orientieren. Ich mußte mich also nach ganz bestimmten Normen verhalten, damit jeder, egal wann und wo, gleich meine Herkunft erkannte. Beim Sterben, Spielen, Kinderkriegen, im Krieg, beim Tanz mit meinem Verlobten in einer Vorstadtkneipe oder beim Ball des Gouverneurs müßte ich diese unsichtbare Uniform tragen. Sie würde mich beschützen, mir helfen, meinesgleichen zu erkennen und von meinesgleichen erkannt zu werden. Den unter mir Stehenden würde sie Respekt einflößen.

«Bitte, Mama, warum dürfen die Töchter von Henriette alleine mit den Jungens herunter zum Strand?»

«Henriette ist eine ausgezeichnete Köchin. Ich kann mich nur glücklich schätzen, sie in meinen Diensten zu haben. Aber sie erzieht ihre Kinder eben auf ihre Art und Weise. Das geht mich genausowenig etwas an wie dich. Leute, die arbeiten, haben eben nicht die Zeit, sich um die Erziehung ihrer Kinder zu kümmern. Übrigens würde ihnen das auch gar nichts nützen. Im Gegenteil, ihnen später vielleicht nur schaden. Dazu möchte ich dir übrigens noch eines sagen: Ich sehe es nicht besonders gerne, wenn du diese Leute mit nach Hause bringst. Ich weiß, daß es Großzügigkeit von dir ist. Aber sieh mal, eines Tages werden sie all das haben wollen, was du hast und was sie nie haben werden. Und das wird sie nur unglücklich machen. Du mußt lernen, barmherzig zu sein, auf die anderen Rücksicht zu nehmen. Bald werden wir hier auch kleine Parties für dich veranstalten. Ich werde Kinder deines Alters einladen, und Henriettes Kinder werden nicht dabeisein können. Du verstehst, es wäre nicht ihr Milieu, sie kämen sich deplaziert vor. Wenn du sie aber immer einfach so herkommen läßt, wären sie dann plötzlich verletzt. Also, mein Liebes, lerne, dich auf Distanz zu halten, aber vergiß darüber nicht deine Barmherzigkeit.»

Sie hatte nach dem Hausmädchen geklingelt, der Tee wurde abgeräumt. Dann waren wir wieder alleine mit dem Feuer. Ich liebte das Feuer, ich liebte die Flammen und die Glutstückchen, die am Kaminschirm hängenblieben, wie Sterne glitzerten und dann verloschen.

Und da stellte ich dann plötzlich diese dämliche Frage. Eine Frage, deren Antwort ich bereits hinlänglich kannte, ohne sie je bekommen zu haben. Aber die Gelegenheit schien mir günstig für alle möglichen Erklärungen und Klarstellungen von Mißverständnissen.

«Mama, und für die Mohammedaner gilt dasselbe wie für uns?»

«Selbstverständlich! Vor Gott sind wir alle gleich; wir sind alle derselben Ordnung der Natur unterworfen.»

«Werden Sie denn auch arabische Jungens aus guter Familie einladen, wie die Söhne von Scheik Ben Tourouk zum Beispiel, Jungens, die in Frankreich aufs Internat gehen?»

«Du hast wirklich eine Begabung, dumme Fragen zu stellen! Was sollen solche Leute denn hier machen? Sich langweilen? Das ist doch nicht ihr Milieu!»

Ich hatte sie verärgert. Ich konnte eben nicht mit ihr reden. Ihr gegenüber verhielt ich mich eben immer ungeschickt, oder ich schokkierte sie. Oft stöhnte sie: «Mit dir komme ich doch niemals zurecht.» War sie mit fremden Leuten zusammen und sah mich kommen, warnte sie: «Achtung, da kommt meine kleine Tochter, ein richtiger Wildfang, ein Quecksilber!» Ich merkte ihre Unsicherheit und begriff, daß sie meine eventuellen Ungeschicklichkeiten mit solchen schmeichelhaften Bezeichnungen bereits im voraus entschuldigen wollte.

Quecksilber! Dabei fiel mir der silbrige Schimmer der Fischschwärme ein, wenn sie plötzlich die Richtung änderten, ich dachte an das silbrigschimmernde Funkeln ihrer Bäuche. Genauso schimmerten auch die Taubenschwärme in ihrem kurvenreichen Flug!

Nun war es vorbei. Ich wartete nur noch darauf, daß sie mich fortschickte. Statt dessen griff sie zu einer neuen Zigarette, zündete sie an und lehnte sich im Sessel zurück. Bedächtig stieß sie den Rauch aus. Ihre Lippen waren vollkommen: die Oberlippe herzförmig, die Unterlippe verlief in einer klaren, leicht nach unten geschwungenen Linie.

Ihre grünen Augen versanken in einem traurigen Traum. Ich ertrug ihre Traurigkeit nicht. Wenn sie mich doch nur an sich herankommen ließe! Ich könnte sie trösten, umarmen, liebhaben. Aber sie wollte ja nicht. Nur ein Küßchen zur Begrüßung, zum Abschied, mehr nicht. Sie erinnerte mich an die majestätischen Fasane in ihren Käfigen im Garten. Feierlich stolzierten sie herum, gestelzt und steif in ihrer braunen Mönchskutte, ihrem grünschimmernden Gefieder, mit ihrer langen goldbronzenen Schleppe. Wie gerne hätte ich sie angefaßt! Aber, Achtung, sie hackten gleich drauflos, wenn man zu nahe an sie herankam. Eigentlich hätte man sie gar nicht einzusperren brauchen. Vielleicht waren sie deshalb so böse? Und meine Mutter, war sie auch eingesperrt? Aber nein, sie tat doch, was sie wollte, ging, wohin sie wollte; sie kannte sich doch aus und lief in keiner Weise Gefahr, sich zu verirren. Auch wenn ihre Vorschriften mir manchmal wie Schranken vorkamen, in Wirklichkeit waren sie es nicht, im Gegenteil. Oft sagte sie mir: «Wenn du nicht auf mich hörst, kommst du nie zurecht.» Damit wollte sie sagen, daß sie zurechtkam.

«Ich möchte mit dir über deinen Vater reden. Ich möchte dir erzählen, wie du geboren wurdest. Ich glaube, das wird dir helfen, unser Gespräch von eben besser zu verstehen und Fehler zu vermeiden, die ich gemacht habe. Er ist eben nicht aus unserem Milieu, trotz seiner äußeren Erscheinung und seiner Herkunft. Er stammt aus einer guten, französischen Mittelstandsfamilie ohne übergroße Ansprüche, aber durchaus korrekt. Als junger Mann hat er mit ihr gebrochen, er wollte auf eigenen Füßen stehen. Du weißt, daß er aus Frankreich stammt, aus La Rochelle. Aber weiß Gott, wo er sich herumgetrieben hat, bevor er hier landete. Vielleicht ist es besser, es gar nicht erst zu wissen. Er ist viel älter als ich, das weißt du . . . Er ist ein ausgesprochen gutaussehender Mann, er hat sehr viel Charme, wie man so sagt. Kaum hier in der Stadt angekommen, war er auch schon Hahn im Korb. Ingenieur, Franzose, brillanter Gesellschafter, ihm fehlte eigentlich nichts zum Liebling der Gesellschaft. Und ich muß zugeben, daß ich mich geschmeichelt fühlte, als er um meine Hand anhielt. Übrigens haben deine Großeltern trotz des Altersunterschieds diese Heirat gutgeheißen. Er hatte eine gute Stellung, damals lief die Fabrik gut . . . Um ihm gerecht zu werden: er war ein mutiger Mann. Seine Diplome hatte er sich im Schweiße seines

Angesichts in Abendkursen erarbeitet. Aber in den Jahren, in denen er Arbeiter war, hat er alles vergessen, was man ihm zu Hause beigebracht hatte; seine guten Manieren hat er gegen schlechte vertauscht. Im Grunde ist er ein Abenteurer, aber das habe ich erst viel zu spät gemerkt . . . Wenn du wüßtest, was für eine dumme Gans ich war! . . .

Trotz allem ist er dein Vater, und vor dir möchte ich nicht schlecht über ihn reden . . . Dennoch, wenn ich mit dir rede wie heute abend, so nur, um dir zu helfen . . . Du sollst kapieren, daß man sich ruiniert, wenn man seine gesellschaftliche Klasse verläßt. Man kann eben nicht jeden x-beliebigen heiraten!»

Sein schwarzer Schnurrbart über den blitzweißen Zähnen, seine hohe Stirn, seine glatten, schwarzen Haare, seine lachenden schwarzen Augen, seine schlanken, gepflegten Hände, mit denen er mich in die Luft warf und wieder auffing: mein Vater. Er hatte einen Spazierstock, Gamaschen und einen Hut, den er elegant und schwungvoll zog, wenn er die Damen auf der Straße begrüßte. Er war jedesmal glücklich, mich zu sehen. Lachend schaute er mich an, zog mich an sich und beobachtete aufmerksam, was ich tat und sagte. Er erforschte mein Aussehen: «Die Nase, die Augen, die Hände . . . dieselben wie ich! Du siehst mir ähnlich, kleiner Wolf!», und er lachte noch mehr. Wenn wir zusammen waren, schien nichts anderes um uns herum zu existieren. Das brachte mich in Verlegenheit.

Die Sonntagnachmittage, die ich einmal im Monat mit ihm verbringen mußte, waren mir richtig unangenehm. Meiner Meinung nach genügten die Mittagessen unter der Woche. Aber als ich mich eines Tages einmal traute, meiner Mutter meine Abneigung gegen diese sonntäglichen Zusammenkünfte zu gestehen, bemerkte sie nur trocken: «Das ist die gesetzliche Regelung. Wenn du da nicht hingehst, zahlt er mir keinen Unterhalt mehr, und der ist ohnehin schon lächerlich genug.» Außerdem mußte ich an diesen Sonntagen zum Abschluß immer um den ‹Umschlag für meine Mutter› bitten.

Nany übertrug mir diese Dienstbefugnisse. Bevor sie mich an der Haustür meines Vaters ablieferte, wiederholte sie nochmals die Ermahnungen meiner Mutter: «Schneuz dich nicht in seine Taschentücher. Komm so wenig wie möglich mit ihm in Berührung, seine Krankheit hat schon deine Schwester umgebracht. Und vergiß nicht, ihn um den Umschlag zu bitten.»

Diese Sonntage verliefen immer gleich. Er nahm mich mit in seinen Tennisclub, wo er zuerst eine Partie spielte. («Dein Vater ist ein richtiger Crack!») Dann ging er ins Clubhaus und spielte mit sportlichen Herren in weißen Flanellhosen, Lacostehemden und Shetlandpullovern Bridge. Da gab es auch Frauen, die ich ziemlich dreist fand, die ihre Hand auf seine Schulter legten, ihn beim Vornamen nannten und sich zu ihm herunterbeugten, um ihm Sachen ins Ohr zu flüstern, die ihn zum Lachen brachten.

Ich verabscheute den Club. Nicht nur, daß ich mich wahnsinnig langweilte; hier schämte ich mich auch mehr als anderswo, Kind geschiedener Eltern zu sein.

Mit meiner Mutter war die Scheidung meiner Eltern ein Unglück, eine Prüfung, die man heroisch durchstehen mußte. Mit meinem Vater und seinem ewigen Lachen, seinen Junggesellenmanieren, seinem mehr als auffälligen Wohlwollen Frauen gegenüber, wurde die Scheidung zu etwas Anrüchigem. Hier im Tennisclub sprach ich mit niemandem und verkroch mich im Gebüsch hinter der Damenumkleidekabine. Auch wenn es dunkel wurde, rührte ich mich nicht aus meinem Versteck. Bei Regen suchte ich Schutz unter der Veranda des Clubhauses. Mein Vater, der keine Kinder gewohnt war, suchte auch nie nach mir. Er glaubte, ich hätte mich im Haus oder im Park köstlich amüsiert, und fand es ganz natürlich, mich im Augenblick unserer Abfahrt beim Auto stehen zu sehen. Wenn wir dann endlich im Auto saßen, erklärte er mit immer gleicher Genugtuung: «Das war ein schöner Tag! Findest du nicht auch, mein kleiner Wolf?»

Wenn wir dann vor der Haustür meiner Mutter ankamen, sagte ich (und jedesmal hatte ich während der Fahrt diesen einen Satz geübt): «Mama möchte ihren Umschlag.» Er tat so, als hätte er das total vergessen, als sei er froh, daß wenigstens ich daran gedacht hatte. Er kramte in seinen vielen Taschen herum und fand den Umschlag schließlich immer an derselben Stelle. Grinsend hielt er ihn mir unter die Nase: «Kinder sind eben eine teure Angelegenheit.»

Wie er diesen Satz sagte, mochte ich nicht leiden. Ich wußte nämlich, daß die Unterhaltskosten, die er meiner Mutter zahlte, seit der Scheidung nicht erhöht worden waren, das heißt, seit meiner Geburt. Der Betrag hätte nicht einmal ausgereicht, mir ein Paar Schuhe zu kaufen.

Inzwischen war ich größer geworden, der Krieg war ausgebrochen, und meine Familie steckte in Geldschwierigkeiten. Und so kamen diese Zahlungen immer wieder aufs Tapet.

«Glaub nur nicht, daß ich mit dem wenigen, was dein Vater mir gibt, dir dieses oder jenes bieten könnte.»

Vor diesem Satz hatte ich dermaßen Angst, daß ich meine Mutter nie um etwas bat. Den ganzen Krieg über trug ich Schuhe, die mir ein oder zwei Nummern zu klein waren, so daß meine Füße bis heute verwachsen sind. Überhaupt waren die meisten Sachen nur schwer zu bekommen. Besonders die Preise für Kleidungsstücke waren ins Astronomische gestiegen. Und meine Mutter, entsetzt, wie schnell ich in die Höhe schoß, stellte bei Anbruch jeder neuen Jahreszeit, bei jedem neuen Schulbeginn immer wieder fest, daß meine Anziehsachen vom Vorjahr nicht mehr paßten. Dann griff sie zum Telefonhörer und rief in meiner Gegenwart meinen Vater an. Heftig fuhr sie mich an: «Ich möchte, daß du Zeuge bist. Ich brauche Zeugen, um vor dem Richter die Anhebung der Unterhaltskosten zu erwirken. Ich brauche jemanden, der ihm meinen dornenreichen Leidensweg schildert. Du wirst bezeugen, welche Opfer ich bringe!»

Sie pflanzte sich neben dem Telefon auf, wählte die Nummer, und schon hörte ich die Stimme meines Vaters entstellt durchs Telefon.

Heute bin ich ganz sicher, daß sie mich extra dorthin plazierte, wo ich ihr Gespräch mithören konnte; denn wenn ich Anstalten machte, den mir zugewiesenen Platz zu verlassen, hielt sie mich herrisch zurück.

«Hören Sie, Ihre Tochter ist schon wieder gewachsen. Mit dem, was Sie mir zukommen lassen, kann ich sie nicht einkleiden. Sie braucht einen Mantel, einen Rock, zwei Pullover . . .» Verbittert diskutierten sie stundenlang. Ihr Groll stieg an die Oberfläche. Sie schleuderte ihm die Unterhaltskosten für mich ins Gesicht. Er erwiderte, nichts sei ihm lieber, als mich zu sich zu nehmen. Sie setzte dagegen, daß gerade das noch fehle, daß er kein Umgang für ein Mädchen meines Alters sei. Darauf er, daß schließlich sie die Scheidung gewollt hätte und er deshalb gezwungen sei, ein Junggesellenleben zu führen. Sie brach in Tränen aus: Sie hätte ja schließlich nicht gewußt, daß er krank sei, als er sie heiratete, und wenn sie es gewußt hätte, hätte sie es nicht getan. Er erwiderte entrüstet, daß er damals schon wieder gesund gewesen sei, daß es ja nur eine Kriegsverletzung war und nicht sein Fehler, wenn sie heimtückisch wieder ausgebrochen sei. Sie jammerte um ihre gestorbene Tochter. Er senkte die Stimme und flüsterte ihr zu, daß er sie liebe und daß er sich aus Liebe zu ihr nicht getraut hätte, seine Krankheit einzugestehen. Er bemitleidete sich selbst um alles, was er verloren hatte: seine Älteste, seine Frau, mich, alles.

Es war gespenstisch, fürchterlich. Diese Telefongespräche waren die reinste Hölle. Meine Mutter legte schluchzend den Hörer auf und schloß sich dann in ihr Zimmer ein, aus dem ich sie noch stundenlang weinen hörte.

In diesen Augenblicken in der Zeit meiner Pubertät kamen mir zum erstenmal Gedanken an Selbstmord.

Sie sprach nur stockend. In den Pausen des Schweigens schien das Feuer sie in ihrer traurigen Versunkenheit in Bann zu halten.

«Nun ja, kurz und gut, aus verschiedenen Gründen war mir das Zusammenleben mit deinem Vater unerträglich geworden. Seit dem

Tod deiner Schwester verabscheute ich ihn. Ich war sehr jung, kaum zwanzig, noch nie hatte ich einen toten Menschen gesehen. Als ich mein Baby so sah, mein liebes, hübsches Mädchen, auf das ich so stolz war, das war grauenvoll. Besonders, weil sich das alles in einem Hotelzimmer in Luchon abspielte. Der Arzt deines Vaters hatte mich dorthin geschickt, um das Kind gesundzupflegen. Tatsache war, daß er mich ins Exil geschickt hatte, damit das Kind nicht in Algier stirbt. Bei meiner Abfahrt wußten sie es beide, der Arzt und dein Vater, daß ihre Krankheit mit Tuberkulose zusammenhing. Er hatte mir auch verschwiegen, daß dein Vater Tuberkulose hatte. Ich wußte es nicht, dein Vater hatte es mir verheimlicht. Wenn ich es gewußt hätte, hätte ich irgend etwas tun können, um sie vor dem Tod zu bewahren. Dann würde sie heute noch leben! Er war es, der sie getötet hat. Durch die Heirat mit mir wollte er in bessere Kreise kommen. Er hatte Geld, er war Ingenieur, er sah fabelhaft aus. Mit einer jungen Frau (schön wie ich war!) aus guter Familie fehlte ihm dann nichts mehr zu seinem Glück.

Und dann, beim Anblick meiner kleinen Tochter, die nicht mehr lebte, drehte ich durch. In diesem anonymen Hotel, in diesem verhaßten Land! Ohne Familie, ohne Freunde, ohne Sonne! Ich bin fast verrückt geworden. Er hatte recht gehabt, mich von sich fortzuschikken, denn wenn ich ihn zu fassen gekriegt hätte, hätte ich ihn umgebracht!»

Angespannt, blutrünstig, starrte sie ins Feuer. Man hätte von ihren Pupillen zu den Flammen zwei schnurgerade Linien ziehen können, zwei scharfe, tödliche Degen, um meinen Vater zu durchbohren.

Mein Herz klopfte, meine Gedanken hüpften wie ein Vogel kopflos und bestürzt hierhin, dorthin. Meine Liebe zu ihr war in Gefahr, weil sie an das Ausmaß ihres Leidens nicht herankam. Was sollte ich bloß tun? Wie könnte ich ihr diese Last abnehmen und sie aufheitern? Ich ging bis zum Rand ihres Sessels und beugte mich zu ihr hinunter.

«Mama, seien Sie doch nicht so traurig!»

An ihrem Ausdruck änderte, rührte sich nichts. Auch nicht, als sie murmelte:

«Oh, du kannst es ja nicht wissen, du hast sie ja nicht gekannt, sie war ein ganz besonderes Kind.»

Sie blieb lange so sitzen, erstarrt im Banne ihrer Erinnerungen: das Leben ihres Kindes, der Tod ihres Kindes, der Friedhof.

Sie hatte geweint. Ein paar Tränen waren unmerklich über ihre Wangen gekullert: Es waren die Tropfen, die das Faß ihrer Trauer zum Überlaufen gebracht hatten, es war all ihr Kummer, den sie sonst in sich hineinfraß. Die Tränen hinterließen auf ihrem Gesicht zwei samtene Spuren, als hätten zwei Schnecken sich einen Weg durch den zarten Hauch ihres parfümierten Reispuders gebahnt. Die Nacht war hereingebrochen, und die Lichter aus dem Salon beleuchteten den einen oder anderen Zweig der Zierpfeffersträucher an der Hauswand. Auch sie weinten kleine rote Tränen.

So waren wir sitzen geblieben, ohne uns zu rühren. Nur manchmal scheuchte uns das Feuer mit sprühenden Funken aus unserem Schweigen auf. Sie war aufgestanden und stocherte im Kamin herum, brachte neue Funkengarben zum Sprühen und legte ein neues Scheit auf.

«Du weißt, daß die Kirche die Scheidung verbietet, außer in wirklich besonderen Fällen. Du weißt, daß wir uns niemals von der Gnade Gottes abwenden dürfen, der für uns am Kreuz gestorben ist. Du weißt, daß er immer bei uns ist, auch wenn wir ihn nicht sehen. Er sendet uns einen Schutzengel . . . Ich mußte wahrlich Mut aufbringen, um die Scheidung einzureichen. Ich ging zum Erzbischof von Algier und habe meine Entscheidung erst gefällt, nachdem er mir versichert hatte, daß ich mich unter Verzicht auf Wiederverheiratung scheiden lassen könnte, ohne meinen Glauben aufgeben oder auf die Sakramente verzichten zu müssen. Mit Gottes Hilfe und der Versicherung seiner Liebe kann man der öffentlichen Meinung eben die Stirn bieten!

Ich hätte deinen Vater gleich nach der Geburt meines Kindes verlassen sollen, aber ich habe es nicht gewagt . . . es war ein solcher Skandal! Ich hatte nicht den Mut dazu, ich war zu jung.

Dein Bruder wurde zwei Jahre später geboren. Ich zitterte um mein neues Baby. Im Geiste sah ich ihn auch schon sterben. Ich bin immer noch um seine Gesundheit besorgt; er ist so zart.

Dann gab es Ärger in der Fabrik. Bei unserer Heirat hatte mein Vater Teile seines Kapitals und meine Mitgift in das Geschäft deines Vaters gesteckt, das damals sehr gut ging. Dann passierten komplizierte Geschichten, die du jetzt noch nicht verstehst. Tagtäglich kam es zu Auseinandersetzungen. Ich war das Bindeglied zwischen den beiden Männern. Der eine sprach über den anderen in Worten, die wenig schmeichelhaft waren. Ich hielt es nicht mehr aus: auf der einen Seite mein Vater, auf der anderen mein Mann . . . Deine Großmutter mischte sich auch noch ein . . . Du kennst sie ja, sie hat so ihre Auftritte. Ich litt darunter wie ein Tier. Durch diese Aufregungen bekam dein Vater jenen Rückfall, er fuhr in die Schweiz und blieb dort zwei Jahre im Sanatorium. Als er zurückkam, war es noch schlimmer. Das Geschäft war zusammengebrochen. Ich habe ihn angefleht, wenigstens meinen Vater auszuzahlen . . .

In der Fabrik gab es fünfundzwanzig mechanische Sägen, und dein

Vater nannte mich die sechsundzwanzigste . . . Nach alldem war ihm noch zu Späßen zumute! Dazu bestand allerdings überhaupt kein Grund. Wir hatten unser Kind verloren, er war bis ins Mark mit Tuberkulose verseucht, und die Fabrik war auch nichts mehr wert . . . Schließlich steckte ja noch meine Aussteuer da drin, und so hatte ich auch noch ein Wörtchen mitzureden. Sonst hätte ich eines schönen Tages mit nur noch einem kleinen Stückchen Land dagestanden, das dazu auch noch deinen Onkeln gehören würde. Ich mußte meine Zukunft sichern und die deines Bruders . . . deine natürlich auch, aber du warst ja noch nicht auf der Welt.

Unser Vermögen ist nicht riesig, aber alt und gewachsen. Der erste Ahne, der in dieses Land kam, war ein Dichter. Er hat hier mehr Geld verloren als verdient. Das, was uns jetzt noch übrigbleibt, müssen wir erhalten. Damit können wir auch noch Gutes tun und unseren Arbeitern helfen.»

Meine Mutter sprach über Arbeiter mit demselben Respekt und derselben Ehrfurcht wie über die Heiligen. Ich merkte, daß sie die einen wie die anderen brauchte, um die Gebote ihrer Religion rechtschaffen zu erfüllen. Tat man den einen Gutes und betete zu den anderen, so war das der sicherste Weg ins Paradies.

Einige Arbeiter lebten mit ihren Familien das ganze Jahr über auf dem Gut. Sie bewohnten Unterkünfte mit fließendem Wasser und Elektrizität, die um den großen Innenhof herumlagen. Der Großteil dieser Leute wurde hier geboren und starb auch hier; man hinterließ seinen Platz den Nachkommen. Ich spielte mit den Kindern von Barded, der bereits mit meiner Mutter gespielt hatte, dessen Vater mit meiner Großmutter und dessen Großvater mit meiner Urgroßmutter. So ging es bereits seit hundert Jahren. Ich kannte mich in ihren Geburten, Sterbefällen und sonstigen Familienangelegenheiten besser aus als in denen meiner eigenen Familie, von der ein Teil in Frankreich lebte; zu weit weg, in der Kälte, im Unbestimmten. Diese Arbeiter waren von uns völlig abhängig. Mit ihnen teilten wir alles. Außer Blut, Geld und Boden.

Dieser Boden. Die ersten Siedler hatten hart geschuftet, um die Erde urbar zu machen. Sie mußten den Sumpf trockenlegen, in dem es von Vipern und Moskitos nur so wimmelte. Sie mußten das Salzwasser drainieren, das die Küstenstreifen tränkte. Dann mußte das Salz aus der Erde gezogen werden, damit sie fruchtbar wurde. Unter der glühenden Sonne haben sie sich halb zu Tode gerackert. An Fieber und Erschöpfung sind sie zugrundegegangen wie Pioniere aus Abenteuerromanen: in dem Haus, das sie mit eigenen Händen erbaut hatten, in dem kostbaren Bett aus der alten Heimat, ein Kruzifix auf der Brust, inmitten ihrer Kinder und Untergebenen. Den einen hinterließen sie ihre rote Erde und die Lust, sie weiter zu bearbeiten (sie wurde immer schöner mit ihren Weinterrassen, Orangenhainen und Gärten); den anderen die Gewißheit, daß für sie gesorgt wäre (sie würden nie Hunger leiden, nie ohne Kleider sein, bei Krankheit wurde für sie gesorgt, und im Alter würden sie verehrt), um so mehr, je treuer und redlicher sie gedient hatten.

Alles weinte, die Untergebenen vielleicht noch mehr als die leiblichen Kinder. Denn es war hart mitanzusehen, wie diese Erde, die gerade erst der Unfruchtbarkeit entrissen war, unter den Erben aufgeteilt wurde. Und so geschah es von Generation zu Generation.

Die Ankunft meiner Großmutter auf dem Gut zum Zeitpunkt der Weinernte war Fanal für den großen Aufmarsch zum Gefecht. Kader, in voller Montur, chauffierte die Limousine, hupte während der langen Auffahrt durch die Olivenallee, die von der Straße zum Haus führte, und wirbelte dabei soviel Staub wie möglich auf. In rötlichen Nebel gehüllt fand der triumphale Einzug in den Hof statt, den man zuvor mit enormen Wassermengen gesprengt, dann blank geputzt, gefegt, geharkt und mit Blumen geschmückt hatte. Die Arbeiter mit ihren Frauen und Kindern hatten schon lange gewartet und eskortierten den Wagen bis in den Hof. Meine Großmutter stieg aus, und alles stürzte sich auf sie, küßte ihr die Hände und Kleider. Sie war die ‹Chibania›, die *Ma*, auch für die Älteren. Sie strahlte, hörte sich die Neuigkeiten an und erzählte selbst die neuesten Geschichten von all ihren Kindern. Sie schaute sich um und sah, daß alles sauber war, festgefügt, beruhigend, unwandelbar. Sie war hier geboren, genau wie die, die hier um sie herumstanden. Man kannte sich seit Ewigkeiten.

Überhaupt war die Weinernte *das* Ereignis des Jahres. Die Männer hatten hart für eine gute Ernte gearbeitet. Wenn wir in der Stadt wohnten, schauten wir täglich aus dem Fenster, ob es regnete, hagelte, ob es windig war oder die Sonne schien. Man wußte gut genug, daß von den Manifestationen der Natur dort unten auf dem Land das Wachstum der Weinreben abhing, ihr Gedeih oder Verderb. Daneben hielt mein Onkel die Arbeiter an, die Pflanzen fachmännisch zu bearbeiten, zu schneiden, zu schwefeln.

Kurz bevor die Trauben richtig reif waren, trommelte man aus der ganzen Gegend Arbeiter für die Weinernte zusammen. Hunderte von Menschen fanden dann für etwa zehn Tage Arbeit.

Sie kamen in kleinen Gruppen an. Oft waren sie tagelang zu Fuß unterwegs gewesen. Wenn dann morgens das große Tor aufgesperrt wurde, lagerten sie um die Eukalyptusbäume. Man traf hier Verwandte, Freunde. Die Saisonarbeiter stammten fast immer aus denselben Familien.

In der Erntezeit ging bereits morgens um vier Uhr der Lärm auf dem Hof los. Die Pferde und Mulis, die die Karren zogen, wurden aus den Ställen geführt. Die Keller waren erleuchtet wie eine Kathedrale bei Nacht. Die hohen Bottiche, die Rohre und Kupferhähne glänzten blitzblank. Die Arbeitskolonnen, die im hintersten Teil der Weinberge arbeiteten, pferchten sich in die Kippkarren und fuhren noch bei Dunkelheit los. Bei ihrer Ankunft dämmerte es bereits, dann brach mit der aufgehenden roten Sonne abrupt der Tag an. Sie schien auf die Köpfe unter den Strohhüten und *tarbouchs*, Vorbote der glühenden Tageshitze mit den lästigen Fliegen und den zirpenden Zikaden. Auf der Ebene und in den Tälern konnte man nun überall Männer sehen, die mit krummem Buckel schufteten und die Weinstöcke von ihrer Last befreiten, den prallen Eutern, die bis zur Erde hingen.

Jeden Morgen gegen zehn Uhr nahm meine Großmutter unter einem Olivenbaum nahe beim Keller ihren Platz ein. Trotz Strohhut spannte sie einen Sonnenschirm auf, denn sie hatte diese rötliche, empfindliche Haut unserer Familie geerbt. Sie trug leichte Kleider aus weißem Leinen, hellila oder blauem Mousseline, die ihr um die Schultern und nackten Arme flatterten. Vor ihrem Korbsessel stellte man einen Tisch und eine riesige Waage auf. Dort empfing sie, pfefferminzteetrinkend, die arabischen Bauern aus der Umgebung, die selbst zu wenig Wein hatten, um einen eigenen Keller zu unterhalten und selbst Wein zu keltern. Deswegen verkauften sie ihre Trauben an meine Großmutter. Manche waren genauso alt wie sie. Sie hatten sich für sie zurechtgemacht. Sie trugen ihren weißen *seroual*, ihren weißen *tarbouch* und ihre weiße Bluse, eine Weste aus gelbem, lila oder schwarzem Satin und ihre große *gandoura* aus ungebleichter Wolle, die nach frischer Wäsche roch. An ihrer Hüfte hing in einem kleinen roten Lederetui das *mouss*, ein kleines Messer, mit dem sie sowohl das Brot schnitten als auch andere Rechnungen beglichen. Mit ein paar Körben voller Trauben kamen sie an, manchmal sogar mit einem vollen Karren. Sie berührten die hingehaltene Hand meiner Großmutter mit ihren Fingerspitzen, die sie anschließend ehrfürchtig zum Munde führten. Großmutter machte es genauso. Anschließend klopften sie sich gegenseitig auf die Schulter und Rücken und lachten zusammen. Man kannte sich gut. Als meine Großmutter noch klein gewesen war, hatte sie ihre Ringe und Armbänder gegen Süßigkeiten und Roggenfladen eingetauscht, die die Bauernjungen in großen karierten Taschentüchern anbrachten. Diese alte Gewohnheit, gegenseitig Schätze auszutauschen, hatten sie beibehalten. Heute tauschten sie ihre Trauben, die Arbeit eines Jahres, gegen Scheine und Münzen. Aufmerksam beobachteten sie das Abwägen, dann setzten sie sich im Schneidersitz auf den Boden vor sie hin. Sie drehten sich eine Zigarette, man sprach nur wenig. Fachmännisch beäugten sie das Kommen und Gehen aus dem Keller und die Weinmenge der anderen Verkäufer. So erfuhr man, was sich in der Gegend tat über Hunderte und Hunderte von Kilometern.

Der Hof war das Zentrum der Welt.

Die Tage verstrichen in brennender, erschöpfender Hitze. Das ganze Land fieberte nach Gewinn. Weinernte! Für die einen bedeutete das Millionen, für die anderen ein paar Groschen. Die hohen Bottiche füllten sich, einer nach dem anderen. Die zuerst gefüllten begannen schon zu gären: Auf ihrer Oberfläche bildete sich ein dicklicher rosa Schaum. Bald gibt es dann schon neuen Wein. Ein feuriger Landwein mit hohem Alkoholgehalt, mit dem die französischen Weine kupiert werden. Die Arbeiter tranken nichts davon, ihre Religion verbot es ihnen. Aber sie wußten, daß von der Güte des Weins, den sie herstellten, ihre Existenz und die ihrer Familie abhing. Die Männer im Keller hatten während der Arbeit ernste und aufmerksame Gesichter. Im Keller mußte es immer blitzsauber sein, und wenn es draußen staubig war, es überall von Fliegen wimmelte, nach Pferdeäpfeln, Schweiß und Most roch, war drinnen alles frisch und blank wie in einem Laboratorium. Ständig wurde mit einem starken Wasserstrahl abgespritzt, die Gänge zwischen den Bottichen mit einem harten Strohbesen ausgefegt, die großen Kupferräder, die die Bottiche verschlossen, blinkten uns meterweit im Halbschatten entgegen. Es herrschte ein Höllenlärm, wenn die Maschinen die Trauben packten, sie in den Walkstock schleuderten, sie zerquetschten und auspreßten.

Und dann, eines schönen Morgens, war alles vorbei. Kein Lärm mehr, kein Kommen und Gehen. Nur noch hie und da kleinere Verrichtungen, flüchtiges Gemurmel, gedämpftes Hin und Her bereits in aller Frühe. Eine vibrierende Atmosphäre, wie Libellenflügel. In aller Heimlichkeit bereitete man das Erntefest vor. Zuerst gab es immer *couscous* und *mechoui* zu essen. Die Gräben waren schon gezogen und das Holz aufgestapelt, um die Holzkohle vorzubereiten. Die Hammel waren zerteilt. Lange Spieße mit Fleischstücken lehnten an der Eingangsmauer und brauchten nur noch gebraten zu werden. Eine beachtliche Reihe! Die Frauen hockten schwatzend im Kreis auf dem Hof, wo das *couscous* vor sich hinbrodelte. Wie aufgeregt sie waren! Eigentlich durften die Männer sie ja nicht sehen, weil sie ihren *haik* und ihr *hadjar* nicht trugen. Und dennoch taten sie alles, um Aufmerksamkeit auf sich zu ziehen. Die jungen Mädchen linsten durch das Schilf im Garten oder durch die Ritze des Eingangsportals nach den Jungens. Meist erhob sich Zank und Geschrei, weil die Alten über deren Unschuld zu wachen hatten. Die Großzügigkeit meiner

Familie war Hauptgesprächsstoff in diesen Tagen. In der ganzen Provinz war bekannt, daß das Erntefest bei uns besonders üppig ausfiel. Ich war im siebten Himmel! Meine Zeit verbrachte ich ausschließlich bei den Frauen, naschte Rosinen und geröstete Mandeln.

Nach dem Essen wurde ein langer Verdauungsschlaf gehalten, im Schatten der Eukalyptusbäume. Bei Anbruch der Nacht ging dann das Fest los, das die Arbeiter mit Liedern und Tanz um das lodernde Feuer auf dem Hof feierten. Meine Familie stand an den Fenstern des großen Salons und warf ihnen Tabakpaketchen, Zahnpasta, Patschouliseifen, kleine Zelluloidspiegel, Kämme, Zahnbürsten und Straßschmuck zu. Welch unerhörter Luxus!

«Schließlich habe ich die Scheidung beantragt. Dein Bruder war vier. Es war ein Drama. Nachdem ich mich erst einmal dazu durchgerungen hatte, bekamen meine Eltern das große Zittern, weil ich meinen Mann verließ. Sowas tat man schließlich in unserer Familie nicht! Aber ich hielt es einfach nicht mehr aus. Ich lebte in ständiger Furcht um die Gesundheit deines Bruders und den Verlust meines gesamten Vermögens. Ich setzte meinen Entschluß durch und habe deinen Vater verlassen.

Und kaum hatte ich diese ganze Scheidungsangelegenheit in Angriff genommen, merkte ich, daß ich schon wieder schwanger war!»

In Wirklichkeit hat sich das überhaupt nicht so abgespielt. Wir waren weder auf dem Gut noch im Salon noch vor einem Kaminfeuer. Mit ihrem Monolog, ihren Ausführungen, Eröffnungen und Maßregeln über Frauen, Familie, Moral und Geld erschlug sie mich mitten auf der Straße.

Die Straße war lang und abschüssig. Wie zufällig ist mir ihr Name entfallen. Sie führte von der Hauptpost zum Hotel Aletti. Auf einer Seite standen Häuser, auf der anderen eine Leitplanke, die am Beginn der Straße sehr hoch über die Rue d'Ornano führte und unten am Ende mit ihr zusammenstieß. Meine Mutter zog es offenbar vor, mir das, was sie mir zu sagen hatte, was sie mir sagen mußte, was ich ihrer Meinung nach wissen sollte, nicht am geheiligten Ort unseres Zusammenlebens mitzuteilen.

Kader war überhaupt nicht da und erwartete uns auch nicht mit seinem lieben Gesicht, seiner schmalen Nase und den gewölbten Nasenflügeln, die er flattern ließ, um mich zum Lachen zu bringen. Er steckte gar nicht in seiner weißen Uniform mit dem weißen Kragen und Revers und seiner Chauffeursmütze, die er mir manchmal aufsetzte, wenn wir mit Nany alleine waren und er mich auf seinen Knien lenken ließ. Auch das Auto war natürlich gar nicht da mit seinen

Notsitzen, die ich so gerne rauf- und runterklappte, mit seinen Maha-
gonikästchen und darin den kleinen Fläschchen mit den silbernen
Stöpseln, die immer leer waren.

Es war ja Krieg, es gab kein Benzin mehr.

Wir standen auf der Straße, einer Straße mitten im Zentrum, voller
Menschen, voller Lärm. Während sie mit mir sprach und ich mit
gesenktem Kopf zuhörte, sah ich nur auf die Zementplatten des
Trottoirs, darauf die Abfälle der Stadt: Staub, Rotze, ausgebrannte
Zigarettenstummel, Pisse und Hundescheiße. Das gleiche Trottoir,
auf das später das Blut des Hasses fließen sollte; das gleiche Trottoir,
auf dem ich zwanzig Jahre später Angst bekomme, zusammenzubre-
chen, wenn die Sache mich tödlich überfällt.

Jedesmal, wenn ich an diese Szene zurückdachte, verdrängte ich die
Straße. Ich schuf mir einen vertrauten Raum, um die Erinnerung an
dieses einzigartige Gespräch mit meiner Mutter in einem würdigen
Rahmen zu bewahren. In Gedanken wiederholte ich immer wieder,
was sie mir eröffnet hatte, und im Laufe der Jahre baute ich mir ein
Szenarium auf, aus dem mir Fluchtmöglichkeiten offenstanden.

Wenn ich während einer längeren Schweigepause den Kopf hob
und sie anblickte, um ihre Stimmung einzuschätzen, registrierte ich
im Nachhinein jedes einzelne Wort, die leiseste Schattierung ihrer
Stimme, jede Veränderung ihres Gesichtsausdrucks. Aber ich wollte
mich um keinen Preis daran erinnern, daß es auf der Straße passiert
ist. Das hätte ich nicht ausgehalten.

Auf der Straße sah ich zuviel, hörte zuviel, roch zuviel.

Bis zum Kriegsausbruch hatte ich die Straße nur durch die Fensterscheiben unseres Wagens gekannt. Erst ab der achten Klasse ging ich
ohne Begleitung zur Schule.

Das haute mich fast um! Diese nie gekannte Freiheit! Die vielen
Menschen, die an mir vorbeihasteten, mir entgegenkamen, mich
streiften, anrempelten! Auf der Straße fiel ich von einem Staunen ins
andere, von einer Verwunderung in die andere, von einer Erregung in
die andere.

Die mediterrane Straße! Die Jungens, die den Mädchen nachpfif-
fen; die Mädchen, die vor den Jungens mit den Hüften schlenkerten!
Ihre Dauerwellen, billigen Parfums, ihre Schminke und ihre kessen
Popos. Die Bettler mit ihren Klagerufen kratzten ihren Aussatz: «Ya
Ma! Ya ratra moulana! Ya, ana meskine besef! Ya chaba, ya zina,
atténi sourdi!» Vor aller Augen entblößten sie ihre Gliederstümpfe,
ihre Geschwüre, verfaulten Zähne, den räudigen Wundschorf, ihre
hundemüden, triefenden Augen, ihre Krampfadern: «Ya chaba, ya
zina, atténi sourdi!» Die Frauen boten ihre Kinder dar, halb von
Fliegen zerfressen; sie wiegten ihre aufgedunsenen Körper und psalm-

odierten ihr «*Ya chaba, ya zina, atténi sourdi!*» Sie schlugen ihre Lumpen zurück und entblößten dabei einen anderen Lumpen. Der aber war von blauen Adern durchzogen: es war ihre Brust, die sie den Kleinen hinhielten, die sogleich gierig zu saufen begannen. Die aufreizenden Posen der Schaufensterpuppen in den Auslagen der Warenhäuser. Die Männer, die im Vorübergehen ihren Rotz hochzogen und dicke Klumpen ausspuckten, die aufs Trottoir klatschten. Die Caféterrassen, denen der herrliche Geruch des Morgenkaffees entströmte. Liebespaare küßten sich in Türeingängen, aneinandergeschmiegt, allem entrückt. Die fliegenden Händler mit ihren Feldblumen und indischen Feigen. Die Schausteller mit ihren dressierten Affen: «Spring! Tanz! *Idanidane, idanidane!*» Die Zigeuner mit ihren Strohstühlen. Und im Vorbeigehen spiegelte sich manchmal mein Abbild in den Fensterscheiben der Auslagen: krummer Rücken, langes Gestell, Nippelchen statt Busen, lockige blonde Haare, lange Arme und hoch aufgeschossene Kinderbeine.

Der Verkehr, das Gehupe, das Klingeln der Straßenbahn, die pöbelnden Schaffner: «Verdammtes Hurengesindel! Dreckiges Arschloch!» In diesem Gewimmel sollte ich die Straße überqueren! Auf der anderen Seite, dem gegenüberliegenden Trottoir, dasselbe Treiben!

Wie aufregend war die Möglichkeit, die erstbeste Straße rechts oder links einzubiegen, eine andere Route zu gehen und wieder viele, neue Eindrücke zu sammeln! Meine Augen waren überall, nur nicht da, wo sie hingehörten. Und so rempelte ich immer wieder gegen die Platanen auf der breiten Avenue. Wenn ich schließlich in der Schule ankam, war ich wie besoffen, groggy, schwindelig. Der Gegensatz war einfach zu groß! Was man mir zu Hause beizubringen versuchte, paßte nicht zu dem, was ich draußen erlebte. Dort predigte man Barmherzigkeit, gutes Benehmen, Hygiene, Haltung!

Ich begriff, daß es zwei Arten von Leben gab: das, das wir führten, und das Leben der Leute auf der Straße. In unserem Leben hatte ich nicht viel Erfolg, aber auf der Straße, die mich faszinierte, erschien mir alles viel einfacher. Und ich schämte mich. Ich hatte Angst, weil ich meiner Mutter gefallen und ihren Wünschen nachkommen wollte. Gleichzeitig spürte ich in mir eine verheerende Kraft, die mich vom rechten Weg abdrängte.

Sie war stehengeblieben, stützte sich mit Handschuhen auf das Granitgeländer und blickte ziellos in die Ferne, über die Straße hinweg, die aus unserer Perspektive die Stadt schnurgerade durchschnitt. Ihr Blick schweifte über den Hafen weiter unten, aus dem das Gewirr der Kräne mitten aus dem geschäftigen Getöse herausragte; über die gleißende Bucht, blank wie ein Spiegel; über die Hügel am Horizont hinweg. Sie versank in heilen Erinnerungen, eingefroren im Eis der Vergangenheit.

Hätte ich nur gewußt, daß sie mir nun Schlimmes antun würde! Ich hätte laut gebrüllt.

Statt dessen ahnte ich erst die böse, unheilbare Wunde, die sie mir jetzt schlagen würde. Wäre ich selbstsicher genug gewesen und hätte mit beiden Beinen fest in der Wirklichkeit gestanden, ich hätte den Urschrei, der in mir aufkam, sicherlich wahrgenommen. Ich hätte ihn aus der Gurgel, aus dem Mund herausgestoßen; erst dumpf wie ein Nebelhorn, dann schrill wie Sirenengeheul, wäre er zu einem Orkan angeschwollen. Ich hätte um mein Leben geschrien und niemals die Worte anhören müssen, die sie nun wie verstümmelnde Rasierklingen auf mich herunterprasseln ließ.

Hier auf der Straße hat sie mir mit ein paar Sätzen die Augen ausgestochen, das Trommelfell zum Platzen gebracht, den Skalp abgezogen, die Hände abgehackt, die Knie gebrochen, den Bauch verstümmelt und das Geschlecht zerstört.

Heute ist mir klar, daß sie nicht wissen konnte, was sie mir damit antat, und ich hasse sie nicht mehr. Sie hetzte ihren Wahnsinn auf mich, und ich diente ihr als Sühneopfer.

«Stell dir vor, schwanger! Und das mitten während der Scheidung! Ist dir klar, was das heißt? . . . Ich wollte mich gerade von einem Mann trennen, von dem ich ein Kind erwartete! . . . Das kannst du nicht verstehen . . . Wenn man sich scheiden läßt, muß man einen Mann so abstoßend finden, daß man seine bloße Anwesenheit nicht mehr ertragen kann . . . Aber du bist noch zu jung, du kannst das noch nicht verstehen . . . Aber ich muß mit dir darüber reden. Du mußt einfach wissen, was man alles aushalten kann, nur wegen einer Dummheit, die ein paar Sekunden dauert.

Es gibt böse Frauen und böse Ärzte, die das Kind im Bauch wegmachen können. Das ist eine Todsünde, die die Kirche mit Verdammnis und die französischen Gesetze mit Gefängnis bestrafen. Es ist eine der schrecklichsten Taten, die ein Mensch begehen kann.

Natürlich kann es manchmal passieren, daß man das Kind, das man erwartet, verliert, auch ohne daß man zu diesen bösen Ärzten oder bösen Frauen gehen muß. Ein Schock genügt, aber auch manche Krankheiten, bestimmte Medikamente und Nahrungsmittel, ja sogar ein einfacher Schreck kann das auslösen. Dann ist es keine Sünde mehr, sondern ein Unfall, weiter nichts. Aber das geht natürlich nicht so einfach, wie man sich das vorstellt. Wenn ich daran denke, wie man schwangere Frauen betut! . . . Nur bloß keine Anstrengung! Beim Treppensteigen muß man sich am Geländer festhalten, solange wie möglich ruhen . . . Hast du 'ne Ahnung! . . . Lächerlich!»

Wie zornig sie war, wieviel Haß in ihrem Blick und ihren Worten, so viele Jahre danach!

«Ich, mein Kind, habe mein Fahrrad herausgeholt, das schon seit Ewigkeiten still im Schuppen vor sich hinrostete, und bin übers Land gefahren, über die gepflügten Felder, über Stock und Stein. Nichts! Stundenlang bin ich geritten, über Hindernisse gesprungen, getrabt und habe damit auch nicht abgetrieben, das kannst du mir glauben! Nichts! Nach dem Fahrradfahren und Reiten ging ich in der knalligen Hitze Tennis spielen. Nichts! Ich habe schächtelweise Chinin und Aspirin geschluckt. Nichts!

Jetzt hör mir gut zu: Wenn sich ein Kind erst einmal eingenistet hat, kriegt man es da nicht mehr weg. Und so'n Kind, das schnappt man sich in ein paar Sekunden. Verstehst du? Verstehst du nun, warum du aus meinen Erfahrungen lernen sollst, verstehst du, wie schnell die Falle zuschnappt? Verstehst du, warum ich dich warnen will? Verstehst du, warum ich will, daß du dich vor Männern in acht nimmst? . . . Na ja, nach mehr als sechs Monaten Roßkur war ich ja wohl gezwungen, mich mit der Schwangerschaft abzufinden, mit der Tatsache, noch ein Kind zu bekommen. Außerdem sah man's ja. Ich habe einfach resigniert.»

Nun schaute sie mir ins Gesicht und schob mir sorgsam meine widerspenstigen Locken unter die Haarschleife aus Satin. Dies tat sie mit einer dieser eleganten Gesten, wie sie für Weiße in den Kolonien charakteristisch sind, in denen sich europäische Zurückhaltung und die Sinnlichkeit tropischer Länder vereinen.

«Schließlich wurdest du geboren. Du warst es nämlich, die ich erwartet hatte. Sicherlich hat der liebe Gott meinen Versuch, der Natur einen kleinen Strich durch die Rechnung zu machen, bestrafen wollen: du warst nämlich eine Sturzgeburt. Du kamst mit dem Gesicht voraus, statt mit dem Hinterkopf zuerst. Ich litt Höllenqualen, tausendmal mehr als bei deiner Schwester oder deinem Bruder. Aber die Strafe war nicht ganz so hart, weil du ein hübsches Baby warst und kerngesund. Beim Austritt mußt du dein Kinn und deine Backen ziemlich angerempelt haben, sie waren nämlich ganz rot. Du sahst aus wie geschminkt. Mein Gott, warst du süß! Die Ordensschwester, die selbstverständlich wie bei allen Familiengeburten dabei war, hat dich gewaschen, gewickelt und sogar den goldenen Flaum auf deinem Kopf gebürstet. Dann legte sie dich in deine hübsche Wiege; du hattest die Händchen über der Brust gekreuzt und schliefst. Sie sagte noch: ‹Schauen Sie, Madame, sieht sie nicht aus wie eine kleine Novizin?› Und wir haben herzlich gelacht.»

Sie lachte noch jetzt über diese lustige Anekdote: die kleine Süße, geschminkt, mit über der Brust gekreuzten Händchen, geschlossenen Augen, wie eine kleine Nonne . . . Sie beugte sich zu mir herab, und in einem Anfall von Zärtlichkeit, der bei ihr selten war, wollte sie mir einen Kuß geben. Aber instinktiv wich ich ihrem Kuß aus, schreckte vor der Nähe ihres Bauches zurück, aus Angst, wirklich auszuflippen.

Ach, hätte sich das doch bloß alles im Salon abgespielt, so wie ich es mir später in meiner Phantasie zurechtlegte. Hätte ich doch bloß die Nähe von Nany und Kader gespürt, vielleicht wäre ich nicht in diesen Abgrund gestürzt! Hätte ich nur das Abendgebell der Hunde gehört und die Antwort der Schakale aus dem Wald! Hätte sie doch nur ihr schönes Hauskleid getragen und ihr wunderbares Parfum . . . Aber nein, wir standen mitten im Straßenlärm, eingezwängt in unsere Ausgehkostüme. Nur wir zwei, jede der anderen ausgeliefert, erlebten wir diese denkwürdige Begegnung. Bis dahin war mein Leben nur eine einzige Anstrengung gewesen, mich ihr anzupassen. Hätten sich unsere Wege nur einmal gekreuzt, ich wäre ihr Schritt um Schritt auf immer gefolgt, so glaubte ich wenigstens. Statt dessen, kaum hatte ich sie einmal getroffen, verwandte ich alle Kraft darauf, so schnell wie möglich von ihr wegzukommen. Unsere Lebenswege hatten sich nur gerade überschnitten. Wie ein Kreuz, mit dem man durchstreicht, löscht, abschafft.

Der Haß brach nicht sofort auf. Erst einmal breitete sich vor mir eine unendliche Wüste aus, trocken, platt, auslaugend, trostlos, eintönig. Während meiner Pubertät habe ich diese Wüste durchackert wie ein schuftender Ochse. Ich zog den lächerlichen, schweren Pflug der Liebe zu meiner Mutter hinter mir her, lächerlich und unnütz. Das Blut ließ auf sich warten, bis ich zwanzig war, und dann suchte es mich regelmäßig, mit entsetzlichen Schmerzen heim. Aus mir wurde eine Frau, und ich erwartete mein erstes Kind. Als ich am eigenen Leibe erfuhr, was es heißt, ein lebendiges Geschöpf von vier Monaten im Bauch zu haben, von fünf, sechs Monaten, begann ich meine Mutter, diese erbärmliche Schlampe, zu hassen.

Ich weiß nicht mehr, was ich gerade machte, als es zum erstenmal passierte. Übrigens hatte ich aus der Zeit zwischen dem Geständnis meiner Mutter über ihre mißlungene Abtreibung bis zum Beginn meiner Analyse nur sehr wenige präzise Erinnerungen. Äußerlich plätscherte mein Leben so dahin, im Grauen, Trüben, Korrekten, Angepaßten, Stummen. In mir war nichts als Schwere, Schweigen, Scham und immer häufiger das Grauen. Ich spürte in meinem Bauch an der rechten Seite eine fast unmerkliche Berührung. Etwa, wie man den Blick eines Menschen spürt, den man selbst nicht sieht. Einige Tage später tauchte erneut diese leichte Berührung auf, ein zärtliches Streicheln, wie eine sanfte Hand, die über Samt streicht.

Es war mein Kind, das sich bewegte. Larve, Kaulquappe, Fisch aus großen Tiefen. Erstes Leben, blind und ungesichert. Enormer Wasserkopf. Vogelleib, Medusenglieder. Es existierte; es wohnte da in seinem warmen Wasser, vertaut mit der dicken Nabelschnur. Gebrechlich, ohnmächtig, entsetzlich. Mein Kind! Entstanden aus einem großen Verlangen nach einem Mann, aus verzehrender Begierde, die uns ineinandergleiten ließ; aus dem harmonischen Rhythmus, den wir plötzlich gemeinsam gefunden hatten. Aus solcher Harmonie konnte nur ein Wunder entstehen, ein kostbares Wesen!

Es bewegte sich! Ich lernte es kennen. Es bewegte sich, wann es ihm paßte, ich konnte seine Lebensäußerungen nicht voraussehen. Es hatte seinen eigenen Rhythmus, der nicht meiner war. Ich war gespannt, ich erwartete es. Da ist es wieder! Ich liebkoste die Stelle. Was bewegte sich wohl? Eines seiner durchsichtigen Händchen, eines seiner geschwollenen Knie? Eines seiner unförmigen Füßchen? Oder sein Riesenschädel? Es bewegte sich zögernd wie eine Blase, die in einem Moor aufsteigt und nicht die Kraft hat, sich zur Oberfläche durchzudrücken. Es bewegte sich wie der Schatten eines Baumes an einem windstillen Tag. Es bewegte sich, wie sich das Licht bewegt, wenn eine Wolke an der Sonne vorbeizieht.

Ich wußte, wo es war und wie es sich im Lauf der Wochen zurechtrückte, und merkte, wie seine Bewegungen kräftiger wurden. Es schubste, hämmerte, strampelte, drehte sich hin und her.

Auch meine Mutter hatte gewußt, wo ich war und wie ich war. Natürlich hatte sie es gewußt, zumal mit ihrer medizinischen Ausbildung. Aber jede meiner Bewegungen hatte für sie nur eines bedeutet: Noch immer war es ihr nicht gelungen, mich umzubringen, diesen störenden Fötus abzuschaffen.

So eine Schwangerschaft dauert lange, sie braucht Monate, Wochen, Tage, Stunden, Minuten. Man hat viel Zeit, das Wesen kennenzulernen, das in einem lebt und das man nicht selbst ist. Gibt es eine größere Vertrautheit? Oder eine vertrautere Verschränkung? Erinnerte sie sich bei jeder meiner Bewegungen nur an jenen verhaßten Beischlaf, aus dem ich hervorgegangen war? Den leidenschaftlichen Haß? Den Ekel?

So schwang sie sich also auf ihr rostiges Fahrrad, und nichts wie auf ins unbekannte Feld, ins Geröll! Hui, wie das schwingt, da drinnen, mein Töchterchen, mein kleiner Fisch! Du wirst schon sehen, wie ich dir die Gräten breche! Hau schon ab, sieh zu, wo du bleibst!

Auf ihrem Klepper schwang sie sich über Kuppen, und hoppla! Du fühlst sie doch, die Stöße in deinem ekelhaften Körper, nicht wahr? Mein hübsches Schätzchen! Was ist das doch für ein schöner Sturm, gerade gut genug, um die kleinen Unterseeboote zu zerschmettern!

111

Nicht? Ein schönes Hin und Her, in dem die kleinen Taucher erstik-
ken! Nicht wahr? In den Abfall mit dir, wo du hingehörst, nun hau
schon ab!

Was? Immer noch bewegst du dich? Da haben wir gleich was
Schönes, damit du stillhältst. Chinin, Aspirin. Hätschelmäuschen,
Schnuckelchen, mein Süßes, laß dich wiegen, trink, meine Schöne,
trink das gute Gift! Du wirst sehen, was für Spaß es macht, die
Rutschbahn durch meinen Arsch herunterzusausen, wenn du von den
Medikamenten erst mal verrottet bist und abgekratzt wie eine Kanal-
ratte! Nun kratz schon endlich ab!

Schließlich, in ihrer Ohnmacht, resigniert, besiegt und enttäuscht,
hat sie mich ins Leben rutschen lassen, wie man Kot herausläßt. Und
das kleine, beschissene Mädchen, das mit dem Gesicht voran das Licht
der Welt erblickte, das Licht, das es am Ende des engen, feuchten
Kanals sehen konnte, am Ende des Tunnels, was würde wohl da
draußen mit ihr geschehen; da draußen in der Welt, die ihr bereits so
übel mitgespielt hatte. Sagen Sie mal, Mama, wußten Sie eigentlich,
daß Sie Ihre Tochter an den Abgrund des Wahnsinns stießen? Haben
Sie das je geahnt?

Was ich die Sauerei meiner Mutter genannt hatte, das war nicht ihr
Wunsch abzutreiben (es gibt Momente, in denen eine Frau einfach
nicht in der Lage ist, ein Kind zu haben, nicht fähig, es genügend zu
lieben). Ihre Sauerei bestand darin, nicht konsequent bis zu Ende
gegangen zu sein, nicht abgetrieben zu haben, als es noch möglich
war. Und darin, daß sie ihren Haß auf mich übertrug, während ich
mich in ihr rührte; daß sie mir schließlich noch das schäbige Verbrechen erzählte, ihre erbärmlichen Mordversuche. Was ihr beim ersten
Mal mißlungen war, versuchte sie vierzehn Jahre später noch einmal,
allerdings diesmal abgesichert, ohne Risiko für Kopf und Kragen.

Dennoch konnte ich dank der Sauerei meiner Mutter sehr viel
später auf der Couch in der Sackgasse viel leichter diese ganze Malaise
meines vorangegangenen Lebens analysieren, diese dauernde Unruhe, diese ständige Angst, den Ekel vor mir selbst, all das, was sich
schließlich als mein Wahnsinn darstellte. Ohne das Geständnis meiner Mutter wäre ich vielleicht nie bis in meinen Bauch hinabgestie-
gen, wäre nie bei dem verhaßten, gehetzten Fötus gelandet, den ich
unbewußt wiedergefunden hatte, wenn ich mich in der Dunkelheit
des Badezimmers zwischen Bidet und Wanne zusammenkauerte.

Heute betrachte ich die ‹Sauerei meiner Mutter› nicht mehr als
Sauerei. Das ist eine wichtige Wendung in meinem Leben. Ich weiß,
warum diese Frau das getan hat. Ich verstehe sie.

«Rohr – was fällt Ihnen dazu ein?»

Es war nun schon lange her, daß ich mit der Analyse begonnen hatte. Lange her, daß ich dreimal in der Woche bei dem Doktor die Bürde meines Lebens ablud. Das Arbeitszimmer war voll davon. Und mittendrin streckte ich mich auf der Couch aus und redete. Nicht ohne mich zuvor mehrmals zu versichern, daß der Doktor auch aufmerksam zuhörte. Ich wollte nicht ins Leere reden. Er erinnerte sich an alles, was ich sagte. Wie machte er das bloß? Machte er sich Notizen? Nahm er meine Monologe auf Tonband auf? Ich hatte das Schweigen erforscht, um eventuell das Summen, den Klick des Auslösers, das leise Rauschen eines Tonbandes zu entdecken. Nichts. Oft hatte ich mich schnell mal umgedreht, mitten in meinen Faseleien, in der Hoffnung, ihn beim Schreiben zu ertappen. Aber er saß nur da, gelassen, unbeweglich, die Arme auf der Sessellehne, mit übereinandergeschlagenen Beinen. Er schrieb nicht, er hörte zu. Irgendein Instrument, ein Stück Papier, einen Bleistift zwischen ihm und mir hätte ich nicht ertragen. Er kannte sich genauso gut wie ich im weiten Feld meiner Erinnerungen aus, meiner im Laufe der Jahre angesammelten Phantasmen. Nur meine Stimme war zwischen uns, sonst nichts. Ich log ihn nicht an, und wenn ich versuchte, eine Situation zu verschleiern, sie zu beschönigen, zu verniedlichen (zum Beispiel, als ich ihm sagte, daß mir meine Mutter den ganzen Salat im Salon auf dem Gut verklickert hatte, statt zu erzählen, daß es auf der Straße passierte), lüftete ich die Maske schnell wieder und sagte die nackte Wahrheit. Ich wußte nur zu gut, daß ich bestimmte Bilder zurückhielt, weil ich unbewußt Angst hatte, sie könnten mir noch mehr wehtun, wenn ich sie beschrieb. Ich hatte gelernt, daß das Gegenteil der Fall war; damit der Schmerz verschwindet, mußten die Wunden erst richtig aufgerissen und gründlich gereinigt werden.

Bis zu dem Tag, an dem ich meinen ganzen Mut zusammennahm und mit ihm endlich über die Halluzination sprach, als er am Ende meiner Beschreibung dann sagte: «‹Rohr›, was fällt Ihnen dazu ein?», bis zu dem Tag hatte ich nie wirklich eine Expedition in mein Unterbewußtsein gemacht. Zufällig war ich da gelandet, fast ohne mir darüber klar zu werden, wie ich dahin gekommen war. Ich hatte immer nur von Ereignissen gesprochen, die ich bewußt erinnerte, die ich in- und auswendig kannte, von denen mich manche erstickten, weil ich sie noch nie jemandem anvertraut hatte: das Trompetchen, die Operation an meinen Puppen, die Sauerei meiner Mutter. Ich hatte sie vor mir ausgebreitet, um sie schonungslos durchzuanalysieren und um schließlich zu entdecken, daß sie miteinander in Zusammenhang standen. Ich stellte fest, daß ich bei jeder dieser Aktionen schwitzte. Wenn ich jedoch stumm, wie gelähmt eine unangenehme Situation erduldete, bemächtigte sich meiner höchste Erregung, als fatales Gemisch aus überschüssiger Energie und Hemmungen. Ein Gefühl, das sich undefinierbar in alle Richtungen gleichzeitig ausbreitete. Das alles verstand ich nicht, bekam es nicht in den Griff, es terrorisierte mich. Das war die Sache.

Die Sache beherrschte mich seit meiner frühesten Kindheit, das hatte ich nun herausgefunden. Sie überkam mich jedesmal, wenn ich meiner Mutter mißfiel oder es zumindest glaubte. Von diesem Punkt bis zu der Erkenntnis hier in der Sackgasse, daß die mir von meiner Mutter verbotenen Vergnügungen Ursache der Sache waren, war nur ein kleiner Schritt, der mir leichtfiel. Mir wurde bewußt, daß ich nach dreißig Jahren immer noch Angst hatte, meiner Mutter zu mißfallen. Gleichzeitig machte ich mir klar, daß der ungeheure Schlag, den sie mir mit ihrer Geschichte von der mißlungenen Abtreibung versetzt hatte, in mir tiefen Abscheu vor mir selbst zurückgelassen hatte: Ich konnte nicht geliebt werden, ich konnte nicht gefallen, ich würde immer nur zurückgewiesen werden. Darum erlebte ich alle Abschiede, jedes dumme Mißgeschick, alle Trennungen wie ein Verlassenwerden. Schon eine verpaßte Metro brachte die Sache in Bewegung. Ich war eine Versagerin, folglich versagte ich überall.

Das war klar und einfach. Warum war ich nicht selber hinter diese Zusammenhänge gekommen? Warum hatte ich diese Schlußfolgerungen nie gezogen, wenn mich das Übel befiel? Weil ich bis dahin nie richtig mit jemandem geredet hatte. Alles, was mir Angst machte und mich erschreckte, hatte ich in mich hineingefressen, kommentarlos, so schnell wie möglich in die hinterste Ecke verdrängt. Als ich in das Alter kam, in dem ich die Prinzipien meiner Mutter, die denen meiner Klasse entsprachen, beurteilen konnte, die meisten davon schlecht fand, dumm und verlogen, war es schon zu spät. Die Gehirnwäsche hatte hundertprozentig gewirkt, die Samen waren zu tief eingegraben und nichts konnte mehr an die Oberfläche sprießen. Die Signale ‹verboten› oder ‹verlassen› sah ich nicht mehr, sonst hätte ich vielleicht einfach darauf gepfiffen. Statt dessen, wenn ich auch nur in die Nähe dieser Verbote kam, heftete sich mir eine schreckliche Meute an die Fersen und jaulte ‹schuldig›, ‹schlecht›, ‹verrückt›. Und die alte Sache, die sich in die tiefste Ecke meines Hirns verkrochen hatte, machte sich meine Verwirrung zunutze, profitierte von meiner überstürzten Flucht und sprang mir an die Gurgel: die Krise war da. Meine Versuche, das zu verstehen, schlugen fehl. Sie führten zu nichts, bis ich das ewige ‹das hat meine Mutter verboten›, ‹Mutter hat mich im Stich gelassen› ausradiert und durch ‹schuldig›, ‹verrückt› ersetzt hatte. Ich war eben verrückt, es war meine einzige Erklärung.

Kaum zu glauben, wie einleuchtend das alles war. Und die Tatsachen sprachen dafür: meine psychosomatischen Störungen waren verschwunden, das Blut, das Gefühl, blind oder taub zu werden. Und die Angstzustände wurden seltener, sie tauchten nicht mehr öfter als zwei- oder dreimal in der Woche auf.

Trotz allem war ich immer noch nicht normal. Zwar hatte ich mir in der Stadt bestimmte Wege zurechtgelegt, die ich mit einem Minimum an Angst zurücklegen konnte, aber auf andere Ausflüge mußte ich immer noch verzichten. Ich lebte noch in ständiger Angst vor Menschen und Dingen, schwitzte noch häufig, fühlte mich immer noch gehetzt, die Fäuste waren immer noch zusammengeballt, der Kopf in den Schultern vergraben. Und vor allem hatte ich noch die Halluzination. Es war immer dieselbe, ohne geringste Abweichung in der Abfolge der Bilder. Die Stereotypie machte sie noch viel erschreckender.

In den ersten Monaten der Behandlung hatte ich einmal eine Anspielung gemacht:

«Wissen Sie, Herr Doktor, manchmal passiert mir etwas sehr Komisches: Ich sehe ein Auge, das mich anschaut.»

«Dieses Auge, was fällt Ihnen dazu ein?»

«Mein Vater . . . ich weiß nicht, warum ich das sage, denn ich kann mich an die Augen meines Vaters gar nicht mehr erinnern. Ich weiß nur, daß sie genauso schwarz waren wie meine, das ist aber auch alles.»

Und dann ging ich zu anderen Dingen über. Unbewußt war ich der Gefahr elegant ausgewichen und hatte einen leichteren Weg eingeschlagen, der besser bezeichnet war. Aber trotzdem blieb mir immer bewußt, daß ich um das Hindernis ‹Halluzination› nicht herumkam. Wenn ich weiterkommen wollte, mußte ich es irgendwann frontal angehen.

Die Ängste, die aus den ‹verbotenen Vergnügen›, Verlassenheitsgefühlen, entstanden waren, waren von nun an leicht zu bezwingen. Ich war jetzt fähig, sie zu verjagen, bevor sie Fuß fassen konnten. Aber was war mit den anderen, die mich immer noch peinigten, die der Grund meiner Unfähigkeit waren, mit den anderen zu leben? Woher stammten sie, wo konnte ich ihre Wurzel finden? Ich trat wieder einmal auf der Stelle. Der Moment war gekommen, um über die Halluzination zu sprechen. Eines Tages fühlte ich mich dazu stark genug, und mein Vertrauen in den Doktor war nicht mehr zu erschüttern. Meine Befürchtungen, von ihm in eine psychiatrische Anstalt geschickt zu werden, waren verflogen.

Ich legte mich entspannt hin, versicherte mich erst einmal, daß ich mein Arbeitsmaterial bei mir hatte: meine Mutter, die rote Erde auf dem Gut, alle Schatten, alle Silhouetten, alle Gerüche, alle Lichter, alle Geräusche und vor allem das kleine Mädchen, das soviel zu erzählen hatte. Ich redete los.

«Manchmal passiert mir eine komische Sache. Das passiert nie, wenn ich in einer Krise stecke, aber es löst jedesmal einen Anfall aus, weil es mir so große Angst macht. Das passiert mir, wenn ich alleine bin, aber auch, wenn ich mit einer oder mehreren Personen zusammen bin. Übrigens passiert es mir häufiger, wenn ich mit jemand zusammen bin. Mit meinem linken Auge sehe ich die Person mir gegenüber, die Umgebung in all ihren Einzelheiten; und mit dem rechten Auge sehe ich mit genau derselben Schärfe ein Rohr, das sich ganz langsam in meinen Gesichtskreis schiebt. Wenn es seinen üblichen Platz eingenommen hat, sehe ich am anderen Ende des Rohrs ein Auge, das mich anschaut. Das Rohr, das Auge, sie sind genauso lebendig wie das, was ich mit dem linken Auge sehe. Es steht nicht außerhalb der greifbaren Wirklichkeit, nein, es befindet sich auf derselben Realitätsebene, auf der ich mich gerade befinde, in demselben Licht, in derselben Umgebung. Was ich mit dem linken Auge sehe, hat genau denselben Stellenwert wie das, was ich mit dem rechten Auge sehe. Nur, daß die eine Begegnung normal verläuft, während die andere mich terrorisiert. Es gelingt mir nie, die beiden Wirklichkeitsebenen zusammenzubringen, und ich verliere die Fassung, beginne zu schwitzen, will fortlaufen, es ist unerträglich.

Das Auge, das mich anschaut, klebt nicht wie meins ganz dicht an dem Rohr. Es wäre ja schwarz darinnen, wenn es an beiden Enden verstopft wäre. Es ist aber nicht dunkel in dem Rohr, und das besagte Auge ist hell angestrahlt, ganz scharf, sehr aufmerksam, nah an der Öffnung. Das Auge bringt mich zum Schwitzen, weil sein kritischer Blick so unerbittlich ist. Nicht zornig, aber von kalter Strenge, mit einem Anflug von Verachtung und Gleichgültigkeit. Es läßt mich nicht eine Sekunde los, intensiv und mitleidslos forscht es mich aus. Sein Ausdruck ändert sich nie. Wenn ich mein Auge schließe, hilft es auch nichts. Das andere Auge bleibt, böse, grausam, eisig. Das kann lange dauern, minutenlang, und dann verschwindet es, wie es gekommen ist, ganz plötzlich. Dann fange ich an zu zittern, der Anfall ist da. Ich schäme mich auch ganz fürchterlich. Über dieses Auge schäme ich mich mehr als über alle anderen Symptome meiner Krankheit.»

So, ich hatte alles erzählt, ich hatte mich vollständig ausgeliefert. Ich wußte, daß ich damit an einem wichtigen Punkt meiner Analyse angelangt war. Würde ich die Halluzination nicht entschlüsseln, käme ich nie mehr weiter, und ein normales Leben wäre nie mehr möglich.

Das war der Punkt, an dem der Doktor sagte:

116

«‹Rohr›, was fällt Ihnen dazu ein?»

Die Art, wie er das fragte, machte mich wütend. Ich sah schon, worauf er hinaus wollte: Rohr – Trompetchen, Austritt aus dem Bauch meiner Mutter. Das war es nicht. Wenn es so einfach gewesen wäre, hätte ich es schon alleine herausgefunden. Ich hatte Lust, einfach aufzustehen und abzuhauen. Das stumme Hampelmännchen mit seiner Gleichgültigkeit und seinem wissenden Schweigen machte mich rasend.

«Wenn ich Sie sehe, muß ich immer an Pfaffen denken. Sie selbst sind auch nicht besser als die. Sie Hohepriester der Arschreligion! Etwas anderes wollen Sie eh nicht hören! Das ekelt mich an, Sie ekeln mich an! Sie sind ein widerlicher Typ, der sich den ganzen Tag die Sauereien anderer Leute anhört. Sie provozieren ja einen auch dazu, Sie sind ekelhaft. Warum haben Sie sich das Wort ‹Rohr› herausgefischt? Sie können sich doch genau vorstellen, daß mir bei ‹Rohr› nicht gerade rote Rosen einfallen . . .»

«. . . Sagen Sie mir ohne lange nachzudenken, was Ihnen zu ‹Rohr› einfällt?»

«. . . Bei ‹Rohr› fällt mir Rohr ein. Ein Rohr ist ein Rohr . . . Bei Rohr fällt mir Röhre ein . . . Tunnel, Tunnel, dabei denke ich an Zug . . . Als ich klein war, sind wir oft verreist. Jeden Sommer fuhren wir nach Frankreich oder in die Schweiz. Erst nahmen wir das Schiff, dann den Zug. Im Zug hatte ich Angst, Pipi zu machen. Meine Mutter hatte äußerst strenge Prinzipien in bezug auf Sauberkeit und witterte überall Bazillen . . .»

Ich schweifte ab und schweifte ab. Das kleine Mädchen hatte sich zu mir gesellt. Ich war das kleine Mädchen, drei oder vier Jahre alt. Ich war gerade in Frankreich angekommen, es war ein schwieriges Pflaster, wo man sich ständig gut benehmen mußte, immer: «Guten Tag, Madame, guten Tag, Monsieur, herzlichen Dank, Monsieur, herzlichen Dank, Madame, auf Wiedersehen, Madame, auf Wiedersehen, Monsieur . . .» sagen mußte. Wo ich meine Schuhe nicht ausziehen und nicht barfuß laufen durfte, wo ich bei Tisch nicht sprechen durfte und immer fragen mußte, wenn ich hinausgehen wollte, wo ich mir zwanzigmal am Tag die Hände waschen mußte.

Es war Sommer. Wir saßen im Zug, es war heiß und ich langweilte mich. Die Zeit schien stillzustehen. Ich fragte, ob ich Pipi machen dürfte. Dafür mußte ich zu Nany sagen: «*Nany, number one please.*» Nany vermittelte mein Bedürfnis an meine Mutter, ‹namberwann› (wenn das Bedürfnis ein festeres war, sagte sie ‹nambertu›). Dann wurde fieberhaft nach einem bestimmten Sack im Gepäck gekramt: dem Apothekersack. Apotheke verhieß nichts Gutes, nur Sachen, die wehtaten, die brannten oder stanken, wie Jod oder Äther, oder Haare

ausrissen wie Heftpflaster. Wozu brauchte man eigentlich den Apothekersack, wenn man im Zug Pipi machen wollte? Die Angelegenheit beunruhigte mich.

Endlich hatten sie gefunden, was sie zwischen den Hutschachteln,
Koffern, Schminkköfferchen usw. gesucht hatten, und wir gingen
hinaus auf den Gang. Wir marschierten nach vorne, meine Mutter
voran, Nany mit dem Apothekersack hinterher und ich in der Mitte.
Wenigstens konnte ich mir die Beine vertreten, das war schon besser,
als im Abteil herumzusitzen. Wir kamen ans Ende der Waggons, wo
die Toiletten waren. Es rüttelte und schüttelte, und obendrein
herrschte infernalischer Lärm. Wir konnten uns kaum auf den Beinen
halten. Meine Mutter und Nany klammerten sich an allem fest, was
sie zu fassen bekamen, und ich klammerte mich an ihre Röcke. Das
war lustig. Weniger lustig war der Gestank auf dem Klo: beißender
Uringeruch, ordinär, penetrant, peinlich.

Meine Mutter sagte zu Nany: «Geben Sie mir den neunzigprozentigen Alkohol rüber. Reinigen Sie die Schüssel und den Sitz, ich
mache das Waschbecken sauber. Wir sollten ihr bei der Gelegenheit
gleich Gesicht und Hände waschen, sie sieht ja schon wieder aus wie
ein Schornsteinfeger. Es ist unglaublich, mit welcher Geschwindigkeit sich dieses Kind dreckig macht.»

Mit vollem Eifer und dicken, alkoholgetränkten Wattebäuschen
machte sie sich daran, den stinkenden Ort sauberzumachen. Meine
aufgeregte Mutter entsetzte sich immer wieder: «Das wimmelt hier
alles von Bazillen.» Bazillen, das hatte man mir schon beigebracht,
waren kleine Tierchen, die die Lungen meines Vaters zernagt und
meine Schwester getötet hatten. Eigentlich wollte ich gar nicht mehr
Pipi machen, traute mich aber nicht, es zu sagen. Die Toilette schien
mir von unsichtbaren Skorpionen, winzigen Schlangen und verborgenen Wespen zu wimmeln. Und dazu immer dieses Gerüttel und der
Höllenlärm.

Das Reinigungsmanöver war beendet, und nun legte sie weiße Gaze
auf die Klobrille. Jetzt durfte ich Pipi machen. Nany zog mir die Hosen
runter. Ich hatte diese *Petit-Bateau*-Unterhosen mit Latz und Trä-
gern, einem Knopf auf dem Bauch und je einen auf der Seite. Vorne
blieb die Hose zu. Das hintere Teil konnte man herunterlassen, den
Baumwollgurt je nach Bauchumfang strammziehen, und auch die
Knöpfe konnte man versetzen. Meine Mutter fand das sehr praktisch;
Nany war da anderer Meinung.

Ich stand nun da mit nacktem Po. Nany hob mich unter den
Achseln hoch und setzte mich auf den riesigen Sitz, auf dem ich mir
wie geviertelt vorkam. Sie hielt die Hose von mir weg, damit ich nicht
auf den Latz pinkelte. Sie versucht so gut wie möglich ihr Gleichge-

wicht zu halten, während sie mich gleichzeitig am Rücken abstützte. Meine Mutter betrachtete die Szene mit kritischer Miene, «Beeil dich, du siehst doch, wie schwierig das ist!» In dem Moment nahm der Lärm ohrenbetäubende Ausmaße an. Wir fuhren offenbar über eine Weichenanlage. Alles rüttelte durcheinander, so daß ich nicht mehr wußte, wo mir der Kopf stand. Ich schaute zwischen meinen Beinen durch und sah durch den Auslaß der Toilettenschüssel, am Ende einer weit offenen und klebrigen Röhre voller unsäglicher Sachen, das Geröll zwischen den Schienen, das mit schwindelerregender Schnelligkeit vorbeizischte. Ich hatte Angst, Angst, Angst, Angst. Dieses Loch würde mich verschlingen, mich schnappen, mein Pipi würde mich herunterziehen. Und wenn ich dann durch das eklige Rohr voller Fäkalien geglitten wäre, läge ich zerschmettert auf dem glänzenden Schotter.

«Ich habe aber keine Lust mehr, *number one* zu machen.»

«Das wirst du aber, jetzt, wo alles vorbereitet ist, das wäre ja noch schöner! Beeil dich!»

«Ich mag nicht mehr, ich kann nicht!»

«Du mit deinen Launen, das wirst du mir büßen!»

Nany, die mich genau kannte, meinte:

«Ich glaube, sie wird nicht machen, Madame.»

In diesem Tohuwabohu, diesem Wahnsinn hörte ich ein leises, regelmäßiges Geräusch, schnell und rollend: tap, tap, tap, tap . . .

Taptaptaptaptaptaptaptaptaptaptap . . . Ich war vier Jahre alt, ich war vierunddreißig Jahre alt. Immer noch saß ich wie geviertelt auf dem Zugklo, und ich lag ausgestreckt auf der Couch in der Sackgasse. Tap tap tap tap tap tap.

Ich hatte kein Alter mehr, ich war keine menschliche Person mehr, ich war nur noch dieses Geräusch: tap tap tap tap tap tap . . ., simpel wie ein Abzählreim, rhythmisch wie ein Wiegenlied . . . Taptaptaptaptap . . . Wo kam es wohl her? Es war so ungeheuerlich wichtig zu wissen, wo es herkam.

«Herr Doktor, ich habe Kopfschmerzen.»

Schreckliches Stechen, ein intensiver Schmerz an der Schädelbasis, stärker, als ich es je gehabt hatte! Als risse man mir das Hirn brutal in tausend Stücke!

Funkelnder Schmerz, geblendet von unerträglichem Leid! Monströs verdrehte Wurzeln erdrückten in tödlicher Umklammerung Drachenskelette, Molochkadaver, die unerträglich nach Verwesung stanken, wenn man sie herausschnitt und sezierte.

«Herr Doktor, mein Kopf explodiert! Es ist entsetzlich, ich werde verrückt!»

Ich hatte es gewußt: An die Halluzination zu rühren, ist das Ende.

'Ich hätte diesem Instinkt nicht folgen sollen. In diese Gegend hätte ich mich nicht wagen dürfen. Ich hätte so weiterleben können wie bisher, wie ein harmloser Krüppel, der ja auch nicht in die Anstalt kommt. Nun war es zu spät, ich versank in schwarzen Wahnsinn, in zerstörerische Erregung.

«Herr Doktor, helfen Sie mir!»

Mein Kopf zerspringt, es kippt, es kippt . . .

Tap taptaptaptaptap taptaptaptaptap . . .

Tap tap tap tap . . . Da ist das Geräusch, ganz nah! Es ist das einzige, was noch nicht vom Wahnsinn befallen ist, was nicht Hysterie ist. Ich muß es finden! ICH MUSS DARAUF ZUGEHEN!

Ich bin ein winzig kleines Mädchen, das noch kaum laufen kann. Mit Nany und meinem Papa gehe ich im tiefen Wald spazieren. Ich will gerade ‹number one, please› machen. Nany hat mich hinter einen Busch gesetzt. Lange hat sie nach einem geeigneten Versteck gesucht. Man muß sich verstecken, wenn man ‹number one, please› machen will. In der Hocke halte ich das Lätzchen meiner Petit-Bateau-Hose an mich und schaue auf den feuchten Strahl, der aus mir herausfließt und in der Erde zwischen meinen Füßen versickert, zwischen meinen nagelneuen, schönen Lackschuhen. Das ist spannend . . . Tap tap tap tap tap tap tap tap tap . . . ein Geräusch hinter mir. Ich drehe mich um und sehe meinen Vater. Vor einem Auge hält er so ein komisches schwarzes Ding, so etwas wie ein Eisentier mit einem Stielauge am Ende eines Rohrs. Das macht also das Geräusch. Ich mag nicht, daß er mir zuschaut, während ich Pipi mache. Mein Vater darf den Popo nicht sehen. Ich stehe auf, meine Hose verheddert sich beim Laufen. Wie eine Furie stürze ich mich auf meinen Vater und hämmere mit voller Kraft auf ihn ein. So fest ich nur kann. Ich möchte ihm wehtun, ich möchte ihn umbringen!

Nany versucht mich von den Beinen meines Vaters fortzuzerren, aber ich kratze, beiße, schlage um mich, er aber trotzt mir mit seinem langen Stielauge. Taptaptaptaptaptap . . . Ich hasse dieses Auge, dieses Rohr! In mir wütet rasender Zorn, ganz fürchterlich!

Dann fangen Nany und mein Vater an, auf mich einzureden, sie bombardieren mich mit Ausdrücken, die ich nur teilweise verstehe: «Du kleines Biest, gemeines Luder, böses Kind, verrücktes Biest, ungezogene Göre. Das tut man nicht, das ist doch wirklich der Gipfel, man schlägt doch seinen Vater nicht! Du kriegst schon deine Strafe, bist du wahnsinnig geworden! Wie häßlich, wie gemein, verrücktes Biest! Schäm dich, schäm dich, schäm dich! Böse, böse, böse! Verrückt, verrückt!» Daraus schließe ich, daß ich etwas ganz Fürchterliches verbrochen haben muß, etwas Schreckliches und Gemeines, und plötzlich schäme ich mich.

Das Geräusch hat aufgehört.

Schweigen, Ruhe, große Stille.

Die Halluzination ist entschleiert, ausgetrieben. Mit absoluter Gewißheit wußte ich, daß die Halluzination nie wiederkäme.

Alles um mich herum schwankte. Aus weiter Ferne kam ich wieder zu mir.

«Herr Doktor, ich hab's gefunden. Das alles war die Halluzination.»

«Ganz bestimmt. Die Sitzung ist nun beendet.»

Ich stand auf und spürte zum erstenmal die Vollkommenheit meines Körpers. Mit größter Leichtigkeit beherrschten meine Muskeln meine Bewegungen. Meine Haut hüllte geschmeidig meinen Körper ein. Ich stand aufrecht, ich war groß, größer als der Doktor. Langsam und regelmäßig atmete ich genau die Menge Luft ein, die meine Lungen brauchten. Mein Brustkorb umschloß mein Herz, das unermüdlich mein Blut pumpte. Mein Becken war ein weißer Brunnen, in dem meine Eingeweide genau den Platz fanden, den sie brauchten. Harmonie. Nichts tat mehr weh, alles war so einfach! Meine stämmigen Beine trugen mich bis zur Tür. Mein Arm streckte meine Hand der des Doktors entgegen. Mein Körper gehörte mir, er funktionierte. Dieses Körpergefühl machte mir keine Angst mehr.

«Auf Wiedersehen, Herr Doktor.»

«Auf Wiedersehen, Madame.»

Unsere Blicke trafen sich, und ich bin sicher, in seinem einen Funken Freude gesehen zu haben. Was für gute Arbeit wir miteinander geleistet hatten. Oder nicht?

Er hatte mir gerade beigestanden, mich selbst auf die Welt zu bringen. Ich war gerade geboren. Ich war ganz neu!

Ich ging hinaus in die Sackgasse. Alles war beim alten geblieben, und doch erschien mir alles verändert. Sprühregen, sanft wie Reispuder, fiel auf meine taufrischen, rosigen Wangen. Die buckligen Pflastersteine streichelten meine Fußsohlen durch die Schuhe hindurch. Der rötliche Pariser Abendhimmel wölbte sich über mir wie eine riesige Zirkuskuppel Ich schritt auf die lärmende Straße, einem Fest entgegen.

Je näher ich ans Ende der Gasse kam, wurde alles noch leichter, fröhlicher, einfacher. Ich fühlte mich geschmeidig, beweglich. Ich hatte meine Schultern fallengelassen, mein Hals und mein Nacken kamen wieder zum Vorschein. So viele Jahre waren sie eingeklemmt gewesen. Ich hatte völlig vergessen, wie schön es ist, wenn der Wind mit meinen wehenden Haaren spielt. Was hinter mir war, erschreckte mich ebensowenig wie das, was vor mir lag.

Ich hatte nur noch ein Ziel: meine Mutter aufsuchen und sie

ausfragen. «Erinnern Sie sich an die Geschichte, als ich noch sehr klein war, wie ich auf meinen Vater einschlug, weil er mich beim Pipimachen filmte?»

«In der Tat, es stimmt. Ich war zwar nicht dabei, aber ich habe den Film gesehen. Dein Vater hat ihn mir damals vorgeführt. Wer hat dir denn das erzählt?»

«Niemand. Ich habe mich daran erinnert. Wurde ich dafür bestraft?»

«Ganz bestimmt. Du hast keinen Gutenachtkuß mehr bekommen oder irgend sowas, vielleicht auch eine kleine Tracht Prügel. Irgend so eine Bestrafung für kleine Kinder. Du warst ja ein solcher Wildfang, als du klein warst!»

«Wie alt war ich denn?»

«Warte mal, laß mich zurückrechnen. Es war dein erster Sommer in Frankreich. Dein Vater kam aus dem Sanatorium, er wollte dich kennenlernen. Trotz allem war er ja schließlich dein Vater ... Du warst so zwischen fünfzehn und achtzehn Monate.»

Sie schaute mich irgendwie eigenartig an. In ihren Augen glaubte ich, ein leichtes Erstaunen zu erkennen, ein Bedauern, wie ein Strauß verblichener, aber noch wohlriechender Blumen. Damals hätte sie anfangen müssen, mich so zu nehmen, wie ich war, sowenig ich auch ihren Vorstellungen entsprach.

Nun war es zu spät, ich konnte mit ihrer Liebe nichts mehr anfangen.

Die Sackgasse war nun der Weg in mein Paradies, meine Triumphallee, der Kanal meiner Kraft, der Fluß meiner Freude. Es hätte mich nicht gewundert, wenn sich dieser Seitenarm der Stadt in einen Schauplatz für phantastisches Possenspiel verwandelt hätte.

Der Doktor tritt aus seinem gestrüppüberwucherten Gittertörchen. Zwar trägt er seinen üblichen Anzug, auf dem Kopf aber sitzt ein paillettenbesetzter Zylinder und in der Hand hält er eine lange Peitsche mit goldenen Riemen.

Hereinspaziert, meine Damen, meine Herren! Kommen Sie herbei! Nicht so schüchtern! Das Schauspiel kostet nichts! Nur keine Angst! Öffnen Sie Türen und Fenster, meine Damen und Herren! Kommen Sie nur und lassen Sie sich von etwas bezaubern, was Sie noch nie gesehen haben! Meine Damen, meine Herren, Augen und Ohren auf, werden Sie Zeugen eines einzigartigen Spektakels!

Tatataaaaaa! Tatatataaaa! Bum, bum, bum!

Hört, liebe Leute. Hört die Geschichte einer Frau, die ständig schwitzte und jetzt nicht mehr schwitzt, die ständig zitterte und jetzt nicht mehr zittert, die ständig blutete und jetzt nicht mehr blutet, die ständig zusammenzuckte und jetzt nicht mehr zusammenzuckt. Kommen Sie näher, kommen Sie herbei! Schauen Sie ihr zwischen die Beine, fühlen Sie ihren Puls, öffnen Sie ihr Hirn! Nur voran! Nur Mut! Bitteschön, Sie werden dort nichts mehr finden, gar nichts mehr! Und nun hören Sie genau zu, meine Damen und Herren! Diese Frau, die Sie jahrelang vor Ihrem Haus haben hin und her gehen sehen, in sich zusammengekauert wie ein Fötus, wie ein Schatten, der an euren Hauswänden vorbeistrich, dieses erbarmungswürdige Geschöpf, das nichts weiter konnte und sich flennend in euren Türnischen verbarg, diese Unglückliche auf der Flucht vor ihren Ängsten, die sich die Füße auf euren buckeligen Trottoirs verstauchte! Und nun! Schauen Sie sich diese Wahnsinnige da an, was ist aus ihr geworden!

Dann war ich an der Reihe. Wie eine Gazelle sprang ich mit einem Satz vom Anfang bis ans Ende der Sackgasse. Ein atemberaubender Auftritt! Schön bin ich! So schön, daß es einem die Stimme verschlägt! Eine Schönheit à la *Playboy* oder wie die Strumpfreklame von *Dim*! Schlank und rank! Langer Hals, lange Arme, lange Beine, hochgewachsen. Das bin ich, vor Gesundheit strotzend und dennoch mit rührend zerbrechlichen Knöcheln, Füßen, Hüften, Schultern, Armen und Handgelenken! Das bin ich, stark und schön! Trotzdem verraten Mund- und Augenwinkel, Nasengrübchen, mein Halsansatz Zartgefühl. Das bin ich, in strahlender Jugend! Und die bezauberte Menge bombardiert mich mit Blitzlichtern. Die Arme halte ich leicht vom Körper abgewinkelt, ich hebe sie ein bißchen an, stehe da in erwartungsvoller Pose, meine schönen blonden Haare flattern im Wind wie ein bestickter Fächer. Fröhlich, vergnügt. Das bin ich, in meinem Hochzeitskleid, das Marinette mir nach zwanzig langen Anproben genäht hat, Marinette, die Hausschneiderin, die mich seit meiner Geburt kannte. Ihre Zauberhände hatten alles für mich genäht.

Dann sprang ich hoch, geschmeidig wie eine Katze, gespannt wie ein Flitzebogen, und landete wieder auf der Erde. Die Sackgasse war mit einem gestutzten Rasenschleier überzogen, und der Geruch von frischgeschnittenem Gras erfüllte die Luft. All meine geliebten Bäume standen drum herum: Palmen, Granatäpfel, Datteln und Orangen. Alle Blumen, alle Tiere, die ich so liebte. Alle schönen Gerüche lagen in der Luft. Und das Rauschen des Meeres, der gleichmäßige Aufprall der Wellen, die wie emsige Weberschiffchen den Sand webten.

Der Doktor hob die Peitsche und zog mir die weichen, geflochtenen

Riemen sanft über die Hüfte, und auf zur Arbeit! Ein Salto mortale, ein doppelter, dreifacher, in den Spagat, Kopfstand, das Rad schlagen, Chassé-croisé, Purzelbaum, Handstand, Pas de chat! Hopp, hopp! Hier eine Pirouette, dort ein Luftsprung! Und noch mal hopp, hopp! Ein paar Tanzschritte, Jetté battu, Pirouette! Vorwärts mein Kind. Hoch das Gesäß! Kopf hoch! Mit meinem Körper machte ich, was ich wollte. Er leitete mich oder folgte mir. Er war nicht mehr das träge, dicke, schwitzende Stück Fleisch neben mir, der zitternde, unausweichliche und ekelhafte Käfig meiner verrückten Gedanken.

Ich hatte gewonnen. Alles klatschte. Die Zuschauer bekränzten uns mit Blumen.

Aber so hatte sich das natürlich nicht zugetragen. Der Doktor blieb weiter in seinem Sessel sitzen, steif, korrekt, stumm, fast grausam, manchmal fast ironisch. Und ich schleppte ihm dankbar wie ein gut abgerichteter Hund meine Fundstücke herbei. Genau so wie ich damals meiner Mutter die Steine dargebracht hatte, in der Hoffnung, in ihren Händen verwandelten sie sich in Schätze. Meine Mutter wies die Schätze meiner Phantasie zurück, während der Doktor meine Geschichte ohne Widerrede, aber mit gespannter Aufmerksamkeit anhörte. So half er mir, den Stellenwert meiner Berichte richtig einzuschätzen.

Ich entdeckte meine Gesundheit, meinen Körper, meine Fähigkeit, ihn zu beherrschen, und die Freiheit, mich zu bewegen. Das erfüllte mich mit unermeßlicher Freude.

Ich entdeckte die Nacht. Ich konnte nicht genug davon kriegen, die Lichter auf Straßen und Plätzen. Es war Weihnachtszeit. Die großen menschenleeren Kaufhäuser waren innen hell erleuchtet und boten in den Auslagen ihre luxuriösen Schätze dar: Abendroben, Pelzmäntel, Champagner, Gänseleber, Schmuck, Spielsachen, Orchideen. Die Trottoirs glitzerten in der Kälte. Mich trieb es von den hellerleuchteten Plätzen in die Schatten der Nebenstraßen. Die Nachtschwärmer. Die Herzlichkeit der Freunde in dieser Kälte. Der Alkohol. Die Männer. Der Rausch, wenn ich in eine überfüllte Kneipe kam, die vielen Leute kaum richtig wahrnahm und trotzdem schon mein Auge auf irgendeinen Mann geworfen hatte. Die Eroberung. Das Spiel der eroberten Eroberin.

Ich entdeckte die Hotelzimmer, Junggesellenwohnungen, Einzimmer-Appartements. Wußten diese Männer eigentlich, mit wem sie ihr Bett so flüchtig teilten? Keiner hat je gemerkt, daß es mir nur darauf ankam, zu tun, was mir bis jetzt verboten war. Weiter suchte ich nichts, aber auf das war ich gierig. Das war also das berüchtigte ‹Leben›! Wie einfach! Dann schlich ich mich fort, und das war der

124

schönste Moment. Ich entdeckte das Alleinsein, das Morgengrauen. Ich hatte keine Angst. Eine unbekannte Straße, die ‹Sünde› im Leib, Schatten überall, und ich hatte keine Angst! Es war vier oder fünf Uhr morgens. Ich hatte kaum Zeit, ein oder zwei Stunden zu schlafen, dann mußte ich die Kinder wecken. Trotzdem wußte ich, daß ich tagsüber nicht müde wäre und daß sich am Abend das gleiche Vergnügen wiederholen würde.

Ich entdeckte die Schminke, Parfums, Kleider, schwarze Reizwäsche, Ketten, Ohrringe. In Restaurants stopfte ich mich mit allen möglichen Köstlichkeiten voll und nahm trotzdem ab. Ja, ich nahm ab! Die ganzen Kilos, die wie Kugeln an meinem Körper gebaumelt hatten, schmolzen dahin, ohne daß ich etwas dafür tat.

Während dieser Wochen oder Monate, ich weiß nicht mehr wie lange, war ich immerzu trunken vor Glück, Gesundheit, Alkohol. Ich war erfüllt von diesen Nächten, neuen Zärtlichkeiten, gutem Essen. Tagsüber beschäftigte ich mich mit diesem phantastischen neuen Spielzeug: meinem Körper. Alles erstaunte mich und machte mir Spaß: wie die Finger sich bewegten, wie die Füße mich trugen, wie die Lider auf- und niederschlugen, der Ton meiner Stimme, ihre Modulationen. Ich beherrschte das alles. Das war ich. Ich lebte.

Insgeheim machte es mir Spaß, das Blut, die Angst, das Rohr mit dem Stielauge und den Schweiß herauszufordern. Ich ließ sie, eins nach dem anderen, vor mir aufmarschieren: doch sie blieben draußen. Die ersten Male musterte ich sie noch mit gewisser Scheu, manipulierte sie dann aber immer kühner. Aber sie hatten keine Gewalt mehr über mich!

Meinetwegen hätte dieser Zustand ewig dauern können. Nie zuvor hatte ich soviel Freude an mir selbst empfunden. Sorglosigkeit hatte ich nie kennengelernt. Ich war immer schwerfällig und zerquält gewesen, schon in meinen Kinderspielen. Nie hatte ich wirklich Verstecken oder Fangmich, Seilspringen, Blinde-Kuh oder Himmelreichhüpfen gespielt. Das Auge meiner Mutter, das ich mit dem Auge Gottes verwechselte (und unbewußt mit dem Auge der Filmkamera), hatte mich zeitlebens verfolgt, beobachtete abschätzig meine Handlungen und Gedanken. Ihm entging nichts. «O Herr, ich habe gesündigt, in Gedanken, in Worten, in Taten und sogar . . . ohne mein Wissen.» Das war überhaupt das Schlimmste: Man konnte sündigen, ohne es zu wissen. Sünden waren wie Bazillen, sie waren allgegenwärtig und unsichtbar, überall konnte man sie aufschnappen.

Nach der Angst vor der Sünde kamen die Schuldgefühle, dann schließlich die Sache. Wie eine Besessene fühlte ich mich belauert, verfolgt und schuldig, bis ich die Bedeutung der Halluzination herausfand.

Und dann ließ ich mich mit süchtigem Heißhunger gehen, in der lustvollen Täuschung meiner wiedergewonnenen Gesundheit und Freiheit.

Aber heimtückisch, in kleinen Stößen, begann sich die Sache wieder zu rühren. Bis sie mich eines Nachts hinterrücks überfiel und mich schüttelte wie einen reifen Pflaumenbaum. Sie zerrte an meinem Hirn, das irgendwo in einem schmuddeligen Bett lag, sprang mir ins Gesicht, das bereits von den Bartstoppeln des Mannes, der neben mir mit offenem Mund schnarchte, aufgerieben war. Mitten in dieser schäbigen, elenden Junggesellenbude wütete die Angst am Körper der Wahnsinnigen, dieser Frau von vierunddreißig Jahren, die drei Kinder hatte. Ich rannte auf die Straße, sah die überquellenden Mülltonnen, stolperte über Clochards, die in ihren Weinlachen eingeschlafen waren. Räudige Katzen rissen verschreckt vor mir aus, Arbeiter und Nutten der Morgenschicht waren unterwegs. Nichts als menschliches Elend! Überall Zerstörung! Alles verweste. Auch mein funkelnagelneuer Körper begann zu faulen.

Vorbei das Leben, die sorglose Zeit!

Ich war nichts als ein Hampelmann, eine Marionette, ein Roboter, eine Puppe!

Was sollte die ganze Gesundheit? Wozu war mein Körper gut? Zu nichts.

Der Sturm war heftig, er riß alles mit sich fort. Die neue Waffe der Sache war viel schrecklicher als die, die ich kannte. Viel schrecklicher als das Blut, viel schrecklicher als der Tod, viel schrecklicher als das Herz, das zum Angriff trommelte. Die neue Waffe der Sache war schiere Angst, unmittelbar, trocken, direkt, ohne Schild, ohne Schnörkel, völlig nackt. Eine Angst ohne Schweiß, ohne Zittern, ohne starkes Herzklopfen, ohne Fortlaufen oder Zusammenkauern. Ich war keine Kranke mehr. Ich war nur eine unwichtige, alternde, dumme Frau, deren Leben keinen Sinn mehr hatte. Ich war ein Nichts. Ein Nichts, vor dem mir schwindelte, ein Nichts, das nur noch heulen wollte.

Sterben, Sterben, all dem ein Ende machen! Ich sehnte mich nach dem Tod, sein Geheimnis zog mich ungeheuer an. Ich sehnte ihn herbei, weil er etwas anderes war, etwas, was für Menschen unverständlich und unvorstellbar ist. Genau das wünschte ich mir: das Unvorstellbare, das Unmenschliche. Ich wollte mich in ein Atom auflösen, mich in den Fluß der Ionen einreihen, vernichtet werden. Zurück ins Nichts.

Warum habe ich mich damals nicht umgebracht? Wegen meiner Kinder? Dieses Erbe konnte ich ihnen doch nicht aufhalsen: den Leichnam einer Bekloppten, durch den ihr Leben genauso belastet gewesen wäre wie mein Leben durch meine Mutter. Ich wollte sie nicht in den Kreislauf der Sache hineinziehen. Habe ich mich wirklich nur ihnen zuliebe nicht umgebracht? Ich weiß es nicht.

Ich ging in die Sackgasse und beschimpfte den Doktor. Ich warf ihm alles an den Kopf, was man mir über Psychoanalyse erzählt hatte: sie hätte die Leute nur noch verrückter gemacht, sexuell zwanghaft und außerdem die Persönlichkeit erst recht zerstört.

Ich kramte mein psychoanalytisches Vokabular hervor und benutzte absichtlich die Begriffe, die er mich zu Beginn der Analyse gebeten hatte zu vermeiden. Ich jonglierte mit ‹Libido›, ‹Ego›, ‹Schizophrenie› und ‹Ödipuskomplex›, ‹Verdrängung›, ‹Psychose›, ‹Neurose›, ‹Paranoia›, ‹Phantasien› und hob mir den Leckerbissen ‹Übertragung› bis zum Ende auf, weil es mir wehtat, mich ihm so ausgeliefert, so vertraut, ihn so geliebt zu haben.

Er war ein Hampelmann, der nach Freuds Pfeife tanzte. Er war Priester der Psychoanalyse, Opium für eine gewisse hochmütige intellektuelle Elite, für eitle und zerstörerische Leute!

«Und wie schädlich sie ist, Sie bösartiger Affe! Diese Religion, die den Geisteskranken nur noch mehr entfremdet! Was veranstaltet ihr nicht alles mit Geisteskranken bei eurem Salongeschwafel, im Fernsehen, in den Illustrierten mit Massenauflagen!? Sie abgetakelter Priester! Ich weiß genau, daß Sie auch eine Lehranalyse gemacht haben, wie all Ihre Kollegen, diese Clowns! Was hat das euch genützt? Das Messeritual zu verstehen? Ihr wißt, wie man sich hinlegt, wie man redet, mit dem anderen im Rücken, der einem zuhört. Sie kennen ja selbst diese filzige und geheimnisschwangere Atmosphäre, in der sich das Ritual so verstohlen abspielt. Und Sie, was haben Sie denn alles so erzählt während Ihrer Lehranalyse? Hm? Die Kümmerchen mit ihren Rattenschwänzen? Die Mühsal bei der Ausstaffierung zur Ersten Kommunion? Bei Ihren Problemchen können sie ja gar keine Ahnung haben, was Geisteskrankheit überhaupt ist! Es ist eine fürchterliche Krankheit. Es ist, als lebte man in einem dicklichen Glibber aus Außen und Innen, Lebendigem und Totem, es ist schrill und dumpf, leicht und schwer, hier und dort, erstickend und staubig. Man ist dieser schrecklichen Sache total ausgeliefert, sie ändert ständig ihr Gesicht, klemmt sich an den Kranken, blendet ihn, reißt ihn hin und her, kastriert ihn und ersetzt den Verlust durch Bleigewichte, zieht ihn mit sich fort, läßt ihn nie in Ruhe, nimmt den ganzen Raum, die ganze Zeit für sich ein, jagt Angst ein, macht ihn schwitzen, lähmt und schlägt ihn in die Flucht. Sie ist das Unverstehbare, die Leere. Aber eine angefüllte, kompakte Leere. Verstehen Sie nun, was ich eigentlich sagen will, Sie dummes Arschloch?»

Ich konnte nicht mehr. Wenn ich aus diesen Sitzungen herauskam, ging ich mich jedesmal besaufen, schüttete literweise Alkohol in mich hinein.

Benutzt eine Frau den Ausdruck ‹sich besaufen›, so ist das vulgär, ein Zeichen von schlechter Erziehung; bei einem Mann klingt das ganz anders, bei ihm ist es ein Zeichen von männlicher Trauer. Eine Frau jedoch ‹säuselt sich einen an›, ‹betrinkt sich›, schlimmstenfalls ‹trinkt› sie. Ich weigere mich, diese verlogenen Maniriertheiten mitzumachen. Ich ‹besoff› mich: Ich zerstörte mich, versumpfte, verachtete mich, haßte mich.

Ich verlor jeden Halt. Ich war ein Niemand. Ich hatte keine Gelüste, keinen Willen, keinen Geschmack, keinen Widerwillen mehr. Ich war nur noch von der Idee besessen, soweit wie möglich dem Typus Mensch zu ähneln, den ich mir nicht ausgesucht hatte und der nicht zu mir paßte. Seit meiner Geburt hatte man tagtäglich an mir herumgebastelt und meine Bewegungen, meine Haltung, mein Vokabular korrigiert. Meine Bedürfnisse, meine Lüste, mein Temperament hatte man unterdrückt, eingeschränkt, zurechtgebogen, verkleidet, eingekerkert. Nachdem man mein Hirn ausgehöhlt und meine Gedanken aus mir herausgesogen hatte, stopfte man mir den Kopf mit ‹Schicklichkeiten› voll, Gedanken, die zu mir paßten wie die Kuh zum Klavierspielen. Als sich die Veredelung schließlich als gelungen herausstellte und niemand mehr die Wellen aus dem tiefsten Inneren meiner Person einzudämmen brauchte, entließ man mich ins freie Leben.

Hier am Ende der Sackgasse hatte ich Inventur gemacht, die ganze Pfuscherei entlarvt und haarklein die Details der Gehirnwäsche, der man mich unterzogen hatte, aus der Erinnerung hervorgeholt. Dank dieser Säuberungsaktion war ich wenigstens annähernd den Vorstellungen meiner Mutter nahegekommen und ein würdiges Exemplar meiner Familie, meiner Klasse geworden.

Nun wußte ich alles. Ich hatte den großen Schwindel aufgedeckt, mit dem das Verbrechen im Namen der Liebe begangen worden war, und bis zum Ende erduldet. Was blieb nach diesem Scherbengericht von mir übrig? Leere. Wer war ich? Ein Niemand. Wohin sollte ich mich wenden? Nirgendwohin. Vorbei die Schönheit, die Ehre, das Gute, die Liebe, und damit auch vorbei das Böse, der Haß, die Scham und Häßlichkeit.

Als die Halluzination entschlüsselt war, hatte ich geglaubt, zur Welt zu kommen, geboren zu werden. Nun aber war mir zumute, als hätte ich das Auge am Ende des Rohrs ausgestochen, selbst abgetrieben. Dieses Auge gehörte nicht nur meiner Mutter, Gott und der Gesellschaft: es war auch mein eigenes. Was ich gewesen war, war zerstört, und an meiner Stelle stand eine Null, Anfang und Ende, der Punkt, an dem sich alles zum Guten oder Schlechten wendet, der Bereich des toten Lebens und des lebendigen Todes. Konnte man gleichzeitig null Tage und vierunddreißig Jahre alt sein? Ich war wirklich ein Monstrum! Das schlimmste daran war nicht, an diesem Punkt angelangt zu sein, sondern das Wissen, dort angelangt zu sein. Dieses Wissen war von glasklarer Deutlichkeit und Schärfe, wie man es eben in der Psychoanalyse erlernt. Ich war ein gelähmter Riese, den man mit einer Fliegenklatsche umzubringen versucht, oder auch eine gefangene Fliege, in einer riesigen Falle. Grotesk, lächerlich, dämlich.

Hihi, die Bekloppte! Hihi, die Bekloppte!

Der Gedanke, daß alle Leute aus meinem Milieu dasselbe Schicksal wie ich erlitten, war das schlimmste. Warum war ich die einzige, die zugleich so gut und so schlecht auf die Dressur reagiert hatte? Hatte ich wirklich einen kranken Kopf oder war ich einfach labil und hielt deshalb weniger aus? Ich begriff nicht, daß es die Gegensätze waren, die Abgrund und Hölle bedeuteten.

Ich ging in die Sackgasse, legte mich hin und sagte nun überhaupt nichts mehr. Gar nichts. Ich hatte nichts mehr zu sagen. Mir fiel überhaupt nichts mehr zum Sagen ein. Der Doktor und ich kannten uns so gut, und es bedurfte nur weniger Worte, um ihm klarzumachen, was seit der vergangenen Sitzung geschehen war. Dann das große Schweigen. Ein schweres, dumpfes Schweigen. Es passierte mir sogar, daß ich auf der Couch einschlief, um soweit wie möglich der lächerlichen und absurden Wirklichkeit zu entrinnen.

Öde. Öde. Die Landschaft meiner Pubertät: graue Wüsten, Nebelschwaden unter einem unbewegten, gelben Himmel. Wozu sollte ich darin immer weiter herumirren? Es war doch immer nur dasselbe.

Welchen Grund hatte wohl meine Hartnäckigkeit, trotzdem immer weiter in die Sackgasse zu gehen?

Die Couch. Die geöffneten Augen schweiften über die Jutebespannung an den Wänden, diese graubräunliche Plattheit, gleichzeitig klar und verschwommen. Ich starrte auf die beängstigende, nebelige und monotone Wüste.

An einem ebenso nebeligen und monotonen Ort ohne Vegetation, ohne Kultur, habe ich als Kind an einem unfreundlichen Tag meinen Vater getroffen. Ich war sechs oder sieben. Er hatte mir ein Geschenk mitgebracht: einen roten Samtwürfel, mit goldenem Satin verziert. Wunderbar! In einer solchen Verpackung war sicher ein schönes Geschenk. Wie immer war ich wegen der zweifelhaften Anwesenheit meines Vaters verlegen, wegen seiner Zärtlichkeit und seiner vergnügten Zuneigung. Er lachte und seine Augen blitzten.

«Mach's auf und schau, was drin ist!»

Ich hätte die Schachtel lieber alleine aufgemacht, aber er bestand darauf, daß ich es in seinem Beisein täte.

«Mach sie doch auf, mach schon, ich bin gespannt, was du für ein Gesicht machst!»

Nun gut, ich zog ganz langsam an der goldenen Schleife, und urplötzlich sprang die Schachtel auf und ein Teufelchen schoß heraus. Es balancierte am Ende einer Spirale, streckte die Zunge weit heraus und hatte vorquellende Glupschaugen. Eine schreckliche Fratze! Sie war häßlich, gemein und machte mir Angst. Was für eine Enttäuschung! Ich begann zu weinen und schämte mich zu Tode. Verraten!

Mein erwachsenes Teufelchen, das war der Doktor. Ich leistete mir den Luxus, dreimal in der Woche ein Teufelchen zu besuchen, das sich über mich lustig machte und mich enttäuschte. Das kostete enorm viel Geld. Die Sitzungen verschlangen fast meinen ganzen Verdienst. Wenn ich erst mal die Miete, Gas, Elektrizität und die Schulspeise der Kinder bezahlt hatte, blieben für den Rest fünf Francs am Tag. Das war hart. Aber diese Armut entsprach meiner Wüste. Wenn meine Kinder nur das Nötigste hatten, war mir alles egal. Was hätte ich schon mit mehr Geld anfangen sollen? Ich hatte überhaupt keinen Halt mehr.

Ich war wie ein zerzaustes Nachtgespenst, das um einen undefinierbaren Punkt kreist. Bis dahin war, bewußt oder unbewußt, meine Mutter der Mittelpunkt meines Lebens gewesen. Durch die Analyse war sie zerfressen worden wie von Säure. Nichts mehr war von ihr übriggeblieben. Aber ich war nicht in der Lage, etwas anderes zu tun, als ständig weiter um sie zu kreisen, um ihre Prinzipien, Phantasmen, ihr Leid und ihre Traurigkeit. Wenn auch manche Teile meines Ichs wie lange Schleifen in der Ferne wehten, scheinbar freischwebend, so waren sie in Wirklichkeit jedoch noch fest an das Zentrum des Wirbelsturms geknüpft: das ausgestochene Auge meiner Mutter.

Im Sertao, einer besonders trockenen und unfruchtbaren Gegend Brasiliens, wachsen vereinzelt Sträucher. Bei dem Versuch, sie herauszureißen, stellt man fest, daß ihre Wurzeln fest und stark im Boden stecken. Gräbt man weiter, kann man sehen, daß sie mit den Wurzeln des Nachbarstrauchs verbunden sind und alle Wurzelausläufer zu einem dicken Strunk zusammenlaufen, der immer stärker wird, bis er schließlich den Umfang eines Baumstammes erreicht, der wie ein Bohrmeißel im Boden steckt. Es handelt sich in der Tat um einen riesigen Baum, der sich selbst zwanzig oder dreißig Meter tief unter der Erdoberfläche eingegraben hat, um Wasser zu finden. Und so sind diese Wüstensträucher nichts anderes als die Spitzen der Äste dieses gigantischen Baums.

Ich war wie diese Sträucher. Aber ohne den Stamm, der das Wasser aus der Tiefe sog, würde ich zugrunde gehen.

Ich wußte nicht, warum ich immer noch in die Sackgasse ging. Ich versäumte auch viele Sitzungen. Entweder vergaß ich sie oder verwechselte Uhrzeit und Tag. Da stand ich nun vor der Haustür. Aber die Klingel zu finden, war kompliziert. Man mußte vom Garten her durch eine Glastür gehen und gelangte in einen Portikus, an dessen Türverkleidung die Klingel angebracht war, auf die man drücken mußte, damit es im Arbeitszimmer des Doktors schellte. Das wußten nur die Eingeweihten, deshalb bekam man auch nie die anderen Leute aus dem Haus zu Gesicht. Wenn ich auf die Minute pünktlich war, ließ er mich sofort in sein Arbeitszimmer eintreten, und ich konnte mir vorstellen, daß er die ganze Zeit seit der letzten Sitzung nur auf mich gewartet hatte. Fünf Minuten früher oder später jedoch reichten aus, um auf Silhouetten oder Schatten zu stoßen. Entweder war es der ‹Patient von vorher›, Kopf tief in den Schultern, verschleiert, kurzer Blick, peinlich berührt, oder es waren Leute, die im Haus wohnten und die ich im Laufe der Jahre als Vater, Mutter und Schwester identifiziert hatte. Natürlich weiß ich nicht, ob sie es wirklich waren.

In dieser Zeit passierte es mir häufig, daß ich die Stufen der schmalen Vortreppe hinaufging, die Glastür öffnete, innen auf den Knopf drückte und wartete. Ich hörte, wie die Tür des Arbeitszimmers hastig geöffnet wurde, hörte die drei Schritte des Doktors durch die Halle, und er erschien im Türspalt. Ich blickte in flache, kalte, blanke, halbgeöffnete Augen, scheinbar überrascht. Mit seiner kleinen aufrechten Statur stand er vor mir und sagte mit leicht brüchiger und trockener Stimme:

«Sie haben sich vertan, heute erwarte ich Sie nicht. (Oder: Die Uhrzeit stimmt nicht, ich habe Sie früher erwartet.)»

Noch bevor ich mich entschuldigen konnte, war er schon wieder verschwunden, und ich stand da vor verschlossener Tür, das heißt vor mir selbst, frustriert und schuldbewußt. Schuldbewußt, da ich den Schock kannte, wenn es plötzlich mitten in der Sitzung klingelte. Auch wenn man nichts sagte, war es unerträglich, den Doktor aufstehen und rausgehen zu sehen.

Im Laufe dieser endlosen Schweigephase machte er gelegentlich einige kurze Bemerkungen, die allmählich in mir keimten.

Die verpaßten Sitzungen mußten bezahlt werden. Mir, die ich keinen Groschen besaß, war der Gedanke unerträglich, daß eine dreiviertel Stunde Schweigen oder Abwesenheit mich ein Vermögen kostete: vierzig Francs.

Das Schweigen aber hatte seinen Sinn. Wenn ich nichts sprach, bedeutete das nicht, daß ich nichts zu sagen hatte. Es bedeutete vielmehr, daß ich entweder etwas versteckte oder mich vor einem Hindernis befand, das mir angst machte. Wenn ich vorankommen wollte, mußte ich entweder von dem reden, was ich verbergen wollte, oder mich anstrengen, das unsichtbare Hindernis zu definieren. Der einzige Weg dahin war, alles auszusprechen, was mir durch den Kopf ging, aber es kam nichts.

Die belanglosesten Äußerungen hatten ihren Sinn. Wenn ich zum Beispiel während dieser Phase totalen Schweigens einmal aufstöhnte, hakte der Doktor ein: «Ja . . .? Ja . . .?» Als ob er mir zu verstehen geben wollte, daß sich genau in diesem Augenblick eine Öffnung auftat. Ich mußte versuchen, das, was mir gerade durch den Kopf gegangen war, aufzugreifen. Und ich mußte auch herausfinden, warum ich mich in dem Moment von einer Seite auf die andere drehte. (Ich konnte nämlich die ganze Sitzung lang erschöpft, eingerollt, das Gesicht zur Wand, auf der Couch liegenbleiben, ohne mich auch nur einmal zu rühren.) Auch dann kam sein fragendes: «Ja . . .? Ja . . .?»

Außerhalb der Sitzungen verhielt ich mich nicht viel anders. Wenn es mir gelang, mich am Riemen zu reißen und mit meinen drei Kindern zu reden, zu spielen, mit ihnen Hausaufgaben für den nächsten Tag zu machen und meine Arbeit zu tun (ich redigierte zu Hause Werbetexte, womit ich meine Sitzungen bezahlen und meine Kinder ernähren konnte), so blieb ich doch den Rest der Zeit stumm wie ein Fisch. Sonst konnte ich niemanden ertragen und mit niemandem reden. Stundenlang lag ich zusammengekauert auf meinem Bett und dachte an nichts Bestimmtes, wie eingetaucht in eine lauwarme, fade Suppe. Nur die Angst vermochte mich da rauszureißen: ich setzte mich auf, ganz aufgeregt, und atmete heftig. Ich wußte selbst nicht, was mir plötzlich angst gemacht hatte. Manchmal schlief ich angezogen ein. Ich machte die Augen auf und sah die Morgendämmerung. Es war wieder die gleiche Angst. Es wurde Tag, es wurde Nacht, für mich machte das keinen Unterschied.

Vergessen ist das komplizierteste Schloß. Es ist aber nur ein Schloß und kein Radiergummi, auch kein Schwert; es löscht nichts aus, es tötet nicht, es schließt nur ein. Ich weiß nun, daß das Gehirn alles aufnimmt, sortiert, ordnet und aufbewahrt, auch das, was ich nicht gesehen, nicht gehört, nicht gespürt, nicht begriffen zu haben glaube, sogar die Gedanken der anderen. Jedes Ereignis, so winzig, so alltäglich es auch sei (wie zum Beispiel das Räkeln und Gähnen am frühen Morgen), wird katalogisiert, eingekastelt, in die Vergessenheit abge-

132

schoben, oft aber durch einen minimalen Reiz dem Unterbewußtsein entrissen. Es genügt schon eine Geruchsspur, ein Farbfunke, ein Lichtblinzeln, die Andeutung einer Berührung, ein Wortsplitter. Und sogar noch weniger: ein Rascheln, ein fernes Echo; noch weniger: ein Moment von Leere.

Man muß die Sinne für diese Signale schärfen. Jedes Zeichen bewacht einen Weg, der am Ende einer verriegelten Tür endet. Dahinter befindet sich die unverfälschte Erinnerung. Nicht im Tod erstarrt, sondern lebendig, wirklich lebendig mit dem Licht, den Gerüchen, Bewegungen, Worten, Geräuschen, Farben, Eindrücken, Emotionen und den einzelnen Gedanken, aus denen sie sich zusammensetzt. Alles wird von zwei Antennen aufgefangen, zwei Auffangpunkten, einer für das Gewesene, einer für das Kommende.

Bei der Erforschung meines Unterbewußtseins, wie ich es sieben Jahre lang getan habe, um mich zu heilen, begriff ich zuerst das Zeichensystem, anschließend fand ich die Zauberformel, um den Großteil der verriegelten Türen zu öffnen, bis ich zuletzt auf Türen stieß, die ich niemals zu öffnen glaubte, und verzweifelt auf der Stelle trat. Aus der Gewißheit, nicht mehr zurück zu können, entstand angstvolle Beklemmung. Die Situation war festgefahren, es war unmöglich, eine Tür zu vergessen oder auszulassen, hinter der sich das Mittel befand, das mein krankes Gehirn beruhigen oder heilen konnte.

Was nun, wenn ich es nicht schaffte? Was nun, wenn all dies nur Einbildung wäre und ich in der Gewalt eines Scharlatans? Und wenn ich einfach wieder meine geliebten Beruhigungsmittelchen nähme? Und wenn ich einfach aufgäbe?

Der Widerstand, den unser Bewußtsein dem Öffnen dieser Türen entgegensetzt, ist ungeheuer. Mein Widerstand war von unglaublicher Kraft. Er sperrte etwas ein, was mir wehgetan, mich verletzt und meine Identität zersplittert hatte. Er wollte nicht, daß ich an diesen Ort zurückkehre, daß ich dieses vergessene Leid erneut durchlebe. Er setzte den Tod als Posten ein, um diese Tür besser zu bewachen; den Tod mit seiner Zersetzung, seinen stinkenden Säften, seinem verwesenden Fleisch und ausgeblichenen Skelett, von dem das wurmstichige Fleisch in Lappen herunterhing. Er postierte diese Abscheulichkeiten davor, was ich so grauenvoll fand: morbide Anblicke, vor denen ich die Flucht ergriff, Visionen, bei denen mir das Kotzen kam, höchst gefährliche Situationen. Doch meistens stand gähnende Leere vor der Tür. Eine Leere, in der es von unsichtbaren Dingen wimmelte, eine faszinierende Leere, vor der mir schwindelte, ein schreckliches Nichts.

Ohne, daß es mir richtig bewußt wurde, öffnete ich die erste Tür.

Eines Nachts hatte ich einen Traum, den ich seit langem nicht mehr gehabt hatte, einen Traum, der mich jedoch in meiner Jugend fast jede Nacht heimgesucht hatte.

Ich befand mich an einem lieblichen Ort, der manchmal völlig kahl war, manchmal voller Pinien. Der Boden war locker, oft auch sandig, aber dennoch fest.

In diesem friedlichen und lieblichen Rahmen tauchte ein Reiter auf, der das Bild harmonisch abrundete. Sein Pferd trabte ganz langsam im Takt. Er zirkelte eine rechtwinklige Manege ab, indem er mehrmals hintereinander dieselbe Runde drehte und sein Pferd die Hufe in die Spuren der vorherigen Passage setzte. Der Mann war entweder ein mittelalterlicher Ritter in voller Rüstung, dann schwang er ein herrliches Banner, und das Pferd trug eine reichbestickte Decke, oder er war ein Reiter aus der Gegenwart und trug Tweed und feines Leinen, einen Seidenschal, exquisites Parfum: eine subtile Mischung aus Vetiver, Leder und Pferdemist. Er sah mich nie an. Ich fand ihn außerordentlich verführerisch und wußte, daß er mich bemerkt hatte.

Nach einer Weile verfiel er in schnelleren Trab. Die Bewegungen des Pferdes wurden präziser, abgezirkelter, ähnlich den Übungen der Hohen Schule. Er schaukelte dabei vor und zurück, ganz regelmäßig. Der Takt wurde schärfer, und der Reiter verkürzte den Parcours, bis er schließlich im Zentrum der Manege einen kleinen Kreis abritt. Ich konnte seine Augen nicht sehen, auch seinen Blick nicht erhaschen. Aber ich spürte, daß es mir ein leichtes wäre, hinter ihn in den Sattel zu springen, was er sicherlich nicht ungern gehabt hätte. Je länger er aber ritt, desto schlammiger wurde der Boden. Ich versank in Bechamel oder Mayonnaise, die mich fast verschlang, die meine Bewegungen lähmte. Ich konnte mich nicht mehr von dieser zähflüssigen, weichen Klebe, die mich erstickte, befreien.

Ich fuhr aus dem Schlaf hoch, schweißgebadet, atemlos keuchend. Ich haßte diesen Traum, der sich in einen Alptraum verwandelte und mein Herz schier zerspringen ließ. Ich war unfähig, diesen Reiter, der keinen Blick für mich übrig hatte und deswegen gesichtslos war, zu identifizieren. Außerdem konnte ich mit dieser Version überhaupt nichts anfangen. Sie hinterließ bei mir nichts als Schrecken, den ich unbedingt loswerden wollte.

Während ich diesen Traum auf der Couch in der Sackgasse nacherlebte und die einzelnen Elemente, aus denen er sich zusammensetzte, wurde mir bewußt, daß ich damit zwei Welten beschrieb. Die eine war mir vertraut, sie entsprach meiner Umgebung, es war die Welt meiner Mutter: gefahrenlos, angenehm, ein bißchen langweilig, etwas traurig, brav, gesittet, harmonisch und flach. Die andere, die ich nicht kannte, kam meinen damals unbewußten Sehnsüchten nach Abenteuer, Männern, Sex entgegen, weil ich den Reiter ja so verführerisch fand. Es war die Sehnsucht nach der Welt der Straße. Die Möglichkeit, zu bleiben oder wegzugehen. Ich verhedderte mich bei der Lösung des Problems, das für ein kleines Mädchen unlösbar war.

Meine Mutter entsprach der etwas eintönigen Landschaft. Ich brauchte nicht einmal ihre Augen, um durch ihre Brille zu sehen. Ihr Auge war bereits in mir. Mit ihren Augen sah ich die Welt. Die Möglichkeit, mir selbst ein Bild machen zu können, war mir genommen worden. Jedenfalls war ich bereits seit meinem siebten oder achten Lebensjahr, als ich zum erstenmal von dem Reiter träumte, fähig, meine eigene Ansicht zu bekämpfen und zurückzudrängen, aus Furcht, gelähmt oder erstickt zu werden.

Der Reiter schaute mich nicht an, er ließ mich in Ruhe. Während ich von ihm sprach, verstand ich allmählich, woran ich wirklich Spaß hatte, was ich mir schon als Kind gewünscht hatte. Ich verstand auch, warum ich es später nicht ertragen konnte, wenn man mich beim Liebe machen ansah, und warum ich, als meine Krankheit sich verschlimmerte, nur Spaß daran hatte, wenn ich mir vorstellte, mit Tieren zu kopulieren, am liebsten mit einem Hund. Eine Phantasie, bei der ich mich noch mehr vor mir selbst ekelte. Ich traute mich nicht, dem Doktor davon zu erzählen.

Trotzdem überwand ich mich und sprach davon, bis sich die Phantasie allmählich entfernte, wie damals auch die Halluzination. Die Erklärung für diese Phantasie war ganz einfach: Ein Hund konnte nicht über mich urteilen, er ließ mich in Ruhe. Der Blick eines Hundes konnte mich weder demütigen noch verletzen.

Jedesmal wenn ich eine dieser gefürchteten Türen öffnete, entdeckte ich, daß der Schloßmechanismus gar nicht so kompliziert war. Und dort, wo ich Grauen, Tortur und Horror zu finden glaubte, fand ich das kleine Mädchen, ganz außer sich, unglücklich, verwirrt, terrorisiert. Ich hatte befürchtet, das zu finden, was einer Frau von vierunddreißig Jahren Angst einjagte, die schon mitangesehen hatte, wie Menschen sich auf der Straße umbringen, die die Schmerzen der Geburt kannte, die Napalm, Folter und Konzentrationslager erlebt hatte. Aber das, was ich fand, war die Angst eines Kindes. Hinter der Tür kauerte ein völlig verängstigtes Mädchen, während eine dicke Küchenschabe durch die Mauerritze über ihrem Kopf gekrochen kam; ein aufgewühltes kleines Mädchen, das von einem Herrn gefilmt wurde, während es Pipi machte; wie gelähmt von einem Reiter, der sie nachts besuchte; verschreckt durch ein Papiertrompetchen. Wir durchlebten diese Augenblicke gemeinsam, ich schlüpfte in seine Haut und lebte seine Angst. Dann verschwand es. Ich wachte auf und ging daran, das Gestrüpp von meinem neueroberten Land zu entfernen. Mein Lebensraum erweiterte sich mehr und mehr. Es ging mir besser.

Während der ersten Hälfte meiner Analyse hatte ich meine Gesundheit zurückerobert und die Natürlichkeit im Umgang mit meinem Körper wiedergefunden. Im Anschluß daran setzte ich mir das Ziel, Schritt für Schritt mein Selbst zu entdecken.

Anfangs ging es nur mühsam voran, da ich mir selbst nicht genügend traute. Ich fürchtete mich davor, einer Frau zu begegnen, deren Fehlern und Lastern ich nicht gewachsen wäre. Viele Streifzüge ins Unbewußte waren nötig, um mich davon zu überzeugen, daß es zwar wild und frei war, nicht aber bösartig. Beides, Gut und Böse, waren Teile meines Selbst, und es lag an mir, sie nach meinem Gutdünken zu formen.

Die Behandlung war erst dann zu Ende, als ich in der Lage war, Verantwortung für alle meine Gedanken und Handlungen zu übernehmen. Und dazu brauchte ich weitere vier Jahre.

Die ersten vier Jahre, die vielen Sitzungen brauchte ich, um mir bewußt zu werden, um mir überhaupt darüber klar zu werden, daß ich eine Analyse machte. Bis ich das wirklich begriffen hatte, hatte ich mich einer Art Zauberei ausgesetzt, in einem Elfenbeinturm versteckt, der mich vor der Klapsmühle schützte. Die Fortschritte konnten mich immer noch nicht davon überzeugen, daß das einfache Aussprechen der Dinge genügte, um meine Verwirrung, diese tiefe Wunde, die zerstörerische Unordnung, diese ständige Angst ein für allemal zu verbannen. Immer noch war ich darauf gefaßt, daß jeden Moment alles wieder von vorne anfing: das Blut, der Schweiß, das Zittern. Ich wunderte mich dermaßen über die länger werdenden Verschnaufpausen, daß mir gar nicht klar wurde, wie tiefgreifend ich mich verändert hatte. Immer seltener war ich dem Zufall und den anderen willkürlich ausgeliefert. Die Sackgasse verwandelte sich in ein Laboratorium und wurde gleichzeitig das Schloß zu den verschlossenen Türen. Der Doktor war mein Krankenwächter und Zeuge meiner Ausflüge ins Unterbewußte. Mein Weg war mit Markierungspunkten gesäumt, die er ebensogut kannte wie ich. Ich konnte nun nicht mehr verlorengehen.

Zuerst erlebte ich die Augenblicke wieder, die mir als Schild gegen die Sache gedient hatten, als ob ich ihm und mir beweisen wollte, daß ich nicht immer krank gewesen war, daß in mir ein versteckter Embryo existierte, den ich wiederfinden, aus dem heraus ich mich entfalten konnte. Ich versuchte die Ursache zu finden und genau zu definieren, warum ich geisteskrank geworden war. Während dieser Bemühungen legte ich die Persönlichkeit meiner Mutter frei. Ich erlebte Szenen, die ich nun unverfälscht beschreiben werde. Ich wurde wieder zum Kind.

Einen Teil unserer Sommerferien verbrachten wir in einem Haus am Meer, das *Salamandre* hieß. Es war ein weißes Haus mit blau gestrichenen Fensterläden. Vom Mittelgang aus zweigten rechts und links acht Schlafzimmer ab, und am Ende befand sich ein großes Wohnzimmer mit Blick aufs Meer. Am anderen Ende führte der Gang auf einen Innenhof, der mit Zinnien und Wicken bepflanzt war. Um diesen Patio herum lagen Küche, Dienstbotenzimmer, Zuber, Waschküche und Garage. Ein kleines Universum, das die hier versammelte Familie umschloß, nur dem Himmel und dem Meer zugewandt.

Das Leben war fröhlich und frei. Ich verbrachte meine Tage im Badeanzug, kletterte von einem Felsen zum anderen, lief im Sand herum und spielte im Wasser. Vom Strand aus hatte Nany ein wachsames Auge auf mich und schwatzte, dabei strickend, stundenlang mit den Gouvernanten der Nachbarhäuser, in die sich Freunde und Verwandte eingemietet hatten.

Das Essen in *Salamandre* war köstlich: Gaspachos, Salate, Sorbets, Braten, Schalentiere. Doch ich bekam nichts davon ab. Bis sie zehn waren, hatten Kinder am Tisch der Erwachsenen nichts zu suchen. Für Kinder gab es ein Spezialessen: Vollkornflocken, Hacksteaks, Obst, gekochtes und rohes Gemüse, angelsächsisch-amerikanisch, fad, aber sehr gesund. Ich nahm meine Mahlzeiten vor den Erwachsenen ein. Nany saß neben mir, achtete auf meine Tischmanieren und paßte auf, daß ich auch ordentlich kaute. Da meine Mutter steif und fest behauptete: «Gut gekaut ist halb verdaut», ermahnte mich Nany ständig: «Kaue, *por l'amor de dios*, kaue!»

Abends in *Salamandre*. Ich sitze vor meinem Gedeck am Ende des Eßtisches, der schon für das Abendbrot der Erwachsenen gedeckt ist.

Benaouda schließt gerade die Fensterläden und schneidet hinter jedem Fenster Grimassen. Das ist unser allabendliches Spiel. Ein arabischer Kronleuchter, den ich herrlich finde, da er einem Weihnachtsbaum ähnlich sieht, beleuchtet den Eßplatz im Wohnzimmer. Er ist aus pyramidenförmig angeordneten Kupfersternen. Zwischen den vielen langen Zacken sind blaue, grüne, rote und gelbe Glaskuppeln eingefügt. In diesen Kuppeln waren früher Öllampen. Jetzt waren Glühbirnen in sie hineinmontiert, die diesen Teil des Raumes in ein buntes Farbenmeer tauchten.

Die Sitzecke ist nur schwach erleuchtet. Mein jüngster Onkel, der nur etwa zehn Jahre älter ist als ich, also fünfzehn, langweilt sich in einem dicken Korbsessel. Sein rechtes Bein liegt ausgestreckt in einem Stück Dachrinne, denn er hat sich den Meniskus gezerrt. Meine Mutter hatte mir erklärt, daß die Gelenkflüssigkeit dieselbe Funktion wie das Öl hat, das Kader auf Kette und Pedale meines Fahrrades schmiert. Meinem kleinen Onkel fehlte nach einem Reitunfall die Gelenkflüssigkeit im Knie. Damit sie sich aber wieder regenerieren konnte, mußte sein Knie ruhiggestellt werden. Er mochte mich sehr gerne und machte mir häufig Komplimente über meine Locken, meine Sommersprossen, meine aufgeschlagenen Knie und meine Kleider. Auch ich mochte ihn gerne. Er war weder ein Erwachsener noch ein Kind, und dennoch besaß er die unerhörte Autorität, mein Onkel zu sein, Bruder meiner Mutter. Manchmal schlief ich mitten beim Abendessen ein, so erschöpft war ich vom Meer, dem Sand und der Sonne. Als mein Onkel noch laufen konnte, nahm er mich dann in seine Arme und trug mich in mein Zimmer. Bevor ich endgültig in tiefen Schlaf versank, spürte ich gerade noch seine Zärtlichkeit.

An diesem Abend bin ich wohlbehütet: Nany neben mir, mein Onkel am anderen Ende des Tisches, der Sternenleuchter über mir und draußen das Meer, das zur Ruhe kommt und tiefe Seufzer ausstößt. In dieser friedlichen Atmosphäre stellt mir Messaouda plötzlich einen Teller Gemüsesuppe hin. Gemüsesuppe haßte ich. Vor allem der faserige Lauch ekelte mich an. Um keinen Preis brachte ich das runter. Mein Magen sperrte sich dagegen, die Abneigung war unüberwindbar. Ich beiße die Zähne zusammen und will den Löffel nicht zum Mund führen. Nany will nachhelfen und hält ihn mir gegen die Zähne. Ich schlucke zwar die Brühe herunter, das geht fast von selbst, versperre aber jedem Stückchen Gemüse, vor allem dem Lauch, den Zugang.

Plötzlich betritt meine Mutter das Zimmer, schön, wohlriechend, das Haar streng nach hinten gekämmt. Mit einem Blick erfaßt sie die Lage:

«Sie muß ihre Suppe aufessen.»

«Nichts zu machen, Madame, sie ißt das Gemüse nicht.»

«Lassen Sie mich mal!»

Sie setzt sich neben mich, nimmt Nany den Löffel aus der Hand.

«Schämst du dich nicht? Man muß dich ja wie ein Baby füttern!»

Nichts zu machen, mein Ekel ist zu groß, es ist mir unmöglich, die Zähne auseinander zu kriegen. Wütend steht meine Mutter auf.

«Machen Sie weiter. Sie darf erst dann ins Bett, wenn sie ihren Teller leergegessen hat. Sie bekommt nichts anderes.»

Dann geht sie hinaus, und ich bleibe vor meinem Teller sitzen, fest entschlossen, nichts zu essen, obwohl ich damit möglicherweise meine Mutter verletze.

Einige Minuten später knirscht der Kies vor dem Haus. Jemand geht am Fenster vorbei. Ein Kieselstein schlägt gegen das Fenster, an dem ich sitze. Ich mache den Mund weit auf und schlucke prompt das Gemüse herunter. Mein Onkel und Nany sagen nichts. Nach einer Weile ein zweites Steinchen, und mit Todesverachtung schlucke ich noch einen Löffel wie Lebertran herunter. Ein drittes Steinchen, ein dritter Löffel, ein viertes Steinchen, ein vierter Löffel, ein fünfter Löffel, ich krampfe mich an der Tischkante fest und kämpfe gegen die aufsteigende Übelkeit.

Meinen Onkel scheint das alles gar nicht zu entsetzen, denn er sagt:

«Schau, an deiner Stelle würde ich die Suppe aufessen, ich glaube nämlich, der Schwarze Mann treibt sich in der Gegend herum. Bist du nicht lieb, nimmt er dich mit.»

Der Schwarze Mann war der Lumpensammler, der alte Kleider in den vornehmen Stadtteilen ankaufte und sie anderswo verhökerte. Er wanderte gemächlich durch die Straßen und stieß in regelmäßigen Intervallen einen schrillen Schrei aus: «Klei . . . der! Klei . . . der!» Mir grauste vor ihm, denn an seinem Gürtel baumelten am Schwanz aufgehängte Rattenfelle, die ihm wie ein Röckchen um die Hüften schlenkerten. Immer, wenn ich ihn schreien hörte, versteckte ich mich, und meine Mutter drohte mir: «Wenn du nicht brav bist, holt dich der Schwarze Mann!»

Doch der Lumpensammler kam nicht nach *Salamandre*, das konnte er also nicht sein. Trotzdem schluckte ich brav all die Löffel, mit denen Nany mich fütterte, widerstandslos hinunter.

Plötzlich drang in die nächtliche Stille des großen Zimmers, ganz nah neben mir, dieses: «Klei . . .der!» Ich erstarrte vor Schreck.

Er ist da, und mein Teller noch nicht leer. Er wird mich mitnehmen! Entsetzen packt mich, Schaudern. Mein Magen krampft sich zusammen, und als kotzte ich mir die Seele aus dem Leib, schießt mir die Suppe wie ein Geysir aus dem Mund. Ich winde mich in Krämpfen und erbreche Schleim und Galle, bis ich nur noch würge. Nany stützt meine Stirn, und mein Onkel lacht!

Meine Mutter war inzwischen wiedergekommen. Im Bruchteil einer Sekunde sieht sie die schöne Tischdecke voll mit Kotze. Ihr Gesicht verfinstert sich: Wieder einmal habe ich sie enttäuscht. Und plötzlich durchschaue ich auch ihr Spiel: sie hat den Schwarzen Mann gespielt! Sie wollte mich zwingen, die Suppe zu essen. Sie hatte aber die Rechnung ohne den Wirt gemacht. In ihrem Blick und in ihrer Stimme lag hysterische Verbitterung:

«Und trotzdem wird sie ihre Suppe aufessen! Jetzt reicht's! Dieses

Kind muß ein für allemal mit seinen Launen aufhören. Ich werde nicht eher weggehen, bis der Teller leer ist, und wir werden solange auch nicht essen.»

Freiwillig aß ich dann meine erbrochene Suppe auf. Ich tat es aber nicht ihr zu Gefallen, sondern weil ich etwas Gefährliches, Krankes in ihr witterte, etwas, was stärker war als sie und ich, etwas Schrecklicheres als der Schwarze Mann.

Diese Episode bot schnell der ganzen Familie Anlaß zur Erheiterung, denn das Geschrei hatte alle Hausbewohner angelockt. Sie kolportierten sie immer wieder bis ins kleinste Detail. Zum Schluß sagten sie über meine Mutter: «Sie ist zwar streng, aber gerecht!» Dieser Satz ging mir nicht in den Kopf. Ich verstand nicht, was sie damit sagen wollten. Ich wies ihn weit von mir.

Nur wenn ich krank war, konnte ich die Zuneigung und Aufmerksamkeit meiner Mutter für längere Zeit auf mich ziehen. Ich kam mit heißer Stirn, fieberglänzenden Augen und klappernden Zähnen aus der Schule. Nany hatte auf dem Heimweg bereits festgestellt: «Irgend etwas stimmt nicht.» Kaum zu Hause, wurde meine Mutter informiert, und mein Zimmer verwandelte sich in ein Krankenzimmer. Sie breitete auf der Kommode eine Art gestärktes, besticktes Altartuch aus, legte darauf Medikamente, das Fieberthermometer und Silberlöffel auf verschiedene Untertassen. Inmitten dieser Utensilien thronte ein Stövchen aus geblümtem Porzellan, um den Eisenkrauttee, den ich so liebte, warmzuhalten.

«Man muß viel trinken, wenn man Fieber hat.»

Meine Mutter setzte sich auf mein Bett, beugte sich über mich und befühlte mit ihren Mundwinkeln und ihrer Wange meine Stirn und meine Schläfen. Gewissenhaft berührte sie erst die eine Hälfte, dann die andere Hälfte des Gesichts und hielt dabei mein Kinn in ihren Händen.

Diese flüchtigen und doch präzisen Berührungen waren für mich der Gipfel an Zärtlichkeit und Glückseligkeit.

«Du hast ganz schön Fieber. Laß sehen, mach deinen Mund auf.» Spätestens in diesem Augenblick wurde das Geheimnis gelüftet. Sie nahm einen Löffel von der Kommode, drückte meine Zunge herunter und leuchtete mit einer Taschenlampe in meinen Hals. «Eine anständige Angina mit weißen Punkten. Das heißt, acht Tage Bett, mein Kind!»

Natürlich versuchte sie mir zu erklären, daß meine Nachlässigkeit, meine Unfolgsamkeit, meine Unvorsichtigkeit usw. schuld an meiner Krankheit waren. Aber all das hinderte mich nicht, das glücklichste kleine Mädchen auf der Welt zu sein. Ich wußte, daß sie mich in diesen acht Tagen mit dem größten Eifer pflegen würde. Mit schmerzendem Hals, zerschlagenen Gliedern, ließ ich mich ins frischbezogene Bett sinken. Kaum hatte ich mich da verkrochen, bekam ich Gänsehaut, weil die Leintücher noch klamm waren. Ich kam mir weich und zerbrechlich vor wie eine überreife Frucht.

Nicht nur, daß sie mich pflegte, sondern sie blieb auch die ganze Zeit bei mir; schweigend, lesend oder strickend. In ihrer Anwesenheit vergingen die Tage schnell, und wenn die Nacht hereinbrach, schwankte mein Zimmer im Widerschein des flackernden Stövchenlichtes, dessen Wärme dem heilenden Tee ein zartes und delikates Aroma gab. Die verzerrten Schatten der Möbel und Gegenstände verwandelten mein Zimmer in eine verzauberte warme Höhle, und meine Mutter erhob sich, um mich in den Schlaf zu wiegen. Zart, weich, mit sanfter tiefer Stimme sang sie: «Schlaf, Herzenskindchen, mein Liebling bist du, tue die blauen Guckäugelein zu; alles ist ruhig und still wie im Grab, schlaf nur, ich wehre die Fliegen dir ab.» Es folgte die Moritat von Gregoire, *dem kleinen Chouan**, der mitten im Kugelregen den Tod fand. «Aber erwischt ihn mitten ins Hirn, die Seele entwischt, Gregoire ins Gestirn.» Die Grausamkeit dieses Endes und der folgende Vers, wo Jesus seinen ‹weiten Mantel› ausbreitet, um das Kind zu schützen, entsetzten mich. Bei den poetischen und dramatischen Stellen ging sie ganz aus sich heraus. Dann gab es noch die Geschichte Les petis Mouchoirs de Cholet und viele andere schaurig-schöne Lieder, die ich, glaube ich, nie vergessen werde. Für mich werden sie immer eine besondere Bedeutung haben, da sie Nächte voller Duft und mütterlicher Liebe heraufbeschwören.

Ihre Hände waren kühl, geschmeidig und äußerst geschickt, zum Pflegen wie geschaffen. Niemand konnte so gut spritzen und Verbände wechseln wie sie. Sie hatten etwas von Vögeln und Katzen. Sie mummelte mich ein, fühlte nochmals meine Stirn:

«Jetzt wirst du schön schlafen, mein Kleines.»

Sie sprach zu mir wie zu ihrem Kind auf dem Friedhof. Sie streichelte mich mit ihrer Stimme und ihren Händen.

Endlich hatte ich ihre Liebe. Wie schön, wie einfach. Fiebernd und selig schlief ich ein.

Eines Morgens dann ging es mir besser. Ich wachte auf, das Halsweh hatte nachgelassen. Ich konnte die Spucke leichter schlucken, das Fieber war auch gesunken. Ungeduld packte mich, ich wurde kribbelig und bekam Lust, aufzustehen.

---

* Aufständische in der Bretagne und der Vendeé während der Revolution von 1789 (Anm. des Übers.).

«Du darfst noch nicht aufstehen; du bist noch lange nicht gesund.»
Um mich ruhig zu halten, stopfte sie mir Kissen in den Rücken und las mir vor. Meistens waren es Fabeln von La Fontaine und Gedichte, die sie kunstvoll skandierte. Es waren immer dieselben Schmöker, und ich wußte genau, wo sie in der Bibliothek standen. Es gab einen Band, auf den ich mit einer Mischung aus Ungeduld und Grauen wartete: die Gedichtesammlung von Jean Rictus, Gefühlsduseleien in Pariser Argot. Ihr Lieblingsgedicht daraus war ‹Geschwätz der alten Muhme›. Wenn sie damit begann, bekam ich Gänsehaut. Es war die Geschichte eines Lümmels aus Minilmontant, der auf die schiefe Bahn geraten war und am Galgen endete. Die Mutter des Strolches kniete auf einem Friedhof vor einem Massengrab für zum Tode Verurteilte und erging sich in einer Klage, die sich über mehrere Seiten erstreckte. Meine Mutter verlieh ihr die Stimme. Wenn sie in diese Rolle schlüpfte, ihrem Gesicht die Maske einer abgetakelten Hure aufsetzte, ihren Körper in Lumpen hüllte, rief das in mir heftigste Neugier hervor. Um ehrlich zu sein, war ich in diesem Augenblick von ihr genauso fasziniert wie angeekelt. Woher in aller Welt nahm sie diesen Sarkasmus, so ungewöhnlich für eine Frau wie sie, die so würdevoll, stolz, so gut erzogen, so unerbittlich streng war? Dennoch schnodderte meine Mutter lässig Wortspiele wie ‹Montmertre› oder auch Ausdrücke wie ‹Hurenbock›, ‹Stricher›, ›Bumser›, die ich zwar noch nicht verstand, von denen ich nur wußte, daß es Vorstadtdialekt war. Aber sie erklärte mir, daß die arme Frau weinte, weil ihr Sohn hier in dieser Erde lag, ohne daß sie genau wußte, wo. Denn es gab weder ein Kreuz noch irgendein Zeichen, hier war die Grabstätte der Geköpften . . . Sie heulte und schluchzte, und in ihrem Wehklagen beschwor sie wieder ihren Jungen, als er noch ein rosiges, feistes Baby war. Sie beschwor die Erinnerung, wie sie ihn zum Lachen brachte, indem sie auf seinen Bauch pustete. Sie beschwor seine weichen Lippen, die an ihrer Brust saugten, und auch seinen blonden Lockenschopf; diesen Kopf, den man gerade abgehackt hatte und der vom Körper getrennt hier irgendwo eingescharrt war.

Dieser Text gehörte zu den Meisterleistungen meiner Mutter, und nicht selten tauchten die Domestiken auf, wenn sie ihn vortrug. In der Familie stand sie im Ruf, eine echte Künstlerin zu sein. Manchmal legte sie mir ‹Das Inferno› von Dante mit den Illustrationen von Gustave Doré auf die Knie, sie hatte es in Schlangenleder binden lassen. Oder aber ich bekam den Katechismus meiner Urgroßmutter voller fetter, ekstatischer Engel und grimassenschneidender Dämonen vorgelegt.

Schließlich wurde ich gesund, und der Alltag begann von neuem. Pünktlich, wenn meine physischen Symptome verschwunden waren,

142

erhob sie sich und verschwand ebenfalls; sie kehrte zu ihren Armen und Kranken zurück. Mir blieb lediglich die kostbare Erinnerung an ihre Aufmerksamkeiten, ihre körperliche Nähe, und der Verdacht, daß ich noch zu klein war, um ihre Lieder, Bilder und Texte zu verstehen. Gleichzeitig hatte ich das undeutliche Gefühl, daß sie etwas falsch machte, daß sie vielleicht nicht ganz normal war.

In der Schweiz wohnten wir in einem großen Chalet: dem *Edelweiß*. Es war aus Holz, zweistöckig, und rund ums Haus verlief ebenerdig eine Galerie. Alle Räume des Erdgeschosses führten auf diese schmale Terrasse. Rund um das Chalet breitete sich die helvetische Landschaft aus, von der alle Weißen in den Kolonien träumten: eine grüne saftige Wiese, mit wunderschönen Blümchen, in der Ferne ein Tannenwald und am Horizont die Alpenkette.

«Atmet tief ein, weitet eure Lungen. Ihr seid da, um euch zu erholen.»

Wir verbrachten diese Ferien mit der besten Freundin meiner Mutter und ihren zwei Söhnen, die etwa so alt waren wie ich. Wir waren drei Kinder zwischen sechs und sieben, die einem katholischen Hauslehrer anvertraut waren: Der Pfarrer von Grandmont sollte unsere Studien überwachen. Der Arme wurde von unserem südländischen Temperament völlig überfahren. Um uns bei der Stange zu halten, erzählte er uns aus dem Leben des frommen Guy de Fontgalant. Das war ein junger Mann, der erst kürzlich seliggesprochen war und dessen besondere Fähigkeit darin bestanden hatte, verlorene Gegenstände wiederzufinden, wenn man ihn darum bat: «Heiliger Guy de Fontgalant, laß mich mein Taschentuch wiederfinden.» Und man fand es.

Es war im Jahr 1936.

Unser Studierzimmer befand sich im zweiten Stock des Chalets, es schwebte zwischen Himmel und den verschneiten Gipfeln der Berge. Eines Morgens alarmierte eine laute Stimme, ein Schrei, nein, eher ein Gebrüll alle Hausbewohner. Wie der Blitz standen wir auf dem Treppenabsatz und beugten uns über das Treppengeländer aus blankem Eichenholz. Alles was Beine hatte, war herbeigeströmt, so daß unter uns nur Schultern und gebeugte Nacken zu sehen waren. Man starrte gebannt in die Eingangshalle. Mitten im Treppenhaus stand meine Mutter mit aufgewühltem und verzerrtem Gesicht, die Augen vor Schreck geweitet, noch grüner als sonst:

«Die Kommunisten haben die Macht an sich gerissen, sie haben es gerade im Radio gesagt!»

Kommunisten? Was soll denn das schon wieder? Sind das etwa die Deutschen, die uns an die Stalltür nageln wollen, wie während des

143

großen Krieges? Warum hat meine Mutter denn solche Angst?

Im Haus brach Panik aus. Innerhalb von vierundzwanzig Stunden waren die Koffer gepackt, das Chalet geräumt und wir befanden uns im Galopp auf der Heimreise nach Algerien.

«Wir nehmen den Nachtexpreß, dann kommen wir durch Frankreich durch, ohne etwas mitzubekommen.»

Am nächsten Morgen schon waren wir in Marseille, am Mittelmeer, am Hafen. Das Frachtschiff lag am Kai. Uff, wir hatten es geschafft, wir waren als erste an Bord! Ich hatte das Gefühl, wir wären gerade noch einmal davongekommen. Offensichtlich waren die Kommunisten noch nicht am Meer, da alles friedlich war. Welch ein Glück, daß wir in Algerien lebten und nicht in Frankreich! Ich stellte keine Fragen und war darauf bedacht, brav zu sein, da meiner Mutter in Zeiten äußerster Spannung die Hand leicht ausrutschte. Schon eine Kleinigkeit genügte, und die Ohrfeige war gesalzen, daß die Abdrücke ihrer fünf Finger auf dem Hintern puterrot kleben blieben. Auch Nany versuchte, sich unsichtbar zu machen, und eigentlich erging es allen so.

Trotz allem, als wir dann endlich an Bord waren, entspannte sich die Atmosphäre. In der Kabine meiner Mutter standen Blumen. Wer hatte sie wohl geschickt?

Meine Mutter sagte zu Nany:

«Ich habe ein Telegramm nach Hause schicken können, um sie zu benachrichtigen. Der Kapitän meint, daß es dort ruhig ist . . . kein Aufruhr.»

Dann gingen wir an Deck. Mittlerweile standen schon viele Leute auf der Schiffsrampe. Ein Herr im weißen Alpakaanzug (typisch für Franzosen, die in die Kolonie gingen) lief in einer Gruppe von Männern, die ihm ernsthaft zuhörten, auf der Schiffsbrücke auf und ab. Er trug auch weiße Schuhe, einen Panamahut, eine rote Krawatte und eine rote Nelke im Knopfloch.

Ein Lautsprecher verkündete, die Besucher müßten von Bord. Wir legten ab.

Der Mann war zurückgeblieben und lehnte sich neben uns über die Reling. Mittlerweile war eine riesige Menschenmenge auf den Kais versammelt. Sogar auf der Terrasse der Transat-Schiffsgesellschaft standen sie dicht gedrängt. Der Mann machte einigen Leuten dort auf der anderen Seite ein Zeichen. Aus dem allgemeinen Getöse heraus vernahm man hier und dort unverständliche Schreie. Ich spürte, daß meine Mutter nervös war. Die Atmosphäre war geladen.

Und plötzlich hob der Mann, der eigentlich so aussah, als käme er aus guter Familie, seinen rechten Arm mit geballter Faust, und die Menge erwiderte die Geste mit einem lauten ‹Ah!› Ein Wald von geballten Fäusten über den Köpfen. Verbissen sagte meine Mutter zu Nany:

«Ich dachte mir das schon. Der ist sicher der Führer ihrer Partei. Offensichtlich sind sie gar nicht so arm, da sie erster Klasse reisen und obendrein noch einen Alpakaanzug tragen.»

Ich wagte zu fragen: «Wer ist das?»

«Ein Kommunist!»

Ein Kommunist!

«Und die Leute?»

«Kommunisten, Arbeiter. Hör auf mit deinen dummen Fragen!»

Arbeiter! Kommunisten! Ihrem Ton nach schien es das Gleiche zu sein. Ich verstand überhaupt nichts mehr. Kommunisten waren offenbar gefährliche Leute, und andererseits sagte meine Mutter doch immer: «Man muß höflich zu den Arbeitern sein. Es sind arme und unglückliche Leute.» Oder: «Es gibt Arbeiterkinder, die nichts zu essen und kein Spielzeug haben. Halte dir das immer vor Augen, du mit deiner Verschwendungssucht!» Ich war so perplex, daß ich einen Anpfiff riskierte und nochmal fragte:

«Was wollen sie denn?»

«Unser Geld, unsere Häuser, unsere Kleider.»

«Warum?»

«Weil sie uns nicht mögen.»

«Waren wir denn nicht höflich genug zu ihnen?»

Meine Mutter zuckte mit den Achseln, ich enervierte sie. Ich tat besser daran, meinen Mund zu halten. Später würde mir Nany ja alles erklären.

Dann heulten die Sirenen, Zeichen zur Abfahrt. Die Matrosen an Land und an Bord machten die Taue los. Und als das Schiff sich sichtbar vom Kai entfernte, stimmte die Menge ein unbekanntes, gewaltiges, herrliches, wunderschönes Lied an: «Völker hört die Signale, auf zum letzten Gefecht . . .»

Meine Mutter war blaß, sie sprach abgehackt:

«Wir müssen Haltung bewahren. Sie dürfen nicht den Eindruck bekommen, daß wir uns vor ihnen fürchten. Du mußt dich besser denn je benehmen. Hab keine Angst, es ist nur eine Maskerade.»

Sie schob mich vor sich her. Ich stand da wie eine Eins, in Hab-acht-Stellung. Erstarrt, während sich der Gesang der Kommunisten über mich ergoß. Ich weiß nicht, warum ich in diesem Augenblick daran dachte, daß mein grauer Flanellmantel von ‹Enfant Roi› kam, meine Schottenmütze von ‹Old England›, meine Schuhe von ichweißnichtwo, meine merzerisierten Baumwollsocken von der ‹Grande Maison de Blanc›. Ich war korrekt und sauber gekleidet, um meine Familie angemessen repräsentieren zu können. Wenigstens diesesmal; ich, die ich sonst immer so eine Schlampe war, wie meine Mutter zu sagen pflegte.

Der Mann in Weiß neben uns hatte die Worte meiner Mutter gehört und ihre Geste bemerkt, worauf er in den Gesang mit einstimmte und seine Faust noch höher reckte: «Wacht auf, Verdammte dieser Erde, die stets man noch zum Hunger zwingt . . .»

«Letztes Gefecht»? «Letzte»? Unser Tod? Meine Mutter war aschfahl, wie versteinert. Noch nie hatte ich einem so grandiosen und dramatischen Schauspiel beigewohnt. Die Menge ließ den Mann mit der roten Nelke nicht aus den Augen. Noch nie hatte ich solche Blicke gesehen. Zum Letzten entschlossen, gefährlich.

Ich, die ich so gerne während der Überfahrt auf dem Schiff hin- und herflitzte, diesmal setzte ich keinen Fuß über die Schwelle der Kabine.

Kurz danach waren wir wieder in *Salamandre*. Ich hatte die Kommunisten schon längst wieder vergessen, obwohl die das Hauptgesprächsthema der Familie waren, die im Wohnzimmer, wenn ich zum Gute-Nacht-Sagen kam, mit den Namen von Politikern herumjonglierte, Zeitungen und Illustrierte las, am Radio hing.

Für mich war das Thema Kommunisten eine zweifelhafte Angelegenheit, und ich versuchte, sie im Dunkeln zu belassen. Man hatte mir immer beigebracht, Nächstenliebe zu üben, mit den Armen zu teilen usw. . . . Nun, da die Armen etwas anderes verlangten als Almosen, verweigerte man es ihnen. Warum? Großes Geheimnis!

Ich fing gerade an, mein Abendbrot zu essen, als einer meiner Onkel mit irrsinnigem Tempo in seinem Wagen vorfuhr. Er schlug die Tür zu, stürzte ins Haus und raste bis zum Zimmer meiner Großmutter, wo er atemlos verkündete: «Die Roten bereiten einen Sturm auf die Häuser am Strand vor. Man muß die Nachbarn warnen.»

Die Roten? Die rote Nelke? Die rote Krawatte?! Die Roten waren die Kommunisten, schon wieder diese Leute! Schon wieder werde ich mich herausputzen müssen, man würde mich vor sie herschieben und ich müßte ihre schrecklichen Lieder über mich ergehen lassen. Nein! Das wollte ich nicht noch einmal mitmachen!

Es kam aber ganz anders: Wieder Chaos wie in der Schweiz, klar machen zum Gefecht, das Haus drunter und drüber. Meine Mutter hatte das Kommando übernommen. Sie organisierte unsere Verschanzung: Eisenstangen wurden vor Türen und Fenstern angebracht, alle Riegel vorgeschoben, alle Schlösser zugeschlossen, und zuallerletzt, nachdem die Dienstboten Körbe voller Lebensmittel gehamstert und sich damit zu uns ins Herrenhaus geflüchtet hatten, wurden schwere Möbel vor die gefährdetsten Öffnungen geschoben.

Ich war mehr als verschreckt. Mir graute. Ich zitterte wie Espenlaub. Da ich bei dem Hin und Her, dem Geschiebe und Getue nur im Weg stand, hatte man mich ins Bett geschickt. Dort marschierten in meiner Phantasie die Kommunisten auf, brachen mir die Glieder und verhackstückten mich . . .

Stunden vergingen. Ich kauerte in meinem Bett und lauerte auf den Anmarsch der Kommunisten. Die Nacht war inzwischen hereingebrochen. Soviel ich verstanden hatte, hatte meine Familie beschlossen, seelenruhig Bridge zu spielen. Ich hörte sogar, wie meine Großmutter im Gang zu Lola sagte: «Bringen Sie bitte Champagner in den Salon, es wird vielleicht der letzte sein. Solange dazu noch Zeit ist, wollen wir die Gelegenheit nutzen. Nehmt euch auch welchen mit in die Küche, Kinder!» Ich zitterte jetzt noch mehr. Sie waren viel mutiger als ich. Nany kam kurz in mein Zimmer und stellte einen großen Nachttopf hinter die Tür; das bedeutete, daß ich unter keinen Umständen das Zimmer verlassen durfte.

Ein dicker aufgeschreckter Maikäfer, Gefangener wie ich, brummte wie ein Ventilator um die Deckenbeleuchtung. Manchmal stieß er an die Decke, und der Schock war so stark, daß er zu Boden stürzte, wo er eine Weile mit seinen mageren Beinchen in der Luft strampelte, bis er seine Startstellung wieder gefunden hatte. Bevor er von neuem die Deckenbeleuchtung anflog, sauste er im Tiefflug durchs Zimmer und pumpte gelegentlich Luft. Dabei verstummte sein Brummen, und ich sah, wie er ungelenk auf allen vieren durchs Zimmer schwankte. Ungefähr fünfzig Zentimeter über meinem Kopfende befand sich ein tiefes, rundes Loch in der Mauer, dessen Funktion mir ein Rätsel war. Plötzlich dachte ich: «Ich halte es nicht aus, wenn sich der Maikäfer darin versteckt.» Aber genau das tat er. Vor Angst wie gelähmt und an mein Bett gefesselt, konnte ich mich nicht mehr rühren. Der Maikäfer hing mehr recht als schlecht: «Gleich fällt er mir aufs Gesicht und kratzt mir die Augen aus.» Da fing ich an zu brüllen. Es war mein kleiner Onkel, der als erster erschien. Ich erinnere mich, daß er mich in die Arme nahm und meine Mutter daran hinderte, mir eine Ohrfeige zu verpassen. Ich hatte ihnen durch mein Gebrüll einen ganz schönen Schrecken eingejagt.

«Ausgerechnet in diesem Augenblick! Du suchst dir auch immer die passenden Gelegenheiten aus! Angst vor einem Maikäfer in deinem Alter! Dieses Kind ist entschieden nicht normal!»

Das Tier wurde verscheucht, und ich schlief ein. Ich habe die Kommunisten nicht gehört, aber am nächsten Morgen, als ich zum Strand ging, sah ich mit eigenen Augen, daß sie dagewesen waren. Auf unserer Haustür und auf der unserer Nachbarn hatten sie ein großes Zeichen hinterlassen: ein Kreuz mit eingeknickten Armen, mit einem breiten Teerpinsel hingeschmiert. Der Teer war an manchen Stellen wie dicke schwarze Tränen hinuntergetropft. Sie waren in der Morgensonne getrocknet. Niemand hatte mir gesagt, daß die Kommunisten es getan hatten, aber ich wußte es auch so. Ich erfuhr, daß es Hakenkreuze waren, und dem Schweigen meiner Verwandten entnahm ich, daß sie Zeichen für Schmach und Schande waren. Ich weiß nicht, warum ich ein paar Tage lang so tiefe Scham empfand, in einem gezeichneten Haus zu leben. Man hatte die Tür hastig übertüncht, aber trotzdem brachen die dickgestrichenen Zeichen wie Narben unter dem frischen Anstrich durch. Ich hatte das Gefühl, daß auch meine Familie sich schämte. Schließlich war sie gebrandmarkt worden.

Jedes Jahr zu Allerheiligen begleitete ich meine Mutter zum Friedhof.

Vor dem Krieg fuhren wir mit dem Auto dorthin, und Kader schleppte die Blumen und Pakete. Später mußten wir mehrmals umsteigen und brauchten länger als eine Stunde, bis wir endlich ankamen. Der Friedhof lag auf einer steilen Anhöhe über dem Mittelmeer. Er war weit entfernt von den Stränden der Bucht, und die Felsen fielen steil ins Meer. Es war ein finsterer und geheimnisvoller Ort. Zwischen den Stämmen und dem schwarzen Geäst der Zypressenalleen schimmerte das Meer immer wieder durch. Der würzige Duft der Bäume, der fade Geruch der Chrysanthemen, der Geruch des Meeres, der Geruch der Toten. Geruch nach dem Stein der Grabplatten, die sich ebenerdig bis zum Gipfel des Hügels aneinanderreihten. Dort oben erhob sich die Basilika der Heiligen Muttergottes von Afrika. Das feine Gesicht der Madonna war mit schwarzem Wachs beschmiert wie Negermasken im Karneval. Sie trug einen goldenen Schutzmantel, feierlich und majestätisch, und das Kindlein saß auf ihrem angewinkelten Arm. Ich schaute auf den Wald von Kreuzen, auf Gräber und die Glockentürme der Kapellen, all das schien wie zermalmt zwischen dem weiten Himmel und dem endlosen Meer, die sich in der Ferne vereinigten.

Hier oben, an diesem Ort, der einen dazu zwang, ans Nichts und an die Ungewißheit unseres Schicksals zu denken, wehte eine leichte fröhliche Meeresbrise, die köstlich duftete und einem Lust machte, zu tanzen und zu lieben. Es war eine festliche Stimmung. Besonders zu Allerheiligen, wenn die vielen Blumen und Sonntagsgewänder der Besucherinnen im goldenen, magischen Herbstlicht leuchteten. Zeit der Auferstehung nach der Dürre des Sommers.

Wir kletterten bis zu ‹unserem› Grab, das am Fuße des Hügels lag, wo der Felsen begann; vollbeladen mit Blumen und Putzutensilien, die im Eimer gegeneinander klapperten und unseren Aufstieg rhythmisch skandierten.

Unterwegs musterte meine Mutter die Gräber und wies mich darauf hin, welche schön und welche häßlich waren. Oft blieb sie stehen und zeigte mir, wie ordinär und geschmacklos die einen, distinguiert und edel die anderen waren. Beiläufig erfuhr ich so, daß feiste Porzellanengelchen, künstliche Blumen, aufgeschlagene Marmorbücher, auf deren Seiten Farbfotos der Verstorbenen mit Brillantine im Haar und geschminktem Gesicht eingelassen waren, daß all das, was ich wunderschön fand, dem Geschmack von neureichen Metzgern entsprach. ‹Bescheidenheit im Überfluß›, das war guter Geschmack: eine kostbare Marmorplatte mit einem schlichten Kreuz, schön und dezent. Die alten verwitterten Gräber der Armen übten eine magische Anziehungskraft auf sie aus. Unkrautüberwucherte Hügelchen, ein oder zwei Plastikblumen in einem Senfglas, das in den Boden gedrückt war, wie in den verwesten Nabel eines Leichnams. Das war ihr eine kurze Rast und ein Gebet wert. Aus unseren Vorräten steckte sie die eine oder andere schöne Blume in die Totenstätte der Armut und sinnierte vor diesen armseligen Gräbern: «Hier sind sie besser aufgehoben als anderswo.» Für mich übersetzte ich das so: Lieber tot als arm. Daher stammten auch die tiefen Ängste, die mich befielen, wenn ich ein Mitglied der Familie anläßlich einer erheblichen Geldausgabe sagen hörte: «Wenn es so weiter geht, kommen wir noch an den Bettelstab.»

Während sie die Lebenden mit süß-sauren, oft auch beißenden Bemerkungen bedachte, waren die Toten immer Gegenstand ihrer liebevollen Aufmerksamkeit. Zwischen ihr und der Verwesung bestand eine Komplizenschaft. Sie hatte eine Vorliebe für den Tod, die sie auch gar nicht zu verbergen suchte. Die Wände in ihrem Zimmer waren mit Toten tapeziert, die manchmal sogar auf ihrem Totenbett fotographiert waren. Wenn sie Blumen auf die Gräber der Armen legte, tat sie das mit ebensoviel Liebe, wie wenn sie mir ein Bonbon schenkte oder mir eine Strähne aus der Stirn strich.

Endlich standen wir an ‹unserem› Grab. Es war das schlichteste auf dem ganzen Friedhof: eine große Platte aus seltenem Marmor, kein Kreuz, nichts, lediglich der Name ihrer kleinen Tochter und darunter zwei Daten: der Geburtstag und der Todestag waren oben links eingraviert. Zwischen beiden lagen elf Monate. Sie kniete nieder, liebkoste den Stein und begann zu weinen: «Ich bereite dir ein schönes Grab, mein Liebling, das allerschönste. Ich habe die herrlichsten Blumen von Madame Philippars mitgebracht, die herrlichsten von ganz Algier. Mein Kleines, mein Liebes, mein armes Kind.»

Meine Aufgabe bestand darin, Wasser zu holen. Mehrere Male ging ich mit einem Eimer hin und her. Der Weg führte am Beinhaus entlang: einer langen, hohen Mauer, die in Hunderte von kleinen Kästchen aufgeteilt war, jedes mit einer kleinen Ablage für einen

Blumentopf oder ein Votivbild. Ich wußte, daß man hier die Gebeine derjenigen begrub, die keine Dauerkonzession besaßen. Ich hatte auch wohl verstanden, daß man die Armen, die unter den mickrigen Unkrauthügelchen lagen, nach einigen Jahren in die Schublade steckte. Zu ihren Lebzeiten wimmelten sie wie Ameisen in den Elendsvierteln, und wenn sie tot waren, wimmelten sie im Beinhaus. Und die anderen, die Reichen, besaßen zu ihren Lebzeiten eigene Häuser, und wenn sie tot waren, hatten sie eigene Gräber. Jede Familie hatte ihr Familiengrab, fein säuberlich vom Nachbarn getrennt. Das war logisch.

Die Leute standen mit ihren diversen Behältern Schlange. Der Wasserhahn tröpfelte vor sich hin, und von Zeit zu Zeit spuckte er unvermittelt einen Schwall Wasser. Wenn man ihn weiter aufdrehte, bekam er seine Tücken. Zuerst bildete das Wasser eine große durchsichtige Luftblase, die anschwoll, größer wurde, sich aufblies, bis sie schließlich zerplatzte und unter heftigem Rülpsen die Umstehenden bespritzte, die kreischend und hektisch zurückwichen. Der aufgeschreckte Wärter kam schnaufend angelaufen und verbot uns, den Wasserhahn noch einmal anzurühren, er würde ihn nun zum letzten Mal einregulieren. Dann stellte er sich wie ein Torero, der die Banderillas setzt, Arme und Hände weit vorgestreckt, den Körper nach vorne gebeugt, damit sein Bauch nicht naß wurde, auf die Zehenspitzen und versuchte aus größtmöglicher Entfernung den Wasserhahn so weit zuzudrehen, bis er wieder zu tröpfeln und zu spucken begann. Die Leute reihten sich wieder in die Schlange ein. Es dauerte lange, bis der Eimer voll war. Je mehr es auf Mittag zuging, desto intensiver rochen die sonnenbeschienenen Zypressen.

Als ich zurückkam mit dem vollen Eimer, der schwer an meinem Arm hing, sah ich sie den Grabstein schrubben, polieren, bürsten, waschen. Ihre schönen Hände waren von der Arbeit gerötet, und auf ihrer Stirn standen Schweißperlen.

«Du hast aber lange gebraucht!»

Jedes Jahr das gleiche.

«Soll ich das Wasser jetzt drüberschütten?»

«Ja, und dann hol noch mal was.»

Mit der einen Hand faßte ich den Eimer am oberen Rand, mit der anderen hielt ich ihn von unten und kippte einen flüssigen, irisierenden Schleier, der auch schon im selben Moment auf den Marmor klatschte, mit derselben Geschwindigkeit und Kraft, wie der Gischt an stürmischen Tagen über die Hafenmole fegt und Schmutz und Staub davonspült. Dann floß es ruhig in die eigens dafür angelegten Wasserrinnen um die Grabplatte ab. Der Stein, den sie schon zur Hälfte auf Hochglanz poliert hatte, erstrahlte in voller Pracht. Dann machte sie sich wieder an die Arbeit, und ich ging Wasser holen. Ich wußte, daß sie während meiner Abwesenheit wieder weinte und zu ihrem Kind sprach.

Anfangs, das ist schon lange her, schien sie jeden Tag hierher gekommen zu sein. Nun waren sechzehn oder siebzehn Jahre seit dem Tod ihrer kleinen Tochter vergangen. Es war nicht mehr das gleiche. Sie brauchte nicht mehr so oft zu kommen, denn nach und nach hatte ihr totes Baby wieder in ihr gekeimt und lebte nun für immer in ihr. Bis zu ihrem Tod würde sie mit diesem Kind schwanger gehen. Und ich stellte mir vor, daß sie beide im Unendlichen zu neuem Leben erweckt würden, wie die eine die andere wiegt, beide schwebend und glücklich, in der Harmonie, im Duft der himmlischen Fresienfelder umherschwirrten, wo sich rosarote Esel, goldene Schmetterlinge und Plüschgiraffen tummelten. Sie würden Spaß haben, sich zusammen ausruhen und sich ohne Unterlaß immerwährende Liebe schwören.

Auf dem Friedhof war das Kind nur noch die große Platte aus weißem Marmor. Während der langen Monologe küßte sie den Stein immer wieder mit überströmender Zärtlichkeit. In diesen Augenblicken wäre ich selbst am liebsten der Stein gewesen, ja mehr noch, lieber sogar tot. Tot würde sie mich vielleicht genauso liebhaben wie dieses kleine Mädchen, das ich nie gekannt habe und der ich anscheinend so wenig ähnlich war. Ich sah mich im Geiste schon zwischen den Blumen liegen, bezaubernd, reglos, tot, und sie bedeckte mich mit ihren Küssen.

Nun stand die Sonne im Zenith, und im blendenden Licht erstrahlte der Stein weiß und rein. Meine Mutter, mit erlesenem Geschmack, begann die Blumen darauf zu arrangieren. Über Blumen wußte sie alles: sie kannte Farben und Formen, die Biegsamkeit oder die Härte der Stengel, die verschiedenen Gerüche. Sie steckte ein großes Kreuz: an manchen Stellen bunt und verrückt, üppig und überladen, insgesamt jedoch sparsam in den Mitteln. Ein Kreuz hat eine einfache Form: zwei gerade Linien schneiden sich meistens im rechten Winkel. Ein Kreuz kann aber genausogut die Kathedrale von Chartres sein. Meine Mutter erbaute pflanzliche Kathedralen über dem Grab ihrer kleinen Tochter.

Ich schaute ihr dabei zu und wußte, daß sie so lange daran arbeiten würde, bis sie eine exquisite, ausdrucksstarke Komposition geschaffen hatte, die der Tiefe ihrer Liebe, ihrem Schmerz, ihrer Zärtlichkeit und ihrem gebrochenen Herzen entsprechen würde.

Für die Verwandtschaft war sie eine Märtyrerin.

All diese Geschichten tauchten an die Oberfläche, verwoben sich ineinander und brachten neue hervor. Ganz alte Geschichten oder neue Geschichten, kurze oder lange Geschichten, Momentaufnahmen oder Zustände, die ich im Laufe der Jahre erlebt hatte.

Dieses kleine Mädchen, das langsam auf der Couch des Doktors zum Leben erwachte, war von dem kleinen Mädchen sehr verschieden, das ich während meiner Krankheit in Erinnerung behalten hatte (d. h. ungefähr seit dem Bericht über die mißlungene Abtreibung meiner Mutter bis zum Beginn meiner Analyse). Die eine war folgsam, gierig nach der Liebe ihrer Mutter, ständig bereit, ihre Mängel und Fehler sich selbst zuzuschreiben, sie auszumerzen, wegzuschieben. Ein Kind ohne eigene Meinung, das in jeder Beziehung abhängig war. Das andere Mädchen hingegen hatte seine eigene Meinung, und was für eine! Es fällte ein klares, scharfes Urteil über seine Mutter und seine Umwelt. Sie sah diese Mutter, die sie zwang, ihre erbrochene Suppe aufzuessen, die Mutter, die sich gehen ließ und ordinär in die Haut der alten Mumme von Jean Rictus schlüpfte, die Mutter, die im Treppenhaus des Schweizer Chalets hysterisch herumschrie, die Mutter, die fanatisch und mit ungeahnter Kraft schwere Möbel vor die Türen schob, die Mutter, die den Grabstein küßte, die Mutter, die sich siegesgewiß und eiskalt vor dem kleinen Mädchen prostituierte. Das andere Mädchen hatte wirklich ein unerbittliches Auge, das aber sensibel genug war, die Sache zu erkennen, ein unerbittliches Auge, das die Sache in ihrer Mutter durchschaut hatte.

Nicht jeder war feinfühlig genug, um die Sache zu spüren. Normalerweise wird sie erst dann erkannt, wenn sie sich als Wahnsinn oder Genie manifestiert. Aber wie erkennt man sie, wenn sie zwischen diesen beiden Polen liegt und sich als Imagination oder Phantasie, in Nervenkrisen oder Blumenarrangements, als Kurpfuscher oder Arzt, als Hexe oder Priester, als Komödiant oder Besessener äußert? Schwer zu sagen. Ich wußte es, selbst, wenn ich mir dieser Fähigkeit nicht bewußt war. Deswegen war ich vor meiner Mutter auf der Hut. Sie hatte versucht, mich kleinzukriegen. Es war ihr aber nicht gelungen. Ich durfte es nicht wieder zulassen. Ich war störrisch, selbstzerstörerisch, deswegen auch ‹schwierig› und unfähig, mich einzuordnen. Was konnte so ein störrisches Kind gegen eine herrische, verführerische, unterschwellig Verrückte ausrichten, die noch dazu ihre Mutter war? Es mußte so gut wie möglich seine Kratzbürstigkeit verbergen und statt dessen das gefügige Lämmchen spielen, um so viel wie möglich von sich selbst zu bewahren. Aus einem Falken wurde so ein zahmes Täubchen. Mit dieser Maskerade hatte ich schon so früh begonnen und sie so oft und lange durchgespielt, daß ich schließlich meine Lust an der Jagd, an der Eroberung, an der Freiheit vergessen hatte, bis ich mich selbst für eine Konformistin hielt. Von Natur aus war ich jedoch ein Rebell, eine Kämpfernatur!

Noch hatte ich die Bedeutung meiner Entdeckung nicht ganz begriffen. Ich wußte nur, daß ich einen eigenständigen Charakter besaß und der nicht so ‹einfach› war. Jetzt verstand ich auch, warum diese Dressur so grausam und so brutal durchgeführt werden mußte. Ich hatte einen ausgeprägten Sinn für Stolz, Unabhängigkeit, Gerechtigkeit und Lust am Genießen. Alles das paßte natürlich nicht zu der Rolle, die mir von Familie und Gesellschaft zugedacht worden war. Man mußte fest und lange auf mich einschlagen, um meine Sinne zu ersticken oder gerade noch ein vertretbares Maß an die Oberfläche zu lassen. Sie hatten gute Arbeit geleistet! Der letzte Rest meiner Persönlichkeit, der intakt geblieben war, war mein Gespür für die Sache. Im Grunde habe ich immer gewußt, daß meine Mutter eine Kranke war, deshalb steckte im Überschwang meiner Liebe zu ihr ein harter Kern aus Angst und stolzer Verachtung.

Jetzt, da ich einige meiner Fehler kannte, konnte ich mich ihr nähern wie nie zuvor. Diese Fehler beschützten mich besser als meine Tugenden. Sie dienten mir als Panzer, so daß ich meine Angst vor Verletzungen verlor. Ich sah zu, wie sich meine Mutter mit ihren Zweifeln herumschlug. Ich sah sie mit ihrem widerlichen dicken Bauch, dieser überflüssigen Last, dieser Scham, die sie mit sich herumschleppte, heute und morgen, ihr ganzes Leben. Ich sah sie als achtundzwanzigjährige junge Frau, in der vollen Blüte ihrer Jugend, als ich geboren wurde, ich sah ihre rotblonden Haare, ihre grünen Augen und schönen Hände. Ich sah sie glühend vor Leidenschaft, ihr großes Bedürfnis nach Liebe war prächtig wie der weite Himmel. Ich sah ihre Gaben, ihr Talent, ihren Charme, ihre Intelligenz und dieses verfluchte, anschwellende Embryo, das sie in die verhaßte Religion zurückwarf: sie, eine junge Frau, die ihr Leben vermasselt, ihre Gaben verschleudert hatte. Denn ihre Religion war unerbittlich. Eine Scheidung hieß: Schluß mit der Liebe! Nie wieder würden sie starke Arme umschlingen, sie wiegen, sie streicheln. Nie wieder würde sie die Wärme eines anderen Körpers spüren, nie wieder würden kühle Lippen die Glut ihres Herzens löschen. Nie wieder! Ihr Standesbewußtsein verbot ihr zu arbeiten und somit ihr eigenes Geld zu verdienen, ihre Fähigkeiten über die Grenzen hinaus, die den Frauen gesetzt waren, zu entwickeln. Sie hätte eine geniale Chirurgin, vielleicht eine begabte Architektin abgegeben . . . Verboten! Deshalb mußte sie wenigstens aus diesem Mädchen, das sie in die Welt gesetzt hatte, etwas ganz Besonderes machen, aus diesem Mädchen, das so verschieden war von der anderen, der ersten, der herrlichen, die gestorben war. So mußte dieses Kind, diese Anwärterin mit den roten Backen, die ihr nicht den Gefallen getan hatte zu sterben, zu dem werden, was ihr selbst nicht vergönnt gewesen war: eine Heilige, eine Heldin, jedenfalls anders als die anderen. Wie die Fee im Märchen gewisse Gaben in die Wiege von Königskindern legt, so hatte meine Mutter mich bei meiner Geburt mit Tod und Wahnsinn bedacht. Wie oft hatte sie mir nicht während meiner Kindheit den Strohhalm gereicht, um mich zu ‹retten›, um mich ihrem Willen zu unterwerfen! Immer wieder hatte ich diese hingehaltene Hand verweigert, die mich doch auf die Barke ihrer Liebe geleitet hätte. Ich wollte sie ja lieben, aber auf meine Weise! Ich weigerte mich, ihr in ihren makaberen und wahnsinnigen Windungen zu folgen, die sie mir als Hilfe anbot. Wenn sie damit auf mich zukam, stellte ich mich dumm, spielte das weinerliche oder artige Kind, worauf sie außer sich geriet und mich mit ihrem Sarkasmus traf: «Du bist wirklich eine verkannte Märtyrerin!» oder: «Du bist die Märtyrerin von Nr. 24!» (24 war unsere Hausnummer.) Eine lächerliche Märtyrerin! Wenn ich sie zu sehr enttäuschte, nannte sie mich bei meinem Familiennamen, dem Namen meines Vaters, was bedeuten sollte, daß wir nicht aus demselben Holz geschnitzt waren, daß ich ein Nichts war. Ich wollte ihr zwar gefallen, wollte mich aber nicht in ihren Heroismus, in ihren religiösen Wahn, ihren religiösen Selbstmord mit hineinreißen lassen. Das hatte sie zwar von ihren Sünden reingewaschen und ihre unerträgliche Unzulänglichkeit wettgemacht, aber ich wollte um keinen Preis eine Jeanne d'Arc oder eine Blanche von Kastilien werden. So blieb mir also nichts anderes übrig, als mich platt wie eine Wanze zu machen, bis ich schließlich wirklich eine Wanze war.

Und neben den Erinnerungen an diese Zerreißproben (ich wollte, daß sie mich auf meine Weise leben ließ, sie wollte, daß ich sie auf ihre Weise liebte), an das Chaos, das meine Kindheit zerbrochen hatte, tauchte auch das Andenken an harmonische Stunden auf, klar wie Bergkristall. Unvergeßliche Nächte wurden auf der Couch in der Sackgasse wieder wachgerufen, heiße Nächte am Strand des Mittelmeers, kalte Nächte im Schnee des Djurdjura. Natürlich auch Weihnachten und der 14. Juli. Warum wäre ich sonst noch aufgewesen? Oft standen wir beide, sie und ich, im Dunkeln unter dem Sternenhimmel und sie zeigte mir Sternbilder, weihte mich in die Geheimnisse des Kosmos ein.

«Siehst du diesen Stern da hinten, der am hellsten leuchtet? Das ist der Morgenstern, er geht als erster auf . . . Er hat die Heiligen Drei Könige geleitet.»

«Siehst du den da . . .? Schau genau hin . . . da, wo ich hinzeige. Die vier bilden ein Rechteck und dann sind noch drei dahinter, wie ein Schwanz. Das ist der Große Bär . . . Siehst du ihn?»

Sie wollte sicher sein, daß ich auch den Wagen in der Schwärze der Nacht gesehen hatte, wenn sie mit mir die Nacht erforschte.

«Da, da ist der Kleine Bär . . . Und dieses ‹W› da, siehst du es? Schau! . . . Das ist die Wega.»

«Und dieser Nebel dort ist die Milchstraße . . . Es sind viele, viele einzelne Sterne, Millionen und Abermillionen . . .!»

Ich lehnte mich an sie, und sie hielt mich bei der Hand. Sie erzählte mir von den riesigen Entfernungen, die uns von diesen Lichtern trennten. Manche davon waren schon erloschen, und wir vermochten nur den Widerschein zu sehen, so lang war der Weg, um von dort zu uns zu gelangen. Sie sprach vom Mond, der Sonne und der Erde, von diesem phantastischen Reigen, den die Gestirne vollführten und wir mit ihnen. Mir machte das etwas angst, und ich kuschelte mich fester an sie, an ihr Parfum, an ihre Wärme. Ich spürte, daß ihre Erregung der Erhabenheit des Gegenstands entsprach. Meine Angst war diesesmal gesund, normal und aufregend. Ich fand dieses Universum schön und hatte das Glück, ein Teil von ihm selbst zu sein.

Wir verstanden uns gut in diesen Augenblicken. Warum hatte ich sie vergessen?

Bin ich mir wegen dieser Augenblicke mein ganzes Leben lang bis heute immer bewußt geblieben, nur ein kleines Rädchen in der Maschinerie des Universums zu sein? Liegt es immer noch an diesen Nächten von damals, daß ich meine Existenz im kosmischen Maßstab messe? Ist es immer noch wegen des Einverständnisses zwischen ihr und mir in jenen Stunden, daß ich immer nur dann glücklich bin, wenn ich das Gefühl habe, an einem Ganzen teilhaben zu können?

Die erste wirkliche Begegnung mit meinen schlechten Eigenschaften verlieh mir eine nie gekannte Selbstsicherheit. Meine guten Eigenschaften, die ich dabei auch entdeckte, interessierten mich weniger. Meine guten Eigenschaften brachten mich nur dann einen Schritt vorwärts, wenn sie durch meine schlechten aufgerührt wurden. Der Begriff Sünde als entehrendes Makel, der die Böse, die Schlechte, die Verdammte bezeichnet hatte, wurde dadurch überflüssig. Meine schlechten Eigenschaften hatten ihre eigene Dynamik. Tief in meinem Inneren erkannte ich, daß sie nützliche Werkzeuge für meine Ichstärkung wurden. Es ging nicht mehr darum, sie wegzuschieben oder zu verbannen, und noch weniger, sich ihrer zu schämen, sondern sie zu meistern und sie zu beschützen, wenn es erforderlich war. Meine schlechten waren somit auch nützliche Eigenschaften.

Von nun an ging ich in die Sackgasse wie früher zur Universität: um zu lernen. Ich wollte alles wissen.

Ich hatte so starke Widerstände besiegt, daß ich keine Angst mehr hatte, mir von Angesicht zu Angesicht gegenüberzustehen. Die Beklemmungen waren restlos verschwunden. Ich konnte und ich kann immer noch die physischen Symptome der Angst spüren: den Schweiß, den erhöhten Puls, das Kaltwerden von Händen und Füßen, die Angst selbst jedoch blieb aus. Mit Hilfe dieser Symptome grub ich neue Schlüssel aus: ich habe Herzklopfen! Warum? Seit wann? Was ist eigentlich geschehen? Welches Wort, welcher Geruch, welche Farbe, welche Atmosphäre, welcher Gedanke, welcher Lärm haben mich aufgeschreckt? Ich fand meinen Frieden wieder, und wenn ich es alleine nicht schaffte, brachte ich das zu analysierende Moment zum Doktor.

Oft tappte ich im dunkeln und konnte den Auslöser für mein Unbehagen nicht finden. Allein die Tatsache, daß ich wußte, daß es einen Auslöser gab, beruhigte mich. Ich lag mit geschlossenen Augen auf der Couch und versuchte, die verhedderten Fäden zu entwirren. Ich regte mich nicht mehr so auf wie früher, ich verfiel nicht mehr in Schweigen, ich ließ mich nicht mehr zu Beleidigungen hinreißen. Ich kannte nun die Bedeutung von beiden Verhaltensweisen und wußte, daß die Beleidigungen genau so beredt waren wie die ungesagten Worte, nur anstrengender. Was ich suchte, war Ruhe, Entspannung und Friede. Ich ging in die Sackgasse, um mich vollständig zu heilen. Ich ließ die Bilder und Gedanken aufsteigen, die sich gegenseitig bedingten, und ich versuchte sie auszusprechen, ohne sie vorher zu sortieren, ohne die schmeichelhaftesten herauszupicken und die mittelmäßigen, die niederen, die häßlichen, die dummen beiseite zu schieben. Das war schwierig. Der Doktor und ich waren ein schrecklich scharfsinniges und forderndes Publikum, Schiedsrichter in meinem Schattentheater. Manche Schatten verflüchtigten sich ins Nichts. Da waren sie, ganz nahe, kurz vor dem Auftauchen. Aber schon in der Sekunde, in der wir glaubten, sie packen zu können, waren sie wieder zerronnen, ins Unterbewußtsein entwischt, wo sie weiter herumspukten. Meine Worte hatten uns an der Nase herumgeführt. Wir mußten mit der erschöpfenden Arbeit, in der ich Zuschauer und Schauspieler zugleich war und der Doktor Zuschauer und Regisseur, von neuem beginnen. Ein einziges «und das . . . was fällt Ihnen dazu ein?» konnte alles verändern, aber nur unter der Bedingung, daß ich dieses ‹Das› zuvor ausgesprochen hatte.

Auf diese Weise entdeckte ich meine schlechteste Eigenschaft, diejenige, die meine größten Qualitäten in sich birgt und mir zeitweise wirklich Macht verleiht; die mich zu der Person werden läßt, die ich wirklich bin.

Seit einiger Zeit passierte es mir, daß ich wegen einer Kleinigkeit einfach losheulte, ohne zu wissen warum. Oft fand ich diese Heulerei unpassend oder übertrieben. Zwar war es ein großes Vergnügen für mich, überhaupt wieder weinen zu können, was mir so lange versagt geblieben war. Die laue Nässe der Tränen war eine Wohltat. Die Tränen waren genauso nötig wie alle warmen Flüssigkeiten, die der Körper braucht, um Schmerzen zu lindern und Verlangen zu stillen. Ich erinnere mich an die Erleichterung bei jeder Entbindung, wenn die Fruchtblase angestochen wurde und das Fruchtwasser sich über meine Schenkel ergoß: Atempause, süße Stille vor den starken Wehen der Austreibungsphase.

Aber die Heulerei war nicht nur ein Vergnügen, ich spürte, daß meine Tränen noch etwas anderes bedeuteten. Aber was? War es lediglich meine kindliche Angewohnheit? Der Trost, mich als Opfer zu fühlen? Ich war aber kein Kind mehr und auch kein Opfer. Was war es dann? War es der Trost, meine Mißerfolge auf die Undankbarkeit der anderen schieben zu können: «Niemand liebt mich, immer bin ich schuld!» Das war es auch nicht. Ich konnte das Problem nicht lösen. Ich konnte mir einfach keinen Reim darauf machen, warum ich so leicht und oft in Tränen ausbrach. Ich heulte sogar beim Doktor, weil das Telefon mitten in der Sitzung klingelte oder weil er mich in meinen weitschweifigen Monologen unterbrach und die Sitzung für beendet erklärte. Ich hatte einen Kloß im Hals und ließ die warmen Tropfen über mein Gesicht rinnen wie süß-sauren Balsam. Manchmal erschütterte das Schluchzen die Schultern, Brustkorb und meinen ganzen Körper.

Als ich begonnen hatte, mich zur Welt zu bringen, mich als einen unabhängigen Menschen zu betrachten, als ein Individuum, wollte ich plötzlich ein Auto haben, um mich schneller und weiter weg fortbewegen zu können. So schnell wie möglich wollte ich die verlorene Zeit einholen, alles sehen, alles kennenlernen. So hatte ich nun für ein paar hundert Francs eine alte ‹Ente› erstanden. Ich fühlte mich hinter dem Steuer wohl, selbstsicher und beschützt. Sie wurde mein bester Kumpel. Der ‹Ente› weinte ich was vor, erzählte ihr Geschichten oder trällerte vor mich hin. Das Leben wurde durch sie weitläufiger und weniger anstrengend. Ich wohnte am Stadtrand, und dank meiner Karre brauchte ich nicht an eisigen Haltestellen zu warten, brauchte keine Angst mehr zu haben, die letzte Metro zu verpassen. Oft erzählte ich dem Doktor von meiner Beziehung zu diesem Auto, von meiner Liebe zu ihm. Endlich steuerte ich selbst, anstatt mich steuern zu lassen.

Eines Tages, bevor ich in die Sackgasse fuhr, hatte ich meine alte verbeulte, verrostete Mühle eindeutig im Halteverbot abgestellt. Zwei Sekunden nur, ich wollte schnell eine kleine Besorgung machen, ein Paket abholen. Dazu muß ich sagen, daß mein Auto nur so lange eine tragbare Belastung für mein Portemonnaie war, solange ich weder Reparaturen noch Strafzettel zahlen mußte.

Ich pflegte es deshalb so gut wie möglich und paßte scharf auf, nicht mit dem Gesetz in Konflikt zu geraten.

Ich renne los, hole schnell das Paket, laufe zurück und sehe einen Polizisten seelenruhig einen Strafzettel hinter die Scheibenwischer klemmen. Ich gehe auf ihn zu mit einem Kloß im Hals:

«Es war für meine Arbeit. Ich habe keine fünf Minuten gestanden.»

«Ihren Ausweis, bitte.»

Ich reiche ihm meine Papiere und fange im selben Moment an, wie ein Schloßhund zu heulen. Weinkrampf, Schluchzen, Schlucken, ich kann nicht mehr aufhören. Der Polizist gibt mir die Papiere mit einer Miene zurück, als wolle er sagen: «Damit kommst du bei mir nicht an.» Daraufhin plärrte ich erst richtig los.

«Bezahlen Sie sofort oder später?»

«Später.»

«Dann fahren Sie weiter, das wird Ihnen eine Lehre sein, Ihr Auto nicht einfach irgendwohin zu stellen.»

In jammervollem Zustand komme ich beim Doktor an. Mit verheultem Gesicht lege ich mich auf die Couch, ich ziehe den Rotz in der Nase hoch und schniefe vor mich hin, da ich wie zufällig kein Taschentuch dabei habe. Die Kehle ist zugeschnürt und schmerzt, sie ist hart wie Stein.

Ich erzähle meine kleine Geschichte: das Halteverbot, das Überqueren der Straße, das Paket, die paar Minuten und der Polizist mit seinem Sündenregister. Ich jammere, daß ich keinen Pfennig Geld habe . . . immer Prügelknabe bin . . . nicht weiß, wie man sich beliebt macht, nicht anziehend bin . . . ein unangenehmer Augenblick. Meine Mutter pflegte immer zu sagen: «Du bist häßlich wie die Nacht», «Deine Augen sind wie Mottenlöcher», «Du bist zu fett, deine Füße sind zu groß, Gott sei Dank hast du wenigstens hübsche Ohren.»

Die zugeschnürte Kehle tut mir weh. Ich habe das Gefühl, daß ich meine Spucke nicht mehr herunterschlucken kann, daß ich nur mehr mühsam Luft kriege. Ich ersticke . . . Ich bin zwei oder drei Jahre alt und befinde mich mit meinem Bruder im Spielzimmer. Es ist Winter, der Kamin brennt. Meine Puppen stehen in einer Reihe wie aufgefädelt auf dem Regal, das rund um das Zimmer verläuft. Alle Leute schenken mir Puppen zu Weihnachten oder zum Geburtstag. Es ist angeblich das schönste Geschenk für ein kleines Mädchen. Ich besitze sie in allen Größen und Farben: blonde, dunkle, rothaarige, braunäugige, blauäugige. Ich spiele nie mit Puppen. Ich kann sie nicht leiden mit ihren dummen Augen, falschen Haaren, Händen, die nicht greifen können, Füßen ohne Zehen, mit ihren pummeligen Körpern. Jungenspiele und Spielzeug mag ich lieber.

Neben dem Kamin schläft die Puppe, die ich am meisten hasse, in einer mit Organza ausstaffierten Wiege. Eigentlich ist sie eine Säuglingspuppe. Sie sieht aus wie ein Mädchen, außer daß sie keine Locken hat und kein Kleidchen trägt . . . Er heißt Philippe. Mama ist diejenige, die alle meine Puppen tauft. Ich verstehe nicht, warum man diesen Gegenständen Namen geben muß wie Kindern, warum man sagen muß: «Sie heißt Delphine, Catherine, Pierre oder Jacques.»

Vor einigen Tagen schenkte ich meinem Bruder ganz offiziell Philippe, Nany war Zeuge. In Zukunft gehört nun ihm der Säugling. Damit habe ich zwei Fliegen mit einer Klappe geschlagen: ich bin ihn losgeworden und habe mir gleichzeitig das Wohlwollen meines Bruders eingehandelt, der fünf Jahre älter ist als ich und mich pausenlos hänselt. Er macht mir immer angst und zwickt mich, lacht mich aus, und nachts weckt er mich auf, um ihn aufs Klo zu begleiten: er hat Angst, alleine im Dunkeln Pipi zu machen. Falls ich es wagen sollte, ihn wegen seiner Angst vorm Dunkeln zu verpetzen, droht er mir, mir die Haare auszureißen, mich zu ohrfeigen und den Schwarzen Mann zu rufen. Er ist übrigens auch der Liebling meiner Mutter. Unter dem Vorwand, er sei zu mager, verhätschelt sie ihn, macht sich unentwegt Sorgen um seine Gesundheit und seine gute Laune.

Mein liebstes Spielzeug ist ein Plüschaffe auf Rollen. Er hat einen drolligen Kopf, haselnußfarbene Glasaugen und ein langes eingerolltes Schwänzchen, das wackelt, wenn ich ihn hinter mir herziehe. Er ist weich und kuschelig.

Plötzlich bekommt mein Bruder einen Wutanfall, er will mir einen Pingpongschläger aus der Hand reißen, der ihm zwar gehört, mit dem ich im Augenblick aber spiele. Ich weigere mich, den Schläger herzugeben. Daraufhin packt er meinen Affen am Schwanz, wirbelt ihn herum und schleudert ihn mitten ins Feuer. Der Geruch verbrannter Wolle steigt im selben Moment aus dem Kamin: mein geliebter Affe brennt!

Wie vom Blitz getroffen durchzuckt mich mörderische Wut, ich bebe am ganzen Körper, gerate in Rage und könnte jemanden umbringen. ohnmächtig stehe ich vor der Größe und der Stärke meines Bruders. Ich stürze mich auf die Säuglingspuppe, zerre sie aus der Wiege und trample mit all meinen Kräften auf ihr herum. Ich möchte vor allem den Kopf zerstören, das Gesicht zertreten und dann den Rest, bis nichts mehr von ihr übrigbleibt. Ich giere danach, sie kaputt zu machen, sie zu vernichten, sie zu töten. Plötzlich steht meine Mutter im Zimmer und verpaßt mir ein paar schallende Ohrfeigen. Ich brülle und stampfe mit den Füßen auf. Sie schlägt nochmal zu. Das macht mich noch wilder; ich bin nun vollends außer mir, will nur noch beißen, treten, kaputtschlagen. Ich höre meine Mutter zu Nany sagen:

«Sie muß unter die eiskalte Dusche, das ist das einzige, was sie beruhigt.»

Ich glaube ihnen nicht, daß sie mich unter die Dusche stellen wollen. Selbst als sie mich packen und mich ins Bad schleppen, kann ich immer noch nicht glauben, daß sie dieses finstere Vorhaben ausführen werden. Ich brülle noch lauter, winde mich, schlage um mich: ich will meinen Affen wiederhaben. Meine Ohnmacht ihnen gegenüber ist wie eine wahrhafte Folter. «Ihr seid ungerecht, ich habe nichts getan, ich bin nicht schuld!» Mein Bruder ist schuld, ich möchte mich rächen, ihm wehtun.

Das eiskalte Wasser trifft mich voll ins Gesicht, verschlägt mir den Atem. Meine Mutter hält mir den Kopf, Nany schiebt mich immer wieder unter die Dusche und hält mir die Hände auf dem Rücken fest. Mein Bruder steht am Ende der Wanne und schaut zu. Die Situation ist unerträglich, unakzeptabel. Das muß aufhören. Ich begreife, daß die Drei gegen mich zu stark sind und daß es nur eine einzige Möglichkeit gibt, dem Wasser, das mir in Mund, Nase und Ohren läuft, zu entrinnen: ich muß mich beruhigen. Ich muß aufhören zu brüllen.

Ich strenge mich gewaltig an, um den Zorn zu bändigen, der mir aus allen Poren quillt, mich von Kopf bis Fuß erschüttert. Aus der Tiefe meines Ichs steigt eine kolossale Kraft auf, die meine Wut bezwingt: der Wille. Und noch eine andere Waffe kommt mir zu Hilfe: die Verstellung. Meine ganzen Kräfte habe ich mobilisiert, um meinen Jähzorn in den Griff zu kriegen, ihn einzusperren, ihn so tief wie möglich zu begraben. Dafür mußte ich mich derart konzentrieren, daß es schmerzte. Alles tat mir weh, vor allem die zugeschnürte Kehle, aus der kein Laut mehr raus darf.

Triefend stehe ich in der Badewanne, die Dusche ist abgestellt. Alle drei schauen mich schweigend an. Eines weiß ich, nie wieder werde ich in eine solche Situation kommen. Mein Hals ist wie ein Schraubstock gespannt, ich muß tief Luft holen, um die letzten Schluchzer herunterzuschlucken. Langsam quellen die Tränen aus den Augen und lindern das Brennen in meinem Gesicht.

Die Tränen auf der Couch in der Sackgasse sind versiegt. Mit Staunen hatte ich soeben meinen Jähzorn wiedergefunden. Ausgerechnet ich, die ich Gewaltlosigkeit predigte, meinen Kindern auch nie den kleinsten Klaps verpaßt habe und Ungerechtigkeit und Willkür mit Schweigen und Tränen beantwortet hatte! Ausgerechnet ich! Ich

160

steckte ja selbst voller Jähzorn. Ich war der Jähzorn in Person!

Gerade eben, als der Polizist an meinem Auto stand und ich sah, daß er mir unerbittlich einen Strafzettel verpaßt, hätte ich ihm am liebsten in die Fresse geschlagen. Mein Hals verkrampfte sich und war nur noch ein harter, schmerzender Kloß. Um diesen Schmerz aushalten zu können, begann ich zu weinen. Ich hatte meine Wut verdrängt, von der ich gar nicht wußte, daß sie in mir steckte.

Diese plötzliche Offenbarung meines Jähzorns war, glaube ich, der bedeutendste Moment in meiner Analyse. In diesem neuen Licht wurde alles viel zusammenhängender. Ich erlangte nun die Gewißheit, daß diese nach innen gestülpte, mundtot gemachte, angekettete Kraft, die ständig in mir wie ein Sturm tobte, der beste Nährboden für die Sache war.

Wieder einmal kam mir dieser schöne, komplizierte Mechanismus des menschlichen Geistes wie ein Wunder vor. Die Begegnung mit dem Jähzorn fand genau zum richtigen Zeitpunkt statt. Früher hätte ich ihn wohl nicht ertragen, nicht annehmen können. Wie konnte ich damals, als ich die Halluzination analysiert hatte, nur so blind sein und immer noch glauben, daß das kleine Mädchen ein Engelchen sei, obwohl es doch auf Aggression mit Gegenaggression reagiert hatte. Es hatte doch auf seinen eigenen Vater so lange eingeschlagen, bis es sich vor allen blamierte. Das war ihm jedoch keine Lehre gewesen. Einige Monate später mußte man auf die eiskalte Dusche zurückgreifen. Und dieses Mal verfehlte die Züchtigung ihre Wirkung nicht: für die nächsten fünfunddreißig Jahre verbannte sie den Jähzorn hinter Schloß und Riegel.

Im Laufe meiner Jugend war der Jähzorn einige Male wieder hochgekommen. Aber ich konnte ihn nicht als solchen identifizieren, ich glaubte, es sei eine Nervenkrise, die mir die Gurgel zuschnürte. Ich sperrte mich dann irgendwo ein, schämte mich oder zerriß meine Kleider und schmetterte irgend etwas an die Wand. Nur ein einziges Mal hatte mich meine Mutter dabei überrascht, als ich gerade eine Silbervase gegen die Wand donnerte. Sie lachte nur und sagte: «Deinem zukünftigen Mann werde ich die Vase schenken, damit er sich über den fabelhaften Charakter seiner Frau ein Bild machen kann.» Ein anderes Mal schleuderte ich ein schweres Gliederarmband gegen die Wand. Der Schlag war so heftig, daß die Glieder Abdrücke in der Mauer hinterließen und mir das Armband wie ein Bumerang um die Ohren sauste und auf meine Hand knallte, wobei ich mir höchstwahrscheinlich etwas brach. Jedenfalls schleppte ich die schmerzende Hand einige Monate lang mit mir herum, ohne ein Sterbenswörtchen zu sagen. So gut es ging, versteckte ich die Schwellung wie einen beschämenden Makel.

Und dann rührte sich nichts mehr. Stille. Melancholie.

Mein Unterbewußtsein hatte den Weg so gut geebnet, daß ich seit der Analyse meiner Halluzination, bis zu ihrer Entschleierung als Jähzorn, die Person kennengelernt hatte, die ich war. Ich war keineswegs ein Engel. Ich hatte Zeit gehabt, mich an meinen Hochmut, mein Unabhängigkeitsbedürfnis, meinen störrischen und egozentrischen Charakter zu gewöhnen. Ich hatte begriffen, daß diese Charakterzüge sowohl gute als auch schlechte Eigenschaften sein konnten, je nachdem, wie ich mit ihnen umging. Sie waren ungestüme Pferde vor meinem Karren. Und nun lag es an mir, ihn richtig zu steuern. Das machte mir keine Angst mehr. Ich hielt die Zügel ja in der Hand.

Heute kommt mir der Jähzorn wie ein herrliches und zugleich gefährliches Geschenk vor, wie ein furchterregender Dolch, dessen Schaft Gold- und Elfenbeinintarsien zieren, den ich mit allergrößter Sorgfalt handhaben muß. Ich war versessen darauf, ihn bald auszuprobieren. Aber ich wußte, daß ich den Jähzorn benutzen wollte, um etwas aufzubauen und nicht zu zerstören.

Mit diesem Wissen kamen gleichzeitig meine Vitalität, meine Fröhlichkeit und Großzügigkeit zurück.

Nun war meine Person fast fertiggebaut.

In dem Maße, in dem sich mein Leben, mein Gleichgewicht in der Sackgasse aufbaute, gewann es auch draußen an Form und Sinn. Ich konnte mehr und mehr mit anderen Menschen reden, auf Versammlungen gehen, mich frei bewegen.

Da meine Kinder nicht mehr die einzigen Bezugspunkte zur Realität waren, fiel ich ihnen auch weniger zur Last. Ich konnte sie besser leiten und ihnen auch mehr Verständnis entgegenbringen. Wir bauten uns Brücken, die von ihnen zu mir und von mir zu ihnen führten. Trotz meiner Anstrengung, sie davon fernzuhalten, hatte sie meine Krankheit sicherlich berührt, ja sogar vielleicht verletzt. Je mehr Fortschritte ich machte, um so suspekter wurde mir die traditionelle Mutterrolle. Von nun an hielt ich mich etwas auf Distanz, beobachtete sie, funkte nicht bei jeder Kleinigkeit dazwischen und umgab mich vor allem nicht mit tausend Verboten. Ihr einziger Fixpunkt, ihre einzige Sicherheit, war meine ständige Gegenwart, meine permanente Verfügbarkeit in jeder Lebenslage. Ich fühlte mich und fühle mich heute noch dafür verantwortlich, sie in die Welt gesetzt zu haben, aber ich lernte allmählich, mich nicht für sie als eigenständige Personen verantwortlich zu fühlen. Sie waren nicht ich, und ich war nicht sie, sie mußten mich erst genauso kennenlernen wie ich sie. Ich war damit völlig in Anspruch genommen, denn auf diesem Gebiet hatte ich den Eindruck, Zeit vergeudet zu haben. Der Älteste war mittlerweile fast zehn Jahre alt.

Außerdem begann ich, nachts und früh morgens zu schreiben. Ich hatte ein kleines Büchlein, in das ich meine Gedanken niederschrieb. Wenn dieses Büchlein voll war, nahm ich das nächste. Tagsüber versteckte ich es unter der Matratze. Wenn ich abends die Zimmertür hinter mir schloß, begegnete ich ihm mit derselben Freude wieder wie einem schönen, aufregenden Liebhaber.

Schreiben ging mir leicht von der Hand. Ich dachte gar nicht darüber nach, was ich schrieb. Ich nahm Bleistift und Büchlein und überließ mich meinen Hirngespinsten, aber anders als auf der Couch in der Sackgasse. Die Hirngespinste waren Bausteine meines Lebens, die ich willkürlich, nach eigenem Gutdünken zusammensetzte. Ich erlebte Augenblicke, die ich nie erlebt hatte, die ich mir nur zusammenphantasierte; anders als beim Doktor war ich hier nicht an den Pranger der Wahrheit gekettet. Ich fühlte mich frei wie nie zuvor.

Und eines Tages begann ich die Texte aus meinem Büchlein in die Schreibmaschine zu tippen. Warum, weiß ich selbst nicht!

Meinen Job, Werbetexte zu schreiben, hatte ich dank meiner Diplome bekommen. In Satzbau und Grammatik war ich perfekt, schließlich hatte ich jahrelang, bevor ich schwer krank wurde, unterrichtet. Schreiben bedeutete für mich, Auskünfte und Informationen in grammatikalisch richtige und logische Sätze zu verwandeln. Um mich auf dem Gebiet zu verbessern, baute ich mein Vokabular so weit wie möglich aus und lernte den *Grevisse* quasi auswendig. Ich liebte dieses Buch über alles. Der veraltete Titel *Le bon Usage* garantierte die Ernsthaftigkeit und Richtigkeit meiner Liebe zu diesem Schmöker. Es hatte ungefähr den gleichen Stellenwert wie meine Angebereien als Kind, wenn ich behauptete, daß ich so gerne *Les petites filles modèles* las. Im *Grevisse* gab es viele offene Türen für Freiheit und Phantasie, manches humorvolle Zublinzeln, stillschweigendes Einverständnis mit Schreibern, die sich nicht der Orthodoxie einer toten Sprache unterwerfen und ins Korsett der Grammatik einschnüren lassen wollten. Ich nahm an, daß diese Ausbruchsmöglichkeiten nicht für mich, sondern für echte Schriftsteller galten. Ich hatte vor Büchern einen Mordsrespekt, aber auch liebevolle Verehrung, so daß ich mir überhaupt nicht vorstellen konnte, selbst ein Buch zu schreiben. ‹Madame Bovary›, ‹Die Dialoge› von Platon, die Romane und Essays von Sartre, von Julien Gracq, manche Amerikaner und Russen hatten wie ein Freudenfeuer in den Nächten meiner Jugend und während meines Studiums gelodert. Wenn ich sie gierig und schwitzend ausgelesen hatte, blutete mir das Herz, daß ich sie wieder ins Regal stellen mußte.

Wie gerne hätte ich mich länger in ihren Seiten verkrochen, im Schutz ihrer Kraft, ihrer Freiheit, ihrer Schönheit, ihres Muts.

Die Tatsache, zu schreiben, schien mir ein bedeutsamer Akt, dessen ich mich nicht würdig fühlte. Nie hätte ich es mir angemaßt, selbst zu schreiben, nie und nimmer. Ich hatte mich nie zuvor an einen Vers, an eine Skizze für ein Essay, an ein Tagebuch oder an eine freie Erzählung herangewagt.

Und nun diese Blätter, die sich mit den Buchstaben meiner Schreibmaschine füllten? Ich wußte nicht, was ich da tat, und ich wollte es auch nicht wissen. Für mich war das eine ungeheuere Befriedigung, damit basta.

Es kam Weihnachten und damit auch Jean-Pierre aus Amerika. Für die Kinder war das ein Fest. Ich versuchte ihnen den Vater trotz seiner Abwesenheit als einen Teil ihres täglichen Lebens zu erhalten. Wie bei einem Seemann, einem Handelsreisenden oder einem Forscher gehörte seine Abwesenheit zu seinem Beruf, doch sein Angelpunkt waren wir. Es durfte nichts Ungewöhnliches sein, daß er nicht ständig bei uns lebte. Jeden Tag sprach ich mit meinen Kindern über ihn. Wir überlegten uns, wie er wohl auf dieses oder jenes Familienereignis reagiert hätte. Ich erzählte ihnen Geschichten über ihren Vater, wie andere Eltern Indianer- oder Cowboygeschichten erzählen. Ich schöpfte mein Repertoire aus der Kindheit und aus der Jugend von Jean-Pierre, aber auch aus seiner Heimat: dem Norden mit den Kohlebergwerken, den Grubenarbeitern, dem Nieselregen und dem Ruß. «Mama, erzähl uns, wie Papa sagte, daß . . . Wie Papa dorthin ging . . . Als Großväterchen unter Tage fuhr . . . Als Papa sein Motorrad reparierte . . .» usw. Und so wurde er zu der wichtigsten Person in unserer Familie. Um so wichtiger, als er immer nur für ein paar Tage kam, in denen er ganz seinen Kindern gehörte. Er war ihnen gegenüber Geduld, Aufmerksamkeit und Phantasie in Person. Die Kinder vergötterten ihn, und das war gut so. Um nichts auf der Welt sollten sie eine vaterlose Kindheit haben, so wie ich sie gehabt hatte. Mit Jean-Pierre und mir war das anders. Seine kurzen Abstecher zu uns waren mir peinlich. Meine Krankheit hatte einen Graben zwischen uns gezogen, über den nie gesprochen wurde, der uns unüberwindbar schien. Das Mißverständnis war um so tiefer, als er sich für meine Leiden teilweise verantwortlich fühlte. Er hatte deswegen Schuldgefühle und kam sich selbst wie ein Versager vor. Dieses Gefühl wurde dadurch noch bestätigt, daß ich selbst nicht sagen konnte, was eigentlich mit mir los war, was mich leiden machte. Ich schob deswegen ihm die Schuld für mein inhaltsloses, langweiliges Leben in die Schuhe, und ich glaubte deswegen recht zu haben, weil die Sache nach unserer Heirat solche Ausmaße annahm, bis sie alles überschwemmte, genährt von den Schwangerschaften, den Stillmonaten, dem täglichen Streß, in dem eine junge Frau mit drei Kindern, einem Beruf, einem Haushalt und einem Ehemann lebt. Unwissend wie ich war, konnte ich nicht über meine Nasenspitze hinaus sehen, und als ich einen Blick auf meine Vergangenheit warf, kam ich zu dem Schluß, daß ich krank war, seitdem ich mit Jean-Pierre lebte, daß folglich er es war, der mich krank machte. Diese Überlegungen stellten wir getrennt an, wir redeten darüber nicht miteinander und lebten uns auseinander. Unsere Partnerschaft war eine Niederlage. Wir hätten die Schlacht gemeinsam schlagen müssen, hatten sie aber aus unserer Vereinzelung verloren, selbst wenn es nicht so aussah. Das Interesse und die Liebe zu unseren Kindern waren stark genug, uns in den wenigen Tagen, die wir zusammen verbrachten, als ein glückliches Paar erscheinen zu lassen.

Ich hatte furchtbare Angst vor einer Scheidung, furchtbare Angst, den gleichen Weg zu gehen wie meine Mutter, und meine Kinder dahin zu bringen, wohin sie mich gebracht hatte. Eine Scheidung hätte uns viel einschneidender getrennt als die Tausende von Kilometern, die jetzt zwischen uns lagen. Weder meine Kinder noch ich fanden diese geographische Trennung schlimm. Und deswegen hatte ich auch nicht den Eindruck, meine Kinder alleine zu erziehen, obwohl nur ich für ihren Unterhalt aufkam und die einzige Bezugsperson war.

Jean-Pierre hatte nur ein einziges Mal von Scheidung gesprochen. Das war lange her; damals, als meine Blutungen anomal wurden. Und schon einige Monate später sollte ich der Sache völlig ausgeliefert sein.

Das Ganze fand in Portugal statt, wo wir beide Lehrer an der französischen Schule waren. Mein drittes Kind war gerade auf die Welt gekommen. Die Erinnerung an die Gesichter der Leute und an die Gegend, in der wir lebten, ist völlig ausgelöscht. Ich war bereits in der Welt der Sache gefangen. Wie ein Automat bewegte ich mich in einem undeutlichen Alptraum, aus dem mich nur unerklärliche Angstanfälle reißen konnten. Angst vor einem Nichts, Angst vor allem. Eine Tablette genügte, und ich versank wieder in Lethargie und Nebel. Ich bemühte mich, normal zu wirken. Ich ging in die Schule, hielt meine Stunden, kam heim, kümmerte mich um Kinder und Haushalt. Ich verstummte immer mehr. Das war weder angenehm noch unangenehm, weder leicht noch schwer. Mein Zeitgefühl war verlorengegangen. Ich lebte nicht das Leben, das ich den anderen vorspielte. Angesichts des Unverständlichen, des Absurden hatte ich mich in mich selbst zurückgezogen. Nur meine Entfremdung, mein zunehmendes Desinteresse an den anderen kam von Zeit zu Zeit als stechendes Bewußtsein an die Oberfläche. Mein Verhalten ließ mich an diese Raketen denken, die mit atemberaubender Geschwindigkeit zum Mond fliegen und dennoch langsam, ungeschickt, beinahe zögernd abheben, als sei ihr Start ein Losreißen. Ich spürte die beginnende Entwurzelung und hatte das Gefühl, eines Tages, wenn es soweit sei, mit verrückter Geschwindigkeit aus der Welt katapultiert zu werden. Es kostete mich ununterbrochen Kraft, um in der Wirklichkeit der anderen zu bleiben. Dieses Spiel laugte mich aus.

Um so normal wie die anderen zu erscheinen, beschloß ich, ein großes Fest zu Ehren meiner beiden Töchter zu veranstalten. Die eine war gerade erst geboren, die andere feierte ihren zweiten Geburtstag. Ich hatte einen Haufen Kinder eingeladen und die Eltern und Freunde gebeten, beim Abholen auf einen Drink zu bleiben. Alle Bekannten, die ich nur auftreiben konnte, hatte ich eingeladen. Es sollte ein großer Rummel werden, ein übertriebener Versuch, meinem Schicksal zu entrinnen. Ich wollte das Muster einer perfekten jungen Frau aus gutem Hause im Sinne von Mama abgeben: glänzendes Silber, gestärkte Tischdecken, aus der Küche der köstliche Geruch von Gebäck, Blumen überall, das ganze Haus gewienert. Inmitten unserer Kinder würden Jean-Pierre und ich die Gäste empfangen. Damit wäre der Spuk vorbei. Ein solches Fest braucht einige Tage Vorbereitung. Wie in einen Ringkampf hatte ich mich in das Unternehmen gestürzt.

Es lief glänzend. Ich trug ein rosafarbenes Seidenkleid, das hausgemachte Kinderbuffet war vorzüglich, nicht zuviel und nicht zuwenig. Die Atmosphäre war von diskretem Luxus, vornehmer Fröhlichkeit, Einfachheit und dennoch Raffinement. Eine Gewalttour, eine Glanzleistung hatte ich damit vollbracht. Ich war nun in den Rang dieser jungen Frauen aufgestiegen, die heldenhaft mit ihrer Identität bezahlen, um die Tradition ihrer Klasse zu verewigen.

Als ich die Tür hinter dem letzten Gast schloß, brach ich zusammen. Ich konnte nicht mehr, noch nie in meinem ganzen Leben hatte ich eine so harte Prüfung über mich ergehen lassen müssen! Meine ganze gute Erziehung hatte ich mobilisiert, um das durchzustehen: stets zu lächeln und mich aufmerksam um das Wohl meiner Gäste zu kümmern. Jean-Pierre war nämlich nicht aufgetaucht, und sein Nicht-Erscheinen hatte die Atmosphäre heimtückisch vergiftet. Morgens war er in die Schule gefahren, und seitdem hatte ich ihn nicht mehr gesehen. Anfangs fragte man mich noch, wo er denn bliebe, worauf ich zuversichtlich versicherte, er müsse jeden Augenblick kommen. Später fragte man nicht mehr nach seinem Verbleib, und die Gäste verabschiedeten sich früher als vorgesehen.

Das chaotische Haus nach dem Fest entsprach meinem Zustand: ich hatte diesem Chaos entfliehen wollen und steckte jetzt im Gegenteil noch tiefer drin.

Es war schon spät, als Jean-Pierre heimkam. Ich hörte, wie er die Tür aufsperrte, die Treppe hochstieg und sich direkt in unser Schlafzimmer begab. Das Haus war groß, er hätte sehr gut in einem anderen Zimmer schlafen und somit den Affront vermeiden können. Ich hätte ihn in Ruhe gelassen. Statt dessen stellte er sich ans Fußende des Bettes. Er schaute mich an und sah, daß ich lange geweint hatte. Er schwieg. Er musterte meinen Körper, der unter dem Leintuch zusammengekauert war. Vielleicht stellte er sich das Blut vor, wegen dem wir schon alle Ärzte in der Stadt aufgesucht hatten: in deren Augen war ich ein menschliches Wrack. In seinem Blick lag Verachtung, Ekel und Ärger.

«Ich habe dein ewiges Kranksein, dein ständiges Gejammer satt!»

«Ausgerechnet heute, wo ich das Fest gegeben habe.»

«Als Fest bezeichnest du das? Ein Aufmarsch von herausgeputzten Idioten!»

«Der Botschafter fand das Haus sehr schön und war entzückt von den Kindern . . . Er war erstaunt, dich nicht anzutreffen . . .»

«Der Botschafter ist mir scheißegal, verstehst du! Der ist mir wurscht! Ich lasse mich scheiden, ich habe die Nase voll! Ich bin unfähig, dich glücklich zu machen, und du bist unfähig, mich glücklich zu machen. Ich bin jung und habe keine Lust, mich mit dir begraben zu lassen! Ich hau ab! Ich lasse mich scheiden!»

«Nein! Keine Scheidung!»

Er machte mir angst. Er, der immer so besonnen, so ruhig, so vernünftig war, nun war er entschlossen, einen Schlußstrich zu ziehen. Er konnte nicht mehr. Und ich konnte mir eine Trennung von ihm nicht vorstellen. Obwohl ich kaum noch seine Frau war und mich auch kaum noch Freundschaft mit ihm verband, wollte ich mich nicht scheiden lassen.

Etwas sehr Starkes trieb mich, bei ihm zu bleiben, mich anzuklammern.

Er hatte meinen unerklärlichen Mut der Verzweiflung gespürt, und es rührte ihn. Er setzte sich auf das Bett, ins Licht der Lampe und blieb dort stumm sitzen. Auf seinen braungebrannten Armen sah ich weiße Spuren von getrocknetem Salzwasser, Salzkristalle an den Wimpern rahmten seine schönen hellen Augen ein.

«Warst du heute am Strand?»

«Ja.»

«In den Dünen!»

«Ja.»

«Mit einer Frau?»

«Ja . . . mit einer Frau, die mich liebt, die das Leben liebt!»

Eifersucht und Traurigkeit stiegen in mir auf. Er blickte in meine Augen, in zwei Seen voller Kummer.

Er nahm an, daß ich mich wegen dieser Frau verletzt fühlte. Aber das war es nicht. Was mich viel mehr erschütterte, war der Gedanke an die Lust, mit der er sich in die Wellen stürzte, weit hinausschwamm, sich in der Sonne trocknen ließ, den Sand unter seinen nackten Füßen spürte. Ich hatte ihm schließlich die Lust am Meer, dem Strand, dem warmen Wind, der Freiheit des Körpers, sich vom Wasser streicheln und tragen zu lassen, vermittelt. Er kam aus einem kalten Land, in dem der Ozean ein Sportplatz ist, ich kam aus einem heißen Land, wo das Meer Wollust ist.

Jean-Pierre in den Wellen! Bei diesem Bild platzte mir fast der Schädel. Deutlicher denn je zeigte es mir die riesige Entfernung zwischen den anderen Menschen und mir: ich konnte nicht mehr schwimmen, nicht mehr im feuchten Sand laufen. Ich war ein Krüppel, in diesem Zustand konnte er mich mit den Kindern nicht alleine lassen.

Bei der Vorstellung seines wasserglänzenden Körpers trat mir meiner nur allzu deutlich vor Augen: behäbig, ungepflegt, abgeschlafft, die Brüste waren von der Milch aufgedunsen, der Bauch aus der Form geraten.

«Nein, auf keinen Fall Scheidung!»

Wir ließen uns nicht scheiden, aber er nahm weit weg von mir eine Stellung an.

Er wußte, daß ich eine Analyse machte, und sah, daß es mir besser ging. Aber wenn er da war, fiel es mir schwer, mit ihm zu sprechen. So viele Jahre hatten wir unser eigenes Leben gelebt! So viele heimliche Betrügereien, so viele ungeteilte Aktivitäten lagen dazwischen! Es war unmöglich, das gegenseitige Vertrauen, die Offenheit wiederzufinden.

Dieses Mal jedoch, am ersten Morgen nach seiner Ankunft, sagte ich zu ihm:

«Weißt du, daß ich seit einiger Zeit nachts schreibe?»

«Was schreibst du denn?»

«Ich weiß nicht so genau, jedenfalls füllt es Seiten um Seiten.»

«Willst du, daß ich sie lese?»

«Wenn du möchtest . . . Ich weiß nicht, warum ich überhaupt mit dir darüber spreche.»

«Zeig her.»

Ich holte die Seiten unter der Matratze hervor.

«Du versteckst sie? Warum?»

«Ich weiß nicht, ich verstecke sie gar nicht.»

«Gib her!»

Ich wohnte am Stadtrand in einem schicken Appartementhaus, an einer sogenannten ‹ersten Adresse›. Mein Zimmer war ein weißer Betonkubus voller Regale, auf denen sich die Bücher und Aktenordner stapelten. Auf dem Boden lag eine Matratze. Aus dem Fenster sah man den Himmel und einen Baum. So konnte ich den Wechsel der Jahreszeiten beobachten. Neugierig verfolgte ich die raffinierte und mühevolle Arbeit der mitteleuropäischen Natur. Ich war Zeuge, wenn der Herbst schon Mitte August seine Fühler ausstreckte, der Frühling, Mitte Februar, die kralligen Äste umschmeichelte. In dem Land, aus dem ich kam, änderten sich die Jahreszeiten von einem Tag auf den anderen, brachen im wahrsten Sinne des Wortes aus.

Es war ruhig im Haus, die Kinder spielten draußen. Jean-Pierre lag auf der Seite, um mein Geschriebenes zu lesen. Er hatte das Kopfkissen in den Rücken gegen die Wand gestopft und sich das Leintuch über die Schultern gezogen. Ich lag daneben und wollte eigentlich ein wenig dösen.

Wie ich so mit geschlossenen Augen auf dem Rücken dalag, wie beim Doktor, begann ich zum erstenmal über diese Seiten nachzudenken. Eigentlich hätte ich sie ihm doch nicht zu lesen geben sollen . . . Eine peinliche Erinnung kam hoch, ging im Kopf herum, verschwand und tauchte wieder auf. Sie war mir lästig, aber ich wußte nicht warum.

Vor einigen Wochen mußte ich einen Werbetext für eine Molkereigenossenschaft verfassen.

Im Büro begegnete ich dem Direktor der Genossenschaft, der vor versammelter Redaktion erklärte:

«Das beste wäre, Sie kommen mal bei uns vorbei und schauen sich die Fabrik an. Dabei erfahren Sie mehr, als ich Ihnen hier sagen kann.»

Man kam überein, daß dies die beste Lösung sei. Wohl oder übel mußte auch ich mitmachen. Die Leute im Büro hatten ja keine Ahnung, was das für mich bedeutete! Sie konnten ja nicht wissen, in welchem Wirrwarr ich lebte. Das Ganze geschah zu dem Zeitpunkt, als ich mühsam in der Analyse wieder anfing zu sprechen und meine schlechten Eigenschaften entdeckte. Manchmal verfolgte mich noch die Angst. Die Fabrik lag am äußersten Stadtrand, im Norden von Paris. Würde ich es wohl alleine schaffen, durch diese eintönige und trostlose Gegend zu fahren, in der nichts als Betonkästen in den Himmel ragten? Außerdem ekelte ich mich vor Milch, dem Geruch von Milch, dem Geschmack von Milch, dem Anblick von Milch. Das konnte ich ihnen ja schließlich nicht sagen, und genausowenig konnte ich ihnen sagen, daß ich Angst hatte, die Sache würde wieder zuschlagen und daß ich schwitzend und keuchend davonlaufen müßte. Andererseits konnte ich den Auftrag nicht ablehnen, denn die Arbeit war die Säule meines Gleichgewichts. Und wovon hätte ich sonst leben und den Doktor bezahlen sollen?

Ich ging also hin, und alles lief gut. Ich war so glücklich, meine Angst überwunden zu haben, daß ich in meiner Euphorie die Fabrik mit einem Taschenspieler verglich, der Milchlastwagen verschlang und Yoghurtbecher, Kefir, Butterpäckchen und Milchtüten ausspuckte. Nie zuvor hatte ich einen so phantasievollen Text geschrieben. Konnte ich mir soviel Freiheit herausnehmen? Bevor ich meinen Entwurf in die Redaktion brachte, zeigte ich sie dem Redakteur, der meiner Meinung nach am intelligentesten und findigsten war.

»Ich habe einen Text für die Milchgenossenschaft gebaut. Ich weiß nicht, ob er was taugt. Kannst du mal einen kurzen Blick darauf werfen?«

Er las ihn aufmerksam durch und meinte mit einem spöttischen Lächeln: «Aha, Madame macht jetzt also auf Jean Cau?»

«Wieso Jean Cau? Wer ist das?»

«Irgendein Arschloch, das denkt oder zumindest glaubt zu denken.»

«Mit anderen Worten, du findest es nicht besonders.»

«Na ja, dein Ding ist so schlecht auch wieder nicht! Gib's ab, es wird durchgehen.»

Später erfuhr ich, daß Jean Cau Goncourt-Preisträger war. Und noch am selben Abend begann ich, meine Notizbücher in die Schreibmaschine zu tippen.

War Jean-Pierre über meinen Seiten eingeschlafen? Er lag nämlich unbeweglich da. Aber nein, er blätterte wieder um. Ich hätte gerne gewußt, an welcher Stelle er gerade war, aber ich traute mich nicht, mich zu rühren. Ich tat weiter so, als ob ich schlief.

Ja, genau so hatte es sich abgespielt. Genau an dem Tag, als ich erfuhr, daß Jean Cau ein Schriftsteller war, begann ich das Geschmier aus meinen Notizbüchern abzutippen. Identifizierte ich mich etwa mit einem Schriftsteller? Hielt ich mich gar für einen Schriftsteller? Nein, nein, das war nicht drin! Ich doch nicht! Eine Schriftstellerin, ich? Wenn auch eine schlechte? Ich schrieb? Absurd! Wieder diese Analyse, die mir zu Kopf stieg. Es ging mir soviel besser, deswegen glaubte ich wohl, mir alles erlauben zu können.

Das Appartementhaus war im Winter überheizt, eine Bettdecke

170

wäre viel zu heiß gewesen. Jean-Pierre und ich lagen auf der Matratze, nur mit einem weißen Leintuch zugedeckt. Jean-Pierre lag auf der Seite, um besser lesen zu können, und ich auf dem Rücken und versuchte zu schlafen. Ich betrachtete den Baum da draußen, wie sich seine ausgemergelten Äste im grauen Himmel hin und her bewegten, dann schloß ich die Augen und empfand die Stille und Reglosigkeit unserer Körper noch intensiver. Ab und zu das Geraschel eines Blattes, das er beiseite legte und das nächste nahm: nur das Rascheln von dem Baum und dem Papier, nichts weiter. Wenn mein Geschreibsel ihn auch nur im geringsten interessiert hätte, hätte er irgend etwas gesagt, einen Kommentar abgegeben. Jean-Pierre war zwar ein schweigsamer und diskreter Mann, dem lärmende Ausbrüche nicht lagen, aber trotzdem . . .! Nein, wenn er so still ist, dann gefällt es ihm nicht . . . Egal. Das war auch nicht so schlimm.

Ich öffnete die Augen, ich sehe das Leintuch, das mich von der Fußspitze bis zum Kinn bedeckt. In der Mitte knickt es ein und berührt meinen Bauch. Er bewegt sich auf und ab. Auch das Laken bewegt sich unmerklich, aber regelmäßig und schnell. Es ist mein Herzrhythmus. Es ist schlimm, daß Jean-Pierre diese Seiten liest . . . Mir wird bewußt, wie wichtig sie sind, daß sie die Triebfeder meines Lebens, meiner Gedanken sind. Sie sind das Wichtigste, was ich in meinem Leben je zustande gebracht habe.

Ich hätte mir das früher überlegen sollen. Warum habe ich es nicht dabei belassen, nur zu schreiben, irgendwelchem Papier eine Geschichte zu erzählen. Ich hätte es mit dem Doktor besprechen sollen. Allmählich sollte ich doch wissen, daß man solche Dinge . . . Jean-Pierre diese Seiten zum Lesen zu geben, war Wahnsinn. Ausgerechnet ihm, der so minuziös Texte analysieren konnte, der sie mit soviel Intelligenz und Intuition las, ihm, der unsere Sprache so genau kannte (wegen seiner Zulassungsarbeit in Linguistik) und fast in sie verliebt war. Reiner Wahnsinn! Genauso hätte ich diese Zeilen in dem Moment, in dem mir ihre Bedeutung aufging, verbrennen, vernichten können.

Jean-Pierre hatte sich angewöhnt, mich wie eine kranke, zerbrechliche Person zu behandeln, wie eine infantile Alte, die nicht mehr die kleinste Aufregung vertrug, mit der man nicht offen reden konnte. Um sein Urteil zu entschärfen, würde er es beschönigen und mich damit noch mehr verletzen als mit einer normalen scharfen Kritik. Er konnte ja nicht wissen, wer ich inzwischen geworden war. Ich hatte es ihm nicht gesagt, wir hatten uns ja so selten gesehen. Jetzt mit diesen Seiten, deren lächerliche Anmaßung mir gerade aufging, verspielte ich die letzte Chance, mich ihm zu nähern. Sie würden alles verderben. Er würde mich nicht mehr verstehen, mir nicht glauben.

Er rührte sich nicht. Er brauchte lange, um sich zu mir umzudrehen. Ich wagte es nicht, ihn anzusehen. Ich stellte mich immer noch schlafend. Dann aber drehte auch ich mich zu ihm hin. In seinen Augen standen Tränen! Weint er? Er, Jean-Pierre, aber warum denn? Wollte er mir nicht weh tun? Hatte er nur Mitleid mit mir?

Er schaute mir tief in die Augen. In seinem Blick lag Zärtlichkeit, Erstaunen, aber auch zögernde Zurückhaltung, mit der man jemanden ansieht, den man nicht kennt. Dann streckte er die Hand aus und legte sie behutsam auf meine Schulter.

«Das ist gut, es ist verblüffend! Es ist ja ein Buch! Und sogar ein sehr schönes!»

Zwei Tränen hingen an seinen Wimpern, zwei kostbare Tränen rollten über seine Wangen, er schämte sich ihrer nicht.

Schöne Augen! Schöne Tränen! Schönes Blau! Schönes Grün, schönes Gold! Endlich! Endlich!

Glück, das gibt es wirklich! Ich wußte es ja, ich habe es immer schon gewußt! Das ehrliche, offene, volle Glück! Das Glück, dem ich einen großen Platz mitten in meinem Herzen aufgehoben hatte und das plötzlich, mit einemmal, nach so vielen Jahren einzog! Mehr als dreißig Jahre hatte ich darauf warten müssen!

Er rückte näher an mich heran. Er legte den Arm um meinen Hals und streichelte mich.

«Wie du dich verändert hast! Du bringst mich richtig in Verlegenheit. Wer bist du eigentlich?»

Ich war viel zu bewegt, um reden zu können. Mit meinen dunklen Augen, die so dunkel waren wie die seinen hell, gab ich ihm zu verstehen, daß ich Lust hatte, ihn zu lieben und geliebt zu werden, daß ich fröhlich und vergnügt sein wollte, etwas aufbauen wollte, daß ich neu war.

Er drückte mich fest an sich. Er küßte meine Augenlider, meine Stirn, meine Nasenflügel, meine Mundwinkel, meine Ohrmuscheln. Ich spürte seinen flachen Bauch, seine muskulösen Beine.

«Du, ich weiß nicht, was in mich gefahren ist. Ich bin in die Frau verliebt, die diese Seiten geschrieben hat.»

Komm, schauen wir uns an, laß mich nicht aus den Augen. Wir werden in die Wellen eintauchen. Ich kenne eine Stelle mit weißem Sand, wo du dich nicht verletzen kannst, wo du dich nur treiben lassen brauchst. Du weißt doch, mein Geliebter, daß das Meer gut ist, wenn du keine Angst vor ihm hast. Es möchte dich nur mit seinen Küssen benetzen, dich streicheln, tragen, wiegen. Laß es gewähren, und es wird dir bestimmt gefallen. Wenn nicht, macht es dir nur angst.

Häng dich an den Schaum. Spürst du den Sand unter deinen Füßen, wie er mit der Welle abzieht? Geh mit ihm. Und jetzt laß die Strömung deinen Rücken packen! Hopp, und jetzt dreh dich! Tauche! Tauche ein! Laß dich kneten, laß dich vom Wasser durchwalken!

Wenn wir erst mal die Wellen hinter uns gelassen haben, schwimmen wir ins Weite. Laß mich bitte nicht aus den Augen.

«Manche deiner Sätze erschüttern mich, weil sie so schön sind und auch weil ich die Frau, die sie geschrieben hat, nicht kenne. Dennoch bist du es.»

Sei still, sprich nicht, das Meer mag es nicht, wenn man an etwas anderes denkt. Laß uns schwimmen. Streck dich, entspanne Arme und Beine, Schultern und Hüften! Laß dich treiben und vom Wasser umhüllen! Spürst du, wie du dich in einen Delphin verwandelst? Spürst du, wie sich dein Körper durch das Streicheln des Wassers in die Länge streckt?

Wenn du müde bist, legen wir uns auf den Rücken, lassen uns vom Wasser tragen und schließen die Augen, damit die Sonne sie nicht verbrennt. Laß uns dann eine Weile im Rot unserer transparenten Augenlider verharren, vom Wasser getragen wie von einer Amme mit weichen kühlen Brüsten.

Dann laß uns mit kräftigen Stößen in die Tiefe tauchen zu den Algen, die unseren Bauch und unsere Schenkel, das Gesicht, die Brust und den Rücken mit langen glitschigen Fingern streicheln, bis wir keine Luft mehr haben.

Schließlich steigen wir langsam an die silbrige Oberfläche. Von unseren Beinen, unseren Armen, unseren Lippen lösen sich Rispen aus tausend Bläschen, die vor unserem Auftauchen die Felsen, den Strand und den Himmel auf unser Kommen vorbereiten.

Von diesem Tag an bildeten Jean-Pierre und ich eine Einheit. Wir nährten uns an unserer Verschiedenheit. Wir konfrontierten unsere beiden Leben, ohne sie zu kritisieren, und teilten das Beste davon. Jedesmal wenn wir uns trafen, jeder beladen mit der eigenen wunderbaren Ausbeute seines Lebens, suchten wir uns das Beste heraus. Diese Vereinigung unser beider Leben ist für uns von unschätzbarem Wert, ein köstliches Mahl, an dem wir uns nicht sattessen können.

So waren die ersten Textseiten wenigstens der Anstoß für unsere erste Unterhaltung seit langem. Sie hatte zur Folge, daß wir alles voreinander ausbreiteten, unsere Wünsche, unsere Hemmungen und unsere Träume. Am Anfang zehrten wir in diesen Gesprächen von Entdeckungen, die ich dank der Analyse gemacht hatte. Meine Entwicklung war so augenfällig, daß Jean-Pierre ganz fasziniert war. Allmählich begann auch er sich zu ändern. Die Entdeckungen, die wir getrennt anstellen, sind endloses Wasser auf unsere Mühle, die groß und stark ist und die sich schnell dreht.

Als ich mein erstes Manuskript fertig hatte, gab ich es einem Verleger, dem man mich empfohlen hatte. Sechs Tage später unterschrieb ich meinen ersten Vertrag mit einem alten, äußerst höflichen und berühmten Mann, dessen Name in der Branche wohlbekannt war. Er lobte ernsthaft die Qualität meines Manuskriptes. Ich konnte es nicht fassen. Ich traute weder Augen noch Ohren. Ich wagte nicht, ihn anzusehen. Wenn er gewußt hätte, daß er zu einer Verrückten sprach! Die ganze Zeit über mußte ich an sie denken. Ich stellte mir vor, wie sie vor noch nicht allzu langer Zeit gewesen war: mit offenliegenden Nerven, gekrümmt, im Bad nachts zwischen Bidet und Wanne schwamm sie in ihrem Blut, zitternd, schwitzend, verschreckt, unfähig zum Leben.

Das hast du überstanden! Ich hab' dich da herausgezogen!
Das grenzte an ein Wunder, an ein Märchen, es war Zauberei. Mein Leben war vollständig verändert. Nicht nur hatte ich mein eigenes Ausdrucksmittel gefunden, sondern war auch von selbst auf den Weg gestoßen, auf dem ich mich von meiner Familie und ihrem Milieu davonmachen konnte. Das erlaubte mir, eine eigene Existenz aufzubauen.

Wer die Verrückte von früher kannte, hatte sie schon längst vergessen. Sogar Jean-Pierre hatte sie vergessen. Dieses Buch hatte die arme Frau hinweggefegt, wie ein Blatt im Wind. Nur der Doktor und ich wußten, daß sie noch in einer Ecke meines Hirns lebte. Manchmal rührte sie sich wieder auf unverständliche Weise, ich vergrub wieder den Kopf in meine Schultern, ballte die Fäuste, und unter meinen Achseln bildeten sich übelriechende Schweißplacken. Aber was war denn nur mit ihr los? Wovon wurde sie denn wieder aufgescheucht? Woher kam diese Unruhe, die Beklommenheit?
Nur noch zweimal in der Woche ging ich in die Sackgasse. Eines schönen Morgens hatte ich das Gefühl, ohne Analyse auskommen zu

können. Der Doktor und ich beschlossen daraufhin, daß ich von nun an seltener kommen würde.

Ich lernte langsam meine Grenzen kennen und in dem abgesteckten Territorium frei zu leben. Es war ein weites Feld, und mein Leben würde bestimmt nicht ausreichen, um es in Besitz zu nehmen. Dennoch blieben weit hinten einige Flecken und geheimnisvolle Ecken im Verschwommenen, an die ich mich nicht herantraute. Außerdem kannte ich die Wege nicht, um dahin zu gelangen. Warum sollte ich auch dahin gehen, wenn mir das Gebiet, in dem ich lebte, völlig ausreichte? Mehr brauchte ich nicht.

Mein erstes Buch hatte sich gut verkauft. Diesem Buch hatte ich nun zu verdanken, daß verschiedene Zeitungen mich um Artikel und Erzählungen baten. Ich recherchierte auch für eine Illustrierte. Bei den Leuten, mit denen ich zusammenarbeitete, galt ich als zuverlässig und fähig, und sie hatten recht, so fühlte ich mich auch. Ich ging nicht gerade schonend mit meinem neu erworbenen Gleichgewicht um. Die Verankerung durch die Analyse war perfekt und ausreichend. Ich war mit mir im reinen und fühlte mich wohl. Alles, was ich über meinen Charakter gelernt hatte, meisterte ich mit Leichtigkeit. Wie vorhergesehen funkte mir mein Jähzorn manchmal dazwischen, und dann spielten sich wüste Rodeoszenen ab. Wie ein Wildpferd bäumte sich der Jähzorn auf und veranstaltete mit mir rasende Kavalkaden. Sobald ich ein gewisses Jucken im Hals spürte, wußte ich Bescheid: Aha, da ist er wieder! Es nützt auch nichts, ihn zu verdrängen oder zu heulen. Nein. Laß ihn raus und zähme ihn. Dieses Weibsstück war verdammt gefährlich, sie war imstande, mich zum Mord anzustiften, zur Zerstörung. Sie wollte Blut lecken und dann den ohrenbetäubenden Knall hören, wenn ich explodierte. Ich wurde aschfahl, wollte mit bloßen Fäusten losschlagen, jemanden erwürgen oder in die Eier treten. Um meinen Jähzorn in Schach zu halten, mußte ich lernen, alle anderen Menschen, wer immer es auch sei, zu respektieren und auch mich selbst. Allmählich wurde ich verantwortungsbewußt.

Dennoch wußte ich, daß ich mit der Analyse noch längst nicht am Ende war. Es gab noch etwas Unbestimmtes in meiner Geographie, es gab noch weiße Flecken auf der Landkarte meiner Person, etwas Unbekanntes, Verstecktes. Ich wußte genau, daß mein Gleichgewicht nur stabil war, weil ich noch zweimal in der Woche zum Doktor ging. In der Sackgasse aber passierte gar nichts. Wieder einmal erstreckte sich hinter meinen geschlossenen Augenlidern die unendliche, eintönige Wüste. Ich glaubte, überhaupt nie mehr ans Ziel zu kommen.

In dieser Phase begann ich oft und viel zu träumen. Mit dem gleichen Vergnügen, mit dem ich die Wohltat der Tränen wiedergefunden hatte, entdeckte ich die Welt meiner Träume. Während meiner Krankheit hatte ich nie geträumt. Ich hatte nicht die leiseste Erinnerung an einen Traum, nicht einmal das Gefühl, überhaupt geträumt zu haben. Mein Schlaf war damals ein unangreifbarer schwarzer Kubus, ein blinder Bildschirm, auf den erst die Analyse allmählich alte Träume zu projizieren begann. Erst den Reitertraum und dann noch einen anderen Traum aus meiner Jugend, in dem ich anfangs mit Genuß und dann mit Schrecken immer höher und höher sprang. Ich konnte nicht mehr damit aufhören, und jeder Sprung vergrößerte unweigerlich den Abstand zwischen mir und der Erde . . .

Dank der Analyse konnte ich die meisten Träume verstehen. Mit ihrer Hilfe konnte ich die schlimmsten Spannungen in meinem Hirn lokalisieren. Die Fähigkeit, wieder träumen zu können, bestätigte auch mein Vertrauen in die Psychoanalyse. Aus ihrer systematischen Erforschung gewann ich wichtige Erkenntnisse, so daß ich mich frage, warum die Schulmedizin sich so wenig um eine solch wichtige Aktivität des Menschen kümmert. Sie kümmert sich um tausend Fragen: wie man sich ernähren, wie man sich bewegen, wie man atmen soll; aber niemals hat sie auch nur eine einzige Frage dafür übrig, wovon man träumt! Als hätten sieben oder acht Stunden im Leben eines Menschen überhaupt keine Bedeutung. Als wäre Schlaf gleich Nicht-Sein. Dabei bewegen sich im Traum doch die Augen und der Körper, und die Hirntätigkeit ist phasenweise höchst intensiv. Den Trauminhalt läßt man einfach links liegen!

Früher schlief ich völlig reglos, jetzt wurde ich aktiv. Mit Garben voller Träume ging ich in die Sackgasse. Ich hatte sie alle oder fast alle entschlüsselt, und voller Stolz brachte ich sie dem Doktor dar. Was für die anderen normal war, war für mich außergewöhnlich, und nur der Doktor konnte den enormen Wert jedes dieser Tage voller neuer Aktivität ermessen. Wenn ich mich auf der Couch ausstreckte, dachte ich an die arabischen Händler, die sich auf den Marktplätzen meiner Kindheit niederließen. Sie hockten sich hin und holten aus den Falten ihrer *gandouras* ein Stoffbündel, das sie öffneten und vor sich ausbreiteten. Es war ein großes viereckiges Taschentuch, in dem sich ein paar Stecknadeln und verrostete Nähnadeln, verbogene Nägel, Drahtstückchen, ausgeleierte Schrauben, Muttern und Knöpfe befanden. Kein Teil paßte zum anderen, manchmal war auch ein Stück Bleirohr dabei. Mit flinken Bewegungen sortierte man Häufchen aus dem alten Eisenkram, dann drehte man sich eine Zigarette und wartete friedlich auf seinem schattigen Plätzchen unter einem lichten rauschenden Eukalyptusbaum oder tief im Schatten einer Platane. Man wußte, daß im Laufe des Tages schon Kunden kämen, sich aus dem schnatternden Gewimmel der Kauflustigen, die sich auf dem heißen und staubigen Platz drängten, herauslösten und zu ihm kämen. Vielleicht fänden sie in einem Winkel seines Taschentuchs ‹die› Schraube, ‹den› Bolzen, das unauffindliche einzigartige Stück, um ein altes Werkzeug, einen alten für sie kostbaren Gegenstand, zu reparieren oder neu zusammenzuflicken, das ohne dieses Stück wertlos wäre. Um das Maß ihrer Freude vollzumachen, bekämen sie zwei oder drei verbogene Nadeln oder eine Stecknadel mit stumpfer Spitze dazu geschenkt. Trotz ihrer äußerlichen Schäbigkeit wußten die Händler nur zu gut, daß ihre Taschentücher Schätze enthielten, daher auch ihre Gelassenheit.

Genauso kam ich zum Doktor und breitete das bunte Material meiner Träume vor ihm aus. Ich bildete Häufchen aus Worten und Bildern und gruppierte sie um Schlüsselworte wie ‹Hund›, ‹Rohr› und ‹Eisschrank›. Schlüsselworte, die der Doktor und ich aus meinem normalen Vokabular herausgelöst hatten, die in ihrer Prägnanz dazu dienten, einen manchmal sehr großen Bereich meiner Person zu bezeichnen. Die Entschlüsselung meiner Träume konnte also nur für ihn und mich einen Sinn ergeben. So war das ‹Rohr› mit der mißglückten Abtreibung meiner Mutter verbunden, der ‹Hund› mit der Angst, verurteilt und verlassen zu werden, der ‹Eisschrank› mit der Verwirrung, mit dem Unbewußten. Wir verstanden uns sehr gut, und das war die Hauptsache.

Während meiner ganzen Analyse, und auch noch heute, habe ich nicht aufgehört, über diese großartige Zusammenarbeit zwischen Bewußtsein und Unterbewußtsein zu staunen, wie fleißige Bienen. Das Unterbewußtsein suchte sich aus dem unterirdischen Labyrinth meines Lebens Reichtümer, die mir gehörten, und legte sie auf die Schwelle meines Schlafes, und das Bewußtsein auf der anderen Seite nahm das Neue aus der Ferne in Augenschein, wog es ab, ließ es mich ahnen oder verwarf es. So tauchte zuweilen eine leicht verständliche, einfache, klare Wahrheit in meiner Wirklichkeit auf, aber nur dann, wenn ich in der Lage war, sie anzunehmen. Mein Unterbewußtsein hatte schon seit langem den Boden geebnet, um dem Bewußtsein hie und da durch Worte, Bilder, Träume irgend etwas zu signalisieren, was ich aber nicht beachtet hatte. Bis zu dem Tag, an dem ich endlich reif genug war, die neue Wahrheit zu empfangen und den Weg hier in Sekundenschnelle zurückzulegen. So verhielt es sich auch mit meinem Jähzorn, den ich erst dann angenommen hatte, als ich imstande war, ihn zu ertragen.

Am Ende dieser Phase, in der ich gelernt hatte, meine Träume zu analysieren, hatte ich einen Traum, den ich nicht entschlüsseln konnte, von dem ich aber spürte, daß er die Analyse vorantreiben würde.

Ein Großteil dieses Traumes ließ eine Geschichte aufleben, die tatsächlich stattgefunden hatte. Es war in Lourmarin in der Provence, wo ich einige Tage mit meinen besten Freunden verbrachte: André und Barbara, seine Frau. Ich war einundzwanzig Jahre alt, sie waren etwas älter als ich. Die Beziehung zu ihnen war wohl die beste, die Menschen untereinander verbinden kann: voller Bewunderung, Wärme, Fröhlichkeit, Zärtlichkeit und gegenseitiger Achtung. Er war Maler, und was in seinen Händen entstand, gefiel mir und verzauberte mich. Ich habe ihm oft bei der Arbeit zugesehen und dabei gelernt, daß Schönheit nicht unbedingt symmetrisch, orthodox, klassisch sein muß. Als Kind hatten mir meine Mutter und meine Lehrer eingebleut, worin die Herrlichkeit der Kunstwerke unserer Kultur bestand. Die moderne Malerei gehörte nicht dazu: «Picasso ist ein Verrückter, und seine Bewunderer sind Snobs!» Punkt, Schluß. Ich jedoch fand das Land, zu dem ich durch André, seine Arbeit und seine Recherchen Zugang gefunden hatte, wunderbar und aufregend. Ich lernte etwas über Komposition, Form und Material. Ich hatte gesehen, wie er irgendwo auf den Straßen, Feldern Holzstücke, Papierfetzen oder Metallstückchen, Steine, Kirschkerne, ein Stück Schnur oder Korken auflas. Diese Objekte, die für mich nichts als Unrat waren, bewahrte er sorgfältig auf. Er schmückte damit sein Atelier und sein Haus oder verarbeitete sie in seinen Kompositionen. Wenn Barbara, seine Frau, ihn mit seinen Schätzen nach Hause kommen sah, stieß sie Bewunderungsschreie aus. Sie war Slawin und rollte das ‹r›: «Andrrré, das ist aberrr schön!» Sie rief nach den Kindern, auch sie sollten das bewundern. Vor meinen Augen verwandelte sich der Unrat in Schmuckstücke, nun war er wirklich ein Schatz. Aber ohne die beiden ließ der Zauber nach, und alles wurde wieder zu Unrat. Alleine konnte ich mich einfach nicht vom ‹guten Geschmack› und vom Konformismus meiner Klasse lösen.

Ich war ihnen nach Lourmarin nachgereist in dem Gefühl, daß diese Ferien mit ihnen eine Unabhängigkeitsdemonstration gegenüber meiner Familie war, ein gewagter Schritt. Wir schliefen im Zelt und hatten keinen Pfennig. La Bohème! Eines Tages schlug André mir einen Spaziergang vor: wir wollten einen Taubenschlag besichtigen, den er im Luberon entdeckt hatte. Ich schwang mich hinter ihm auf sein altes rostiges Motorrad, so wie ich gerne hinter dem Reiter meines Traumes aufgestiegen wäre. Es ging los.

Auf dem Motorrad hat man immer den Eindruck, schnell zu fahren, selbst wenn es langsam geht. Man durchteilt den Himmel wie ein Panzerkreuzer den Ozean. Wenn im Sommer in der Provence die Sonne untergeht und die Berge rot färbt, ist die Luft angefüllt vom Duft der Blumen und Kräuter und dem Gezirpe der Zikaden. Wir tauchten mit Vollgas in diesen lichten Dschungel ein, streiften Lianen von Thymian, schoben das Laub der Geranien beiseite, verjagten mit unserem Geknatter die Rosmarinpapageien, scheuchten die Heuschreckenorchideen auf. Wie ich dieses Land liebte!

Das Ziel unserer Fahrt war ein kahler Hügel, auf dessen Kuppe Feigenbäume und Dornengestrüpp eine hohe Ruine fast gänzlich versteckten. Wir kletterten hinauf, die ausgetrocknete Erde zerbröselte unter unseren Schritten. André sprach nichts. Es war nicht seine Art, Vorträge zu halten. Er drückte sich lieber mit seinen Händen und Augen aus. Aber ich spürte, daß es ihm genauso zumute war wie mir. Wir liebten diese Gegend: die Kulisse der weißen Hügel, den grauen Flug der Heuschrecken, das vom Licht gebleichte Blau des Himmels, die rosafarbenen Wölkchen in der untergehenden Sonne. Was für ein schöner Planet!

Und plötzlich standen wir vor der Ruine. Es war ein sehr hoher Turm, eine Art Steinzylinder, ohne Öffnung außer einer kleinen Tür. André, der den Weg kannte, hatte den Eingang sofort gefunden und war als erster in den Turm hineingegangen. Er hielt mir die Tür auf, während ich mich aus den Dornen, in die sich meine Jeans verfangen hatten, befreite. Der Boden des Turms war mit frischem und grünem Gras bedeckt. Es war ein wunderschöner Rasenteppich mit Blau und Rosa durchsetzt, so ähnlich wie der zu Füßen des Verkündigungsengels von Botticelli. Diese Lieblichkeit erschien mir wie ein Wunder inmitten der trockenen und herben Schönheit dieser Gegend. Während ich mich noch verzweifelt aus dem verdammten Gestrüpp herauswurstelte, dachte ich mir, daß sicherlich Vogelexkremente den Boden so fruchtbar machen.

Ich hatte mich endlich losgekämpft und ging in den Turm hinein, dessen Schönheit mich ergriff wie ein Zauber. Der Turm hatte kein Dach, er reichte direkt von der Erde in den Himmel, aus dem er ein fast rundes Loch ausschnitt. In den Wänden befanden sich tiefe Nischen, die schachbrettartig blau und gelb ausgekachelt waren, eine Reihe blau, eine Reihe gelb. Dort nisteten Vögel. Die Anmut des bewachsenen Bodens, die unendliche Tiefe des Himmels und dazwischen die perfekte Regelmäßigkeit der Nischen aus geheimnisvollem Blau und strahlendem Gelb! Ich hatte den Eindruck, an der Einheit des Kosmos teilzuhaben, selbst ein vollständiges Teilchen zu sein. Befriedigung. Schweigen, das Wesentliche ist schon gesagt.

Alles das hatte ich tatsächlich erlebt. Dieser Taubenschlag steht wirklich in der Provence, ich weiß zwar nicht genau wo, aber ich könnte ihn wiederfinden.

In meinem Traum durchlebte ich jeden dieser Augenblicke von neuem. Bis ins kleinste Detail erinnerte ich den Ort und die Empfindungen, die ich damals gehabt hatte. Vor allem aber hatte ich das Gefühl, das alles heimlich zu tun und außerhalb der Gesetze meiner

Mutter, eine absolute, aber prekäre Freiheit zu genießen. Irgendwie wußte ich im Traum, daß ich einen außergewöhnlichen Augenblick erlebte.

Ich befand mich nun im Turm, erschüttert von dieser Einfachheit, von dem Frieden und der Schönheit. In meinem Traum verschwand André, wie das in Träumen so ist: man kann es nicht erklären, und es ist auch nicht weiter wichtig. Mein Alleinsein empfand ich jedoch keineswegs als beängstigend. Plötzlich strömte Wasser kreuz und quer die Wände herunter und schloß mich in der Mitte eines Strudels ein, ohne daß ich jedoch naß oder schmutzig wurde. Das Wasser strudelte herunter und verschwand auf unerklärliche Weise im Boden. Es war ein schönes klares, frisches Wasser, durch das immer noch die blauen und gelben Nischen hindurchschimmerten. Die Vögel nisteten friedlich weiter. Es war ein herrliches Schauspiel. Hier fühlte ich mich einfach wohl. Ich war eins mit mir selbst. Alle Störfaktoren des täglichen Lebens waren ausgeschaltet.

Plötzlich sah ich, daß in diesem wunderbaren Wasser glitzernde, längliche Gegenstände schwammen, fein ziselierte Silberschatullen, eine schöner als die andere, alle verschieden und dennoch gleich in der Form: mehr oder weniger länglich und rund, ein bißchen so wie diese Würste, die entstehen, wenn man Knetmasse in den Händen rollt. Und plötzlich wußte ich mit Bestimmtheit, ich weiß nicht woher, daß diese länglichen Silberschatullen Exkremente enthielten, Scheißwürste, deren Form sie sich völlig angepaßt hatten. Tatsächlich stand ich mitten in einer herrlichen Kloschüssel. Ich fand das normal und vergnüglich. Ich war weder schockiert durch die Tatsache, daß es mir an einem solchen Ort gefiel, noch dadurch, daß diese kostbaren und schönen Schatullen eine so widerwärtige Materie enthielten.

Fröhlich und zufrieden wachte ich auf. Ich hatte einen herrlichen Traum gehabt. Dennoch war ich sehr verlegen, als ich in der Sackgasse auf der Couch Worte finden sollte, um die Stelle mit den Silberschatullen zu erzählen, vor allem, ihren Inhalt zu beschreiben.

Die Wörter! Ich hatte mich am schlimmsten Punkt meiner Krankheit an ihnen aufgeschlagen, und jetzt, da ich fast gesund war, kamen sie leicht aus mir heraus. Ich erinnere mich noch an das Wort ‹fibromatös›, das damals zur Folge hatte, daß ich mich schlotternd in der Ecke des Badezimmers zusammenkauerte. Und heute mußte ich meine ganze Kraft zusammennehmen und ein tiefes Unbehagen besiegen, einen abgrundtiefen Widerstand, um das Wort ‹Scheißwurst› in eine schöne und fröhliche Erzählung einzufügen, die wirklich fröhlich und schön war.

Ein paar Wochen lang analysierte ich beim Doktor nur Wörter und entdeckte ihre Bedeutung und Vielschichtigkeit. Ich konfrontierte mich mit mir selbst. In einer subtilen Auseinandersetzung, bei der es sich offenbar nicht mehr um ‹bewußt› und ‹unbewußt› handelte, da die Wörter und ich jetzt klar sichtbar an der Oberfläche lagen. Wenn ich ‹Tisch› dachte und es aussprechen wollte, sagte ich auch Tisch. Aber wenn ich ‹Scheiße› dachte, hatte ich Schwierigkeiten, das Wort ‹Scheiße› auszusprechen, ich versuchte es zu umgehen und durch ein anderes Wort zu ersetzen. Warum kam dieses Wort nicht über meine Lippen! Was war das nur wieder für eine neue Zensur!

Ich begriff, daß Worte entweder meine Verbündeten oder meine Feinde waren, aber in jedem Fall waren es Fremde. Sie waren Werkzeuge, die schon vor langer Zeit erfunden worden waren und mir zur Verfügung standen, um mich mit anderen Menschen zu verständigen. Der Doktor und ich hatten uns ein kleines Vokabular von ungefähr zehn Wörtern zurechtgelegt, die für uns beide mein ganzes Leben umschlossen. Die Menschen hatten Millionen von Wörtern erfunden, die alle ebenso wichtig waren wie die, die wir in der Sackgasse gebrauchten und die das Universum in seiner Totalität ausdrückten. Ich hatte nie darüber nachgedacht, es war mir nie in den Sinn gekommen, daß jeder Austausch von Worten ein kostbares Ereignis war, eine Entscheidung darstellte. Die Worte waren nur Höhlen, aber in ihnen steckte lebendiges Material.

Die Worte konnten auch nur harmlose Vehikel sein, alle möglichen Zusammenstöße im täglichen Leben verursachen und Funken sprühen lassen, die nicht verletzten. Die Worte konnten auch vibrierende Partikelchen sein, die das Leben ständig in Schwung hielten, sie konnten Freßzellen oder Zellkörperchen sein, die sich verbündeten, um gierig Bazillen zu vertilgen und fremde Invasoren zurückzuschlagen.

Die Worte konnten Wunden oder Narben sein oder ein verfaulter Zahn in einem lächelnden Gesicht.

Die Worte konnten auch Riesen sein, festverwurzelte mächtige Felsen, von denen aus man über Stromschnellen springen konnte.

Die Worte konnten schließlich Monster sein, die SS des Unterbewußtseins, die die Gedanken der Lebenden in die Gefängnisse des Vergessens abschiebt.

Wenn es mir schwerfiel, ein Wort auszusprechen, verbarg ich damit in Wahrheit ein Gebiet, das zu betreten ich mich weigerte. Jedes Wort hingegen, das ich gerne aussprach, bezeichnete ein Gebiet, das mir angenehm war. So war es ziemlich offensichtlich, daß ich mich nach Harmonie sehnte und die Exkremente ablehnte. Wie konnten aber dann in meinem Traum Exkremente und Harmonie so gut zusammenpassen?

In diesem Augenblick wurde mir bewußt, daß ich einen Teil meines

Körpers nie akzeptiert hatte und daß dieser auch irgendwie nie zu mir gehört hatte. Die Zone zwischen den Beinen konnte infolgedessen nur mit peinlichen Worten umschrieben werden, und sie war mir auch nie Gegenstand bewußten Nachdenkens gewesen. Ich hatte kein einziges Wort für meinen Anus. Dieser Terminus ging nur schwer über meine Lippen, und wenn überhaupt, dann nur in einem medizinisch-wissenschaftlichen Zusammenhang, wo er im Zusammenhang mit einer Krankheit gebraucht wurde. Hätte ich auch nur einen Satz gesprochen, in dem mein Anus vorgekommen wäre, wäre ich mir sogleich skandalös und schmutzig vorgekommen, vor Scham im Erdboden versunken, in heillose Verwirrung gestürzt. Was nun das Produkt betraf, was da heraus kam, gab es nur das ‹Number two› meiner Kindheit, das ich auszusprechen wagte.

Mit Humor mußte ich feststellen, daß ich ein Krüppel war. Ich kam mir vor wie diese Clowns, die mit ihren riesigen Latschen über die Zirkusarena watscheln und die Kinder zum Lachen bringen, weil sie mit hochgezogenen Augenbrauen verkünden: «Oh, wie bin ich aber klug und weise!» Und im selben Moment leuchtet eine rote Glühbirne auf ihrem Hintern auf. Sie sind grotesk, weil sie nicht wissen, was sich hinter ihrem Rücken abspielt.

Ich hatte das Lachen wiedergefunden, ich machte mich über mich selbst lustig, und das war köstlich. Sechsunddreißig Jahre hatte ich mit einem gräßlichen Loch in meinem Körper gelebt, das man Anus nennt, und nie einen Arsch besessen! Das war doch ein Witz! Jetzt verstand ich auch besser, warum ich Rabelais nie gerne gelesen hatte. Ich bestand nur aus der Vorderseite und weiter nichts. Ich war so platt wie die Dame im Kartenspiel: die Königin mit großem Busen, breiten Hüften, einer Krone auf dem Kopf, einer Rose in der Hand, majestätisch und ohne Hintern!

Das Vergnügen am Lachen! Die Fröhlichkeit im Lachen meiner Kinder, die Lachsalven von Jean-Pierre: «Je weniger verrückt du bist, desto verrückter wirst du!» Lachen auf der Straße, mein Gelächter! Es war der Ausdruck von Wohlbefinden, Friede, Vertrauen, Zärtlichkeit! Toll!

Wie jedesmal, wenn ich durch die Analyse einen großen Schritt vorwärts gekommen war, war ich einige Wochen damit beschäftigt, meine Entdeckungen zu betasten und zu bestaunen. Ich staunte über das Ausmaß der zurückgelegten Strecke, es war schwindelerregend. Hatte ich denn vorher wirklich nie gelacht? Hatte ich tatsächlich das Gewicht der Worte und das volle Ausmaß ihrer Bedeutung nie zuvor erfaßt? Ich hatte Bücher geschrieben, in denen die Worte nur Objekte waren, die ich nach einem System anordnete, das mir logisch, sauber und ästhetisch schien. Ich hatte völlig übersehen, daß in ihnen Leben steckte. Auf meinen Texten hatte ich sie genauso angeordnet, wie ich meine Möbel und all die Sachen hinstellte, von denen ich mich nicht trennen konnte und die ich bei jedem Umzug mitnahm.

Jedesmal, wenn wir in eine neue Stadt kamen, konnte ich erst dann anfangen zu leben, wenn die kostbaren Kisten angekommen waren. Ich öffnete sie vor den Augen der Kinder, so wie meine Mutter es mit mir gemacht hatte, ich lehrte sie tote Worte, eine tote Geschichte, eine tote Familie, einen toten Gedanken, eine tote Schönheit. Ich zeigte ihnen den Kopf der Minerva auf dem Silberstempel des Familiensilbers, die Rose auf dem Zinn, die Rosetten auf den Louis XVI-Möbeln, die Hohlsäume in Tisch- und Bettwäsche, die Transparenz des Porzellans, die kostbaren Bucheinbände mit ihrem Goldschnitt, aber auch das Porträt eines Vorfahren, die Lorgnette einer Urgroßmutter, die Tanzkarte einer alten Tante, das Nähkästchen aus Rosenholz einer verblichenen Cousine. Nichts als Reliquien! Die Kisten waren Särge, und daraus hob ich vorsichtig die Leichen aus der Holzwolle, damit meine Kinder in dieser Atmosphäre lebten, so wie ich es getan hatte. Für meine Kinder ließ ich das Kristall blitzen und erklingen: «Wenn Glas so schön tönt, ist es Kristall.» Und es war Kristall: ein luxuriöses Glas, das diesen unverwechselbaren Klang hatte.

Diese Worte bezeichneten den Wert der Gegenstände, sagten aber nichts über ihr Leben aus. Die Hierarchie der Werte war schon vor Urzeiten aufgestellt und von Generation zu Generation weitergegeben worden: eine Wortfolge, die mir als Skelett diente, mir das Nachdenken ersparte. Sie bezeichnete nicht nur den Wert der Objekte, sondern auch den der Menschen, der Gefühle, der Empfindungen, der Gedanken, der Länder, der Rassen und der Religionen. Das ganze Universum trug ein Etikett, war klassifiziert und endgültig eingekastelt. Vor allem: bloß keine Argumente, bloß nicht nachdenken, nicht in Frage stellen, es wäre doch verlorene Zeit, da es ja unmöglich ist, die Klassifikation zu verändern. Die Wertvorstellungen der Bourgeoisie waren die einzig gültigen, gut und schön durchdacht, sie waren die besten. Das System war so gut ausgeklügelt, daß ich nicht einmal wußte, daß es sich dabei ausschließlich um die Werte der Bourgeoisie handelte. Für mich gab es nur diese Werte, andere konnte ich mir gar nicht vorstellen.

In diesen Wertvorstellungen hatten meine Fäkalien und mein Arschloch genausowenig Platz wie die Lungen des Mannes, der die wunderschöne Kristallvase geblasen hatte, genausowenig wie die kleinen Füße meiner Urgroßtante, die einen Walzer nach dem anderen drehen mußte, damit in ihrer Tanzkarte bloß keine Zeile freiblieb, wenn sie später mit Bewunderung und Verehrung besichtigt würde:

183

«Das war wirklich eine große Dame, eine Frau von Welt, Tugend und Schönheit in Person.» Für mich existierten ebensowenig die rotgeränderten Augen der Stickerinnen, die Geburtsdaten auf Leintücher fürs Wochenbett stickten und Spitzen auf Hochzeitsleinen und Tischdecken applizierten, genausowenig die ausgeleierten Bäuche der Frauen, die Generation um Generation die Menschheit gebaren.

All diese Dinge existierten nicht, da man nicht das Recht hatte, sie beim Namen zu nennen: das hatte alles keinen Wert. Es konnte einem höchstens ein Hohnlächeln abgewinnen oder Gegenstand geringschätzigen Spotts sein. Und wenn man das unbedingt in die vollständige Skala einordnen wollte, so rangierten die verbrauchten Lungen des Glasbläsers, die geschwollenen Füße der Urgroßtante, die rotgeränderten Augen der Stickerinnen, die ausgeleierten Bäuche der Frauen an unterster Stelle, dort, wo Mitleid, Mitgefühl, Barmherzigkeit ihren Platz haben, oder aber Scherz, Spöttelei, Gelächter, Sarkasmus, Unflätigkeit. Weil all das schließlich unwichtig, egal, kleinkariert, armselig, gering, kümmerlich, lächerlich, nichtig und schmutzig war!

Ich war die Herzdame aus dem Kartenspiel, und schon der schamlose Gedanke an das Wort Scheiße und seine Bedeutung genügte, daß das Kartenhaus zusammenfiel!

So hatte ich durch diesen schönen Traum vom Taubenschlag gelernt, daß alles wichtig war, selbst die Exkremente und das Kartenhaus, in dessen Verlies ich so lange vegetiert hatte. Es zerriß mir das Herz, als ich daran dachte, daß auch meine Mutter in diesem Verlies lebte. Ich empfand Mitleid mit ihr, und gleichzeitig hatte ich die Gewißheit, daß es zu spät war, daß ich nichts mehr tun konnte, um sie da herauszuholen. Ich konnte ihr das, was ich gelernt hatte, nicht vermitteln, es war mir selbst noch zu neu und unausgegoren. Ich hatte in einer äußerst gefährlichen Situation gelebt und wollte mich mit meinen Kindern da vollständig herausziehen. Der Karren, den ich aus dem Dreck ziehen wollte, war schon voll besetzt, für meine Mutter gab es keinen Platz mehr.

Seitdem sie sich in Frankreich niedergelassen hatte, war sie sehr gealtert. Ihr Gesicht und ihr Körper waren mehr und mehr in sich zusammengefallen. Sie igelte sich in ihrem Zimmer ein und verließ es nur, um schlurfenden Schritts ihren Pflichten nachzukommen. Sie war traurig und müde, ihr Gesichtsausdruck war verschlossen, nur im Blick ihrer grünen Augen loderte noch ein letzter Rest von Wut. Sie schien sich aufgegeben und resigniert zu haben. Sie hatte alles fallengelassen und begriffen, daß sie das Opfer war, über das man sich schon immer lustig gemacht hatte. Ich bin sicher, daß sie diesen dummen, zu echter Liebe unfähigen Klerus durchschaut hatte, dieses egoistische, gewinnsüchtige, prätentiöse Frankreich, das heißgeliebte Algerien, das keinen Unterschied zwischen ihr und den anderen Ausbeutern machte. Sie war getäuscht und beschissen worden. Ich bin sicher, daß sie insgeheim das alles wußte und daß in ihrer ausgezehrten, wertlos gewordenen Welt nur ich mit meiner neuerworbenen Kraft übrigblieb; diese Kraft, die nicht mehr zu übersehen war und an die sie sich ungeschickt anzuklammern versuchte.

Aber trotz meines Mitleids für sie widerte mich ihr Bauch immer noch an, und ich mied ihre Nähe. Dieser Ekel störte mich. Ich hätte ihn schon längst besiegen müssen, nicht, um mich meiner Mutter wieder zu nähern, sondern um mich von ihr und dem, was sie für mich gewesen war, zu befreien. Dieser Ekel band uns immer noch eng aneinander, und ich wußte nicht, wie ich ihn loswerden sollte.

Ich ging nur noch zweimal in der Woche in die Sackgasse und nach und nach immer seltener.

Ich war verantwortlich und stark geworden, eine Frau, auf die man sich stützen konnte. In einem Alter, in dem andere glauben, ihr Leben sei zu Ende, hatte ich das Glück, meines gerade erst anzufangen. Ich war voller Enthusiasmus, voller Eifer, alles faszinierte mich. Ich entdeckte eine unvermutete Vitalität, gepaart mit ausdauernder Arbeitsfähigkeit. Ich liebte die Welt der Bücher. Nach meiner Entdeckung der Worte hatte ich aufgehört, für mich selbst zu schreiben. Ich mußte eine Weile vergehen lassen, ich konnte nicht mehr so drauflosschreiben wie früher. Also begann ich mich mit den Büchern anderer auseinanderzusetzen. Die interessierten mich wie meine eigenen. Ich lernte alles über Papier, Pappe, Druckerschwärze und Leim, über Satz und Typographie.

Die Schönheit der Schriftzeichen, eine auf sich selbst besonnene, schweigsame, anregende Welt! Sechsundzwanzig große und sechsundzwanzig kleine Buchstaben, zehn Ziffern und die Interpunktion. Eine kleine in sich geschlossene Galaxie. Die Worte, Hüllen voller Leben, stecken noch einmal in den Hüllen der Buchstaben. Jede Schrifttype hat ihren eigenen Charakter, den sie auf das Wort und den Inhalt eines Wortes überträgt. Jedes Volk entwickelt seine eigene Typographie. Die Deutschen haben mächtige und schwere Buchstaben für ihre kraftvollen Texte, erbarmungslosen Analysen und gefährlichen Wahngebilde. Die englischen Buchstaben hingegen sind präzise und verspielt, für ihren demokratischen Freiheitsgeist wie geschaffen. Die amerikanischen Schriftzeichen sind modern und tech-

185

nokratisch, von Computern ausgedacht und ausgedruckt. Die romanischen Völker haben sich wunderschöne Zeichen für ihre Feinfühligkeit, ihre Liebe, ihre Tränen ausgedacht. Die Beschäftigung mit diesen bedeutungsvollen Ornamenten entzückte mich. Alle diese Aspekte des Büchermachens waren spannend und wichtig.

Über die Analyse redete ich nie, da ich merkte, daß dieses Thema die Leute nur irritierte: «Deine Geschichten sind doch Quatsch! Verrückte gehören in die Klapsmühle. Alles andere ist Weiberkram, was für Schwule und Meschuggene!» Und dann prasselten unzählige Geschichten auf mich herein: «Ich (Pierre, Paul oder Jacqueline) habe eine Analyse hinter mir, das hat mich erst recht verrückt gemacht. Also komm mir nicht damit. Fünf Jahre habe ich gebraucht, um mich davon zu erholen.» Ich erfuhr dann, daß sie zwei Monate oder auch sechs, vielleicht aber auch zwei Jahre zu einem Arzt gegangen waren, mit dem sie über ihr Leben gesprochen hatten, der ihnen zugehört und auch einige gute Ratschläge verpaßt hatte und ihnen zu guter Letzt ein neues wirkungsvolles Medikament verschrieb, um sie endlich zu beruhigen. Kurzum, sie hatten nie eine echte Analyse gemacht oder aber, wenn sie es versucht hatten, hatten sie sie in dem Moment abgebrochen, als es wirklich hart wurde, als wochenlang, monatelang nichts mehr voranging. Nachdem sie das Altbekannte erzählt hatten, standen sie vor dem Unbekannten, dieser glatten Mauer, die den Horizont versperrt, dieser unendlichen Wüste, die unüberwindbar scheint. Da haben sie aufgehört.

Ich fand heraus, daß die meisten nur dann über die Analyse sprechen konnten, wenn sie erfolglos geblieben war. Ich hingegen schokkierte sie durch meine Heilung, durch meine neugewonnene Kraft: «Du warst ja nicht wirklich krank, du warst ja nur hysterisch. Diese Weiber mit ihren Scheißproblemen sind zum Kotzen! Das sind doch alles Weiberkrankheiten, das nimmt doch kein Mensch ernst!» Ich aber wußte, daß Geisteskrankheit nicht nur eine Spezialität von Frauen war. Mir waren in diesen Jahren genügend Männer in der Sackgasse begegnet, mindestens so viele wie Frauen. Den Kopf in ihren Mänteln oder Jacken vergraben, mit verschlossenem Blick, die nackte Angst im Gesicht!

Ich begriff, daß die Leute um mich herum in ihren Kartenhäusern lebten und daß die meisten sich dessen nicht bewußt waren. Wir alle waren Brüder in unserer Verrücktheit! Und ich hatte mich für das einzige anomale Ungeheuer gehalten!

Ohne mein Blut, den Schweiß, das flatternde Herz, das Zittern, die Atembeschwerden, den Nebel vor Augen und ohne das Ohrensausen – hätte ich wirklich den Mut gehabt, mich tiefer und tiefer auf die Analyse einzulassen? Wenn ich nicht das Glück gehabt hätte, wirklich schwer krank zu werden, hätte ich vielleicht nicht die Kraft gehabt, bis ans Ende der Konfrontation mit mir selbst zu gehen.

Ich kam mir privilegiert vor.

Mit dem Gefühl, zu einem kleinen auserwählten Kreis zu gehören, einer Art Geheimgesellschaft, ging ich seither in die Sackgasse, und das störte mich. Wenn ich dem Blick des Eisenwarenhändlers an der Ecke und denen der anderen Sackgassenbewohner begegnete, wußte ich genau, was sie dachten, wenn sie mich auf das Gitter am Ende der Gasse zusteuern sahen: «Da schau, die Verrückte von Dienstagabend!» In ihrem Blick lag Spott, ein Gemisch aus Mitleid und Unbehagen. Ich hatte nicht übel Lust ihnen zuzurufen: «Nein, ich bin nicht bekloppt! Ich bin's auch nie gewesen, oder wenn ich es bin, seid ihr es auch!»

Um mich ihnen verständlich zu machen und denen zu helfen, die in der Hölle lebten, so wie ich damals, nahm ich mir vor, eines Tages die Geschichte meiner Analyse zu schreiben: einen Roman, der die Heilung einer Frau beschrieb, die mir ähnlich war wie eine Schwester. Zu Beginn stand ihre Geburt, es folgte ihr langsames Werden, die glückliche Verwunderung vor Tag und Nacht, ihre Lebensfreude, ihr grenzenloses Staunen vor dem Universum, von dem sie ein Teil ist. Der Ablauf einer Analyse läßt sich nicht beschreiben. Er füllte Tausende von Seiten, um wieder und wieder das Nichts, die Leere, das Vage, das Langsame, den Tod, das Wichtigste, die einfache Vollkommenheit zu schildern. Dann und wann blitzen in dieser endlosen Monotonie Erkenntnisse auf, erleuchtete Momente, in denen die nackte Wahrheit vor einem steht, von der man aber nur ein Zipfelchen erwischt, obwohl man glaubt, sie voll zu erfassen. Und dann wieder auf Tausenden von Seiten nichts als Wüste, Unsagbares, gärende Materie, Strukturierung von formlosen, unabsehbaren Gedanken, bis wieder der blendende Funke der Wahrheit aufleuchtet. Und so weiter. Es würde ein riesiges, aufgeblähtes Buch voller weißer Seiten, und darin alles und nichts. Ein phantastisches Buch aus allem Papier, aller Tinte, allen Worten, allen Buchstaben, allen Zeichen dieser Welt.

Um aber diesen Roman schreiben zu können, mußte ich erst die Analyse beenden. Vorher fühlte ich mich nicht in der Lage, völlig außerhalb der Sackgasse zu leben. Das konnte ich noch nicht, denn die Beziehung zu meiner Mutter war noch nicht restlos aufgeklärt. Da war noch dieser Ekel, der mich störte.

Ich träumte. In meinen Nächten liefen Filme aus tiefster Vergessenheit ab. Mit klarem Kopf und entspannt wachte ich auf und spürte eine beruhigende Kraft, mit der ich jede Stunde des Tages voll auskosten könnte. Ich stieß auf erstaunlich viele Bausteinchen meines Selbst, die sich zwar nicht unbedingt ‹logisch› ineinanderfügten, aber trotzdem stabil waren, die perfekt, wie angegossen zu mir paßten. Diese Identität mit mir selbst, die Aufhebung des Gegensatzes zwischen meinen Nächten und meinen Tagen ermöglichte mir, auf andere Menschen zuzugehen, sie kennenzulernen, oft sogar sie zu verstehen, manchmal sogar sie liebzugewinnen und von ihnen geliebt zu werden. Ich war glücklich, ich hatte mein Selbstvertrauen gefunden und wußte, daß ich den Weg bis zum Ende gehen würde.

Zwei Alpträume halfen mir, meine Analyse zu beenden.

Der erste spielte in Algier. Ich kam nach Hause. Die Wohnung kannte ich jedoch nicht, ebensowenig das Haus. Es war ein Gebäude aus dem 19. Jahrhundert, wie man es in allen mediterranen Städten findet: in Piräus, Neapel, Barcelona oder Algier. Es war ein wohlproportioniertes Patrizierhaus aus Quaderstein, vier oder fünf Stockwerke hoch, mit geschlossenen Fensterläden und halboffenen Jalousien. Die Eingangstür umrahmten zwei häßliche und verschämte Karyatiden. Das Treppenhaus war düster, und ein grün-weißes Kachelmuster schlängelte sich bis zur obersten Etage, es glich einem tiefen Brunnen, der den Wohnungen rundherum Kühle spendete. Als Kind hatte ich in einem ähnlichen Haus gewohnt, an das ich mich aber nur noch dunkel erinnern kann.

Ich kam heim. Kaum hatte ich die Wohnungstür hinter mir zugemacht, lief mir auch schon meine Mutter entgegen. Sie kam aus einem Zimmer links vom Eingang, in dem sich noch andere Frauen aufhielten. Sie hatte ihre pathetische Maske aufgesetzt: ihr Gesicht für tragische Anlässe.

«Komm schnell zu uns! Du mußt dich verstecken! Es sind drei Partisanen ins Haus eingedrungen.»

Ich fürchtete mich doch nicht vor drei Partisanen! Ich befürwortete die Unabhängigkeit Algeriens, und meine Mutter wußte das, darum verstand ich ihr Entsetzen nicht. Auch wenn ich auf der Straße Französin war, so wie alle anderen, eine Frau, die man abschlachten konnte – eine Revolution ist schließlich nicht die Zeit, in der man feine Unterschiede macht –, so lag der Fall hier anders: hier konnte ich mit den Partisanen sprechen, meinen Standpunkt erklären, ihnen klarmachen, daß ich es ehrlich meinte, daß ich nicht ihre Feindin war und nicht versuchen würde, sie zu hintergehen, daß ich ihr Anliegen wirklich verstand.

Trotz dem Gejammere meiner Mutter ging ich in den Raum, in dem sie sich aufhielten. Ich erblickte drei Männer mit Verschwörermiene, die miteinander tuschelten. Ansonsten war nichts Ungewöhnliches an ihnen. Sie sahen weder furchterregend noch abstoßend häßlich aus, machten keinen gereizten Eindruck und trugen auch keine Waffen.

Ich konnte aber keinen Kontakt mit ihnen aufnehmen. Meine Mutter und die anderen Frauen zerrten mich in den Hintergrund. Ich war auf unverständliche Weise an sie gekettet. Trotzdem war ich nicht ihre Gefangene, es war das Schicksal, das mich mit unsichtbaren Fäden an sie band und das ich auch nicht in Frage stellte.

Langsam wich ich zurück und fand mich in dem Raum eingeschlossen, in dem sich die anderen Frauen aufhielten: schwarzgekleidete Klageweiber, die an ihren Rosenkränzen fingerten, sich bekreuzigten, «o weh, o weh, o weh, madre mia, mein Gott, die Armen» murmelten, und ich in ihrer Mitte, «Santa Madonna, Mater Dolorosa, bitte für uns!»

Ihre Angst hatte mich angesteckt, ich schwitzte und zitterte genauso wie sie. Genau wie sie unterwarf ich mich der göttlichen Vorsehung. Wir standen dicht gedrängt, Junge und Alte, Kinder und reife Frauen, Huren und häßliche Weiber, alle mit derselben Angst im Bauch, denselben schrecklichen Geschichten im Kopf, Geschichten von geschändeten und aufgeschlitzten Frauen.

Es brauchte eine ganze Weile, bis ich plötzlich die Situation nicht mehr ertragen konnte. Ich konnte in dieser Unterwürfigkeit, in dieser Passivität, in dieser Tatenlosigkeit einfach nicht länger verharren. Ich mußte etwas unternehmen. Es mußte doch einen Weg geben, um uns zu retten. Ich beschloß, mich hinauszuwagen und die Leute unter uns, die Telefon hatten, zu alarmieren.

Durch die Tür hörte ich kein Geräusch, nichts wies darauf hin, daß die Partisanen in der Nähe waren. Sie schienen immer noch in der Ecke des anderen Zimmers ihr Komplott zu schmieden. Ich ging einfach raus. Der Korridor war leer und düster. Es schien zu klappen. Kaum war ich an der Tür, wußte ich, daß die Partisanen meine Flucht bemerkt hatten und mich verfolgten. Ich begann zu rennen. Ich raste das riesige Treppenhaus hinunter. Die Partisanen mir nach, ich hörte, wie sie die Treppe hinunterpolterten. Die Treppe schien kein Ende zu nehmen. Als ich die Türschwelle der Leute unter uns fast erreicht hatte, packte mich einer der Männer von hinten und warf seinen Arm um meinen Hals. Mit Schwung und fast übermenschlicher Willenskraft konnte ich ihn kurz bis vor die geschlossene Wohnungstür des Nachbarn schleifen, aber bevor ich Alarm schlagen konnte, fiel ich hintenüber, und der Arm des Partisanen erwürgte mich fast. Von meinen Schuhspitzen bis zur Wohnungstür waren es nur ein paar Zentimeter, ich versuchte mich bis zur Tür zu wälzen, um mit den Füßen dagegen zu trampeln. Die Leute sollten herauskommen und mich retten. Aber ich schaffte es nicht, der Mann lähmte mich. Ich spürte seinen Atem in meinem Nacken und hörte sein Keuchen.

Jetzt fuchtelte er mit einem Messer in seiner freien Hand vor meiner Nase herum, einem Taschenmesser mit einer winzigen Klinge, und er setzte es mir an den Hals. Er war drauf und dran, mir die Gurgel durchzuschneiden. Es war entsetzlich. Ich glaubte mich schon verloren. Ich sah mein letztes Stündlein kommen und dachte: «Das ist doch eine harmlose Waffe, er kann mir mit diesem Messer doch nichts anhaben.» Aber auch dieser Gedanke beruhigte mich nicht, und ich fuhr schweißnaß und völlig verwirrt aus dem Schlaf hoch.

Wenn man Traumbilder vorüberziehen läßt wie einen Film und man sich gleichzeitig diesen Traum erzählen hört, kommt man sich vor, als erlebte man gleichzeitig zwei völlig verschiedene Ereignisse, obwohl es sich um ein und dieselbe Geschichte handelt. So hörte ich mich selber mit Erstaunen Details über den Anfang des Traumes erzählen. Ich bemühte mich, das Haus mit den grün-weißen Kachelverzierungen in allen Einzelheiten zu beschreiben. Als Film wäre das alles in ein paar Sekunden abgelaufen, als kurzer Flash. Meine Worte hingegen brauchten Zeit. Sie verweilten da und dort. Warum?

Mir fiel das Treppenhaus meiner Kindheit ein, das dem in meinem Alptraum ähnlich war. Es war Anfang des Krieges. Ich war zehn Jahre alt, und seit einigen Tagen durfte ich ohne Begleitperson zur Schule gehen. Es war die Zeit, als ich völlig in Trance die Straße entdeckte, wo ich gegen die Platanen in der Rue Michelet rempelte, weil ich nicht gewohnt war, mich frei zu bewegen. Ich hatte es nicht gelernt, auf meine Schritte zu achten, man hatte mich immer an der Hand geführt.

Am Ausgang der Schule war mir ein Mann gefolgt, ohne daß ich ihn bemerkt hatte. Ich konnte mir nicht einmal vorstellen, daß es solche Männer gab. Ich erinnere mich, daß es Sommer war. Ich trug ein blau-weiß gestreiftes Leinenkleid, dessen breite Streifen spitzwinklig in der Mittelnaht zusammentrafen. Es war ein sehr schönes Kleid. Es stand mir gut, oft blieb ich vor den Schaufenstern stehen und betrachtete mein Spiegelbild. In diesem Kleid fühlte ich mich trotz der brennenden Hitze frisch und munter.

Der Mann war hinter mir ins Haus geschlichen und hatte mich im Treppenhaus eingeholt. Es war grün-weiß gekachelt. Kaum hatte ich seine Anwesenheit gespürt, überfiel mich eine unerklärliche, starke Angst. Es war ein Mann so um die Vierzig. Er war korrekt gekleidet und trug einen hellen Regenmantel. Er hatte ein Allerweltsgesicht, blaue Augen, semmelblondes Haar, nichts Besonderes. Dennoch jagte er mir Grauen ein. Er sprach mich an, er fragte mich nach meinem Namen, lächelte mir schleimig und hinterhältig zu und atmete heftig. Ich verstand nicht, was sein Blick zu bedeuten hatte. Irgendwie kam er mir undurchsichtig vor. Er schnaubte wie ein Roß. Mir blieb die

190

Stimme im Hals stecken, und doch wollte ich ihm sagen, er solle mich in Frieden lassen. Er tat so, als wolle er mir helfen, meine Schultasche zu tragen, als Vorwand, mich zu berühren. Das kapierte ich gleich, deshalb lehnte ich seine Hilfe ab und stieß ihn mit dem Ellenbogen weg. Aber er drängte sich an mich heran, bis ich zwischen ihm und dem Geländer eingezwängt war. Ich konnte nicht mehr weiter. Und dann streichelte er meinen Körper mit widerlichen Bewegungen, suchte nach meinen nichtvorhandenen Brüsten und grabschte an meinen kleinen muskulösen Kinderpopo. Ich konnte diese Berührung nicht aushalten. Er keuchte immer heftiger und fingerte aufgeregt an seinem Hosenschlitz herum. Da machte ich einen Satz und klammerte mich an meine Schultasche wie an ein Gewehr, stürmte die Treppe hinauf und nahm dabei vier Stufen auf einmal. In seiner Verblüffung geriet der Mann ins Hintertreffen, bis er sich wieder fing und die Treppe so schnell er konnte hinter mir hinauflief. Jetzt beschimpfte er mich: «Du miese Schlampe, kleine Hure, ich krieg dich schon, ich steck ihn dir schon rein!» Wie ein Pfeil schoß ich durch das Treppenhaus. Noch drei endlose Stockwerke . . . Die Klingel war zu hoch für mich. Ich mußte erst meine Schultasche abstellen, mich auf die Zehenspitzen stellen, um heranzukommen. Aber dazu hatte ich keine Zeit. Ich warf mich gegen die Türe und hämmerte so lange und so fest ich nur konnte mit Händen und Füßen dagegen. Der Mann hatte mich inzwischen eingeholt, und während ich meine gesamte Kraft aufbrachte, um gegen die Holztür zu schlagen, riß seine widerliche Hand meine Unterhose herunter, und seine Finger bohrten sich zwischen meine Schenkel, wühlten dort in dieser geheiligten Stelle herum: beschämende, kostbare, schmutzige Stelle, über die man nie sprechen durfte. Ich hörte Schritte hinter der Tür. «Kleine Hure, ich steck ihn dir schon rein!» Mein Gott, er bringt mich um, helft mir! Trotzdem fingerte er weiter, zerkratzte mich, riß mich mit seinen Nägeln auf und ließ erst im letzten Moment von mir ab. Als die Tür endlich aufging, raste der Dreckskerl die Treppe hinunter und suchte das Weite. Heulend und zitternd brach ich in Nanys Armen zusammen.

Das Erlebnis selbst hatte ich nicht vergessen, aber mir waren alle Details entfallen. Durch den Alptraum kamen sie mir wieder in den Sinn, und damit kehrten der alte Ekel und die Übelkeit zurück, die dieser Mann ausgelöst hatte, und die beklemmende Angst vor dem Finger, der in mir herumgewühlt hatte. Dieser Finger, der eigentlich doch nur ein Finger war und keine Waffe . . .

Ich lag auf der Couch, erregt durch die Worte, die aus meinem Mund strömten, innerlich aufgewühlt, nach außen jedoch ruhig, dösend wie eine Katze, die einen Vogel belauert. Ich fühlte, daß ich mich auf einem wichtigen Pfad befand: der Finger dieses Fremden, das Taschenmesser des Partisanen, das konnte mich zwar nicht umbringen, dennoch war ich von dem Gedanken entsetzt, daß sie mich töten könnten. Töten?

Ich mußte noch weiter gehen. Der Weg lag vor mir, die Richtung selbst war angezeigt: Angst vor einem bestimmten Tod, vor einem Tod, den ein Mann einer Frau zufügen kann. Diese uralte Angst wurde durch den Alptraum in mir wieder belebt. Diese Angst, die meine Mutter und vielleicht die anderen Frauen im Traum auch hatten.

Bis zu diesem Tage und trotz der Analyse meines Traumes war ich mir meiner Angst vor Männern nicht bewußt gewesen. Auf der Couch des Doktors kämpfte ich mit meiner Erregung, ich zögerte, diese Richtung einzuschlagen, weil ich mich von diesem Problem eigentlich nicht betroffen fühlte. Gut, ich hatte vor dem Mann im Treppenhaus Angst gehabt, aber seitdem hatte mich nie wieder ein Mann erschreckt. Im Gegenteil, von Männern bekam ich die Zärtlichkeit, die einzige Liebe, die man mir je geschenkt hatte. Ich hatte auch keine Angst vor dem männlichen Glied.

Das Taschenmesser . . . Der Finger . . . Meine Angst . . . Die Angst meiner Mutter . . . Die Angst der anderen Frauen . . . Angst vor dem Tod, der kein körperlicher Tod war. Aber in Gottes Namen, was für einer denn sonst?

Wo sollte ich beginnen? Meine Mutter im Traum als Sprecherin der anderen Frauen. Nur sie hatte mit mir gesprochen. Meine Mutter . . . Die Männer . . . Ich . . . Meine Mutter . . . Meine Mutter . . .

Sie hatte sich mit achtundzwanzig Jahren scheiden lassen, und um weiterhin die Sakramente empfangen zu können, hatte sie ein Keuschheitsgelübde abgelegt. Ich glaube nicht, daß sie dieses Gelübde je gebrochen hat. Sie war schön, intelligent, leidenschaftlich, unnahbar, und . . . sie zog die Männer an. Ich hatte ihre Anziehungskraft während meiner ganzen Kindheit gespürt. Ich haßte alle, die ihr zu nahe kamen, ich war eifersüchtig, aber ich war mir dessen nicht bewußt. Ich fürchtete, die Männer könnten sie vom guten Weg abbringen, der ins Paradies führte . . .

. . . Der große Salon im Landhaus war die ehemalige Veranda, die man zugebaut hatte, mehr als zwanzig Meter lang. Aus meinem Zimmer konnte man aus dem einen Fenster in den Garten sehen und aus dem anderen in den großen Salon, da man die alten Öffnungen der Veranda nicht zugemauert hatte. Sie dienten als Bücherschränke oder Vitrinen.

Wenn ich nachts wegen der Hitze oder meiner schlechten Gedanken nicht einschlafen konnte, hörte ich manchmal schöne Musik: die Musik meiner Mutter. Ich stand auf und verkroch mich in den Alkoven hinter der Fensterattrappe. Von meinem Zimmer aus war er durch einen Vorhang geschlossen, vom Salon aus mit Nippes vollgestellt. Wie ein Spion beobachtete ich meine Mutter. Sie war allein und ging im großen Salon auf uns ab. Jedesmal wenn sie vorbeikam, konnte ich ihren Gesichtsausdruck sehen, und der versetzte mir einen Schlag in die Magengrube. Ihre Gesichtszüge waren entspannt. Die fast geschlossenen Augen, der halbgeöffnete Mund verrieten Wollust und Befriedigung. Ich fand sie unanständig.

Die hochflorigen Wollteppiche verschluckten ihre Schritte. Man hörte nur die Musik von einem Plattenspieler, der aussah wie eine gotische Kirche. Wenn eine Platte zu Ende war, legte meine Mutter eine neue auf. Ich mochte sie alle. Es war Jazz. Ich konnte nicht verstehen, was sie mit diesen Rhythmen zu tun hatte. Es war eine Musik, die aus dem Bauch, den Hüften, den Schenkeln kam, aus Körperregionen, die meine Mutter nicht kennen konnte, nicht kennen durfte. Ich hatte das ungute Gefühl, sie in flagranti zu ertappen, ohne sagen zu können, warum. Vor allem bei bestimmten Songs: *Tea for Two* und *Night and Day* . . . «*Day and night* . . .» Ich konnte den Text auswendig «*whether near to me or far, no matter Baby where you are, I think of you night and day, day and night . . .!*» Diese Sprache! Diese heisere Stimme der Negerin klang wie wohliges Schnurren. Ich war völlig verwirrt. Welchen Stellenwert hatten die Männer im Leben meiner Mutter? . . .

«Hättest du's gern, wenn Roland dein Vater würde?»

«. . .»

Es war Sommer in *Salamandre*. Roland, dieser feurige, verwitwete Offizier, von dem sie gerade gesprochen hatte, kam jeden Tag zu uns in seiner Uniform und seinen Stiefeln. Sein Gesicht glänzte wie eine Speckschwarte. Ich wollte ihn nicht als Vater und vor allem nicht als Mann für meine Mutter. Ich hatte Angst, er würde ihr wehtun. Ich spürte, daß sie unglücklich war. Ihre Ängstlichkeit und Erregtheit, seitdem Roland in unserem Leben aufgetaucht war, beunruhigten mich. Und dennoch spielte sie die hoffnungslos Verliebte.

Am Strand schlich ich mich häufig von den anderen Kindern und von den Gouvernanten weg und tat so, als ob ich hinter dem Sonnenschirm im Schatten spielte, unter dem meine Mutter mit ihren Freundinnen schwatzte. So konnte ich ihnen unbemerkt zuhören. Man sprach nur noch von der bevorstehenden Hochzeit von Roland und meiner Mutter. Es war fürchterlich, meine Gurgel schnürte sich zusammen. Sie sprachen über Kleider, offizielle und private Empfänge. Die Hochzeit sollte im Oktober nach den Ferien stattfinden. Sie hatte also nur so getan, als ob sie auf meine Meinung Wert legte; alles war doch schon längst festgelegt! Ich versuchte, mich mit Weinen und Jammern dagegen zu wehren. «Dieses Kind ist nervös, ich möchte bloß wissen, was sie hat!»

Glücklicherweise fuhren wir bald danach nach Europa. Wären wir erst einmal dort, müßte ich diesen ‹Paradeoffizier›, wie meine Großmutter ihn zu nennen pflegte, mit seinen buttergelben Handschuhen, seiner Reitgerte und seiner Süffisanz nicht mehr sehen. Zur Begrüßung tätschelte er mir immer mechanisch die Wangen. Zu allem Überfluß war meine Mutter ganz vernarrt in die zwei Babies, die ihm seine verstorbene Frau hinterlassen hatte. Zwei semmelblonde Engerlinge, die ich nicht ausstehen konnte. Schließlich bestieg ich alleine mit meiner Mutter das Schiff. Nany und mein Bruder kamen nicht mit, und es gab auch keinen Roland zwischen ihr und mir.

Wir mußten im Grandhotel in Port Vendres übernachten, bevor wir in den Zug nach Paris stiegen. Warum nur eine so umständliche Reiseroute? Bei unserer Ankunft im Hotel nahm ein Hausdiener mit roter Livree und einem komischen Käppi, einer Art rot-und-goldener Bonbonschachtel, unser Gepäck in Empfang und führte uns auf unser Zimmer. Auf der großen Freitreppe, die wir hinaufstiegen, lag in der Mitte ein Läufer, der mit Kupferstangen befestigt war.

Der Hausdiener geht voraus, meine Mutter hinterher, ich bilde die Nachhut. Topfpalmen das Geländer entlang, eine Biegung. Ich schaue auf und sehe auf dem Treppenabsatz zwei gewichste Stiefel, links und rechts neben dem roten Läufer. Roland! Er ist da! Deswegen also hatte sie mich mitgenommen! Deswegen hatte sie die Schiffslinie gewechselt? Mein Hals schnürt sich zu, in meinem Körper tobt ein Sturm. Nein, nicht er, nicht dieser Mann hier! Ich fange an zu jammern. Ich bekomme Bauchweh und muß mich erbrechen. Ich weiß nicht, warum mich meine Mutter auf einen Nachttopf in die Mitte des Zimmers setzt, vor den Augen dieses Mannes! Die Situation ist nicht mehr auszuhalten!

Ich heule und zetere noch mehr.

«Ich werde einen Arzt rufen. Roland, ich bitte Sie, zu gehen. Es wäre nicht korrekt, wenn man Sie auf meinem Zimmer sähe.»

«Ich hatte mich schon auf einen so schönen Abend mit Ihnen gefreut!»

«Was wollen Sie, mein Lieber, es ist halt so mit den Kindern!»

Mir war so, als ob sie mich an jenem Abend noch aufmerksamer umsorgte als sonst in ähnlichen Situationen. Sie schien erleichtert und summte im Badezimmer vor sich hin. Am nächsten Morgen fuhren wir weiter, und ich habe Roland nie wieder gesehen.

. . . Später, ich war acht oder neun Jahre alt, hatte ein anderer Herr die Ehre, zum Hausfreund zu avancieren. Ein ältlicher Schönling aus Paris mit grauen Haaren wie geschleckt, Siegelring am Finger, ansetzendem Schmerbauch: Gaël de Puizan. Halb Lebemann, halb Geschäftsmann.

Gleiches Spiel: «Gaël wird vielleicht eines Tages dein Vater, wenn du es möchtest.»

Dieser Herr war scheint's noch aufdringlicher gewesen, er hatte um ein Rendezvous außerhalb des Hauses gebeten. Wieder hatte sie mich mitgenommen, ohne mir das wirkliche Ziel des Spazierganges zu nennen. Wir gingen eine Landstraße in Frankreich entlang. Sie hielt mich bei der Hand. Sie roch gut, sie hatte uns beide besonders hübsch zurechtgemacht.

Ich war alt genug, um genau zu verstehen, warum sie plötzlich unruhig wurde, als sie in der Ferne ein Auto sah, das langsam näher kam, bis es neben uns hielt. Gaël war am Steuer, allein. Ich werde nie vergessen, wie er mich ansah. Am liebsten hätte er mich zum Teufel gejagt! Er begriff, was meine Anwesenheit zu bedeuten hatte, und ich verstand, daß ich meiner Mutter als Schutzwand diente, als Schild zwischen ihr und ihren Liebhabern.

Da, auf der Couch begriff ich, daß die Religion für meine Mutter ein schöner Vorwand war. Aber nicht nur die Religion war es, die sie in fürchterliche Zweifel stürzte und sie daran hinderte, auf diese Männer zuzugehen, auf die sie bestimmt Lust gehabt hatte: sie hatte noch vor etwas anderem Angst. Es war die Angst aus dem Alptraum.

Anders als je zuvor begann ich darüber nachzudenken, was es bedeutete, eine Frau zu sein. Ich dachte über unsere Körper nach, über meinen, den meiner Mutter, den der anderen Frauen. Alle waren sie gleich, sie hatten alle ein Loch. Ich gehörte zu dieser gigantischen Horde gelöcherter Wesen, die den Eindringlingen ausgeliefert sind. Nichts schützt mein Loch: kein Augenlid, kein Nasenflügel, kein Mund, kein Pförtner, kein Labyrinth, kein Schließmuskel. Es verbirgt sich in einer Höhle aus weichem Fleisch, das meinem Willen nicht gehorcht und sich selbst auf natürliche Weise nicht verteidigen kann. Es gibt nicht einmal ein Wort, das es beschützt. Die Wörter, die in unserer Sprache diesen bestimmten Körperteil einer Frau bezeichnen, sind häßlich und vulgär, schmutzig, gemein, grotesk oder technisch.

Noch nie hatte ich über den Schutz nachgedacht, den das Hymen bot, über die Leere, die sich auftat, wenn diese hauchdünne Membran blutend den verletzenden Stößen der Männer nachgab und von da an allem freien Zugang gewährte . . . dem Finger, dem Taschenmesser . . . Konnte daraus eine Urangst entstehen, so alt wie die Menschheit, die uns unbewußt zugefügt worden war, die wir vergessen hatten? Eine Angst, die nur Frauen haben können, die nur Frauen verstehen können, die sie instinktiv weitergeben, die ihr Geheimnis bleibt? Eine Angst vor dem gewaltsamen Eindringen eines Mannes, die aber tatsächlich wesentlich weiterging und tiefer lag. Eine Angst die von Frauen erfunden war, die Frauen an andere Frauen weitergaben. Angst vor unserer Verletzbarkeit, unserer totalen Unfähigkeit, uns restlos zu verschließen. Welche Frau kann es verhindern, daß ihr Kind aus ihr herausgleitet und sie dabei zerreißt! Welche Frau kann es verhindern, daß ein Mann, der es wirklich will, in sie eindringt und dort den fremden Samen ablegt! Keine.

Wenn etwas während einer analytischen Sitzung geschieht, so geschieht das sehr schnell. Seit dem Augenblick, in dem die Kachelmuster des Traumes die Kachelmuster der Realität wachgerufen hatten, bis zu der Frage: warum die Angst vor etwas, was nicht wehtut, und der anschließenden Vision eines Wesens mit Loch, waren kaum einige Minuten vergangen.

Warum analysierte ich nicht die Karyatiden aus dem Haus in meinem Traum? Warum klammerte ich mich an das Taschenmesser, statt an die Partisanen oder die Klageweiber? Warum ausgerechnet diese Details und nicht die anderen? Weil ich den Druck des Unterbewußtseins an der Stelle spürte, an der ich schließlich auch weiterforschte. Im Traum war für mich das Taschenmesser das Rätsel, im Bericht beim Doktor dagegen beharrte ich auf der Beschreibung des Treppenhauses. Das Unterbewußtsein hatte diese zwei Punkte angezeigt, den einen im Schlaf, den anderen im Wachzustand. Im Laufe der Analyse hatte ich gelernt, auf die kleinsten Signale des Unterbewußtseins zu achten. Ich wußte inzwischen genau, wann es sich ankündigte und wann ich meine Zwiesprache mit ihm aufnehmen konnte.

Da lag ich nun, ausgestreckt, der Doktor schwieg wie gewöhnlich. Wieder war ich im Besitz einer neuen Entdeckung. Aber zum erstenmal war ich über meine Entdeckung perplex, weil ich spürte, daß sie nicht durch eine psychoanalytische Behandlung verändert werden konnte. Sie würde mir in dem kleinen abgeschirmten Arbeitszimmer des Doktors kaum nützlich sein. Ich mußte gehen.

Sieben Jahre kam ich jetzt hierher. Sieben Jahre, um zu leben! Sieben Jahre, um mich zu finden! Sieben Jahre waren in einer allmählichen in sich ausgeglichenen Entwicklung verstrichen. Es begann damit, daß ich organisch wieder gesund wurde. Dann entdeckte ich Schritt für Schritt meinen Charakter, ich hatte meine Individualität gefunden, ich war eine selbständige Person geworden. Schließlich

196

hatte ich dank meines Anus verstanden, daß alles wichtig war und auch das, was man ‹schmutzig›, ‹mies›, ‹beschämend›, ‹armselig› nannte, es in Wirklichkeit gar nicht war. Die Wertskala meiner Klasse hatte einen verlogenen Schleier über bestimmte Menschen, über bestimmte Gedanken, bestimmte Dinge geworfen, um sich selbst um so sauberer, glänzender, großartiger, reicher herauszustreichen. Nun entdeckte ich meine Scheide, und ich wußte, daß es von nun an das gleiche wäre wie mit meinem Anus: wir würden zusammenleben, so wie ich mit meinen Haaren, meinen Zehen, der Haut auf dem Rücken, allen meinen Körperteilen lebte, so wie ich mit meinem Jähzorn, meinem Talent, mich zu verstellen, meiner Sinnlichkeit, meiner Rechthaberei, meinem Willen, meinem Mut und meiner Fröhlichkeit zurechtkam: harmonisch, ohne falsche Scham, ohne Ekel, ohne Diskriminierung.

Ich war sicher, daß ich außerhalb der Sackgasse den wahren Wert meiner Entdeckung finden würde. An diesem Tag verabschiedete ich mich vom Doktor in dem Bewußtsein, ihn so bald nicht wiederzusehen.

Es war in der Tat außerhalb der Sackgasse, in den Geschäften, im Büro, zu Hause, daß ich begriff, was es hieß, eine Scheide zu haben, eine Frau zu sein. Bis dahin hatte ich Weiblichkeit an sich nie in Frage gestellt: die spezifische Eigenheit gewisser Lebewesen mit Brüsten, langen Haaren, geschminkten Gesichtern, Kleidern und anderen nekkischen und niedlichen Vorteilen, über die man kaum oder überhaupt nicht spricht. Gewisse Wesen, die in Pastelltönen leben, in Rosa vor allem, hellblau, weiß, flieder, hellgelb, moosgrün. Gewisse Personen, deren Rolle auf Erden darin besteht, Dienerin des Herrn zu sein, Zeitvertreib des Kriegers und Mutter. Geschmückt, parfümiert, verziert wie ein Reliquienkästchen, zerbrechlich, kostbar, zart, unlogisch, mit Spatzenhirn, verfügbar, stets mit offenem Loch, allzeit bereit zu geben und zu nehmen.

Das war falsch. Ich wußte, was es bedeutete, eine Frau zu sein. Ich selbst war eine. Ich wußte, was es hieß, morgens vor den anderen aufzustehen, das Frühstück zu machen, den Kindern zuzuhören, die alle gleichzeitig etwas sagen wollen, alles schnell, schnell, noch in der Morgendämmerung bügeln, frühmorgens stopfen und auch noch vor Anbruch des Tages die Schulaufgaben durchsehen. Ist das Haus dann endlich leer, bleibt eine Stunde, um wie eine Besessene ein Minimum an Haushalt zu erledigen: schmutzige Wäsche sortieren, bügeln, Wäsche sprengen, Gemüse putzen, die Mahlzeiten für den Tag vorbereiten und die Klos scheuern, sich waschen, kämmen, schminken, wenn man das nicht tut, meldet sich gleich das schlechte Gewissen: «Eine Frau muß immer adrett und hübsch aussehen!» Die Kleinsten in die Krippe oder in den Hort. Den Einkaufskorb nicht vergessen. Zur Arbeit gehen. Die einzige Arbeit, die wirklich zählt, für die wird man bezahlt! Ohne sie wäre bittere Not. Mittags zum Kochen wieder heim. Die Ältesten essen in der Schule, die Jüngste kommt nach Hause. Man muß sich liebevoll um sie kümmern, sie braucht die Wärme der Mutter. Abends kümmern sich dann die Älteren um sie. Hoffentlich machen sie keinen Unsinn, spielen nicht mit Streichhölzern, laufen nicht über die Straße, ohne links und rechts zu schauen. Wieder los mit den Einkaufskörben. Anordnungen von Vorgesetzten so schnell und so genau wie möglich befolgen. Einkaufen abends nach Büroschluß, ohne einen Pfennig in der Tasche. Das macht nichts. Irgendwie doch ein gutes Abendessen hinzaubern: «Gutes Essen macht Kummer vergessen!» Die Körbe wie Bleigewichte an den Armen. Müdigkeit nagt an Rücken und Hirn. Egal, «Frauen müssen für das Glück, Kinder in die Welt zu setzen, mit Mühsal bezahlen!» Nach Hause. Für alle ein offenes Ohr. Das Abendbrot zubereiten. Wäsche aufhängen. Kinder waschen, ihre Hausaufgaben beaufsichtigen. Die gute, dampfende Suppe auf den Tisch. Die Apfelkücherl backen, während sie ihre Nudeln aufessen. Müde Beine, müder Kopf. Abwasch. Fingertapser wie Vorwürfe an Wänden und Türen. Dreckige Fensterscheiben. Die Strickerei geht auch nicht voran. «Wie man sich bettet, so liegt man, meine Liebe!» «Wie der Herr so's Gescherr.» Sonntag, Sonntag werde ich alles machen. Am nächsten Tag das gleiche Lied! Auf allen vieren Möbel wegrücken, den Fußboden schrubben, Körbe tragen, mit der Kleinsten auf dem Arm einkaufen laufen, die paar Pfennige drehen und wenden, ohne die man nichts bekommt. Im Schaufenster das schöne Kleid, das mehr kostet als ein Monatsgehalt ... Und sich bumsen lassen, wenn man nur einen Wunsch hat, schlafen und nochmals schlafen. Schlechtes Gewissen deswegen, das Spiel aber doch mitmachen, bedauern, kein Vergnügen mehr daran zu finden. Angst vor einer neuen Schwangerschaft. Die schlechten, selbstsüchtigen Gedanken verscheuchen: «Wenn du einen guten Ehemann willst, dann mußt du eine ebensogute Ehefrau wie Mutter sein.» Wieviel Tage noch bis zur nächsten Periode? Habe ich mich auch nicht verrechnet? Hoffentlich hat er aufgepaßt! Wieviel Tage noch bis zum Ersten? Reicht das Geld? Komme ich damit rum? Mein Gott, ein Kind schreit! Es ist die Jüngste, hoffentlich ist sie nicht krank, ich habe dieses Jahr schon zu oft im Büro gefehlt, mit den Röteln der Ältesten und der Grippe der anderen, ich falle am Ende noch unangenehm auf. Aus dem Schlaf herausgerissen, nachts aufstehen. Die Nacht in Betonblöcken und in der Ferne das Weinen anderer Kinder in ihren Alpträumen. Das Poltern der Nachbarn, die spät heimkommen, die Ausbrüche des Mannes vom vierten Stock, der besoffen ist und hinter seiner Frau herbrüllt. Schlafen. Schlafen. Das ist es, eine Scheide zu haben –! Das heißt es, eine Frau zu sein: dem Mann zu dienen und die Kinder bis ins hohe Alter zu lieben! Bis man ins Altersheim kommt, wo man von der Pflegerin mit einem Kauderwelsch empfangen wird, als hätte man Kinder und unschuldige Irre vor sich: «So Oma, hier haben wir's gut, nicht wahr, Oma?»

Es mag sein, daß es im Leben einer alten Frau oft das fröhliche Lachen ihrer Kinder gab, das alte Gold der Liebe, manchmal auch das Rosa der Zärtlichkeit. Vor allem aber gab es das Rot ihres Blutes, die Schwärze ihrer Müdigkeit, das Kackbraun und Pipigelb der Windeln und der Unterhosen ihrer lieben Kleinen und ihres Mannes. Und dann das Grau ihrer Mattigkeit und das Beige ihrer Resignation.

Wirklich nett, was da zutage kam, als ich über das Besondere meiner Weiblichkeit nachdachte! Das Kartenhaus, über das ich mich vor nicht allzulanger Zeit lustig gemacht hatte, von dem ich mich befreit glaubte, in dem ich ein wenig ungeschickt mit «Scheiße», «Schiete» und «Kacke» um mich geworfen hatte, dieses Schloß, das ich abgerissen glaubte, stand immer noch, die Grundmauern waren intakt! Jetzt erst wurde mir klar, daß ich nie wirklich eine Zeitung gelesen oder Nachrichten gehört hatte. Der Krieg in Algerien war für mich eine sentimentale Angelegenheit gewesen, eine traurige Familiengeschichte, würdig der Atriden. Und warum? Weil ich in dieser Gesellschaft, in die ich hineingeboren wurde und in der ich verrückt wurde, keine eigene Rolle spielte. Keine Rolle außer Junge zu werfen, als Statthalter für Regierungen, als Nachschub für deren Kriege, und Mädchen, damit die wiederum den Jungen wieder Jungens gebären. Siebenunddreißig Jahre totaler Unterwerfung. Siebenunddreißig Jahre Ungleichheit und Ungerechtigkeit akzeptieren, ohne zu mucken, sogar ohne es zu sehen!

Es war erschreckend! Wo sollte ich anfangen? Verlor ich nicht schon wieder den Kopf?

Ein Graben. Ein riesiger Graben tat sich auf, die Notwendigkeit, wieder regelmäßig in die Sitzungen zu gehen, und wieder ein Wutausbruch gegen den Doktor.

«Ich habe mich aus den Fesseln des bürgerlichen Denkens befreit, um mir die Fesseln der Psychoanalyse anlegen zu lassen. Es ist doch immer die gleiche Leier: die Analyse sperrt die Leute ein, und Sie sind einer der Zuchthauswärter.»

«Wenigstens sind Sie sich dessen bewußt.»

Er hatte recht, dieser Esel! Wenn ich nicht kommen wollte, brauchte ich es ja nicht zu tun. All diese Probleme mit der Gerechtigkeit und der Ungerechtigkeit, der Gleichheit und der Ungleichheit waren mein Bier, es lag an mir, sie zu lösen. Konnte ich wieder eine Frau wie früher werden? Nein. Meinen Fortschritt in der Analyse zu hemmen, hieße, die Verrückte zwischen Bidet und Badewanne von neuem akzeptieren, mich neben sie zu kauern, mich in sie zu verkriechen und mich der Sache endgültig auszuliefern. Nie im Leben!

Also was tun? Wie bekomme ich mich in den Griff? Welche Erregtheit, welche Einsamkeit, welche Ungeschicklichkeit, welche Ratlosigkeit!

Ein weiterer Alptraum verhalf mir endgültig zum Durchbruch.

Ich war am Strand mit Jean-Pierre und unseren besten Freunden. Wieder waren André und Barbara dabei und noch ein anderes Paar, Henri und Yvette, die so integer waren, daß sie auch nicht den geringsten Kompromiß zuließen. Besonders über Henri machten wir uns manchmal lustig, und er selbst stellte unsere Zuneigung durch seine pingelige und unbeugsame Redlichkeit auf eine harte Probe. Er war von der OAS aus Algerien vertrieben worden.

Da waren wir nun, wir sechs, an einem herrlichen breiten Strand am Ozean, Strand mit hohen Wellen, ähnlich dem, an den Jean-Pierre damals eine andere Frau mitgenommen hatte. Es war strahlendes Wetter, das Meer war bewegt, aber nicht zu stürmisch. Die Sonne blitzte in den Kronen der Brandung. Es machte Spaß, in dieser aufgewühlten und wirbelnden Brandung zu springen und zu tauchen, die mit Schaum bedeckt war, der in krummen Linien im Sand auslief und dort versackte. Wie ich dieses Meer liebe! Das Tauchen und Schwimmen, mich darin auszutoben, mich darin zu wälzen wie ein Hund im Sand.

Ich war glücklich. Das Wasser, Jean-Pierre und meine Freunde. Wir faßten uns an den Händen und liefen auf die Wellen zu. Sie bäumten sich meterhoch über unseren Köpfen auf, und im letzten Augenblick, bevor sie über uns zusammenbrachen, tauchten wir in sie hinein. Ich kannte dieses Spiel seit meiner Kindheit und war sehr geschickt darin, geschickter als die anderen, die ängstliche Schreie ausstießen, dabei Wasser verschluckten und pustend vor der großen Wasserrolle davonliefen.

Plötzlich packte mich eine herrliche Welle, noch höher als die anderen, und ich stürzte Hals über Kopf hinein, ich wurde vom aufgewühlten Sand und Schaum verschlungen, bis mich die Welle schließlich etwas brutal oben am Strand im trocknen Sand wieder freigab. Ich saß da, verblüfft, selig und schnappte nach Luft. Die Welle zog sich wieder zurück, und ich genoß das Gefühl, wie der Sand unter mir abzog und sich unter meinem Rücken und meinem Hintern eine Wanne grub. Da sah ich mit Grauen eine riesige Schlange, die sich um einen meiner Schenkel gerollt hatte und ihren Kopf zwischen meinen

200

Beinen hochreckte. Sie schillerte blaugrün, wie Bronze. Bedrohlich richtete sie sich vor mir auf, griff mich aber nicht an. Trotzdem war ich zu Tode erschrocken, und mit beiden Händen versuchte ich sie vergeblich wegzustoßen. Sie war jedoch zu stark, und ich war machtlos, ich konnte mich nicht von ihr befreien. Die Freunde standen um mich herum und lachten.

«Es ist doch eine harmlose Schlange, du wirst doch keine Angst vor ihr haben. Schau, sie hat mehr Angst als du.»

Tatsächlich war die Schlange so plötzlich verschwunden, wie sie gekommen war, ohne mir das geringste zu tun. Mit einem unbehaglichen Gefühl blieb ich völlig verwirrt sitzen. Als ich heimkam, erzählte ich das Erlebnis einem alten Bauern, der im Garten arbeitete.

«Sie brauchen sich vor diesen Schlangen nicht zu fürchten. In der Gegend wimmelt es davon, aber sie greifen nicht an. Sie sind auch nicht giftig.»

Trotzdem fand ich keine Ruhe mehr. Ich streckte mich auf mein Bett mit einer düsteren blaugrünen Tagesdecke aus. Ich lag auf der Seite, stützte meinen Kopf mit der Hand auf (genauso wie Jean-Pierre dagelegen hatte, als er meine ersten Seiten las), und noch im Traum analysierte ich meine Angst. Die Schlange: Angst vor dem männlichen Glied. Es gab keinen Grund, vor der Schlange Angst zu haben, keinen Grund, vor dem Geschlecht der Männer Angst zu haben. Außerdem hatte ich davor keine Angst. Es gab also wirklich überhaupt keinen Grund, vor der Schlange Angst zu haben.

Plötzlich sehe ich neben meinem Ellenbogen eine ähnliche Schlange wie die vom Strand, blaugrün wie die Tagesdecke, eingerollt, mit aufgerichtetem Kopf und weit aufgerissenem Schlund. Dieses Mal befand sie sich nicht zwischen meinen Schenkeln, sondern ganz nahe an meinem Kopf. Das machte sie um so gefährlicher. Sie hätte mich mit ihrem Giftzahn nur in die Schläfe zu beißen brauchen, und ich wäre auf der Stelle tot gewesen. Panik, Grauen! Die Schlange so nah bei mir, mit dem aufgerissenen Schlund und ihrem zischenden Züngeln. Ich bin vor Angst gelähmt, ich kann nicht weglaufen. Wie erstarrt liege ich da, unfähig mich zu rühren, die Zeit steht still! Plötzlich jedoch löst sich der Krampf in meinem Arm. Mit einer raschen Bewegung packe ich die Schlange am Hals, gerade unterhalb ihres Schlundes und drücke zu. Die Schlange windet sich, ihr Körper peitscht durch die Luft. Ich setze mich auf. Wohin, was tun? Ich werde nicht genügend Kraft haben, um noch lange so fest zuzudrücken. Es scheint ihr nichts auszumachen, sie windet sich wie eine Besessene. Ichh habe wahnsinnige Angst. Mein Mut wird mich diesmal teuer zu stehen kommen, die Schlange wird sich an mir rächen.

Ich laufe ins Badezimmer. Jean-Pierre liegt in der Wanne. Er schaut mich ernst an, wie ich da mit der Schlange am ausgestreckten Arm hineinstürme, mit angstverzerrtem Gesicht, den Schrecken in allen Gliedern. Ich gehe auf ihn zu, und plötzlich bin ich mit ihm im lauwarmen, wohltuenden Wasser in der Badewanne. Dann packt er die Schlange im Rachen und preßt ihn auseinander, bis der Schlund zerreißt. Er reißt so lange, bis sich die Schlange in zwei schöne Streifen, in zwei biegsame bronzefarbene Riemen teilt. Ruhe.

Na ja! Das war's! Das war nicht weiter schwer zu begreifen! Diese Angst, die mich lähmte, die meine Mutter und die anderen Klageweiber lähmte, war nicht die Angst vor dem Phallus, dem Schwanz, dem Schwengel, sondern die nackte Angst vor der Übermacht des Mannes. Man brauchte diese Macht also nur zu teilen, und die Angst verschwand. Ich war sicher, daß dies die Bedeutung meines Traumes war.

Wenn ich also in der Gesellschaft meine Rolle finden wollte, so mußte ich mit dem beginnen, was in meiner Reichweite war: Jean-Pierre und die Kinder, wir fünf, unsere Familie, ein Mikrokosmos, die Keimzelle der Gesellschaft.

Das war die Lösung für mich, das wußte ich genau. Es gab sicher noch andere Wege, aber ich wußte, daß dies für mich der richtige Weg war. Die Analyse hatte mich gelehrt, systematisch zu denken, mich in meine Gedanken zu vertiefen, einen nach dem anderen abzuwägen, bis ich zu dem einfachsten und klarsten vorstieß. Für mich, die ich gerade das Wort ‹Politik› und einen Bruchteil seiner umfassenden Bedeutung entdeckt hatte, die ich endlich nach sieben Jahren Schwangerschaft begriff, in welchem Ausmaß mein Leben nur ein relativer Teil einer organisierten Gesellschaft war, für mich war es das naheliegendste, mit den echten Beziehungen zwischen Jean-Pierre und mir, Jean-Pierre, den Kindern und mir zu beginnen...

Was für eine Aufgabe! In unserer Gesellschaft wimmelte es von Heuchelei und Lüge. Die alltäglichsten Worte und Gesten waren Staffage, Verkleidung, Karnevalsmasken. Und unsere Phantasie, was war mit ihr geschehen? Amputiert! Sogar die der Kinder war vollständig verarmt, um der vorfabrizierten Phantasie Platz zu machen, die man ihnen in der Schule und zu Hause aufoktroyierte. Wenn ich mit ihnen so redete, wie ich es tat, wenn ich sie so kleidete, wie ich sie kleidete, wenn ich so lebte und sie das gleiche Leben führen ließ, zwang ich ihnen meine Normen, meine Gedanken, meinen Geschmack auf. Mir wurde bewußt, daß ich ihnen nur selten und dann auch nur oberflächlich zuhörte und daß ich sie infolgedessen auch kaum kannte. Ihnen verdanke ich es, daß ich wieder gehen, schreiben, lesen, zählen, lachen, lieben und spielen lernte.

Wie aufregend. Meine Tage waren viel zu kurz! Was für ein

Trubel! Alle Türen standen offen, die Zügel los. WAS FÜR EIN GLÜCK!

Und dieses Mal brach das Kartenhaus wirklich zusammen.

In diesem letzten Jahr meiner Analyse lebte meine Mutter ihren Todeskampf. Ich merkte es nicht.

In dem Entwurf meines Manuskriptes unterlief mir ein Lapsus: ich schrieb ‹meine Mutter lebte ihre Analyse›, anstatt zu schreiben, ‹meine Mutter lebte ihren Todeskampf›. Diese Verwechslung ist natürlich kein Zufall. Ich bin nämlich der Meinung, daß eine erfolgreiche Analyse die Person erst töten muß, um sie dann zu neuem Leben zu erwecken, bereichert um ihre eigene Freiheit und ihre eigene Wahrheit. Zwischen der, die ich war, und der, die ich bin, liegt eine unendliche Entfernung, die so groß ist, daß ein Vergleich zwischen diesen beiden Frauen nicht mehr möglich ist. Und dieser Abstand wird immer größer, da eine Analyse niemals beendet ist, sie wird vielmehr zu einer spezifischen Art zu leben und zu denken. Dennoch sind die Verrückten und ich ein und dieselbe Person, wir ähneln und lieben uns, wir kommen gut miteinander aus.

Als meine Mutter mit nun mehr als sechzig Jahren aus ihrem Universum hinausgeworfen wurde, als sie nach dem Algerienkrieg ihr ganzes Leben in Frage stellen mußte, zog sie es vor, zu sterben. Die Umstellung war einfach zu groß, sie fühlte sich nicht imstande, sie zu verkraften. Sie war schon zu alt. Ich glaube, als sie unbewußt die Bedeutung des Wortes ‹Kolonialismus› begriff, stürzte ihre Welt zusammen. Oft sagte sie gereizt: «Immerhin besser, Kolonialist zu sein als gar nichts. Wir waren immer noch besser als die, die heute das Sagen haben. Vierzig Jahre lang habe ich die Araber aufopfernd gepflegt. Und die, die auf uns Kolonialisten schimpfen, können bestimmt nicht das gleiche von sich behaupten.» Sie hatte genug verstanden, daß dieser Begriff alles verurteilte, was bisher ihr Lebensinhalt gewesen war, ihre Entschuldigung, ihre Rechtfertigung: die christliche Barmherzigkeit. Wenn sie sich verteidigte, war es, als schrie sie um Gnade.

Als meine Mutter und meine Großmutter nach Frankreich kamen, lebten wir alle in demselben Haus am Stadtrand in zwei Wohnungen auf demselben Stock, die durch den Salon verbunden waren.

Seit mehr als einem Jahr befand ich mich in Analyse, ich war aber noch so krank, noch so eingesponnen in meinem Kokon, daß mir die Wiedervereinigung mit meiner Mutter willkommen war. Ich freute mich sogar über ihre Anwesenheit. Sie würde mir helfen, das Haus in

Ordnung zu halten, und sich auch etwas um die Kinder kümmern. Außerdem würde meine Großmutter sicherlich am Monatsende finanziell etwas aushelfen.

Zu Beginn der Behandlung hatte mich der Doktor gewarnt: «Ich muß Sie darauf aufmerksam machen, daß eine Analyse Ihr Leben unter Umständen völlig umkrempelt.» Und ich hatte gedacht: Welche Veränderung kann denn schon in meinem Leben stattfinden? Vielleicht würde ich mich scheiden lassen, denn mit der Ehe hatte ja auch die Sache begonnen. Nun gut, ich würde mich eben scheiden lassen. Man würde schon sehen. Darüber hinaus sah ich nichts, was sich in meinem Leben sonst verändern könnte.

So vergingen zwei bis drei Jahre, und wir lebten sehr eng zusammen. Zwei bis drei Jahre, in denen ich mir meiner Geburt allmählich bewußt wurde. Zwei bis drei Jahre, in denen ich in der Sackgasse meinem dumpfen Haß gegen meine Mutter freien Lauf ließ, einem Gefühl, das ich bis dahin wie einen Makel sorgsam versteckt gehalten hatte. Und schlagartig änderte sich meine Beziehung zu ihr. Nun, da ich durch die Analyse stärker, klüger und verantwortlich geworden war, entdeckte ich die Zerbrechlichkeit meiner Mutter, ihre Unschuld, ich sah sie als Opfer. Sie, die zu mir keine wirkliche Beziehung hatte, sondern einzig und allein das stereotype Verhalten einer Mutter gegenüber einer Tochter, die die Dreißig überschritten hat und selbst Mutter einer vielköpfigen Familie war und den Berechtigungsschein für Zugreisen mit 30 % Ermäßigung besaß, spürte die Veränderung, obwohl wir nie miteinander darüber sprachen. Sie hatte nie mit mir geredet, außer dem einen Mal, als sie mir von ihrer mißglückten Abtreibung erzählte. Ich meinerseits hatte schon seit langem die Hoffnung auf Verständigung mit ihr aufgegeben. Ich bin sicher, daß ich damals eine Beziehung zu ihr hätte aufbauen können, wenn ich es nur gewollt hätte. In der Ruhe nach dem Sturm, nach der Enttäuschung und der Müdigkeit nach einer verlorenen Schlacht, in dem grauen Frankreich, in diesem verhaßten Mutterland, dem sie die geliebte Sonne geopfert hat, lebte sie in einem solchen inneren Chaos, daß der Moment für eine Begegnung wie geschaffen war. Mir war aber die Lust vergangen. Immer nur stieß ich auf ihre Schwäche und ihre dumme Arroganz. Ich fand sie bedauernswert, ich hatte keine Zeit, mich um sie zu kümmern. Ich war zu sehr damit beschäftigt, mich von der Sache zu befreien.

Aber gerade die Sache war das einzige Bindeglied zwischen uns. Sie wußte darum, sie hatte sie auf mich übertragen. Auf dem Höhepunkt meiner Krankheit sah sie den Stern der Sache aufleuchten wie einen Schatz, und sie begegnete mir mit Respekt, vielleicht sogar mit Liebe. Mein Zittern, mein Schweiß, mein Verbluten stießen sie nicht ab. Sie nahm daran Anteil wie noch nie an einer meiner Lebensäußerungen. Als es offensichtlich wurde, daß der Griff der Sache sich gelockert hatte, als sie spürte, daß die Sache an Terrain verlor, wurde ihre Verwirrung noch größer. Nicht nur Algerien entglitt ihr, sondern auch die Verrückte, ihr krankes Kind, ihr anomales Baby, ihr gemarterter Fötus. Dann machte sie noch einmal eine unvorhersehbare und beträchtliche Anstrengung und änderte ihre Haltung: Sie versuchte in meinem Kielwasser zu schwimmen, sich an mich zu klammern wie an einen abfahrenden Zug. Ich ließ sie aber nicht aufspringen. Warum hatte sie diesen Versuch unternommen? Aus Selbsterhaltungstrieb? Aus Interesse? Aus Liebe? Ich werde es nie erfahren.

Meine Großmutter starb. Sie war die einzige gewesen, die das Leben mit meiner Mutter erträglich gemacht hatte. Als meine Großmutter nicht mehr da war und mit ihr ihr Humor, ihre Jugendlichkeit, ihre Neugierde, ihre Weisheit verschwunden waren, konnte die frontale Auseinandersetzung zwischen meiner Mutter und mir nur noch tödlich enden. Eine von uns mußte Federn lassen. Wenn meine Großmutter einige Jahre vorher gestorben wäre, das heißt vor Beginn der Analyse, dann wäre ich, glaube ich, in diesem Kampf unterlegen.

Dieser Zustand schleppte sich noch einige Zeit so dahin. Ich konnte den Einfluß meiner Mutter auf die Kinder nicht mehr ertragen, wagte es aber nicht, es ihr ins Gesicht zu sagen, und wagte ebensowenig, sie zu verlassen, da ich wußte, in welcher materiellen Bredouille sie sich befand. Damals versuchte ich, sie zu überzeugen, aus ihren Diplomen Kapital zu schlagen: Sie sollte sich als Krankenpflegerin bezahlen lassen, statt gratis zu arbeiten. Sie setzte diesem Vorschlag einen solchen Widerspruch entgegen, als hätte ich ihr vorgeschlagen, sich zu prostituieren. Sie wollte gerne die Armen weiter pflegen, ihnen den Hintern abputzen, nächtelang Wache halten, sie entbinden, sie trösten, aber um nichts in der Welt wollte sie Geld dafür nehmen. Die Wohltätigkeitsarbeit, die sie ihr ganzes Leben lang ausgeübt hatte, aufzugeben, war in ihren Augen eine solche Schande, ein solcher Skandal, daß sie lieber betteln gegangen wäre. «So etwas tut man nicht in unserer Familie!» Sich für ihre Krankenpflege bezahlen zu lassen, bedeutete für sie, sich ihres letzten Privilegs und auch ihres letzten Fetischs zu entäußern. Deswegen kam das überhaupt nicht in Frage.

Wie konnte ein so intelligenter Mensch nur so starrköpfig sein? Welche Blödheit, welche Angst ließen sie an so dämlichen Regeln festhalten? Die Reichen sollen, Gott zu gefallen, Almosen an die Armen geben; ihre Barmherzigkeit ist Weihrauch, der geradewegs ins Paradies aufsteigt und Gottes langen Bart umschmeichelt! Herrenmenschen müssen mit gutem Beispiel vorangehen und auch unter den widrigsten Umständen Haltung bewahren. Herrenmensch kann man nicht werden, sondern man wird als solcher geboren.

«Also hören Sie, Mama, Sie haben keinen Pfennig mehr. Sie haben nichts als die magere Altersrente, das wissen Sie ganz genau. Sie sind nicht mehr reich, Sie sind arm. Sie gehören sogar zu den Ärmsten der Armen.»

«Ich war noch nie reich, mein Kind. Und trotzdem habe ich immer unentgeltlich gepflegt. Und ich werde bestimmt auch heute nicht anfangen, Geld dafür zu nehmen.» Was für eine Idiotie! Was für ein Blödsinn! Was für eine Farce, und obendrein war sie auch noch stolz auf ihre Armut! Absichtlich schlurfte sie mit ihren ausgeleierten Schuhen durch die Wohnung, ihr Kleid war voller Flecken, ihre maschenfesten Strümpfe waren grob und häßlich, ihr Pullover von Motten zerfressen. Aber damit man sich ja nicht vertat, spielte sie mit ihren aristokratischen Händen herum, am kleinen Finger der rechten Hand trug sie einen winzigen goldenen Siegelring mit dem Familienwappen, am Ringfinger einen Ehering mit einem Diamant und auf der linken Hand einen mit Brillanten gefaßten Smaragd. Sie war das wandelnde Beispiel verletzter bürgerlicher Ehre! Was für ein Zirkus!

Hier war sie schließlich gelandet! Sie, die ohne es zu wissen die Privilegien der bürgerlichen Klasse verabscheute! Sie, die eigentlich mit ihren schönen Händen hätte arbeiten und gestalten sollen, wenn man sie nur gelassen hätte. Sie liebte es, mit Steinen, Erde, Holz umzugehen, sie liebte die Berührung von Menschen. Sie war sinnlich. Sie wußte nicht, daß es ihre eigentliche Bestimmung gewesen wäre, ihren ureigenen Geschmack ästhetisch umzusetzen. Wäre sie vielleicht Töpferin geworden oder Architektin? Vielleicht gar Goldschmiedin, Chirurgin oder Gärtnerin?

Der Bruch zwischen uns fand statt, nachdem ich meinen Jähzorn entdeckt hatte. In der Wohnung am Stadtrand konnte ich es nicht mehr aushalten. Sie war zu groß, zu teuer, zu weit außerhalb und zu aufwendig. In diesen Betonklötzen, in denen Heuchelei und Lüge eingemauert sind, konnte ich nicht mehr leben. Um in der Bourgeoisie mitspielen zu können, braucht man dicke Wandbehänge, tiefe Alkoven, hohe düstere Räume, wohlbehütete Geheimnisse. Auf welche lächerliche Komödie ließen sich diejenigen ein, die da zwischen Pappmachéwänden und hellen, indiskreten Fenstern lebten? Man hatte aus ihnen Lackaffen, gackernde Hühner, dumme Gänse und Zirkuspferde gemacht, das war alles. Diese piekfeinen Häuschen um mich herum, mit Trauerweiden in den Gärten, Zedern, englischem Rasen, diese schmiedeeisernen Portale, diese harmlosen weißen Schranken an den Einfahrten, diese Ruhe, die nur ab und zu durch das Lachen wohlerzogener Kinder und das Geklimpere von Chopin-Sonaten gestört wurde, das war nichts für mich! Ich überließ meinen Platz jemand anderem. Mein Entschluß war gefaßt, ich schämte mich nicht. Entschlossen ging ich zu meiner Mutter ins Zimmer.

Sie thronte auf ihrem Bett, eingerahmt von den Reliquien ihrer Toten: Fotos, Porträts und sonstigen Gegenständen. Auf ihrem Nachttisch stand ein Aschenbecher voller Kippen und ein Glas mit einer roten Flüssigkeit. Ich dachte, es sei roter Johannisbeersaft.

«Ich wollte Ihnen nur sagen, daß ich einen schwerwiegenden Entschluß gefaßt habe: Wir werden uns trennen. Ich will nicht mehr hier leben, ich will mit meinen Kindern alleine sein.

Ich möchte sie nach meiner Vorstellung erziehen . . . Sie haben den ganzen Sommer Zeit, sich umzusehen . . . Ich bin die Ärmste in der Familie, jemand anders kann Sie sicher viel besser bei sich unterbringen.»

Sie sagte nichts. Sie senkte den Kopf und fing ganz leise an zu weinen. Ich ging hinaus, es war aus.

Ich hatte ausschließlich mein neues Leben im Kopf. Ich war fest entschlossen, es zu verändern. Sie hatte genau verstanden, daß jeder Appell an Sentimentalität oder an Gesundheit, an Armut oder an ihr Alter zwecklos war. Ich hätte meine Pläne nicht geändert. Sie wußte auch nur zu gut, wie meine Kindheit und meine Jugend ausgesehen hatten, wie gleichgültig und bissig sie zu mir gewesen war. Sie hatte dazu nichts zu sagen.

Am Anfang spekulierte sie vielleicht darauf, daß ich es nicht schaffen würde, daß ich es gesundheitlich nicht durchstehen und daß ich sie schließlich doch um Hilfe bitten würde. Aber alles ging gut über die Bühne. Vielleicht unterstützten die Anfangsschwierigkeiten meines neuen Lebens den Fortschritt meiner Analyse.

Sie hatte bei einer ihrer Freundinnen Zuflucht gefunden, der Ehemann war ein großer Hypochonder. Sie hatte dort ihr algerisches ‹Ambiente› wiedergefunden und ihren alten Lebensinhalt. Sie opferte sich für den alten Herrn auf, der für sie in gewisser Weise die Inkarnation Französisch-Algeriens war. Ich glaubte auch, sie hätte von unserer Trennung profitiert. Ich sah sie ab und zu, und wir telefonierten fast jeden Tag am späten Vormittag.

Dann starb der alte Herr. Das hat sie sehr mitgenommen.

Für mich spielte sich das alles in einer anderen Welt ab, einer Welt, die ich verlassen hatte und mit der ich nur noch durch die wenigen Sätze, die ich mit meiner Mutter am Telefon sprach, verbunden war. Diese Welt, die ich angeekelt hinter mir gelassen hatte, interessierte mich überhaupt nicht mehr. Ich kannte sie gut genug, und ich wollte auch nicht eine einzige Stunde meines Lebens mehr auf sie verschwenden. Ich hatte noch zuviel zu lernen, zuviel zu sehen, anderswo noch zuviel zu tun. Jeden Morgen, wenn ich die Augen aufmachte, spürte ich die Lebenslust; ich war auf alles, was der Tag mit sich brachte, unglaublich neugierig und gespannt. Ich glaubte, mit meiner Vergangenheit nun endgültig abgerechnet zu haben.

Deswegen verstand ich auch kein Wort, als die Frau, bei der meine Mutter lebte, mich eines Morgens ziemlich früh anrief und mir sagte: «Ja, ich wollte Ihnen sagen, daß ich Ihre Mutter in diesem Zustand nicht mehr bei mir behalten kann . . . Sie müssen sich um sie kümmern. Das ist wirklich nicht meine Aufgabe . . . Ich habe schon mit ihrem Verwandten, dem Arzt telefoniert. Er wird gegen Mittag vorbeischauen. Es wäre gut, wenn Sie auch gleich kämen, da ich sie keinen Tag länger bei mir behalten werde.»

«Gut, ich komme.»

Ich hatte mich nicht getraut zu fragen, was mit meiner Mutter denn los sei. Ich würde es ja dann sehen. Der Ton der Frau am Telefon war schneidend, sie war offensichtlich am Ende ihrer Kräfte.

Um halb zwölf war ich da. Auch der Verwandte war da mit Stethoskop und Blutdruckmesser. Meine Mutter hockte auf der Kante ihres zerwühlten Bettes. Wie sie in diesen paar Wochen gealtert war! Sie bot einen fürchterlichen Anblick. Ihr Gesicht war verwüstet, und sie stierte abwesend vor sich hin. Ihre Augen waren nur noch dazu da, Hindernissen aus dem Weg zu gehen, und vielleicht nicht einmal mehr das. Ihr Körper war ein dicker aufgeblähter Ballon, der in einem dreckigen rosa Flanellnachthemd mit weißen und blauen Blümchen steckte. Ihre verschlampten, geschwollenen Füße baumelten ins Leere.

Der Verwandte hatte mich eintreten sehen, aber nichts gesagt, und die Untersuchung fortgesetzt. Dann hatte er den Blutdruck gemessen.

«225! Weißt du, was das heißt, 225?»

Sie antwortete träge, als fiele ihr das Sprechen schwer.

«Das dachte ich mir, es sind die Nerven.»

«Nerven oder nicht Nerven, du mußt jetzt strenge Diät halten und vor allem aufhören zu rauchen. Schau dir das an, diese ganzen Kippen!»

Mit Abscheu sah er auf den Nachttisch voller Asche und hektisch ausgedrückter Zigaretten.

«Jetzt ist Schluß mit deinen Exzessen. Verstehst du mich?»

Sie nickte wie eine pikierte Alte, als wolle sie sagen: «Red nur weiter, das interessiert mich eh alles nicht.»

«Das einzige, was noch für dich in Frage kommt, ist die Klinik. Außerdem will Paulette dich nicht mehr bei sich behalten. Du machst ihr Angst, und das verstehe ich auch. Schau doch nur, in welchem Zustand du bist!»

Sie richtete sich auf, und mit königlicher Attitüde sagte sie in einem Ton, der keine Widerrede duldete:

«Es kommt überhaupt nicht in Frage, daß ich in die Klinik gehe. Ich werde nicht eine Minute dort bleiben. Außerdem brauche ich das auch nicht. Wenn ich schon hier weg muß, dann lasse ich mich eben bei meiner Tochter nieder.»

Ich war wie vom Blitz getroffen. Nein, nicht zu mir! Jean-Pierre war nach Frankreich zurückgekehrt. Wir hatten eine Dreizimmerwohnung im 14. Arrondissement gefunden, wo wir zu fünft lebten. Wir fühlten uns dort sehr wohl. Mehr Platz brauchten wir nicht, um abends miteinander zu reden und unser Familienleben auf unsere Weise zu gestalten. Wir waren glücklich. Für meine Mutter war weder physisch noch sonstwie Platz bei uns. Besonders nicht in ihrem Zustand. Sie hatte Brüder und einen Sohn, die alle viel größere Wohnungen hatten als wir, außerdem Dienstboten und keine kleinen Kinder. Warum wollte sie unbedingt zu mir?

Der Verwandte mußte meine Ablehnung, meinen Widerstand gespürt haben und sagte:

«Du wärst bei deinem Sohn besser aufgehoben.»

«Nein, ich gehe zu meiner Tochter. Und sonst zu niemandem.»

Ich mochte die Art nicht, in der dieser Mann zu ihr sprach: Er rügte sie wie ein unartiges Kind. Gleich beim Eintreten hatte ich mit einem Blick gesehen, daß sie in den Klauen der Sache war, daß sich in ihrem mächtigen, fleischigen Körper ein verzweifelter Kampf abspielte.

«Gut, Sie können mit zu mir, aber nicht lange bleiben. Bei uns ist nicht viel Platz, das wissen Sie. Ich habe nicht einmal ein Bett für Sie. Eins der Kinder oder Jean-Pierre wird am Boden schlafen müssen.»

Darauf hellte sich ihr Gesicht auf, und sie schaute mich offen an: sie war zufrieden, mit mir kommen zu dürfen.

Mit einem Blick gab ich ihr zu verstehen, daß es gar nicht in Frage kommt, daß sie sich bei mir einnistet, daß ich mich nicht um sie kümmern konnte. Und dann sagte ich:

«Sind Sie auch ganz sicher, daß Sie nicht zu meinem Bruder gehen wollen? Dort wären Sie besser aufgehoben.»

«Nein, zu dir!»

Und ihr Blick irrte wieder ins Leere.

Wir mußten sofort ihre Koffer packen und auf der Stelle gehen. In mir kochte es.

Vier Tage vergingen. Seit ihrer Ankunft an einem Sonntag hatte ich sie nicht oft gesehen. Tagsüber blieb sie alleine. Morgens gingen die Kinder in die Schule, wo sie auch zu Mittag aßen. Jean-Pierre und ich gingen zur Arbeit. Wir kamen erst abends heim. Ich richtete alles für sie her, damit sie sich mittags eine Kleinigkeit zu essen machen konnte, aber sie rührte nichts an. Ich hatte sie darauf aufmerksam gemacht, daß es ganz in der Nähe eine Kirche gab, wo sie ohne große Umstände zur Messe gehen konnte.

«Ich setze da keinen Fuß mehr hinein. Ich glaube nicht mehr an ihr Gefasel. Sie haben Christus verspottet.»

Von der Hausmeisterin wußte ich, daß sie tagsüber nie Besuch bekam. Ich hatte keinen guten Ruf in der Familie meiner Mutter, und als sie zu uns kam, wußte sie ganz genau, was sie damit tat: sie rückte von ihrer Familie ab. Niemand hatte sich bemüht, sich bei mir nach ihr zu erkundigen. Weder abends zu Hause noch im Büro. Ich wußte nicht, wie ich mich um sie kümmern sollte. Ich hatte weder Zeit noch Geld. Einerseits wollte ich sie nicht dabehalten, andererseits wollte ich sie auch nicht ins Altersheim schicken. Das wäre auch keine Lösung, sondern nur eine Lüge, eine Feigheit, unannehmbar für sie, für mich und für ihre Familie. Sie wußte, daß sie sich zusammenreißen mußte. Sie war fünfundsechzig und damit nicht eigentlich alt, obwohl sie so aussah.

Während dieser vier Tage lag sie matt und energielos in ihrem ungemachten Bett im Salon. Sie rührte sich nicht, sie sprach nichts, sie betrachtete ihre dreckigen Füße. Sie wusch sich auch nicht mehr. Ihr Waschzeug war immer noch im Koffer, und ich war sicher, daß sie kein einziges Mal das Bad betreten hatte. Ich kannte diese Symptome nur zu gut. Ich wußte, daß die Sache keinen Unterschied zwischen Tag und Nacht machte, daß ‹Waschen› ebensowenig bedeutete wie ‹Schlafen›, ‹Kinder›, ‹Salon› oder sonst irgendwas. Der Kampf war zu grausam, die innere Erregung zu groß, um irgend etwas außerhalb wahrzunehmen. Man verspinnt sich in eine Welt, die in sich schon beunruhigend, heimtückisch und manchmal schrecklich aggressiv ist. Eine Welt, die immer belastet, alle Kräfte, den ganzen Willen aufzehrt. Man muß schrecklich aufpassen. Immer nur aufpassen!

Ich konnte ihren Anblick nicht ertragen. Ich wurde bei dem Gedanken verrückt, daß die Kinder den Rest des Nachmittags alleine mit ihr verbringen mußten, bevor wir nach Hause kamen. Sie hatte nicht den gleichen Instinkt wie ich, sich zu verstecken. Ihr war das scheißegal, sie, sie stellte sich sogar zur Schau, als sei es ihr ein Vergnügen, ihre Wunden zu entblößen. Ich haßte sie.

Ich ging in die Sackgasse, um meinen Haß zu analysieren. Am Abend des vierten Tages mußte ich zu einem Vortrag. Nach dem Abendessen verschwand ich. Ich kam mir feige vor, weil ich Jean-Pierre mit ihr alleine in unserer Wohnung ließ, in der es seit ihrer

Anwesenheit drunter und rüber ging.

SIE werden mich wohl nie in Ruhe lassen!

Als ich nach Hause kam, war es fast Mitternacht. Der Vortrag war interessant gewesen, und ich freute mich, mit Jean-Pierre darüber zu reden. Wenn man von draußen herein kam, stand man gleich im Wohnzimmer. Kaum hatte ich die Haustür geöffnet, bot sich meinen Augen ein Schauspiel, das mich umwarf. Im Bruchteil einer Sekunde brach ein Sturm in mir los. Mit aller Brutalität und Gewalt zerdonnerte er mein Hirn, katapultierte meine Gedanken wie Wirbelstürme in alle Richtungen angesichts dieses Wahnsinns, der sich da vor mir auftat.

Sie saß, wie üblich, einfach so da, mir gegenüber. Ihr Nachthemd war über ihren Bauch hochgerutscht, ich sah auf ihr kahles Geschlecht. Sie hatte ins Bett gemacht, und ihre Scheiße tropfte auf den Boden. Auf dem Tisch neben ihrem Bett standen zwei Rumflaschen, die eine war leer, die andere halbvoll, daneben noch ein volles Glas. Sie schwankte vor und zurück, als wolle sie sich wiegen.

Sie hatte mich hereinkommen hören, hob den Kopf und schaute mich an. Sie war widerwärtig: Ihre Tränensäcke hingen ihr über die Backen, die Backen hingen ihr bis zum Hals und der Unterkiefer ihres blöd aufgerissenen Mundes fiel ihr auf die Brust. Sie hatte mich erkannt. Sie blickte auf mich, blickte auf ihre Scheiße und kramte dann aus ihrem abgrundtiefen Inneren oder sonst woher einen menschlichen Gesichtsausdruck hervor. Ich konnte alles nachempfinden, was sie in diesem Augenblick durchmachte. Ich kannte die Anstrengung, die es sie kostete, in dem Gewirr ihrer Gedanken und Gesten Zeichen zu finden, um mit der Außenwelt Kontakt aufzunehmen. Zuerst zeichnete sich Erstaunen auf ihrem Gesicht ab, aber das hatte sie offenbar nicht gesucht. Sie ließ es einfach auf ihrem Gesicht stehen, während sie wieder in ihr Inneres eintauchte, um nach einem anderen Ausdruck zu suchen. Endlich fand sie ihn. Ihr Gesicht veränderte sich, die Falten um ihren Mund strafften sich: Sie lächelte!

Dann fing sie an zu sprechen. Sie stammelte vor sich hin, konnte die Worte nicht klar artikulieren. Endlich verstand ich:

«Mir . . . ist . . . was . . . Blödes . . . passiert . . .»

Ihr Blick wanderte von ihren Exkrementen herüber zu mir, und verschmitzt setzte sie ihr Lächeln wieder auf ihr verwüstetes Gesicht.

Wenn ich sie in dem Moment nicht umgebracht habe, so nur, weil ich überhaupt niemanden umbringen kann. Die Analyse hielt so gut, daß es mir gelang, selbst auf dem Gipfel meiner Wut, meinen Jähzorn zu kontrollieren. Mir war glasklar, daß der verheerende Wahnsinn mich wieder gepackt hatte. Mein ganzer Körper war überreizt, vibrierte im schnellen Rhythmus meines Herzens wie eine Trommel.

211

Ohne die langjährige Praxis durch die Analyse, ohne diese sieben Jahre Kleinarbeit, in denen ich mich kennen- und verstehenlernte, wäre ich auf sie losgegangen, hätte sie geschlagen, mit den Fäusten an die Wand gehämmert, herumgetrampelt, geschrien, gebrüllt wie eine Besessene.

Statt dessen ging ich drei Schritte auf sie zu. Ich hielt es für nötig, ihr einen Peitschenhieb zu versetzen. Nicht, um ihr weh zu tun, sondern um sie wieder an die Oberfläche zurückzuholen. Sie sollte sich ihres Zustandes bewußt werden, sich entschließen zu kämpfen, den Mut zu finden, sich selbst wieder in die Gewalt zu bekommen, sonst käme sie nie mehr da heraus. Bliebe ihr noch ein Funken Verstand, müßte sie wissen, daß ich so tun würde, als hätte ich nichts gesehen und nichts gehört: keine Scheiße, keinen Schnaps. Also sagte ich mit bestimmter, ruhiger Stimme:

«Arme Mutter, Sie sind voll wie eine Haubitze.»

Ich hatte dieses Wort so ausgesprochen, als hielte ich es für normal, daß sie zuviel getrunken und sich vollgemacht hatte. Der Trick war mir gelungen, ich hatte sie getroffen. Ich sah in ihrem Körper Wogen der Mißbilligung sich aufbäumen, ihre Gesichtszüge strafften sich, sich richtete sich auf, riß sich zusammen, um klar zu artikulieren. Sie war wirklich sehr betrunken und ließ den einen Satz heraus:

«Mein Kind ... so ... spricht man ... nicht ... mit seiner Mutter.»

Dann fiel sie hintenüber, quer über das Bett, und als ich nahe an sie heranging, schnarchte sie bereits. Daß ich endlich ihr Geheimnis teilte, mußte sie beruhigt haben. Sie hatte wohl gedacht, daß ich sie davon erlösen könnte, sie verließ sich gänzlich auf mich. Ich rannte in unser Schlafzimmer, wo Jean-Pierre auf mich wartete und arbeitete. Er hatte von alledem nichts gehört. Das Wohnzimmer war vom übrigen Teil der Wohnung durch eine Art Vorraum abgetrennt, und dieser Vorraum hatte auch eine Tür. Ich warf mich auf das Bett, ich konnte nicht mehr. Es war ein solcher Schock gewesen, sie in diesem Zustand zu sehen! Noch nie hatte ich etwas Schrecklicheres und Abstoßenderes gesehen. Jean-Pierre verstand gleich, daß sich zwischen mir und meiner Mutter etwas abgespielt haben mußte. Er stellte keine einzige Frage, aber er begann behutsam mit mir zu sprechen:

«Das kann doch nicht so weitergehen. Du wirst wieder krank werden. Es gibt wirklich keinen Grund, warum ausschließlich du für deine Mutter verantwortlich sein solltest. Du mußt dir, den Kindern und mir zuliebe noch heute nacht eine Lösung finden. Das kann so nicht weitergehen.

«Aber ich werde SIE doch aufwecken.»

«Warum sollst nur du schlaflose Nächte haben!»

Ich trommelte ihre nächsten Verwandten zusammen: ihre Brüder und ihren Sohn. Ich erklärte ihnen, was geschehen war, daß morgen Donnerstag sei und daß ich nicht wollte, daß die Kinder auch nur einen einzigen Tag mit ihr alleine blieben, in dem Zustand, in dem sie sich befand. Der Arzt-Verwandte erklärte: «Sie muß eine Entziehungskur machen.»

«Du wußtest also, daß sie trinkt.»

«Natürlich, Paulette hatte es mir gesagt. Sie hat mit dem Trinken angefangen, als der alte Herr starb. Der Tod bedeutete für sie: Algerien zum zweitenmal verlieren. Und auch früher schon war sie nicht abgeneigt, ab und zu einen zu kippen . . . Sie fand es nicht weiter schlimm.»

«Und warum habt ihr sie gelassen?»

«Weißt du, es ist doch peinlich . . . Sie redete nicht darüber, und ich wollte das Thema auch nicht anschneiden. Außerdem konnte ich mir wirklich nicht vorstellen, daß sie sich so weit gehenlassen würde. Dieser hohe Blutdruck kann ihr Tod sein.»

«Aber du bist doch Arzt, du wußtest doch, daß sie schon immer einen hohen Blutdruck hatte.»

«Aber ich wußte ja nie, wie hoch er war. Und diese Mengen Alkohol, die sie in den letzten Tagen zu sich genommen hat, haben die Dinge nicht gerade besser gemacht.»

«Wußte sie das? Wußte sie, was sie damit riskierte?»

«Selbstverständlich. Jeder, der auch nur die geringste Ahnung von Medizin hat, weiß das. Und sie wußte es besser als jeder andere. Sie hat genug alte Säufer beim Roten Kreuz gepflegt.»

«Wir müssen etwas unternehmen. Und zwar gleich.»

Er seufzte, er war enerviert.

«Gut. Familie ist wirklich ein Kreuz . . .

Ich werde morgen ein Bett in einer Spezialklinik organisieren. Ich kümmere mich darum und rufe dich an.»

Dieses Bild ging mir nicht aus dem Kopf: meine Mutter als widerwärtige alte Säuferin. Meine so schöne, so vitale, so korrekte Mutter, die so viel Selbstdisziplin hatte! Wie groß muß ihre Verzweiflung gewesen sein, daß es so weit mit ihr gekommen war! Was hatten SIE bloß aus ihr gemacht!? Die Irrenanstalten waren voll mit solchen Leuten. Man fand sie auch auf der Straße, in den Häusern, Junge und Alte, Männer und Frauen, die irgendwann einmal überschnappten, weil sie diese Dressur nicht mehr ertragen konnten. Welche Plage war über die Menschheit hereingebrochen! Das Telefon schrillte hysterisch in die Nacht hinein:

«Hallo!»

«Hallo, so, du hast morgen früh einen Termin . . . endlich, es hat noch geklappt. Du weißt doch, wie spät es ist . . . Ja um zehn, bei Doktor X, in der soundso Straße. Er muß sie sich erst anschauen, bevor er sie in die Klinik aufnimmt. Das kann aber erst übermorgen passieren, da alle Betten belegt sind.»

«Sie wird morgen bestimmt nicht mehr hierbleiben.»

«Das ist dein Problem. Schau zu, wie du es löst. Ich kann nichts weiter tun. Frag doch deinen Bruder!»

Jean-Pierre kam mit ernstem Gesicht in unser Zimmer.

«Hast du sie gesehen?»

«Ja, ich habe sie ins Bett gelegt und alles saubergemacht. Mach dir keine Sorgen, es geht ihr gut, sie schläft ganz ruhig.»

«Das hast du wirklich getan?»

«Das ist doch selbstverständlich. Es ist doch deine Mutter, du hast schon genug um die Ohren gehabt. Außerdem ist sie so voll, daß sie mir leid getan hat. Sich mit Rum umbringen! . . . Man muß sich um sie kümmern!»

Am nächsten Tag blieben Jean-Pierre und ich zu Hause. Wir sagten meinem Bruder Bescheid, daß wir nach dem Besuch beim Arzt meine Mutter zu ihm brächten und daß er sie dann übermorgen in die Klinik fahren müßte.

Ich packte ihre Sachen zusammen. Das war schnell erledigt, denn sie hatte ihre Koffer nicht einmal ausgepackt. Unter ihren Habseligkeiten befand sich ein schwerer Strohkorb, in dem ich sorgfältig eingewickelte leere Flaschen fand, damit sie nur ja nicht aneinander klapperten. Wo wollte sie sie bloß loswerden? Sie schaute mir zu, wie ich ihren Kram zusammenpackte.

«Was machst du denn da?»

«Ich richte Ihre Sachen her. Wir fahren jetzt zum Arzt und dann zu meinem Bruder.»

«Ich will aber hierbleiben.»

«Das geht nicht.»

Hatte sie denn diese Nacht wirklich vergessen? Oder wollte sie sich nicht daran erinnern? Nichts in ihrem Verhalten ließ darauf schließen, welche Szene sich zwischen uns abgespielt hatte, daß sie sich vor mir entblößt und ich sie brutal angefahren hatte, was durchaus nicht zu unserem Umgangston gehörte. Sie war geistesabwesend und in sich zusammengefallen und stierte gedankenverloren vor sich hin, abgrundtief verzweifelt.

Beim Arzt mußten wir lange warten. Wir sprachen nichts. Sie beklagte sich mehrmals: «Ich habe Durst, ich habe Durst.» Wir baten um ein Glas Wasser. Dann waren wir an der Reihe. Sie bestand darauf, daß wir bei der Unterhaltung anwesend seien. Der Arzt hätte sich lieber allein mit ihr unterhalten, und wir hätten lieber draußen gewartet, aber nein, sie insistierte, und so gingen wir halt mit. Sie setzte sich vor den Schreibtisch, und wir blieben auf zwei Stühlen im Hintergrund.

Der Arzt stellte ihr zunächst ein paar Fragen über ihr Alter, ihren Blutdruck, ob sie irgendwelche Beschwerden habe, welche Medikamente sie nähme usw. . . . Schließlich bat er sie, ihm aus ihrem Leben zu erzählen.

Ich war erstaunt, daß sie der Anblick des Arztes innerlich nicht aufrichtete. Für sie war Medizin doch immer etwas Fröhliches, Starkes gewesen. Sie selbst war eine hervorragende Ärztin. In ihren Diagnosen irrte sie sich selten. Und ihre Hände waren unglaublich geschickt, wenn sie ihre Kranken behandelte. Sie war dafür wirklich begabt, und das wußte sie auch, darauf war sie stolz. Normalerweise, wenn sie einem Mediziner gegenüberstand, spürte man, daß sie ganz in ihrem Element war. Doch heute änderte sie ihr Verhalten dem Arzt gegenüber nicht. Abgeschlafft schlurfte sie in das Untersuchungszimmer, ihre ausgetrockneten Lippen hingen herunter. Als der Arzt sie jedoch bat, von sich zu erzählen, kam Leben in sie. Sie sprach schneller und deutlicher. Bis dahin war nur Gebrabbel aus ihr herausgekommen. Sie erzählte, daß sie Algerien hatte verlassen müssen, sie sprach über Frankreich. Daß sie weder Frankreich noch die Franzosen noch General de Gaulle leiden mochte. Die OAS mochte sie auch nicht. Nein, das alles war ihr verhaßt. Was ihr fehlte, war das Algerien von vor dem Krieg. Die langen Reihen zerlumpter Kranker, die darauf warteten, von ihr gepflegt zu werden, die Kuchen, die sie ihr zum Dank mitbrachten, die Sträuße wilder Tulpen.

Dann holte sie noch weiter aus. Sie erzählte, wie sie begonnen hatte, Kranke zu pflegen, wie sie jeden Morgen in der Kasbah von einem Krankenquartier zum anderen ging, sie erzählte von ihren Rundfahrten mit den Krankenversorgungswagen, die sich durch die Gäßchen der Kasbah schlängelten, damit sie dort Leute impfen, Verbände anlegen, Spritzen geben, die Armen untersuchen konnte.

Und dann ging sie noch weiter zurück. Sie sprach von ihrer Ehe, von ihrem toten Kind.

Noch nie hatte ich sie so einfach und schlicht über dieses Thema sprechen hören, über diesen Mann, der sie gleichzeitig schockierte und anzog, über ihr geliebtes Kind, das diesem Mann so ähnlich war. Ich fand es peinlich, wie sie das alles erzählte. Gestern abend jedoch, als sie mit gespreizten Beinen in ihrer Scheiße saß, war es mir nicht peinlich gewesen. Bis dahin war sie nur meine Mutter gewesen, ausschließlich meine Mutter und keine eigenständige Person.

Ich senkte den Kopf. Ich dachte an ihren Namen: Für mich hatte sie keinen Namen: Sie war meine Mutter. In diesem Untersuchungszimmer begegnete ich zum erstenmal Solange de Talbiac (was für ein Operettenname!), von ihren Freunden ‹Soso› genannt. ‹Soso› in der Sonne, im Schatten mit ihrem großen Strohhut, winzigen Schweißperlen auf der Oberlippe, ihre zarte, rötliche Haut, die Hitze nicht vertrug. ‹Soso› im Garten ihres Elternhauses, einen Blumenstrauß in den Händen, in ihrem weißen Mousselinkleid, das sich in den Rosmarinsträuchern der Allee verfing, mit der schlummernden Begierde im Bauch nach diesem Mann, der auf sie zukam, der schöne Franzose, der Abenteuerliches verhieß! ‹Soso› sanft, noch ganz jung, unschuldig. Die so reinen, so schönen, so grünen, so unwissenden Augen von ‹Soso›, gierig nach Glück.

Meine Gefühle erstickten mich. Ich fand diese Frau, die da sprach, so rührend, so naiv und gleichzeitig zum Verzweifeln: Es war zu spät.

Sie fuhr fort, von der Krankheit ihres Mannes zu erzählen, von dem Tod ihres ersten Kindes. In allen Einzelheiten erzählte sie, wie sich das Leiden verschlimmert hatte. Sie sagte: «Mein Mann hat dieses getan», «Mein Mann hat jenes gesagt . . .», «Mein Mann ist dorthin gegangen . . .» Noch nie hatte ich sie so solidarisch über meinen Vater sprechen hören. Über diesen Erinnerungen begann sie zu weinen. Sie erweckte die alten Bilder, die noch nicht vergilbt waren, zum Leben, und dabei kullerten ihr die Tränen übers Gesicht.

Dann sprach sie von meinem Bruder, von der Angst, daß auch er sich mit Tuberkulose anstecken könnte. Gott sei Dank gab es damals schon Penicillin. Sie sprach über die verschiedenen Behandlungsmethoden für Tuberkulose, sie sprach auch über die neuen wissenschaftlichen Erkenntnisse auf diesem Gebiet. Dann kam sie auf die Skoliose ihres Sohnes zurück . . .

Kein Wort über ihre Scheidung, kein Wort über ihre Religion, kein Wort über mich. Mit der Geburt ihres Sohnes hatte sie aufgehört zu leben, 1924. Sie war damals vierundzwanzig Jahre alt. Ich gehörte nicht mehr dazu. Als wir aus der Sprechstunde kamen, war ich erschöpft, ausgepumpt, als hätte man mich geprügelt. Jean-Pierre und ich stützten sie beim Rausgehen. Sie hängte sich vertrauensvoll bei uns ein. Diese Aussprache hatte sie erleichtert. Der Arzt sagte ihr beim Weggehen: «Ihre Depression ist nicht so gravierend. Ich garantiere Ihnen, daß Sie in vierzehn Tagen, spätestens in drei Wochen darüber hinweg sind.» Mir sagte er auf dem Gang: «Ihre Alkoholvergiftung ist nicht so schlimm, sie kommt da schon wieder raus.» Ich war nicht seiner Meinung, für mich war sie verloren.

Wir setzten sie bei meinem Bruder ab. Jean-Pierre benachrichtigte die anderen, daß ich am gleichen Tag noch aufs Land fahren würde, um mich auszuruhen, und daß man für die nächsten Tage nicht mit mir rechnen könne. Als wir draußen waren, sagte er zu mir: «Du sagst am besten in der Telefonzentrale Bescheid, daß man dich nicht stört. Für dich reicht es jetzt, kümmere dich erst einmal nicht mehr darum! Wenn es etwas zu tun gibt, übernehme ich das.»

Am nächsten Tag, es war gegen Mittag, kam ein Freund ins Büro. Er legte mir die Hand auf die Schulter und sagte ungeschickt, weil er nicht genau wußte, wie er es anstellen sollte, und weil so etwas auch nicht einfach zu sagen ist: «Deine Mutter ist tot. Man hat gerade angerufen, um dich zu benachrichtigen.» Meine Mutter ist tot. Die Welt stürzt zusammen!

Ein Krankenwagen sollte um elf Uhr kommen, um sie in die Klinik zu bringen. Als der Krankenpfleger da war, ging man in das Zimmer, wo sie geschlafen hatte, um sie zu holen. Sie lag auf dem Boden, sie war schon zehn oder zwölf Stunden tot. Zusammengekrümmt lag sie da. Die Leichenstarre hatte das Grauen auf ihrem Körper und ihrem Gesicht eingefroren. Man konnte sie nun nicht mehr wie eine Heilige aufbahren und ihr einen heiteren Gesichtsausdruck verpassen. Ihr Gesicht war eine Fratze aus Schmerz und Angst. Es war entsetzlich.

Meine Mutter ist tot! Die Welt ist verrückt! Weltuntergang!

Draußen war es kalt, aber die Sonne schien und schien.

Ich werde sie nie wieder sehen, ich werde weder auf die Beerdigung noch auf den Friedhof gehen. Ich denke nicht daran, mich noch ein einziges Mal IHRER Maskerade auszusetzen. Das ist ein für allemal vorbei.

Als Abschiedsgruß hinterlasse ich IHNEN die Schreckensfratze meiner Mutter, als Relikt eines von vornherein falsch begonnenen Lebens. Ihre gemarterten, verstümmelten Gesichtszüge, ihre Kasperltheatermaske.

Die Erschütterung war gewaltig. Ich mußte wieder öfter zurück in die Sackgasse.

Nach den Aufregungen der ersten Tage fühlte ich mich erleichtert und frei, als wäre alles in Ordnung. Sie hat es hinter sich gebracht und ich auch. Sie war nun frei und ich auch. Sie war geheilt und ich auch.

Doch irgend etwas war noch nicht ganz in Ordnung, ich fühlte mich nicht ganz so frei, wie ich vorgab.

Einige Monate später schleppte ich das undeutliche Gefühl mit mir herum, etwas noch nicht beendet zu haben, nicht ganz ehrlich mit mir gewesen zu sein. Wenigstens einmal sollte ich zum Friedhof gehen, gleichzeitig fand ich aber diese Idee absurd. Es gab nichts auf dem Friedhof, absolut nichts.

Diese Geschichte störte mich, quälte mich eine ganze Weile. Und eines schönen Morgens setzte ich mich ins Auto und fuhr dorthin. Es war mittlerweile Frühling und schönes Wetter. Der Friedhof war in der Nähe von Paris auf dem Land.

Ich fand den Friedhof und das Grab ohne weiteres wieder. Vor nicht allzu langer Zeit war ich hierhergekommen, um meine Großmutter zu beerdigen. Es war ein kleiner, ländlicher Friedhof am Fuße eines bewaldeten Hügels. Von dort aus konnte man in die große Ebene des Brie sehen. ‹La douce France›, das paßte gar nicht zu meiner Mutter. Sie hätte viel besser in die trockene, rötliche, felsige Landschaft der Oliven- und Feigenbäume gepaßt . . . Na ja, das war auch nicht mehr wichtig. Die Menschen leben schließlich nicht in ihren Kadavern weiter.

Da stand ich nun und kam mir unnütz vor an diesem unergiebigen Ort. Neben dem quietschenden Eingangsgitter wuchsen vier schmächtige Dornbüsche. Nicht weit von mir reckte sich ein Kreuz in den Frühlingshimmel. Es war ein altes Kreuz von der Jahrhundertwende, das eher an Toulouse-Lautrec oder Van Gogh erinnerte als an Jesus. Wozu war ich eigentlich hergekommen? Nicht einmal der Name stand auf dem Grabstein.

Da hinten müssen wohl Maurerarbeiten stattgefunden haben, denn der Boden war mit weißem, trockenen, glänzenden Sand bedeckt, den ich gerne angefaßt hätte. Ich setzte mich also auf den grauen Grabstein und spielte mit dem Sand. Es war kein so schöner Stein wie der, den sie für das Grab ihrer Tochter ausgesucht hatte. Schöner Sand, schöner Strand, besonders am Tag nach dem Sturm, wenn das Meer Millionen Muscheln und Algen in allen Farben und Formen an den Strand gespült hatte.

Erinnern Sie sich noch daran? Sie nahmen mich auf Schatzsuche mit. Die Wellen hatten mit ihren kleinen Schätzen girlandenförmig den Strand geschmückt. Sie lobten mich für meine Luchsaugen, weil ich besser als jeder andere Perlmuttmuscheln, Porzellanmuscheln, Schneckenmuscheln und Austernmuscheln entdeckte. Sie kannten alle beim Namen, so wie Sie auch die Sterne beim Namen kannten. Zu Hause stachen Sie ein Loch durch die Muscheln, polierten sie, lackierten sie, reihten sie auf einen Messingdraht oder klebten sie auf Pappe, und schließlich entstand aus Ihren Händen ein wunderbarer Strauß. Ich verbrachte die langen Sommernächte damit, Ihnen voller Bewunderung zuzusehen, während in gleichmäßigen Abständen die Wellen die warme Nacht mit ihren Seufzern erfüllten.

Jetzt begann ich mit ihr schon zu sprechen wie sie zu ihrem Kind auf dem Friedhof von Saint Eugène. Was war bloß in mich gefahren? Ich kam mir lächerlich vor. Gott sei Dank sah mich niemand. Ich muß wohl ziemlich blöde dreingeschaut haben, wie ich da so ganz alleine vor mich hin murmelte.

Es war schönes Wetter, die Sonne wärmte meinen Rücken. Ich fuhr fort, mit meinem Zeigefinger große Schlangen in den Sand zu malen, viele in sich verschlungene ‹S›.

‹Soso›, Sie waren so schön, als Sie eines Abends auf einen Ball gingen und vorher in mein Zimmer kamen, um mir Ihre Ballrobe vorzuführen. Ich lag schon im Bett. Sie haben mich betört. Ich habe in meinem ganzen Leben noch nie etwas Schöneres gesehen als Sie an jenem Abend in Ihrem langen weißen Kleid mit einem breiten, grünen Gürtel, der im Rücken zu einer großen Schleife gebunden wurde, genau so grün wie Ihre Augen. Sie drehten sich graziös im Kreis, um die Stoffülle vor mir schwingen zu lassen; dabei lachten Sie.

Ich liebe Sie, ja, es stimmt, ich liebe Sie. Ich bin hierhergekommen, um Ihnen das ein für allemal zu sagen. Ich schäme mich nicht, so zu Ihnen zu sprechen. Es tut mir gut, es laut zu sagen, es zu wiederholen: ich liebe Sie, ich liebe Sie.

Ich war froh, daß es heraus war. Diese drei kleinen Wörter, die sich im Laufe meines Lebens in tausenderlei Situationen angesammelt und die ich ebensooft zurückgedrängt hatte. Sie hatten sich angestaut und sich schließlich zu einem federleichten Ball geformt, der von hier nach da hüpfte, unfaßbar, lästig, störend. Offenbar war dieser schreckliche Tod nötig, um die Kugel an die Oberfläche meines Bewußtseins zu treiben, um den letzten Widerstand, die letzte Verteidigungsbastion niederzureißen. Ich mußte weg von der Sackgasse, ich mußte mich an diese platte Stätte begeben, die der so ähnlich war, die so oft auf der Couch vor mir aufgetaucht war. Aber diesesmal schien die Sonne darauf, und ich traute mich, meine Stimme zu hören, wie sie diese drei Worte aussprach: «Ich» (ich, die Verrückte, die Nicht-Verrückte, das Kind, die Frau) «liebe» (die Verbundenheit, das Band, aber auch die Wärme, der Kuß, die Möglichkeit zur Freude, die Hoffnung auf Glück) «sie» (meine Mutter, die Schöne, die Expertin, die Stolze, die Wahnsinnige, die Selbstmörderin).

Das tat gut, sie endlich offen lieben zu können, im Licht des Frühlings nach der grausamen Schlacht, die wir uns geliefert hatten! Zwei Blinde, bis an die Zähne bewaffnet, hatten in der Arena unserer Gesellschaftsklasse alle Krallen ausgefahren. Die Schläge, die sie mir verpaßt hatte! Das Gift, das ich verspritzt hatte! Wie wilde Tiere! Was für ein Massaker!

Wenn ich nicht verrückt geworden wäre, wäre ich nie da herausgekommen. Sie hingegen hatte den Wahnsinn bis zuletzt vor sich her geschoben, bis sie Algerien verließ. Es war zu spät, der Krebs steckte ihr tief im Mark. Sie hatte Angst gehabt, sich mit Handlungen und Worten zur Wehr zu setzen, sie kannte sie nicht, MAN hatte sie ihr

219

nicht beigebracht. Sie hatte IHNEN sogar die Möglichkeit gelassen, ihren Selbstmord als Folge eines versteckten Lasters zu deuten. Nur mir hatte sie die Flasche und ihren Spielzeugrevolver gezeigt.

Zum letztenmal, in der Sackgasse mit den kleinen dichtgedrängten Häusern, mit dem rumpeligen Kopfsteinpflaster, den ausgetretenen Trottoirs, dem Gitter am Ende, den Stufen im Vorgärtchen, dem Wartezimmer im Stil Henri II, dem Arbeitszimmer, der Skulptur auf dem Zierbalken, der Couch und dem rätselhaften kleinen Mann.

«Herr Doktor, ich möchte bezahlen. Ich werde nicht wiederkommen. Ich kann jetzt alleine leben. Ich fühle mich stark. Meine Mutter hatte die Sache auf mich übertragen, und Sie haben mir die Analyse beigebracht. Nun besteht ein perfektes Gleichgewicht. Vielen Dank.»

«Sie brauchen sich nicht zu bedanken. Sie sind gekommen, um etwas zu suchen, Sie haben es gefunden. Ohne Ihre Mitarbeit hätte ich nichts für Sie tun können.»

«Auf Wiedersehen, Herr Doktor.»

«Auf Wiedersehen, Madame. Wenn Sie mich brauchen, stehe ich Ihnen zur Verfügung. Wenn Sie es für richtig halten, würde ich mich freuen, von Ihnen zu hören.»

Dieser verdammte kleine Mann, bis zum Ende behält er die Maske auf! Die Tür fiel hinter mir ins Schloß. Vor mir die Sackgasse, die Straße, die Stadt, das Land, die Erde und die Lust zu leben und aufzubauen.

Einige Tage später war es Mai 1968.

Marie Cardinal
Die Irlandreise
Roman

Das neue Buch der Autorin des Bestsellers „Schattenmund". Ein Paar auf einer Irlandreise: nach 20 Jahren Ehealltag Zeit für Reflexionen und Fragen nach dem Sinn und den Möglichkeiten einer Zweierbeziehung.

Wie im „Schattenmund" ist Marie Cardinals fiktive und zugleich autobiographische Erzählung der Versuch einer Frau, durch unaufhörliche Selbstanalyse sich wiederzufinden, ihren Körper, ihre Seele, das eigene Ich mit allen Widersprüchen wieder zu erobern.

Die Französin Marie Cardinal schrieb hier einen der zärtlichsten, glaubwürdigsten und besten Romane der letzten Jahre über die Krise einer Ehe.
»petra«

Rogner & Bernhard

Jean Rhys
Sargassomeer
Roman

Der letzte Roman der großen englischen Schriftstellerin: ein Buch über Liebe, Sehnsucht, Einsamkeit und Leidenschaft, von Jean Rhys meisterhaft im Stil der traditionellen „gothic novel" geschrieben.

Die Geschichte einer jungen reichen Kreolin der westindischen Inseln (der Heimat von Jean Rhys), die aus der Traum- und Zauberwelt der Karibik nach England, in die Gefangenschaft einer von Haß und Furcht regierten Ehe gerät, wo sich ihr Schicksal erfüllt – es ist das Schicksal der wahnsinnigen Mrs. Rochester in Charlotte Brontës berühmtem Roman „Jane Eyre".

Jean Rhys – das ist ein Kapitel Frühgeschichte des Feminismus.
»Frankfurter Allgemeine Zeitung«

Rogner & Bernhard